MARGARET DILLOWAY

Die Liebe zu Rosen mit Dornen

GOLDMANN
Lesen erleben

Buch

Die Highschool-Lehrerin Galilee Garner führt ein zurückgezogenes und streng organisiertes Leben. Trotz ihrer zerbrechlichen Gesundheit nimmt sie ihren Beruf sehr ernst, auch wenn die Anstrengungen nicht spurlos an ihr vorübergehen. Allein zu Hause in ihrem Garten blüht sie richtig auf. Dort widmet sie sich hingebungsvoll der Zucht von Rosen und hofft, eine neue Sorte von besonderer Schönheit und betörendem Duft zu kreieren. Dabei hegt Gal einen großen Traum: Mit ihrer eigenen Schöpfung möchte sie bei einer der angesehenen Rosenschauen einen Preis erringen. Doch dann gerät ihr geregelter Alltag völlig aus dem Tritt, als zwei Menschen ihr Leben auf den Kopf stellen. Überraschend zieht ihre pubertierende Nichte Riley bei ihr ein. Und dann ist da noch der neue Chemielehrer George Morton, der mit Gal an einem Schulprojekt zusammenarbeitet und ihre bisherige Unterrichtsweise völlig durcheinanderbringt. Plötzlich muss sich die verschlossene Gal ganz neuen Herausforderungen stellen – und womöglich einige Dornen ablegen, wenn sie sich selbst und andere nicht verletzen will …

Autorin

Margaret Dilloway, die Tochter einer japanischen Mutter und eines amerikanischen Vaters, wuchs im kalifornischen San Diego auf. Obwohl sie sich als Schriftstellerin fühlte, seit sie einen Stift halten konnte, versuchte sie sich auch in anderen Kunstformen, besuchte die Kunsthochschule und hat einen Abschluss in Studio Art. Nach dem College arbeitete sie für zwei Wochenzeitungen und schrieb diverse Internetbeiträge, während sie ihre drei Kinder beaufsichtigte und an ihren schriftstellerischen Fähigkeiten arbeitete. »Die Liebe zu Rosen mit Dornen« ist ihr zweiter Roman. Margaret Dilloway lebt mit ihrer Familie in San Diego.

Mehr zur Autorin und ihren Büchern finden Sie unter www.margaretdilloway.com.

Margaret Dilloway

Die Liebe zu Rosen mit Dornen

Roman

Aus dem amerikanischen Englisch
von Jörn Ingwersen

GOLDMANN

Die Originalausgabe erschien 2012 unter dem Titel
»The Care and Handling of Roses with Thorns«
bei G. P. Putnam's Sons,
a member of Penguin Group (USA) Inc., New York.

Dieses Buch ist auch als E-Book erhältlich.

MIX
Papier aus verantwortungsvollen Quellen
FSC® C014496

Verlagsgruppe Random House FSC® N001967
Das FSC®-zertifizierte Papier *Holmen Book Cream* für dieses Buch
liefert Holmen Paper, Hallstavik, Schweden.

1. Auflage
Deutsche Erstveröffentlichung Oktober 2013

This edition published by arrangement with G. P. Putnam's Sons,
a member of Penguin Group (USA) Inc.
Umschlaggestaltung: UNO Werbeagentur, München
Umschlagmotiv: Copyright © Susan Fox/Trevillion Images
Redaktion: Irmgard Perkounigg
KS · Herstellung: Str.
Satz: omnisatz GmbH, Berlin
Druck und Bindung: GGP Media GmbH, Pößneck
Printed in Germany
ISBN: 978-3-442-47902-3
www.goldmann-verlag.de

Besuchen Sie den Goldmann Verlag im Netz:

Für Deborah, für die Inspiration

Für Keith, für das Vertrauen

Manche Leute klagen immerfort, dass Rosen Dornen haben.
Ich dagegen freue mich, dass Dornen Rosen haben.

Alphonse Karr

Winslow Blythe
Das Große Rosenbuch

März

In diesem Monat werden Sie erleben, welche Vorteile es mit sich bringt, dass Sie Ihre Rosen letzten Monat eingehend beschnitten haben. Manchmal tut ein wenig liebevolle Strenge gut. Wer ein Gewächshaus besitzt, freut sich vielleicht schon zum Monatsanfang über die ersten Blüten, doch wir anderen werden bis zum Monatsende warten müssen.

Nun ist der Frühling fast da. Nach dem harten Winter werden Ihre Rosen einiges an Nährstoffen brauchen. Für einen guten Start mit kräftigen Blättern verwenden Sie normalen Dünger (Stickstoff, Phosphat und Kaliumoxid zu gleichen Teilen).

Nachdem der Winterregen nachgelassen hat, bekommen wir es jetzt mit den ersten Frühjahrsschädlingen zu tun. Biogärtner stehen früh auf und sammeln alle Schnecken von den Rosen. Versuchen Sie es mit Marienkäfern, um der Blattläuse Herr zu werden, oder waschen Sie die Rosenblätter per Hand. Gift sollte nur streng nach Anweisung verwendet werden. Halten Sie es von Kindern und unseren haarigen Freunden fern.

1

Einen Moment lang denke ich, mir ist ein Fehler unterlaufen. Meine Pinzette hält inne und zittert über der gelben Rose. Die Blütenblätter habe ich bereits abgelöst, um das Staubblatt bloßzulegen, das den Pollen dieser männlichen Pflanze freisetzen wird. Aber ist das die Rose, die ich mir vorhin vorgenommen hatte? Oder wollte ich eigentlich die weiße Rose mit den orangefarbenen Blättern und der offenen Blüte, die fast wie eine Margerite aussieht? Die Eltern kenne ich nur unter ihrem Code: G120 und G10. Ich überprüfe die Daten noch einmal in meinem Notizbuch. Ich kreuze keine Pflanzen, ohne diese Codes einzutragen. So kann ich jedes Ergebnis wiederholen oder bearbeiten. In letzter Zeit lässt mein Gedächtnis nach, auch wenn ich es nur ungern zugebe. Ich richte die Lampe neu aus, beruhige meine zitternden Hände und fahre fort.

Ich züchte Rosen. Ich ziehe sie nicht nur. Die meisten Rosenliebhaber ziehen Rosen, die andere bereits perfektioniert haben. Ich hingegen erfinde neue Sorten.

Ich betreibe die Rosenzucht nicht zum Spaß. Jedenfalls nicht nur. Für die meisten Leute ist diese Art von Spaß die reine Quälerei, aber schließlich bin ich ja auch nicht wie andere Leute.

Rosen sind mein Hobby und meine Berufung. Ich hoffe, dass ich eines Tages aufwache und mich in meinem Gewächshaus eine preisgekrönte Rose anlacht, damit ich meinen Job kündigen und mich nur noch den Rosen widmen kann. Mein Hobby hat mich dazu bewegt, diesen einst gepflegten Vorstadtgarten umzupflügen und wildes, dorniges Gestrüpp zu pflanzen. Eine Eigentümergemeinschaft hätte mich schon lange rausgeschmissen.

Man muss schon verrückt sein für das, was ich mit diesen Rosen vorhabe. Ich möchte eine nie da gewesene Hulthemia-Rose züchten und auf den Markt bringen. Eine, die für ihren Duft und ihre unverwechselbare Färbung berühmt ist. Sollte es mir gelingen, diese Rose in meinem Garten zu züchten, gehe ich damit zu einer der kleineren Rosenschauen. Sollte sie einen Preis gewinnen, wäre ich vielleicht mutig genug, an einer der größeren Shows wie der »American Rose Society Convention« teilzunehmen. Sollte eine meiner Rosen die »Queen of Show« werden, wäre das in etwa so, als würde ein Mädchen, das von der Modelschule geflogen ist, Miss America werden. Es würde mir das nötige Selbstvertrauen geben, dass meine Rose die teure Patentierung wert ist, die immerhin zwei Riesen kostet, ohne Anwaltshonorar.

Mein größter Traum wäre es, eine Rose in den Testgärten der American Rose Society unterzubringen, wo auserwählte neue Rosen zwei Jahre lang unter wechselnden klimatischen Bedingungen gehalten werden, um zu sehen, wie sie sich machen. Von diesen kürt die Rose Society die eine oder andere als die Beste der Besten.

Wie stehen meine Chancen? Auf der einen Seite sind da die großen Rosengärtnereien mit ihren endlosen Ressourcen, die jedes Jahr Hunderttausende neuer Sämlingssorten hervorbringen. Nur zwei bis drei davon schaffen es auf den Markt.

Und auf der anderen Seite bin da ich, Galilee Garner, eine Hobbyzüchterin mit großem Garten und günstigstenfalls ein paar hundert neuen Sämlingen, die versucht, sich gegen professionelle Betriebe durchzusetzen. Es sieht nicht besonders gut für mich aus, oder?

Allerdings ist dabei auch noch etwas anderes im Spiel, nämlich Glück. Der Einfluss des Faktors Glück ist nicht zu unterschätzen. Es ist wie bei einer Lotterie. Manchmal gewinnt jemand alles, obwohl er nur einen Dollar eingesetzt hat, während ein anderer, der ein Jahr lang jede Woche hundert Dollar investiert hat, leer ausgeht.

Nehmen Sie zum Beispiel den Mann, der die Dolly-Parton-Teerose in seinem Keller gezüchtet hat. Er zog diverse Rosenhybride und fand einen hässlichen, kleinen orangeroten Sämling, der bei seiner ersten Blüte nur zwölf Blätter bekam, nicht die zwanzig, die man erwarten würde. Als sich seine Hand um den Sämling schloss, um ihn herauszureißen, roch er kurz daran. Der Duft war einmalig.

Er ließ die Pflanze leben. Sie bekam unglaubliche sechzig Blütenblätter, was ihr den Namen einbrachte und sie zu einer der beliebtesten Rosen aller Zeiten machte. Ich glaube, mit Dolly Parton konnte sich der Mann zur Ruhe setzen. Nur weil er Glück hatte.

Und ich beschäftige mich mit Rosen, die jede Menge Glück brauchen können. Ich züchte nicht die einfachen Rosen, wie man sie in jedem Gartencenter oder Baumarkt bekommt. Ich liebe die Hulthemia-Rosen. Sie sind kompliziert und renitent und gedeihen unter unterschiedlichsten Bedingungen. Wie jeder Rosenzüchter habe ich meine ganz eigenen Methoden, eigene Düngerrezepte, eigene Vorstellungen. Ich achte genauestens auf die Temperatur, wie ein Eisverkäufer in der Sahara, weiß aber auch, dass mein erfolgreicher Sämling selbst widrige klimatische Bedingungen überleben muss. Ich verabreiche genau die nötige Menge Wasser und Dünger, genau zur richtigen Uhrzeit. Bei Pilzbefall wie dem Echten Mehltau oder dem Sternrußtau greife ich ein, bevor sich die Krankheit auf andere Pflanzen ausbreitet. Ich setze Marienkäfer aus, damit sie die kleinen, grünen Blattläuse fressen, diese winzigen Viecher, die den Rosen schon zu Moses' Zeiten zugesetzt haben.

Und solange den Hulthemias nichts Unvorhergesehenes zustößt, was im Schutz meines Gewächshauses eher selten vorkommt, machen sie sich wunderbar.

Kompliziert und renitent. Blüht und gedeiht nur unter ganz spezifischen Bedingungen. Das beschreibt mich eigentlich ziemlich gut. Vielleicht mag ich diese Rosen deshalb so gern.

Ein Schüler von mir hat mich mal mit diesen Worten beschrieben, »kompliziert und renitent«, auf der »Bewerte deinen Lehrer«-Seite, die Dr. O'Malley, unser Schuldirektor, eingerichtet hat. Eine dämliche Website. Nur eine weitere Möglichkeit, sich als Experte aufzuspielen, ohne die Hintergründe zu kennen. Eine Website, über die sich der Direktor vermutlich zusammen mit den Eltern amüsiert, wenn sie beim Elternabend zusammensitzen. »Diese Mrs Garner«, werden sie sagen, »wird sie es denn nie begreifen?«

Renitent. Sowohl die Wortwahl als auch die treffende Beschreibung des anonymen Schülers fand ich bemerkenswert. Hätte dieser Schüler genauso viel Zeit in meinen Biologieunterricht investiert wie in das Verfassen seiner Bewertung, hätte er vielleicht bestanden. Ich vermute, dass es sich um einen »er« handelt, denn als Postskriptum fügte er hinzu: »Dauer-PMS. Es reicht.« Weibliche Wesen sparen sich solcherart Anfeindungen.

Die meisten Leute sind von meinem Rosenhobby überrascht. Ich sehe eher aus, als hätte ich ein Geheimlabor in meinem Keller, eine Folterkammer vielleicht, aber keinen Rosengarten. Visuell gibt es keine vernünftige Erklärung für meine Besessenheit. Rosen sind weich und duften, was auf mich nicht zutrifft. Wenn wir Lehrer nebeneinander Aufstellung nehmen müssten, würde man mich da als Rosenliebhaberin erkennen? Nein. Man würde jemanden wie Dara wählen, die

Kunstlehrerin mit ihrem sorgfältig verwuschelten Heiligenschein aus Botticelli-Locken. Oder Mrs Wingate, die Englischlehrerin, deren stufige Tellerröcke mich mit ihren vielen Lagen und ihren Rüschen manchmal an Rosen erinnern. Nicht mich, die unverhohlen und unerbittlich in die Welt starrt, die Augen hinter der getönten, runden Brille kaum zu sehen. Ein Gartenzwerg, aber ohne das fröhliche Lächeln.

Ich bin klein, weil meine Nieren schon in jungen Jahren nicht richtig funktionieren wollten, knapp unter eins fünfzig, selbst an meinen guten Tagen. Noch nie hat mich jemand als »hübsch« bezeichnet. Eher so was wie: »Sie sieht ganz gut aus, den Umständen entsprechend.« Mein Gesicht ist immer verquollen. Meine Haut leuchtet zwar nicht, aber wenigstens sind mir Sommersprossen erspart geblieben, weil ich fleißig Sonnencreme benutze und Hüte trage.

Bei eingehenderer Betrachtung der Rose wird man verstehen, warum ich mich zu ihr hingezogen fühle. Floristen entfernen die Stacheln, damit man sich beim Kauf nicht daran sticht, und manche Züchter haben die Stacheln ganz weggekreuzt und glattstämmige Sorten geschaffen. Ich persönlich würde meine Rosen nicht für irgendwen entstacheln wollen. Ich liebe Rosen – mit Stacheln und allem, was dazugehört. Vielleicht sollten die Leute lernen, besser aufzupassen.

Mein Haus steht in Santa Jiminez, einem kleinen Ort landeinwärts von San Luis Obispo, mitten in Kalifornien. Es ist eine gute Gegend, um Rosen zu züchten, mit eher milden Wintern und frühem, warmem Frühling. Hier finden sich die unterschiedlichsten Häuser, von kleinen Cottages über Bauernhöfe bis zu den Villen der Wohlhabenden, aus denen viele unserer Schüler stammen.

Ich wohne am Ortsrand, auf einem langen, schmalen Stück Land. Mein Haus steht ganz vorn, das Land erstreckt sich dahinter. Lang wie breit wäre es mir lieber gewesen, um mehr Abstand zu meiner Nachbarin zu haben.

Hier ist es ganz anders als dort, wo meine Schwester und ich aufgewachsen sind, in Encinitas, unten im Süden Kaliforniens. Die Grundstücke waren klein wie Briefmarken, sodass man seinen Nachbarn »Gesundheit!« wünschen konnte, wenn sie niesten. Meine Eltern wohnen noch da, auf derselben Ranch, die sie vor Urzeiten zu einem Spottpreis gekauft haben.

Dumpf klopft es an der Plexiglastür. Das Gewächshaus ist aus Plexiglas, denn richtiges Glas sprengt momentan noch mein Budget. Ich schiebe die Golddrahtbrille an meiner verschwitzten Nase hoch. »Herein!« Ich habe keine Angst vor Fremden. Ich bin schon so lange allein, dass ich mich nur um das kümmere, was ich direkt vor der Nase habe.

Es ist meine Freundin Dara. Sie tippt auf ihre quietschgelbe Plastikuhr. »Du bist ja noch gar nicht fertig.« Ihre Locken sind zu einem Pferdeschwanz gebunden. Ich streiche meinen Pony aus der Stirn, aus meinen Augen. Wir haben uns im Lehrerzimmer der St. Mark's School kennengelernt, vor fast drei Jahren, als Dara neu an der Schule war.

Ich hatte Dara gebeten, mir mit der Zeichnung der Hulthemia zu helfen, die ich züchten wollte, denn meine Skizzen sind kaum besser als Höhlenzeichnungen. Daraufhin malte sie ein so hübsches Aquarell meiner Traumblume, dass ich es mir ins Schlafzimmer gehängt habe. Danach wollte sie noch mehr Rosen sehen und kam zum Zeichnen rüber in meinen Garten. Dann fragte Dara, ob sie Fotos von DNA-Strängen für eines ihrer Konzeptkunstprojekte verwenden dürfe. Es dauerte nicht lange, bis sie mich in anspruchsvolle Kinofilme mitschleppte – und ich sie in Popcorn-Streifen. Im Lauf der Jahre ist unsere Freundschaft gewachsen. Inzwischen ist sie meine beste Freundin.

Heute, im Gewächshaus, glüht ihr Gesicht, und zwei verschwitzte Halbmonde bilden sich auf ihrer mitternachtsblauen Seidenbluse. Es ist März und für die Jahreszeit ungewöhnlich heiß, fast wie im Süden Kaliforniens, was mir aber noch gar nicht weiter aufgefallen ist, nicht mal hier drinnen in meiner Sauna von einem Gewächshaus. Hier wird es im Sommer über vierzig Grad heiß, und wir haben uns allzu sehr an Klimaanlagen gewöhnt. Das Resultat sind Menschen wie Dara: Weil sie ungefilterte Luft nicht mehr kennen, überhitzen sie und können damit nicht umgehen. Der Mensch ist nicht dafür gemacht, in übermäßig kontrolliertem Klima zu leben. Ich versuche, im Rahmen meiner gesundheitlichen Einschränkungen möglichst natürliche Temperaturverhältnisse herzustellen.

»Du störst mich in einem entscheidenden Moment«, sage ich zu ihr, obwohl ich eigentlich fast fertig bin. »Ich mache gerade ein neues Rosenbaby.« Dara sagt, Rosen seien ein Freud'scher Ersatz für mein mangelndes Liebesleben. Ich erkläre ihr, dass ich nichts vermissen kann, was ich nie hatte. Na ja, einmal war da dieser Junge auf dem College, der auch Biologie studierte. Ich dachte, unsere langen Lernabende und die lustigen Sticheleien hätten mehr zu bedeuten, aber er war anderer Ansicht.

»Bist du so weit?« Dara sieht tatsächlich aus, als würde sie gleich in Ohnmacht fallen, also schiebe ich ihr – ohne die Hände zu bewegen – mit dem Fuß einen Hocker hin.

Dara könnte meine Zwillingsschwester sein, wenn Zwillinge Gegenpole wären. Ich bin klein, sie ist groß, mit langen Gliedern. Ich bin dünn, mit schlaffer Haut, die mich zwanzig, dreißig Jahre älter aussehen lässt, als ich eigentlich bin, sie dagegen ist kräftig und sportlich. Meine Haare sind fast schwarz, ihre sind von diesem Goldblond, das die Leute aus der Flasche zaubern wollen. Wenn man dann noch bedenkt, dass sie die Kunstlehrerin an der katholischen Privatschule ist, an der wir beide unterrichten, und ich die Biologietante, sind wir das perfekte Yin und Yang. Nur unsere Füße sind gleich, beide Größe 41. Bei ihrer Größe sehen solche Füße besser aus. Das erkennt sogar ein unkünstlerischer Mensch wie ich.

Natürlich würde sie nie auf die Idee kommen, so praktische Sneakers zu tragen wie ich, wohingegen ich umfallen würde, wenn ich auf ihren spitzen, hochhackigen Schuhen laufen müsste wie die böse Hexe aus dem *Zauberer von Oz*. »Bei *What Not to Wear?* hieß es, so was trägt man heute«, protestiert sie dann.

»Man soll es *nicht* tragen. So heißt doch die Show«, sage ich dann immer, um sie zu ärgern. »Außerdem ist Kabelfernsehen Mist. Es ist zu teuer, und das Leben ist zu kurz.«

Da rollt sie dann immer mit den Augen, als wäre sie meine kleine Schwester und nicht eine vier Jahre jüngere Kollegin.

»Du wirst noch zu spät kommen.« Sie stützt ihren Ellbogen auf einen Tisch und hält ihr Gesicht in den Wind vom Ventilator. »Kaum zu glauben, dass du hier drinnen nicht tot umfällst.«

»Ich könnte auch selbst fahren.« Ich lege die von den Blüten befreiten Staubblätter in ein sauberes Glas. Später werden die Staubbeutel an der Spitze ihren Pollen abgeben, den ich dann wiederum einsammle und auf die Mutterpflanze übertrage.

Nachdem ich den Blütenstaub von der Vaterrose auf die Mutterrose weitergegeben habe, lasse ich sie eine Weile in Ruhe. Mit etwas Glück reift die Mutterblüte zu einer Hagebutte heran, in der sich die Samen befinden. Ich schneide die Frucht auf und stecke sie in Torfmoos; dann stelle ich sie in den Kühlschrank, um die Winterruhe einzuleiten. Im nächsten Frühling werde ich die Samen einpflanzen, und aus dieser

Kreuzung erwächst hoffentlich eine wunderschöne Rose, mit den besten Eigenschaften ihrer Eltern.

Die Mutter ist eine Hulthemia von kräftigem Purpurrot, mit einem ebenso kräftigen, blutroten Herz, das zu den Blütenblättern hin verläuft. Hulthemias sind nicht sehr bekannt. Sie sind relativ neu und besonders schwierig zu ziehen. Von der Zucht lassen die meisten Laien lieber gleich die Finger. Die Blüten sind rund wie bei einer Alten Rose, aber die Mitte öffnet sich und zeigt das gelbe Staubblatt und den unverwechselbaren dunklen Fleck im Herzen. »Fleck« ist nicht das hübscheste Wort, aber das sagen Züchter nun mal. Die Flecken sind normalerweise rot, können jedoch auch von dunklem Rosa zu Purpur oder Orange variieren. Sie sind immer dunkler als die sie umgebenden Blütenblätter.

Wenn sie anders aussehen als andere Rosen, die man so kennt, dann weil sie es sind. Sie sind keine echten Rosen. Diese Rosen sind Hybride einer Blume namens *Hulthemia persicas*, die für die Perser nur wucherndes Unkraut mit dornigen Ranken war. 1836 erregte eine zufällig im Garten des Palais du Luxembourg wachsende Hulthemia-Hybride die Aufmerksamkeit der Rosenzüchter. Sie wollten für ihre normalen Rosen auch so rote Herzen haben.

Es dauerte hundertneunundvierzig Jahre, bis man so weit war. Die ersten Hulthemias, einschließlich des Exemplars im Pariser Garten, waren unauffällig und unfruchtbar. Der Durchbruch gelang erst Ende der 1960er Jahre einem Engländer namens Jack Harkness, dem mit der berühmten Harkness-Rose. Sein Freund Alec Cocker war davon überzeugt, dass die Blume zu züchten sein müsste. Er beschaffte sich Hulthemia-Samen aus dem Iran und gab einige davon an Harkness weiter. 1985 schließlich gelang ihm eine Sorte, die sich fortpflanzte:

Tigris. Diese frühe Hulthemia wurde mit echten Rosen gekreuzt, ein Projekt, an dem zahlreiche Züchter beteiligt waren, und schließlich kam das heraus, was wir heute kennen.

Es gibt spezifische Anforderungen, die eine Hulthemia für den einfachen Rosenfreund erfüllen muss. Die Leute wollen einen Rosenbusch, der ihren kleinen Hinterhof nicht überwuchert. Außerdem wollen sie duftende Blüten. Sie wollen einen Rosenbusch, dessen zahllose Knospen immer wieder nachwachsen. Dieses wiederholte Aufblühen wurde unseren modernen Rosen erst vor nicht allzu langer Zeit angezüchtet, übernommen von den chinesischen Rosen. Erst um 1798 begann man in Frankreich, chinesische mit europäischen Rosen zu kreuzen.

Kurz gesagt erwartet der Kunde immer das Unmögliche. Zum Supermarktpreis.

Bisher gibt es eine solche Hulthemia nicht. Der Erste, der eine derart konsumentenfreundliche Blume auf den Markt bringt, wird ein Vermögen machen. Ihren (denn ich habe vor zu gewinnen) Namen werden Rosenzüchterbarden singen und lobpreisen.

Dem Duft ist von allen Anforderungen am schwersten beizukommen. Er wurde den modernen Sorten ausgetrieben. Üblicherweise hatten es die Rosenzüchter eher auf Strapazierfähigkeit und Krankheitsresistenz abgesehen, um sicherzustellen, dass Großgärtnereien die Rosen in Massen produzieren und zu jeder Jahreszeit in die ganze Welt verschicken können.

Düfte ergeben sich eher zufällig, nicht immer in Verbindung mit einem rezessiven Gen, nicht immer berechenbar. Dass beispielsweise die Großeltern einer Rose geduftet haben, muss nicht bedeuten, dass auch das Enkelkind duftet. Darüber hinaus sind Duftrosen oft empfindlicher, und die meisten Gelegenheitszüchter wagen es nicht, sich daran zu versuchen.

Ich habe eine öfter blühende Hulthemia in Arbeit, eine Pflanze der fünften Generation, deren Vorfahren ich fünf Jahre lang gekreuzt habe. Letztes Jahr blühte sie im Frühling, Sommer und Herbst und brachte eine Blüte nach der anderen hervor, wenn ich sie beschnitt. Nächsten Monat will ich sie mit auf eine Rosenschau in San Luis Obispo nehmen.

Noch habe ich der Rose keinen offiziellen Namen gegeben. Für mich ist sie nur G42, eine orangefarbene Hulthemia mit diesem dunkelroten Herzen. Dieses Jahr hoffe ich, dass mir auch der Duft gelingt. Wenn sie die Probe besteht, wird man sie als »Gal« kennen.

Die Rose ist streng geheim und hat einen besonderen Platz in meinem Gewächshaus. Bei einem Besuch vor fünf Jahren hat mir mein Vater, der früher Bauunternehmer war, dieses Gewächshaus aus einem Bausatz zusammengebastelt. Hier habe ich Arbeitsbänke, die meiner bescheidenen Größe entsprechen, und Hocker mit Rollen. Hier dürfen keine Bienen rein, aber ein paar – wie auch einige Blattläuse – finden den Weg doch immer. Bienen sind nicht gerade meine Freunde. Wenn hier einer Rosen bestäubt, dann bin ich das. Wie ein verrückter Wissenschaftler.

Ich war schon immer so, seit ich als Teenager im Biologieunterricht Rosen züchten sollte. Als sie zum ersten Mal wiederaufblühten, war ich Feuer und Flamme. Ich verwandelte die Garage meiner Eltern in eine Zuchtstation. Obwohl keine meiner Kreationen einzigartig genug für eine Rosenschau war, konnte ich doch nicht aufhören. Dieses Hobby macht süchtig.

Während Dara nun neben mir transpiriert, reinige ich meine Pinzette mit einem sterilen Wattebausch und lege sie in ihren Plastikkasten, wo sie mit den anderen Pinzetten klappert. »Aber wenn du schon mal da bist, kannst du mich auch fahren.«

Dara grinst und knallt mit einem rosa Kaugummi. »Allein kommst du aber nicht nach Hause.«

Ich lächle meine Freundin an und boxe ihr kumpelhaft an den Arm. »Danke, Kleine.« Ich habe keine Ahnung, was ich machen soll, wenn Dara jemals ihr eigenes Leben leben will.

»Dann mal los.« Sie spielt mit der Wasserflasche in ihrer Hand herum. Bestimmt würde sie gern etwas trinken, weiß aber, dass ich vor der Behandlung nichts trinken darf, also lässt sie es. Dafür ist Dara viel zu höflich. Obwohl sie es nicht sein müsste. Und doch ermutige ich sie nicht zu trinken, weil ich davon tatsächlich noch durstiger werde. Mein Mund ist trocken und klebrig, und ich wische mit dem Handrücken über meine aufgesprungenen Lippen.

Ich deute auf ein Notizbuch auf dem Tisch. »Brad kommt heute vorbei. Erinnere mich daran, den Gewächshausschlüssel unter die Matte zu legen.« Brad ist der Quarterback vom Footballteam, der beste Pitcher in unserem Baseballteam, der Schulsprecher und obendrein der beste Schüler in meinem Biologie-Leistungskurs. Als von der Schule geforderter Sozialdienst hilft mir Brad mit den Rosen. Selbstverständlich ist Brad mein Lieblingsschüler, an manchen Tagen das Einzige, was mich dazu bewegen kann, zur Schule zu gehen.

Brad besitzt die Fähigkeit, sich lateinische Namen zu merken, die Familie, die Gattung, die Art, die Unterart. Es fällt ihm so leicht wie anderen Jungen die Baseballstatistik. Er hat einen Blick für Details, den ich zu schätzen weiß. Unsere Gehirne arbeiten gleich, auch wenn ich ihm das niemals sagen würde. Ich habe überlegt, ob ich die Rose nach ihm benennen soll, mich jedoch dagegen entschieden. Rosen werden normalerweise nicht nach Männern benannt. Kein Mann möchte seiner Frau einen Strauß »Brad«-Rosen mitbringen.

Wegen Schülern wie Brad bin ich überhaupt Lehrerin geworden. Junge Menschen formen und das alles. Es macht Spaß, solange sie bereit sind, sich formen zu lassen. Das und die Sommerferien und das frühe Aufstehen machen das Lehrerdasein für mich perfekt. Den Rest des Tages habe ich für meine Rosen, trotz meiner anderen Probleme.

»Komm schon«, sagt Dara und reicht mir die Hand, um mir aufzuhelfen, wobei ich im Stillen glaube, dass eigentlich sie Hilfe braucht in ihrem unpraktischen, engen Rock.

»Ich bin mir ziemlich sicher, dass dein Rock gegen die Kleidervorschriften der Schule verstößt.« Ich komme hoch, während sie rückwärtswankt.

Sie rollt mit den Augen und lässt noch mal ihren Kaugummi knallen. »Man nennt es ›Style‹. Solltest du auch mal probieren.«

»Die Form folgt der Funktion, Dara. Eine Kunstlehrerin sollte das wissen.« Ich schließe die Gewächshaustür und verriegle sie. Auf der anderen Seite des Zauns sehe ich meine Nachbarin, die alte Mrs Allen, die in ihrem schwarzen Seidenkimono mit dem großen, schwarzen Strohhut ihren Rasen sprengt – wie eine Statistin in einem Stummfilm. Von hier aus kann ich den roten Schlitz sehen, der ihr Mund ist. Ich hebe meine Hand, um zu winken, und sie winkt beinah zurück, dann fällt ihr ein, wer ich bin, und sie lässt ihre Hand mit finsterer Miene sinken. Die stinkende Fischbrühe, mit der ich meine Rosen bearbeitet habe, hat mir letztes Jahr einen Besuch der Polizei eingebracht. Das hab ich ihr zu verdanken. Die Nachbarskinder nennen sie alte Hexe. Wenn ich klein wäre, würde ich das wahrscheinlich auch tun. Ich frage mich, was die Kinder wohl zu mir sagen. Verrückte Rosenfrau?

Ich lächle Dara an und lasse mich auf den Beifahrersitz ihres Autos sinken.

Obwohl sie weiß, was auf sie zukommt, besteht Dara darauf, im Wartezimmer zu bleiben. Ich melde mich an, muss mich endlosen Sicherheitschecks unterziehen und kriege hunderttausend Armbänder angelegt, als würden sie ein wildes Tier markieren. Wer wollte es mir verdenken, wenn ich wegliefe? Das Krankenhaus war von jeher mein zweites Zuhause. Das kommt dabei heraus, wenn man zwei Nierentransplantationen und Jahre der Dialyse hinter sich hat.

Die Krankenschwester, die neu sein muss, weil ich sie noch nie gesehen habe, unterbricht ihr Tippen und mustert mich eingehend. »Galilee Garner?« Sie kriegt den Namen kaum über die Lippen.

»Jep.« Ich setze mich auf den Stuhl. »Sie können mich Gal nennen.«

Galilee ist der Name, den mir meine Eltern verpasst haben, nach einem Hippietrip ins Heilige Land, damals in den Siebzigern. *The Sea of Galilee.*

Als ich zwei wurde, war klar, dass aus mir keine Galilee werden würde. »Galilee« rollt von der Zunge wie eine Melodie und ist für süße, kleine Lockenköpfe im rosa Kleid mit Schleifchen gedacht. Nicht für mich. Also nannten sie mich kurz Gal.

Meine ältere Schwester war da besser dran. Becky. Niemand hat den Namen meiner Schwester je falsch buchstabiert oder sie gebeten, ihn noch mal zu wiederholen.

»Geht es Ihnen gut?«, fragt die Frau, betrachtet meine blassgelbe Haut, meine müden Augen, die Narben an meinen Unterarmen.

Ich nicke. Ich mache die Leute im Krankenhaus nervös, wenn sie mich nicht kennen. Sobald ich in eine Notaufnahme komme, werde ich allen anderen Patienten vorgezogen, selbst wenn jemand sein Bein in der Kühltasche dabeihat. Es liegt wohl an meiner Ausstrahlung. Todgeweiht.

Die Frau stellt mir die üblichen Fragen, wo ich geboren bin und wo versichert.

Im *Miami-Vice*-artigen Wartezimmer sitzt heute eine ältere Frau, deren Haare aussehen, als türmte sich hellrosa Zuckerwatte auf ihrem Kopf, und ein Mann mit einer eindrucksvollen Wampe, der alle paar Minuten rülpst. Ich frage mich, ob die rosa Haare wohl Absicht sind.

Dann sitzt da noch Mark Walters, ein älterer Mann, der sich eine Autozeitschrift direkt vors Gesicht hält, weil er seine Lesebrille vergessen hat. Alle nennen ihn Mark Twain, wegen seines vollen, weißen Schnauzbarts und dem wilden, weißen Haarschopf. Ich finde eher, er sieht aus wie Einstein. Immer trägt er weiße Kleidung, als hielte er sich für einen Engel. Heute sind es weiße Jeans, ein weites, weißes Shirt mit V-Ausschnitt, aus dem seine weiße Brustbehaarung quillt. Ich wünschte, er würde sich bedecken. Selbst von hier aus, am anderen Ende des Zimmers, kann ich sein Old-Spice-Aftershave riechen. Es kribbelt in der Nase.

Als er merkt, dass ich ihn beobachte, blickt er von seiner Zeitschrift auf und zwinkert mir zu. Die eine buschige Augenbraue verdeckt beinah sein faltiges Auge. Es ist mir nicht unangenehm. Ich starre die Menschen immer mit ernster Miene an, vor allem meine Schüler. Eine Schwester kommt und holt ihn ab. Es ist Schwester Sonya, eine große, russische Frau, die an ihrer Arbeit ungefähr so viel Freude zu haben scheint wie ein Beerdigungsunternehmer.

»Mr Walters, fit wie eine Fiedel sehen Sie aus!«, flötet sie.

Ich traue meinen Ohren nicht.

»Eine Fiedel, die am Strand im Regen gelegen hat vielleicht.« Seine Stimme klingt rau, das Atmen fällt ihm schwer. Langsam steht er auf, und sie reicht ihm den Arm.

Mark. Mark ist hier, weil er seine Blutdruckmedikamente nicht genommen hat. Er war zu sehr damit beschäftigt, Steaks zu essen und sich einen anzusaufen, als dass es ihn gekümmert hätte. Hat erst seine Leber eingebüßt und eine neue bekommen. Aber weil er dafür gesorgt hat, dass auch noch seine Nieren versagen, steht er jetzt auf der Warteliste.

Und neulich wurde er als dringlicher eingestuft als ich.

Ich bin mit Reflux zur Welt gekommen. Es bedeutet, dass die Harnröhrenklappe zwischen Niere und Blase nicht richtig schließt. Meine Mutter konnte mir die Windeln gar nicht schnell genug wechseln, weil ich so viel Urin produzierte. Ständig hatte ich Blasenentzündungen, dann Nierenentzündungen. Bis die Ärzte wussten, wo das Problem lag, war ich vier Jahre alt und eine Niere schon verkümmert. Der anderen erging es nicht viel besser, und sie versagte, als ich zwölf war. Meine Mutter war die erste Spenderin. Die Niere hielt zwölf Jahre. Die zweite kam von einem Toten, der das Kästchen auf seinem Führerschein angekreuzt hatte. Die hielt nur vier Jahre, bis mein Körper zu dem Schluss kam, dass es sich definitiv um einen Fremdkörper handelte. Seit acht Jahren gehe ich zur Dialyse.

Im Grunde reinigt die Dialyse das Blut wie eine Niere. Über eine Vene wird man an eine Maschine angeschlossen, und das ganze Blut wird hindurchgepumpt und gefiltert. Es gibt verschiedene Arten der Dialyse, aber ich gehe zu der, die alle paar Tage durchgeführt wird. Man kann nachts oder tagsüber hingehen. Ich mache die Dialyse über Nacht, weil es einfacher ist und ich schlafen kann. Wenn man eine Behandlung auslässt, fühlt man sich, als hätte man eine Grippe, und das Gehirn arbeitet nicht mehr so gut. Stellt man die

Dialyse ganz ein, versagen nach und nach sämtliche Organe, und man stirbt.

Mehr als eine halbe Million Amerikaner geht zur Dialyse. Theoretisch kann man damit sehr lange überleben. Es hängt von den Begleitproblemen jedes Einzelnen ab. Im ersten Jahr der Behandlung sterben zwanzig Prozent der Dialysepatienten, die Hälfte davon während der ersten drei Monate. Diese Leute haben höchstwahrscheinlich noch mehr gesundheitliche Probleme wie Bluthochdruck oder Diabetes, deretwegen die Nieren überhaupt erst versagt haben. Infektionen sind ein weiteres Problem. Man hat praktisch kein Immunsystem mehr, sodass eine kleine Erkältung zur tödlichen Bedrohung werden kann.

Die Wahrscheinlichkeit zu sterben wächst mit jedem Jahr, in dem man zur Dialyse geht. Im zweiten Jahr liegt die Überlebensrate bei vierundsechzig Prozent. Im fünften Jahr bei dreiunddreißig Prozent. Im zehnten Jahr fällt sie auf nur noch zehn Prozent.

Ich nähere mich dem zehnten Jahr.

Daher ist es lebenswichtig, dass ich so bald wie möglich eine neue Niere bekomme, aber es gibt einfach nicht genug davon. Die Menschen stehen nicht gerade Schlange, um Nieren zu spenden, wie sie es beim Blutspenden tun.

Heute bin ich für einen Blutflusstest im Krankenhaus, um zu sehen, wie gut mein Blut durch eine neue Niere fließt. Die Ärzte wollen mir keine kostbare Niere geben und dann feststellen, dass sie eingeht, weil kein Blut hindurchfließt.

Ich setze mich wieder auf meinen Platz im Wartezimmer. Dieselbe Schwester kommt, um mich abzuholen.

»Sind Sie so weit, Miss Garner?« Schwester Sonya hat sich schon wieder umgewendet. Ich überlege einen Scherz, irgendwas, das sie zum Lachen bringt. Mir fällt nichts ein. Ich kenne

Sonya seit fünf Jahren, aber noch nie hat sie über etwas anderes als über Blutdruck und Puls gesprochen.

Scheiß drauf, denke ich, auf sie und Mark. Die sind mir egal. Ich schlurfe ihr hinterher und bin mir schmerzlich bewusst, dass mein Gang auch nicht besser aussieht als Marks, obwohl der mindestens dreißig Jahre älter ist.

2

Es wird gerade dunkel, als Dara mich nach Hause bringt. Die Luft ist kühl – kühl für Kalifornien. Die Leute aus dem Osten würden Shorts anziehen. Ich trage eine dicke Jacke. Ich falte meine Hände auf dem Schoß. Dara und ich haben es bisher vermieden, über den Test zu sprechen. Normalerweise reden wir nicht über meinen Gesundheitszustand. Würde ich mich mit dem Mist aufhalten, wäre ich noch verrückter, als ich es ohnehin schon bin. Trotzdem sage ich: »Sollte ich das noch mal machen müssen, dann bitte nicht so bald.«

Der MRA-Test, dem ich mich gerade unterzogen habe, glich eher einer mittelalterlichen Folter als einer modernen medizinischen Untersuchung. Erst haben sie mir ein Kontrastmittel auf Proteinbasis gespritzt. Dann haben sie mich auf ein Gestell geschnallt und in die Maschine geschoben. Da stellte sich heraus, dass ich Platzangst bekomme; denn es dauerte nicht lange, bis ich den Panikknopf drückte. Man gab mir ein Beruhigungsmittel, damit ich die neunzig Minuten still liegen konnte, in denen ich der Maschine beim Surren zuhörte und hoffte, niemand hätte Metall im Raum zurückgelassen, das mir um die Ohren fliegen könnte. Ich stand es nur durch, indem ich die Augen schloss und an meine Rosen dachte. Es funktionierte. Ich hatte sogar eine Idee für eine neue Elternpaarung, die ich ausprobieren möchte, wenn ich in diesem Herbst Samen bekomme.

»Du hast es überstanden. Wie immer.« Meine Freundin sieht mich an.

Dara biegt in meine Straße ein. Ich freue mich zu sehen, dass im Gewächshaus Licht brennt und ein verbeulter, blassroter Honda Civic auf der Straße parkt. Drinnen sehe ich Brads Umrisse, und der Wasserschlauch rauscht.

»Er ist spät dran.« Dara runzelt die Stirn. »Fördert das Gießen am Abend nicht den Pilzbefall?«

»Entscheidend ist die Drainage. Solange die Erde gut entwässert, kann man auch abends gießen.« Eigentlich sollte er bis um sechs fertig gewesen sein. Es ist sieben.

Gerade sind wir auf dem Weg zum Haus, als das Licht ausgeht und die Tür zum Gewächshaus zufällt. Brad erscheint, seine Zähne schimmern im Licht der Veranda, das Handy leuchtet in seiner Hand.

»Tut mir leid. Das Training hat länger gedauert.« Er wirft seine Haare aus dem Gesicht, denn er trägt sie so, dass sie ständig geworfen werden müssen und ein Auge stets verdeckt bleibt. Für mich sieht es etwas mädchenhaft aus. Brad selbst ist fast zu hübsch für einen Jungen, mit fein geschwungener Nase und strahlend hellgrünen Augen mit so schwarzen Wimpern, dass er aussieht wie geschminkt. Aber er hat das kräftige Kinn seines Vaters und die großen Ohren, was dem Femininen entgegenwirkt.

Brad Jensen ist ein Stipendiumsschüler. An manchen Schulen würde ihn das zum Außenseiter stempeln. In unserer Schule ist er der Beliebteste von allen. Fleißig, intelligent und höflich. Alles, was man sich von einem Kind wünschen würde. Die Mütter sämtlicher Mädchen, mit denen er jemals ausgegangen ist, haben ihn praktisch adoptiert. Niemand missgönnt ihm sein Stipendium, wo doch seine Mutter im Irak ums Leben kam, als er noch klein war, und er von seinem alleinstehenden Vater, dem Hausmeister der Schule, großgezogen wurde.

»Es wäre mir lieber, wenn du zu Hause beim Lernen wärst statt hier.« Ich krame meinen Schlüssel hervor, taste nach dem Schloss. Dara sieht mir einen Moment lang zu, dann nimmt sie ihn mir aus der Hand. »Hey, ich kann das selbst.«

»Ich will hier nicht den ganzen Abend stehen und warten.« Sie schließt die Tür auf.

»Kein Problem, Mrs Garner. Ich habe gesagt, dass ich es mache, und ich habe es gemacht.« Wieder wirft Brad seine Haare. Ich weiß wirklich nicht, was die jungen Mädchen daran finden.

»Du solltest mal zum Friseur gehen. Damit du besser gucken kannst.« Ich gehe ins Haus. »Gute Nacht, Brad.«

»Nacht.« Bis ich ganz drinnen bin, hat er schon den Wagen angelassen.

»Dieser Junge. Gibt es eigentlich irgendwas, wofür er sich nicht interessiert?« Dara macht Licht. »Weißt du, worüber er mir im Leseraum erzählt hat? Über französisches Kino.« Sie schnaubt. »Als hätte er eine Ahnung davon.«

»Ich schätze, er wollte dich beeindrucken.« Dara ist die hübscheste und jüngste Lehrerin an der Schule, erst zweiunddreißig. Selbstverständlich sind alle Jungs in sie verliebt, obwohl sie immer Abstand wahrt. Ich stütze mich an der Wand im Flur ab und mache mich auf den Weg ins Schlafzimmer, vorbei an der sehr sauberen, fast unbenutzten Toilette. Bei meiner Art von Dialyse muss man nicht mehr pinkeln – das einzig Praktische daran. »Er ist ein vielseitig begabter Junge«, fahre ich fort. »Ich glaube, er wird sich sein College aussuchen können. Es tut mir nur leid, dass er bald seinen Abschluss macht.«

Sie geht mir voraus. Das Schlafzimmer ist hellgrün, mit rosafarbenen Akzenten. Ich schlafe noch im Himmelbett aus meiner Kindheit, nur den weißen Himmel habe ich durch weiße Vorhänge aus Gaze ersetzt. Ich habe mehr Geld für Matratze und Bettzeug ausgegeben als für mein ganzes Wohnzimmer. Hier verbringe ich die meiste Zeit.

Sie schlägt die Bettdecke zurück. »Bitte schön. Alles bereit.« Dara sinkt gegen den Türpfosten.

Plötzlich wird mir bewusst, wie müde sie sein muss. Fast so müde wie ich. »Danke, dass du bei mir geblieben bist, Dara.«

»Ich komme morgen mal rein, um nach dir zu sehen.« Es ist Freitagabend.

Sie hat auch so schon genug zu tun. Ich bin zeitaufwendig. »Nein, es geht schon. Ich hab noch Dosen mit Hühnersuppe. Die kann ich essen.«

»Wenn du glaubst, ich würde nicht nach dir sehen, hast du dich getäuscht.«

Ich winke ab. »Jetzt aber raus hier.«

Als sie geht, höre ich die Haustür zuschlagen.

An meinem Anrufbeantworter blinkt die rote Lampe, und auch ohne nachzusehen, weiß ich, dass es meine Mutter ist. Ich bin noch nicht bereit, mit ihr zu sprechen. Ich stehe auf und mache das helle Außenlicht an, das den Weg zum Gewächshaus beleuchtet.

Ich sollte mich hinlegen. Schließlich fließt immer noch Beruhigungsmittel durch meine Adern. Aber im Moment fühle ich mich eher entspannt als benebelt, und ich will nur noch einen kurzen Blick auf die Rosen werfen.

Das Gewächshaus ist in verschiedene Bereiche aufgeteilt. An der schmalen Wand gegenüber vom Eingang habe ich einen Schreibtisch mit Regalen voller Notizbücher, in denen meine Elternpflanzen und sämtliche Kreuzungen detailliert aufgelistet sind.

In der Mitte vom Gewächshaus stehen drei flache Kisten, eins zwanzig breit und eins achtzig lang, mit Blumenerde und

Torf, der aussieht wie mit Perlen versetzt. Das sind die Pikierkisten mit den Sämlingen, in denen meine neuen Rosen austreiben.

Weiter hinten an den Wänden stehen Tische mit Töpfen meiner älteren Rosen, den Elternpflanzen, sorgsam in einigem Abstand voneinander, um eine versehentliche Bestäubung zu verhindern, fünfzig Zentimeter auseinander, um eine vernünftige Belüftung sicherzustellen. Jede Einzelne ist sorgfältig am Topf beschriftet und sowohl in ein Notizbuch als auch im Computer eingetragen.

Und dann ist da noch meine streng geheime Rose, die öfter blühende G42, an einem besonderen Platz auf meinem Arbeitstisch. Obwohl ich mir in diesem Jahr noch zusätzlich einen Duft erhoffe, müsste sie auch so gut genug sein, um sie auf den Markt zu bringen.

Hinter dem Gewächshaus stehen meine Blumen in Reihen. Sie sind ebenfalls kategorisiert. Dem Gewächshaus am nächsten, in einigem Abstand zu den anderen, habe ich die Töpfe mit meinen Wurzelstöcken. Hat man einen guten Sämling, nimmt man ihn und pflanzt ihn in einen Wurzelstock, um weitere, exakt identische Sämlinge zu bekommen. Dann versucht man, diese draußen einzupflanzen, um zu sehen, wie es ihnen ergeht. Nicht alle sind für draußen geeignet. Viele sterben ab. Einige kommen wieder und überraschen einen auf unerwartete Weise.

Dann habe ich noch andere Rosen, nach Klassen sortiert, mit Wegen dazwischen. Hulthemias sind mir zwar die liebsten, aber hier draußen habe ich alle möglichen Rosen: Hybride, Teerosen, Kletterrosen. Darunter befinden sich auch meine zweitliebsten: Englische Rosen, David-Austin-Rosen, dick und duftend, fast wie kleine Salatköpfe.

Der Garten ist funktional angelegt, wie auf einem Bauernhof, nicht nach ästhetischen Gesichtspunkten. Viele Gelegenheitsgärtner pflanzen andere Blumen, die blühen, wenn die Rosen nicht mehr wollen. Beliebt sind Freesien mit ihrem schweren Duft oder Ranunkeln, die auf ihren dicken Stämmen wippen. Das ist nichts für mich.

Hier draußen fliegen die Bienen, wie sie wollen, hier lasse ich der Natur ihren Lauf, mehr oder weniger. Im November fressen die Vögel die Hagebutten und scheiden die Samen auf ihren Wanderungen aus. Ich wollte schon Peilsender in die Hagebutten stecken, um zu sehen, wo sie bleiben.

Jetzt schließe ich die Tür auf und sehe mich um. Die Schläuche sind weggeräumt, das Wasser ist abgestellt, die Rosenscheren hängen wieder am Bord. Ich mache das Licht aus und schließe ab, überzeuge mich davon, dass der Schlüssel nicht unter der Matte liegt.

Langsam holt mich die Müdigkeit ein. Ich gehe wieder ins Haus.

Drinnen ist es dunkel. Nur das Summen vom Kühlschrank und mein eigener Atem sind zu hören. Ich bahne mir einen Weg durch das dunkle Haus in mein Schlafzimmer, gehe vorsichtig, um nicht über irgendwelche Möbel zu fallen. Ich knipse das trübe Nachttischlämpchen an und betrachte das blinkende Licht am Anrufbeantworter. Ich hole tief Luft, rufe meine Mutter zurück und stelle den Lautsprecher an, während ich meine Schuhe und Strümpfe ausziehe und in mein Nachthemd schlüpfe, ein langes Footballtrikot, das ich von meinem Vater geerbt habe.

»Hallo, wie geht es dir?«, frage ich, als sie abnimmt. Meine Stimme klingt ungewöhnlich laut in diesem Haus, und ich verkneife mir den Drang zu flüstern.

»Gut, danke, und dir?« Darum kommen wir nicht herum, egal, wie oft am Tag ich mit ihr spreche. »Ich ruf dich gleich zurück.« Sie legt auf, genau wie ich. Mom möchte mir die Kosten für die Ferngespräche ersparen.

Das Telefon klingelt. »Wie war es denn?« Mom versucht, gelassen zu klingen, doch darin schwingt die Sorge unüberhörbar mit, wie leise Geigen.

»Dara hat mich gefahren. Es geht mir gut.« Zwei Sachen möchte Mom hören: dass ich nicht allein bin und dass es mir gut geht.

»Musst du den IVP-Test denn jetzt machen?«

»Dieser Test bringt bei mir keine Ergebnisse, Mom.«

Der MRA-Test war ein letzter, verzweifelter Versuch, meinen Blutfluss zu messen. Die besten Ergebnisse bekommt man durch ein intravenöses Pyelogramm, auch IVP-Test genannt, aber ich reagiere allergisch auf den Farbstoff im Kontrastmittel. Ich habe einen CO2-Test bekommen, bei dem sie Kohlendioxid durch den Körper pumpen: ohne Ergebnis. Und jetzt diese MRA. Wenn die MRA nicht funktioniert, wird meine Ärztin auf einem IVP-Test bestehen, ob ich nun allergisch bin oder nicht.

Ich wechsle das Thema. »Wie war die Kunstausstellung in der Bücherei?«

»Fabelhaft. Ich habe ein Aquarell verkauft. Gal, ich könnte morgen früh bei dir sein.«

»Du hast ein Aquarell verkauft?« Ich will nicht, dass sie mich besucht. »Herzlichen Glückwunsch! Das ist ja toll, Mom. Wie viel?«

»Ist doch egal. Möchtest du, dass ich komme?«

Unter anderem deswegen habe ich meine Heimatstadt verlassen. Wenn meine Mutter in der Nähe ist, lässt sie mir keine Ruhe, weil sie ein schlechtes Gewissen hat, obwohl sie lieber rausgehen und ihre Landschaftsbilder malen sollte.

»Der Test war nichtinvasiv, Mutter.« Ich ersticke meinen

Seufzer im Kopfkissen. Meine Eltern wollen demnächst nach Frankreich, um die Landschaft zu genießen, Weingüter in der Champagne zu besuchen und schimmligen Käse zu essen, der hier verboten wäre. Ich werde nicht zulassen, dass meine Mutter ihre Reise meinetwegen storniert, obwohl sie immer eine Reiserücktrittsversicherung abschließt »für den Fall, dass irgendwas mit Gal ist«.

»Bist du sicher, dass es dir gut geht? Du klingst so anders.« Wenn sie hier wäre, würde sie mir Tee machen und mich streicheln. Einen Moment lang wünsche ich sie mir her.

»Ich habe ein Beruhigungsmittel bekommen. Morgen rede ich weniger wirr.« Ich lege meine Brille auf den Nachtschrank und reibe mir den Nasenrücken. Ich möchte das Thema wechseln. »Hast du was von Becky gehört?«

Seltsamerweise zögert sie. »Ja, hab ich.«

Mir fallen die Augen zu. Ich bin so kurz vorm Einschlafen, dass ich bereue, gefragt zu haben, aber ich ahne, dass da noch was kommt. »Was ist los? Hat sie mal wieder ihren Job verloren?« Becky ist Pharmareferentin, reist durch ihr zugewiesenes Gebiet und verkauft Ärzten Medikamente. Wie ich, hat auch sie Biologie studiert, und oberflächlich betrachtet sieht sie in ihrem schicken Kostüm aus wie eine Managerin mit glänzenden, geglätteten Haaren und sorgfältig aufgetragenem Make-up.

»Verloren nicht. Sie hat einen neuen. Jetzt ist sie noch mehr unterwegs.« Moms Stimme klingt seltsam. »Riley kommt her, um bei uns zu wohnen. Sobald wir aus Frankreich zurück sind.«

»Ach, so?« Ich gähne. Riley ist Beckys Tochter. Der Vater hat damals ziemlich schnell das Weite gesucht.

»Ich weiß gar nicht, ob das so eine gute Idee ist.« An Moms Ende der Leitung klappern Topfdeckel, was bedeutet, dass sie noch nervöser ist als nach einer meiner Operationen. »Wir wollen doch diesen Sommer Tante Betty besuchen, nach ihrer Knieoperation …« Ihre Stimme wird immer leiser. »Teenager können ganz schön anstrengend sein.«

»Hast du ihr das gesagt?« Mom lässt sich von Becky alles gefallen, schickt ihr Geld, wenn Becky ihr Konto überzogen hat, was bestimmt öfter vorkommt, als ich weiß. »Hast du ihr gesagt, dass sie nicht noch mehr Probleme machen soll?«

Mom ignoriert mich, also weiß ich, dass sie nichts dergleichen getan hat. »Es wird schon gehen.«

»Tut es doch immer. Selbst wenn es schlecht geht.« Ich lächle über meinen müden Scherz.

»Ha, ha.«

Meine Gedanken driften ab. Arme, kleine Riley. Als ich sie das letzte Mal gesehen habe, wohnte ich noch zu Hause. Wie lange ist das schon her? Inzwischen ist sie fünfzehn.

Als Riley noch ganz klein war, vielleicht zwei Jahre alt, habe ich Becky einmal in San Diego besucht. Sie war von ihrem ersten Job als Pharmareferentin suspendiert worden. Damals war Becky eine Partymaus, die kiffte und trank und wer weiß, was sonst noch alles. Wir hielten »suspendiert« für eine freundliche Formulierung für »entlassen, weil sie verkatert zur Arbeit gekommen ist«.

Ich wollte ihr etwas vorbeibringen. Ich weiß nicht mehr, was. Die Haustür war nicht abgeschlossen. Ihre Katze miaute mich an.

»Riley? Becky?« Ich ging hinein.

Becky lag besinnungslos auf dem Sofa.

Ich schüttelte meine Schwester. Sie reagierte nicht. Ich schlug ihr ins Gesicht. »Becky? Wo ist Riley?«

»Hmmmm?« Becky schaffte es, die Augen aufzuschlagen, konnte aber nicht klar sehen.

Da hörte ich ein Weinen von draußen. Riley stand mit durchhängender Windel auf der Terrasse und klammerte sich an den Nacken des alten Golden Retrievers, den Becky von ihrem Ex geerbt hatte. Ihre tannenbaumgrünen Augen waren gerötet, ihre Wangen und Arme dreckig, aber sie war unversehrt. Sie streckte mir die Ärmchen entgegen.

Ich nahm sie mit und brachte sie rüber ins Haus meiner Eltern. Erst Stunden später wachte Becky auf und merkte, dass ihre Tochter weg war.

Danach kam Riley zu ihrem Vater, und wir dachten, alles sei in Ordnung. Seine Mutter hütete Riley, wenn er bei der Arbeit war. Becky riss sich am Riemen, ließ die Partys sein und besuchte ihre Tochter regelmäßig. Wir schrieben den Vorfall ihrer Unreife zu.

Ein paar Jahre später starb Rileys Großmutter, und Rileys Vater schwängerte eine andere Frau. Eine Frau, der es nicht gefiel, dass Rileys Vater schon mal eine Familie gehabt hatte. Er heiratete sie und zog nach Boston, und Riley kam wieder zu Becky. Soweit ich weiß, wollte Rileys Vater über den monatlichen Unterhaltsscheck hinaus keinen weiteren Kontakt.

Becky war für ihren neuen Job bei einer anderen Arzneimittelfirma nach San Francisco gezogen. Wenn Becky feierte, achtete sie darauf, dass sie nüchtern oder zumindest einsatzfähig zur Arbeit erschien; denn diese Stelle behielt sie einige Jahre. Ich hatte schon vermutet, dass sie sich zwar beim Alkohol einschränkte, aber hin und wieder nichts gegen die extrastarken Schmerzmittel aus ihrem Sortiment einzuwenden hatte. Ich konnte es an ihrer Stimme hören, wenn wir mal telefonierten, was selten vorkam. Trotz ihres ordentlichen Gehalts steckte sie doch immer in finanziellen Nöten. Ihre Männer waren zahlreich und führten stets fragwürdige Berufsbezeichnungen wie »Nightclub-Promoter«.

Meine Mutter wollte nicht wahrhaben, dass irgendwas faul war. »Das würde mir Riley doch erzählen«, sagte sie immer. Mom flog rauf, um Riley zu holen, flog wieder mit ihr zurück und behielt sie im Sommer wochenlang bei sich. Ich ging davon aus, dass meine Eltern einen stabilisierenden Einfluss auf Riley hatten, wie ihn auch ihre Großmutter väterlicherseits gehabt hatte, als sie noch ganz klein gewesen war. Ich nahm an, dass Riley sich nicht daran erinnerte, je vernachlässigt worden zu sein.

»Riley will bestimmt bei ihrer Mutter bleiben«, sagte ich. Mit acht Jahren zeigte Riley meiner Schwester gegenüber eine unbändige und unverdiente Loyalität.

»Es ist alles in Ordnung, Tante Gal«, erklärte sie mir am Nachmittag ihres achten Geburtstags am Telefon.

»Guck in eure Schränke und sag mir, was drin ist«, forderte ich sie auf.

Sie reagierte sofort. »Spaghetti-Os, Pizza und viel Gemüse. Ganz viel Gemüse. Meine Mutter zwingt mich, das Zeug zu essen.«

Ich hatte sie erwischt. »Ihr bewahrt Pizza im Küchenschrank auf?«

»Ich dachte, du meinst den Kühlschrank.«

Und so war es immer. Riley beschützte und verteidigte ihre Mutter, und Becky nötigte meiner Mutter alle Hilfe ab, die sie kriegen konnte, ohne sich einzugestehen, dass sie ihre Tochter schon vor langer Zeit hätte weggeben sollen.

Das alles fällt mir ein, während ich an die Zimmerdecke starre und mir anhöre, wie meine Mutter Ausreden für meine Schwester erfindet. Schließlich sage ich: »Was Riley braucht, ist eine vernünftige Ausbildung und ein stabiles Zuhause. Ihre Mutter hat sie total verkorkst.« Ich denke an meine Kollegen mit Kindern. Das erste Kind ist vom Schulgeld befreit. Schon immer hat es mir in meiner sparsamen Seele wehgetan, dass ich diesen Umstand nicht nutzen konnte. »Sie sollte herkommen. Kostenlos ihren Abschluss an einer Privatschule machen.«

»Du wärst ihr nicht gewachsen.«

»Du hast mich noch nicht in Aktion mit meinen Schülern gesehen.« Ich lache in mich hinein. Oh, ich schlafe schon fast. Ich sehe mich am Strand von San Diego, wie ich einen Zeh in den eiskalten Pazifik strecke. »Der Verschmutzungsgrad ist hoch«, nuschle ich. Ich träume von einem meiner Highschool-Projekte. Meerwassertests.

Ihre Stimme wird sanfter. »Ich lass dich mal lieber ausruhen.«

Ich schaffe es gerade noch, die Taste am Telefon zu drücken. Schmerzmittel sind besser als Schlaftabletten. Mondlicht fällt getupft durch die Chiffonvorhänge und wirft abstrakte Rosenmuster an die Decke. Ich schließe die Augen und stelle mir den Stammbaum meiner Rosen vor. Hulthemias. Dreidimensional stehen sie um mich herum, umtanzen mich wie die frechen Blumen bei Alice im Wunderland. Ich lächle im Halbschlaf. Vielleicht kann ich die Rosafarbene mit der Gelben paaren. Ich kreuze Hulthemias in meinem Kopf, und ihre Sprösslinge werden so schnell geboren, als liefe ein Film vor meinem inneren Auge ab. Bis ich einschlafe.

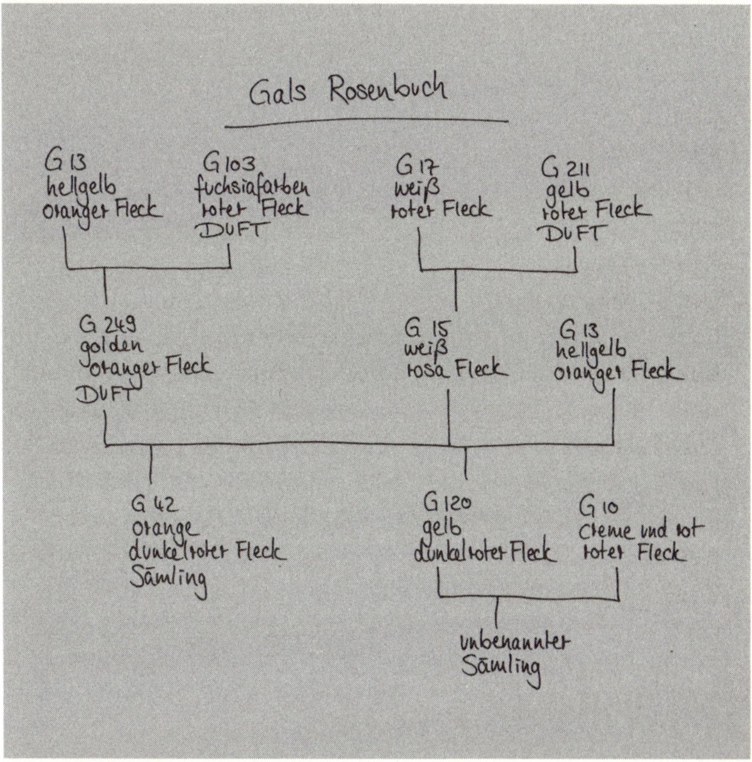
Gals Rosenbuch
G 13
hellgelb
oranger Fleck
G 103
fuchsiafarben
roter Fleck
DUFT
G 17
weiß
roter Fleck
G 211
gelb
roter Fleck
DUFT
G 249
golden
oranger Fleck
DUFT
G 15
weiß
rosa Fleck
G 13
hellgelb
oranger Fleck
G 42
orange
dunkelroter Fleck
Sämling
G 120
gelb
dunkelroter Fleck
G 10
creme und rot
roter Fleck
unbenannter
Sämling

3

Am Montag nach der Behandlung laufe ich vor meiner Klasse auf und ab, und meine bequemen Turnschuhe quietschen auf dem schwarzen Linoleum. Die Übungsräume der Naturwissenschaften haben sämtlich schwarze Linoleumböden und schwarze Pulte. An Halloween schmücke ich den Raum wie ein Verlies. Hier gibt es keine Gasleitungen für Bunsenbrenner wie im Chemieraum, aber dafür steht auf den Pulten unter den Fenstern ein ganzes Sortiment von Mikroskopen. Es ist ein Raum, der die Schüler zum Träumen verleitet, im ersten Stock des Gebäudes, mit Blick auf kahle Baumwipfel und den Sportplatz, wo gerade eine Klasse Flag-Football spielt.

Hier hängen keine Heiligenbilder an den Wänden wie im Religionsraum. Die meisten katholischen Schulen sind heutzutage nicht sonderlich katholisch. Es gibt hier nicht mal Nonnen, jedenfalls so gut wie keine. Unser Priester kommt nur einmal im Monat, um die Messe zu lesen. Ansonsten ist es eigentlich eine ganz normale Privatschule.

Seit acht Jahren arbeite ich hier. Kurz bevor meine Niere wieder versagte, habe ich angefangen. Ich kam von einer öffentlichen Highschool, mit gleichgültigem Kollegium und noch gleichgültigeren Schülern. Eine kleinere Privatschule bot mir eine willkommene Abwechslung.

Der Direktor, Dr. O'Malley, wirkte besorgt, als er mich beim Vorstellungsgespräch zum ersten Mal sah, und musterte mich von Kopf bis Fuß. »Wie wollen Sie die Kinder bändigen?«, hatte er gefragt.

Ich richtete mich zu meiner vollen Größe auf. »Erstens komme ich von einer öffentlichen Schule und hatte nie irgendwelche Probleme. Ich dachte, an dieser Schule würde schlechtes Betragen nicht geduldet. Zweitens ist die Zunge mächtiger als das Schwert.«

Dr. O'Malley hatte gelächelt. »Ich glaube, es heißt ›Feder‹. Aber Sie haben recht. Wir haben hier wirklich brave Kinder.«

»Ich weiß, was Sie denken.« Ich lehnte mich über seinen Schreibtisch. »Ich bin krank und werde Sie viel Geld kosten.«

Er wollte widersprechen, doch ich hob meine Hand.

»Lassen Sie mich eins sagen: Niemand weiß, was die Zukunft bringt. Ein kerngesunder Mensch könnte morgen von einem Sattelschlepper überfahren werden. Aber ich garantiere Ihnen: Egal, wie viel Zeit mir noch bleibt, wenn ich diese Schule verlasse, wird sie in einem besseren Zustand sein, als ich sie vorgefunden habe.« Ich lehnte mich zurück, hatte gesagt, was ich zu sagen hatte.

Am Ende fand die Schulleitung keinen Grund, mich nicht einzustellen. Schließlich konnten sie ja schlecht sagen, dass ich ihnen zu klein war oder unqualifiziert. Seitdem bin ich hier.

Heute wird die Klasse etwas über Osmose lernen. Osmose dürfte wohl einigermaßen leicht zu verstehen sein, und außerdem macht das Experiment Spaß. Ich habe Kartoffeln mitgebracht. Wir haben sie aufgeschnitten und in Wasser eingelegt: eine ohne alles, eine gesalzen und eine gezuckert. Die Schüler sollen erklären, wieso die gesalzene Kartoffel so weich, die gezuckerte nicht ganz so weich und die ohne alles härter wurde. Die Osmose bringt das Wasser der Kartoffel dazu, dem Salz entgegenzustreben.

Ein Mädchen mit rotem Pferdeschwanz in Cheerleader-Uniform meldet sich. Die Cheerleader-Uniformen sind den normalen Schuluniformen nicht unähnlich: ein karierter Rock mit einem Sweater, auf dem St. Mark's steht, statt weißer Bluse mit Rock. »Können wir dieselbe Schale für alle drei benutzen?«

Ich bin die Arbeitsanweisungen längst durchgegangen, aber sie hat geträumt. Ich wende mich dem Rest der Klasse zu. »Jemand eine Ahnung?«

John, ein Junge im Schulsweatshirt, lässt seine Glasbecher aneinanderklirren. »Sag mal, Sarah, wie viele Becher stehen denn vor dir?«

Der Rest der Klasse kichert. Wäre sie eine Figur aus einem Comic, würde über ihrem Kopf eine riesige Glühbirne aufleuchten. »Ah! Jetzt weiß ich's!«

»Ich dachte, die Cheerleader an dieser Schule wären besonders schlau«, murmelt ein Junge und schüttelt seine schwarzen Locken.

»Hey, hier ist nur Platz für *einen* Klugscheißer.« Ich trommle mit den Fingern auf dem Tisch vor John herum.

Er grinst verschmitzt. »Sie?«

Ich nicke und lächle. »Sollte noch jemand Fragen haben, wird John euch liebend gern unter die Arme greifen. Ohne dumme Sprüche.«

Er schnaubt und zieht die Schultern ein, sagt aber nichts mehr.

Schließlich kommen die Schüler zur Ruhe und widmen sich ernsthaft dem Versuch. Die Stunde dauert fünfzig Minuten, und fast vierzig sind noch übrig.

Ich sitze an meinem Arbeitstisch am hinteren Ende der Klasse, von wo ich alle gut im Blick habe, ohne dass sie mich sehen können. Obwohl ich mich am Wochenende ausgeruht habe, bin ich doch ganz schön erledigt und hoffe, nichts auszubrüten. Ganz vorn hustet jemand, und ich lausche aufmerksam. Klingt für mich wie trockener, allergischer Husten. Nach fast zwölf Jahren als Lehrerin kann ich den Unterschied inzwischen erkennen. Als mir auffällt, dass ich wegen möglicher Bazillen die Luft anhalte, gestatte ich mir ein gewaltiges Gähnen.

Auf dem Tisch steht meine Flasche mit dem halben Liter Wasser, der Hälfte meiner täglichen Ration. Patienten, die noch Urin produzieren, dürfen mehr trinken. Es ist nicht viel, aber besser als damals, als ich mit der Dialyse anfing und mir nur eine kleine Flasche Wasser erlaubt war.

Aufgrund des Flüssigkeitsmangels sieht meine Haut aus wie die einer Eidechse. Ein schlichter Handcremespender steht auf meinem Tisch. In einer abgeschlossenen Schublade liegen die Pillen, die ich regelmäßig nehmen soll, und meine faden, dialysefreundlichen Zwischenmahlzeiten mit niedrigen Phosphor- und Kaliumwerten. Wenn man zu viel davon isst, kann man einen Herzinfarkt bekommen. Ich sollte meine eigene Diät auf den Markt bringen. Der Slogan wäre: »Schmeckt so schlimm, da purzeln die Pfunde.« Ich grinse.

Ich öffne meine Rosendatei auf dem Computer. Der Stammbaum meiner Rosen breitet sich vor mir aus. G42 müsste demnächst blühen. Ich hoffe, sie duftet. Ihre Eltern waren die öfter blühende Rose vom letzten Jahr und eine andere Öfterblühende. Deren Großeltern duften. Bei meinen Sorten scheint der Duft immer eine Generation zu überspringen, so wie die blauen Augen in manchen braunäugigen Familien. Das sagt mir meine Intuition, obwohl ich damit nicht immer richtigliege. Am Ende bin ich doch jedes Mal überrascht.

Plötzlich steht Dara neben mir, lautlos in ihren Ballettschuhen. Sie hat gerade eine Freistunde. Ich merke, wie leiser Unmut in mir aufsteigt. Sie sollte nicht meinen Unterricht stören, nur weil sie sich langweilt. Außerdem muss ich zugeben, dass ich etwas getan habe, was ich nicht hätte tun sollen, nämlich mich im Unterricht mit meinen eigenen Rosen zu beschäftigen. Ich schalte den Bildschirm aus, damit sie nicht sieht, was ich tue. Dara ist dafür bekannt, dass sie einem gern Standpauken hält.

»Möchtest du endlich auch mal was über Osmose erfahren?« Ich drehe mich auf meinem Stuhl um. »Oder ist etwas Wichtiges passiert, von dem ich wissen sollte?«

Sie setzt sich auf den Plastikstuhl neben mir. »Ich kam gerade vorbei und hab gesehen, dass du nichts zu tun hattest.« Sie deutet auf den Computerbildschirm. »Ich plane gerade das nächste Semester und hatte eine tolle Idee.«

Es ist nicht vorgesehen, dass Lehrer einander während der Stunde besuchen. Ich weiß auch, warum. Meine Schüler interessieren sich nur noch für uns, nicht für ihren Versuch. »Lass uns heute Mittag reden, Dara. Nicht vor den Kindern.«

Darüber geht sie hinweg. »Wie wär's, wenn wir ein gemeinsames Projekt machen würden? Biologie und Kunst.«

»Meine Schüler können nicht zeichnen. Deshalb haben sie den Biologiekurs belegt.« Ich zwinkere den neugierigen Schülern zu.

Sie blinzelt, und mir fällt auf, wie viel Wimperntusche und Eyeliner sie trägt. Er ist in die kleinen Fältchen unter ihren Augen gelaufen. »Erstens können ganz viele Biologen zeichnen. Und ganz viele Künstler kennen sich mit Biologie aus. Was glaubst du denn, wer die Anatomiebücher illustriert?«

»Ist ja gut. Es sollte ein Scherz sein.«

»Es klang aber nicht wie ein Scherz.« Sie verschränkt die Arme. »Verdammt, Gal, das ist eine gute Idee. Mach sie nicht gleich nieder.«

Mir wird klar, dass das, was ich gesagt habe, nicht nur ein Scherz war. Sollte ich das tatsächlich glauben, würde ich mir in die eigene Tasche lügen.

Ich mache den Mund auf, um mich zu entschuldigen. Die Niere. Immer ist es die Niere. Ich sollte meine Krankheit nicht mehr als Ausrede für irgendwas benutzen. Ich sollte meine Stimmungsschwankungen im Griff haben. Vielleicht ist mein Hirn vom ewigen Wassermangel ausgedorrt. Meine Augen sind trocken, und ich reibe hinter der Brille herum.

Vorletztes Wochenende habe ich Dara angepflaumt, als wir uns nicht einig werden konnten, wo wir im Kino sitzen wollten, um *Black Swan* zu sehen. Sie wollte in die Mitte, ich an den Gang. Ich sagte, da sie den Film ausgesucht habe, dürfe ich aussuchen, wo wir uns hinsetzten. Ich bekam meinen Willen. Wie meistens. Was allerdings nicht hieß, dass ich immer recht hatte.

Dara redet immer weiter. »Das Projekt würde sich um Konzeptkunst drehen. Dafür müssen sie nicht zeichnen können, und die Kunstschüler müssen sich nicht in Biologie auskennen. Obwohl sie es vermutlich tun.« Sie deutet auf die Kinder. »Ich sehe hier zehn Schüler, die auch in meinem Kunstkurs sind.«

Das verstärkt meinen Unmut nur noch mehr, vor allem, weil inzwischen alle ihre Arbeit unterbrochen haben und zu uns sehen, um zu erfahren, was vor sich geht. Dara ist beliebt. Die coole Lehrerin, bei der die Schüler im Unterricht essen und zum Zeichnen rausgehen dürfen. Ich bin die Böse, bei der sie denken müssen und keine Extrapunkte kriegen. »Das erklärt wohl ihren mangelnden Sinn für Wissenschaft.«

Ihr Hals wird rot und fleckig, und ich weiß, dass ich zu weit gegangen bin. Das war daneben, Gal. Sie steht auf.

Ich fühle mich schrecklich. »Dara.«

»Vergiss es.« Das Futter ihres Wollrocks raschelt, als sie geht.

Die ganze Klasse beobachtet uns, flüstert, lacht. Einige sind erschrocken über das, was ich gesagt habe. Starren mich an. Kinder sind Wölfe. Beim ersten Anzeichen von Schwäche schlagen sie zu.

Meine ausgediente Dialysefistel, ein Plastikröhrchen, das in meinen Arm implantiert ist, juckt schmerzhaft. Ich möchte sie mir rausreißen. Der Fremdkörper macht mir zu schaffen. Ich versuche, etwas zu sagen, habe aber einen Frosch im Hals, also nehme ich einen kleinen Schluck von meiner Tagesration Wasser. Die Schüler kichern, diese Kinder, die keine größeren Sorgen haben, als sich jeden Morgen entscheiden zu müssen, welche Zuckerflakes sie frühstücken wollen. Ich weiß, es ginge zu weit, aber am liebsten würde ich meinen Tisch umstoßen. »Zurück an die Arbeit, alle miteinander!« Meine Stimme hallt in diesem Raum, ohne jede Milde, und tut mir in den Ohren weh. Glücklicherweise fügen sie sich und lassen mich in Ruhe.

Zu Hause. Eine einfache Mahlzeit, ein Hamburger, natriumarm zubereitet. Heute Abend habe ich Dialyse. Meine Tasche steht schon bereit, mit der Extrazahnbürste und flauschigen Pantoffeln, und meine Unterrichtstasche mit den unzensierten Arbeiten liegt obendrauf. Die Krankenhaustasche ist immer gepackt, wie bei einer permanent schwangeren Hausfrau.

Draußen schlendere ich durch meinen Rosengarten, trete immer wieder vom Weg auf die Beete, mit einer roten, blechernen Kinderkarre für das Gestrüpp im Schlepptau. Ich trage meine Gartenhandschuhe und habe meine Rosenschere dabei, um verirrte Ranken abzuschneiden, die mir zur Stolperfalle werden könnten. Brad hat sich um die meisten Irrläufer gekümmert. Es gehört zu seinen Aufgaben. Kinderleicht. Am liebsten würde ich mich im Gewächshaus mit der Rose für den Wettbewerb beschäftigen, aber momentan kann ich eigentlich nichts anderes tun, als abzuwarten, bis sie Knospen treibt. Es ist, als würde man darauf warten, dass ein Küken schlüpft.

Neben einer roten American Beauty ragt ein Trieb aus dem Mulch. Noch kann ich nicht erkennen, ob es eine Rose oder Unkraut ist. Bisher sieht man nur einen grünen Trieb. Falls es eine Rose sein sollte, dann habe ich sie nicht gepflanzt. Dann ist sie ein unerwünschtes Missgeschick, das meinen echten Rosen die Nährstoffe stiehlt und die Wurzeln der Schönheit erstickt. Was mehr oder weniger die Definition von Unkraut ist. Ich könnte den Trieb in einen eigenen Topf geben, aber wer hat die Zeit dafür? Wenn ich das bei jeder möglichen Rose täte, hätte ich bald keine Töpfe mehr. Ich reiße ihn heraus, werfe ihn auf den Haufen in der Karre und gehe weiter.

Ich nehme mein Rosen-Fotoalbum mit zur Dialyse und sehe mir im Wartezimmer die Bilder an. Es enthält alle Rosen der letzten zehn Jahre, seit ich mein Hobby ernsthaft betreibe. Die Hulthemias reichen etwa sechs Jahre zurück. Damals habe ich sie entdeckt.

Eine meiner liebsten ist rosa, mit fast kastanienbraunem Fleck. Das ist meine erste Kreuzung. Ich habe sie G21 genannt. Nichts Besonderes eigentlich und ohne Duft. Es war einfach nur die erste Hulthemia, die ich selbst gezüchtet habe.

»Wenn das keine hübschen Rosen sind.«

Ich erstarre. Walters späht mir über die Schulter, so nah, dass ich seinen Atem auf meiner Kopfhaut spüren kann. Abrupt klappe ich das Album zu.

»Eigentlich hatte ich es nett gemeint.« Er schlendert weiter und zwinkert mir auf dem Weg hinaus zu.

»Gal«, höre ich meinen Namen.

Auf dem Weg zu meinem Zimmer komme ich an dem von Walters vorbei, dem Mistkerl, der nicht mal auf der Liste stehen dürfte. Er flirtet wie üblich mit Schwester Gwen. Was hat er nur an sich, dass diese Frauen ihn anhimmeln? Ich begreife es nicht. Er winkt mir fröhlich zu, und ich widerstehe der Versuchung, ihm meine beiden Mittelfinger zu zeigen.

Und schon liege ich im Bett. Schwester Gwen schiebt die Nadel in die Plastikfistel in meinem Bein. Nachdem sich der Shunt in meinem Arm endgültig verschlossen hatte, war man zum Bein übergegangen, und als das verstopfte, haben sie eine Weile meine Drosselvene benutzt. Ein Schlauch geht in die Maschine, ein Schlauch kommt aus der Maschine, mit dem sauberen Blut. Es klingt schrecklich, eine Nadel im Hals zu haben, aber nach so vielen Jahren ist es nicht mehr so schlimm. Bestimmt ist das Gewebe längst hart und vernarbt.

»Haben Sie es bequem?«, fragt Schwester Gwen. Sie erinnert mich an Flo von Mel's Diner, messingblond, mit pinkem Lippenstift. Ihre Hände riechen nach Zigaretten und Babypuder.

Statt zu sprechen, halte ich einen Daumen hoch. Sie verdunkelt den Raum.

Diese Krankenhausbetten sind mir so vertraut wie mein eigenes. Der medizinische Geruch vom Bettzeug, der grobe Stoff, die Plastikgitter an den Seiten. Ich habe es noch nicht ausgerechnet, aber wahrscheinlich habe ich in diesen Betten genauso viel Zeit verbracht wie in meinem eigenen.

Einmal, als sie zehn war, ist meine Schwester von einem Baum gefallen und mit dem Kopf aufgeschlagen. Sie war bewusstlos und wachte im Krankenhaus wieder auf. Mein Kinderarzt sah den Namen »Garner« auf der Liste und lief gleich hin. Ausnahmsweise war es eine andere Garner. Der Arzt fragte Becky, ob sie wisse, wo sie sei. »Ich bin in Gals Bett«, sagte sie.

Der Kinderarzt war sicher, dass Becky eine Hirnverletzung

hatte, bis meiner Mutter ein Licht aufging. »Sie glaubt, dass Gals Bett im Krankenhaus steht, weil Gal immer hier ist.«

Wenn meine Mutter die Geschichte erzählt, will Becky nie begreifen, worum es dabei geht. »Der Arzt war also erleichtert, dass es nicht Gal war, sondern nur ich?«

»Gal hat schon viel mehr durchgemacht als du«, erwidert meine Mutter dann. Eine abgedroschene Erklärung.

Im Dialyseraum lullen mich die Geräusche meines künstlichen Organs ein. Ich wache nicht mal mehr auf, wenn die Blutdruckmanschette piept.

Als ich wieder zu mir komme, fühle ich mich mehr oder weniger wie die alte Gal, was bedeutet: einigermaßen okay. Ein normaler Mensch wie Dara würde wahrscheinlich denken, er hätte eine Grippe, aber das ist für mich inzwischen normal.

Als ich nach Hause komme, liegen Nebelschwaden auf meinem Rosengarten. Ich habe nicht nach dem Wetterbericht gesehen und weiß nicht, wann es wieder aufklart. Ich schließe die Tür auf. Die Luft im Haus ist unangenehm muffig, also öffne ich das Küchenfenster. In der Spüle stehen die schmutzigen Teller von meinem gestrigen Abendessen. Ich hätte sie in den Geschirrspüler stellen und nicht darauf hoffen sollen, dass aus heiterem Himmel jemand kommt und es für mich erledigt. Ich fahre meinen Computer hoch und mache mir einen Becher Tee. Im Garten nebenan ist die alte Mrs Allen wieder beim Rasensprengen, obwohl sie doch gestern schon reichlich gegossen hat. »Sie werden Ihren kostbaren Rasen noch ertränken«, sage ich leise. Sie trägt einen bestickten, schwarzen Hausmantel, aus dem unten ein dickes Flanellnachthemd hervorlugt. Ich trete einen Schritt zurück, bevor sie mich entdeckt.

Ich nehme einen Schluck von meinem Tee. Meine Mutter hat ihn mir geschickt, obwohl wir hier in Kalifornien sind, nicht in Sibirien. Mom informiert sich über Kräutermedizin und schickt mir kistenweise Vitamine und Nahrungsergänzungspräparate, deren Wirkung durch keinerlei wissenschaftliche Untersuchung belegt ist. Früher habe ich ihr immer wieder gesagt, dass sie ihr Geld zum Fenster rauswirft, aber inzwischen stelle ich die Kartons ins Lehrerzimmer und schreibe »zu Verschenken« darauf. Bis Mittag sind sie alle weg. Noch nie hat sich jemand dafür bedankt.

Auf dem Schreibtisch steht mein MacBook, das ich mit erheblichem Preisnachlass über die Schule gekauft habe, und zeigt mir eine neue E-Mail an. Mein Herz schlägt ein bisschen lauter. Wahrscheinlich ist es nur eine Benachrichtigung vom Online-Rosen-Forum, dass ich eine neue Nachricht in meinem Hulthemia-Thread habe, aber ich hoffe, es ist etwas anderes. Ich stelle fest, dass sich ein Lächeln auf meinem Gesicht ausbreitet, so strahlend und außergewöhnlich, dass es fast wehtut. Es ist Byron.

Byron Madaffer, in Rosenkreisen bekannt als Lord Byron. Er wohnt in Texas, auf einer riesigen Ranch mit eigenem Flugplatz. Seine Vorfahren waren Rinderzüchter, aber auch Immobilieninvestoren. Heute ist Byron so reich, dass er sich nicht mehr mit Rindern abgeben muss. Er muss sich mit nichts mehr abgeben, womit er sich nicht abgeben möchte. Stattdessen züchtet er Rosen.

Er hat schon diverse Male die »Queen of Show« gewonnen, und Großgärtnereien überschlagen sich, um seine Rosen zu bekommen und auszutesten. Die erfolgreichste ist von hellem Rosa, mit orangefarbenen Spitzen, und trägt den Namen »Byron's Flame«. Es ist eine herrlich duftende Teerose mit langem Stiel. Wer jemals ein Dutzend Rosen zum Valentinstag bekommen hat, dem wird aufgefallen sein, dass sie kaum jemals gut riechen, wenn überhaupt. Sie könnten ebenso gut aus Seide sein. Nicht so Byrons.

Natürlich ist mir nicht entgangen, dass Byron mit seinen Helfern über Möglichkeiten verfügt, die ich nicht habe. Aber er hat mich davon überzeugt, dass auch ich erreichen kann, was er erreicht hat.

Ich habe ihn bei meiner ersten großen Rosenschau vor sechs Jahren in Texas kennengelernt. In dem Jahr bin ich in einer Amateurkategorie angetreten und dachte, ich hätte einen potenziellen Sieger dabei: eine rosafarbene Hybrid-Teerose mit weißen Streifen. Ich nannte sie Peppermint Candy. Im Jahr davor hatte diese Rose ein Blaues Band (wenn auch nicht die »Queen of Show«) bei einer Rosenschau der lokalen Züchter gewonnen. Damals hielt ich mich für einen Überflieger und dachte, ich würde jeden Wettbewerb gewinnen, an dem ich teilnahm. Ich hatte etwas Geld gespart, um zu diesem größeren Wettbewerb zu fahren. Ich rief ein Dialysezentrum an, um sicherzustellen, dass ich während meiner dreitägigen Reise einmal dort hingehen konnte. Und so landete ich mit meiner kleinen Rose im Ballsaal des Hyatt in Dallas, wo sich alle miteinander unterhielten, nur nicht mit mir. Aber ich versuchte es auch nicht. Ich saß nur an meinem mir zugewiesenen Tisch, mit der Nummer 24 auf meiner Bluse, und wartete darauf, dass die Juroren kamen.

Ich hatte ja keine Ahnung, dass es bereits Dutzende verschiedene Versionen meiner Rose gab, die meisten tausendmal raffinierter als meine.

Einer der Juroren ließ es sich nicht nehmen, mich beiläufig über diesen Umstand in Kenntnis zu setzen, was dadurch noch schlimmer wurde, dass er jeden Blickkontakt mied und sich von mir abwendete. »Wissen Sie eigentlich, dass es schon eine Rose mit diesem Namen gibt?«, sagte er. »Kommen Sie wieder, wenn Sie dem Wettbewerb gewachsen sind.«

Hätte ich einem Rosenklub angehört wie die meisten Züchter, hätte ich es vielleicht gewusst. Irgendwer hätte mich darauf hingewiesen.

Tatsache jedoch ist, dass ich keinem Rosenklub angehöre, weil ich niemanden brauche, der mir sagt, dass ich nicht gut genug bin. Im Online-Rosen-Forum stelle ich eher allgemeine Fragen. Ich zeige niemandem Fotos meiner Rosen. Ich will keine negativen Kommentare hören. Außerdem bin ich eine Einzelgängerin mit ohnehin begrenzter Zeit. In diesem Moment jedoch bekam ich die Nachteile dieser Entscheidung zu spüren und wäre am liebsten im Erdboden versunken.

Byron, der hinter seinem riesigen Rosenarrangement kaum auszumachen war, stand auf und schaute dem Juror nach. Bis dahin hatte ich von Byron noch nie gehört, aber während der Show war er in aller Munde. Sein Ruf eilte ihm voraus.

Er kam zu mir herübergeschlendert, und seine blauen Augen steuerten wie zwei Lichter auf mich zu. Ich sah nur ihre Farbe. Die Menschenmenge teilte sich wie das Rote Meer. Er ging aufrechter, als ich es je bei irgendwem gesehen habe. Er war James Bond. Nur attraktiver.

Vor meinem Tisch blieb er stehen. »Ich habe Ihr Gespräch eben mit angehört.« Er klang, als käme er aus England, nicht aus Texas.

»Wollen Sie jetzt auch auf mir rumhacken?« Ich sparte mir die Mühe aufzustehen und spielte mit der gelben Schleife, die ich um den ärmlichen Plastiktopf meiner Rose gelegt hatte. Die Schleife sah schlapp und kläglich aus, verglichen mit den monströsen Dingern, die alle anderen benutzten.

»Ich sehe mir Ihre Rose schon den ganzen Tag an.« Seine blonden Augenbrauen schoben sich zusammen. »Die Blütenblätter sind ausgefranst. Ist das Absicht?«

»Ich wollte sie rüschig.« Ich blickte zu ihm auf. »Ich mag Rüschen.«

Er schwieg, drehte die Rose hin und her, roch daran. »Originell.«

Ich hörte das widerwillige Lob in seiner Stimme. Sein Lächeln – als er es mir widmete – war freundlich. »Da Sie hier für heute anscheinend fertig sind, wollen Sie sich nicht zu mir gesellen? Wir könnten ein bisschen fachsimpeln.«

Mit diesen Worten nahm er meine Rose und ging an seinen Tisch zurück. Ich folgte in seinem Fahrwasser, eher Dienerin als Königin.

Er deutete auf eine Frau mit kleinen Füßen und überproportional breiten Hüften, die auf uns zugewankt kam. Sie sah aus, als wäre sie einmal hübsch gewesen, doch jetzt glänzten ihre Haare künstlich, und langsam bekam sie ein Doppelkinn. Sie war zu stark geschminkt, die Grundierung mehrere Farbtöne heller als ihr Hals, sodass sie wie ein Zirkusclown wirkte. Ich fragte mich, ob Byron wohl im Stillen ein ähnliches Urteil fällte. »Miss Lansing ist Jurorin. Könnte theoretisch verheiratet sein, besteht aber darauf, Miss genannt zu werden. Weit und breit weder Mann noch Ehering. Zu Männern ist sie immer netter als zu Frauen.« Er atmete tief. »Traurig, aber wahr.«

Ich sah mir die zahllosen Männer im Saal an. Mehr Männer als Frauen wählen dieses Hobby. Viele Wissenschaftler und Ingenieure. Man braucht eine bestimmte Art von Persönlichkeit und Geduld für die langfristigen Ergebnisse. »Dann verbringt sie also viel Zeit damit, nett zu sein.« Ich vermutete, dass sie zu Byron und seinen breiten Schultern besonders nett war. »Warum erzählen Sie mir das überhaupt?«

»Weil Sie es wissen müssen.«

Als sie an unseren Tisch trat, schenkte mir Miss Lansing ein missbilligendes Lächeln, dann schmolz ihre Miene, als sie Byron die Hand reichte. »Meine Güte, Byron, Ihre Rosen sehen wirklich bezaubernd aus! Genau wie Sie, wenn ich das hinzufügen darf.« Ein sahniges Glucksen drang aus ihrer Kehle.

»Nicht so bezaubernd wie Sie. Wie eine Rose aus Texas.« Byrons förmlicher Ton nahm einen weichen Südstaatenklang an. Er trug dermaßen dick auf, dass ich das Gesicht verzog, und doch errötete Miss Lansing. Sie war ihm verfallen. Ich konnte mir ein Lachen nicht verkneifen, woraufhin sie mich ansah. »Das ist Gal«, sagte Byron mit großer Geste.

»Neue Assistentin?« Ihr Blick war wieder auf ihn gerichtet. Natürlich. Ich war keine Konkurrenz für einen Mann.

»Neue Wettbewerberin. Die sollten Sie im Auge behalten.« Mit einem knappen Nicken trat er zurück, als sie weiterging, und wieder wechselte sein Akzent. »Juroren Honig um den Bart schmieren. Der anstrengendste Teil des Tages.«

Nachdem wir den ganzen Nachmittag über die Abstammungslinien meiner Hulthemia gesprochen hatten, wie ich die perfekte Hulthemia entwickeln wollte und welche Kreuzungen dafür ideal wären, schaute Byron mich an. »Sie gehen ausgesprochen intuitiv vor.«

Von den Füßen bis zur Kopfhaut lief ich knallrot an. Komplimente sind selten.

Seine Assistenten packten die Rosen ein. Er gab mir die Hand und steckte mir wie ein Zauberer seine Visitenkarte zu. »Lassen Sie uns in Kontakt bleiben.«

Ich ging davon aus, dass er nur freundlich sein wollte. Aber er mailte mich zuerst an, hatte meine Adresse aus dem Internet. Es gibt nicht allzu viele Leute mit dem Namen Galilee.

Jetzt sind wir E-Mail-Freunde, stellen uns gegenseitig Fragen, erzählen von unseren Rosen. Byron wohnt weit weg, und wir müssen uns nicht regelmäßig treffen, um zu plaudern. Er ist der einzige Internetkontakt aus der Welt der Rosen, dem ich persönlich begegnet bin.

Er schickt mir ausgewählte Samen, die für mich von Interesse sein könnten. Ich revanchiere mich. Natürlich behalte ich meine besten Rosen für mich, wie er es sicher auch tut.

Sein Rat hinsichtlich der Juroren hat sich ausgezahlt. Bei der nächsten Rosenschau, an der ich teilnahm, habe ich Miss Lansing ein Kompliment für ihr grauenvolles grünes Kostüm gemacht. Den Wettbewerb habe ich zwar nicht gewonnen, aber sie hat mich eingeladen, kostenlos einer Podiumsdiskussion von Rosenzüchtern beizuwohnen.

Ich öffne Byrons Mail. Vielleicht bietet er mir einen Job auf seiner Ranch an und steigt endgültig in das Geschäft mit den Rosen ein, was er sich ohne weiteres leisten könnte.

> Habe eine getupfte Rose. Möchte die Tupfen behalten. Irgendeinen Vorschlag?

Er hat das Foto einer purpurroten Hulthemia mit kleinen, weißen Tupfen beigefügt. Der Fleck ist von dunklerem Purpur. Ich runzle die Stirn. Das ist doch offensichtlich. Er hat ein paar Semester Botanik studiert. Er ist nicht blöd. Er müsste nur eine Kreuzung ausprobieren, um zu sehen, ob die Tupfen bleiben. Manche glauben, die Tupfen seien auf einen Virus zurückzuführen, nicht auf die Gene. Außerdem weiß er, dass ich mehrere getupfte Rosen habe, deren Tupfen nicht verlässlich wiederkehren.

Trotzdem antworte ich nicht gleich. Ich möchte es noch mal nachprüfen, um sicherzugehen, dass ich nichts Entscheidendes übersehen habe. Manchmal bekomme ich den Eindruck, dass er mich mit diesen Fragen auf die Probe stellt. Bei Byron möchte ich nur ungern Fehler machen. Sollte er sein Unternehmen jemals auf professionelle Beine stellen, heuert er mich vielleicht an.

Es wird Zeit fürs Gewächshaus. Ich muss mich auf den heutigen Unterricht vorbereiten, aber da ich das momentane Thema schon einige Jahre behandle, kann ich improvisieren. Gib mir ein Stück Kreide und eine Klasse voller Schüler, und schon kann es losgehen. Ich erhebe mich von meinem Schreibtisch, und sofort wird mir schwindlig. Nur der niedrige Blutdruck von der Dialyse. Kein Grund zur Sorge, es sei denn, ich falle um und stoße mir den Kopf. Aber dann kann ich es auch nicht ändern. Ich gehe ins Schlafzimmer und ziehe mich an. Erst mittags wird mir einfallen, dass ich gar nicht gefrühstückt habe.

4

Ich schreibe die Testfragen an die Tafel. Meine Schüler, alle fünfzehn Zehntklässler, die in der vierten Stunde an diesem Biologiekurs teilnehmen, stellen sich absichtlich dumm. Die Hormone regieren ihr Gehirn. Im Grunde könnte man sich die Erziehung der Zwölf- bis Zwanzigjährigen sparen.

Es ist das Einfachste auf der Welt. Alles, was im Test vorkommt, schreibe ich an die Tafel. Das sollen sie dann lernen. Und dennoch kommt der Test für viele überraschend.

»Bitte schreibt es auf eure Karteikarten und lernt es auswendig«, erkläre ich der Klasse. Die Hälfte ignoriert mich. Ein weiteres Viertel zückt seine Karteikarten. Das letzte Viertel starrt an die Tafel, als könnte man sich zwanzig Seiten Lehrstoff merken, ohne etwas aufzuschreiben. »Wenn ihr das alles wisst, kriegt ihr in der Arbeit garantiert die volle Punktzahl.«

Ich lasse mich schwer auf den Stuhl hinter meinem Pult sinken. Schon jetzt weiß ich, dass Dr. O'Malley, unser Direktor, nach diesem Test mit mir reden will. Ich nehme meine Brille ab und reibe mir die Augen. Es heißt, Zufriedenheit sei das Gegenteil von Intelligenz. Je dümmer man ist, desto glücklicher ist man. Die Ärzte sagen, eine kaputte Niere kostet einen zwanzig IQ-Punkte. Heute müsste ich eigentlich glücklich sein, denn ich habe nicht nur zwei kaputte Nieren, sondern außerdem eine heftige Nebenhöhlenentzündung, die mich bestimmt noch mal zehn Punkte kostet. So ein Klassenzimmer ist nicht gerade eine sterile Umgebung.

Wie aufs Stichwort summt der Lautsprecher an der Decke.

Eine blecherne Frauenstimme sagt: »Miss Garner, Dr. O'Malley möchte Sie in seinem Büro sprechen.«

»Jetzt? Ich bin mitten im Unterricht.«

Dara klopft, dann kommt sie herein. Heute trägt sie ein cremefarbenes Kleid mit Rosenmuster, tiefem Dekolleté und weitem Petticoat. Ihre Locken hat sie hochgesteckt. Sie steht auf 50er-Jahre-Pin-up-Mode. Ich sehe, dass einer der Jungen einen roten Kopf kriegt und sein ausgeprägter Adamsapfel beim Schlucken auf- und abhüpft. Ich finde, Highschool-Lehrerinnen sollten in Sackleinen gehen. Oder zumindest Röcke tragen, die bis zu den Knöcheln reichen, und auf keinen Fall Make-up. »Ich soll für dich einspringen.«

Das kann doch wohl nicht wahr sein. »Ich hoffe, es ist wichtig.«

»Die haben mir nichts gesagt.«

»Wahrscheinlich irgendwelche nervigen Eltern«, sage ich leise. Ich denke, ich bin leise, doch die gesamte letzte Reihe wendet sich um. Ja, von dir ist die Rede, Sean McAllister, denke ich. Seine Mutter kriegt jedes Mal einen Anfall, wenn er nicht mindestens die zweitbeste Arbeit schreibt. Der Junge macht fast nie seine Hausaufgaben. Er besitzt nicht mal genügend Anstand, meinem Blick auszuweichen.

Dara ermahnt mich. »Gal.«

»Du weißt genau, wovon ich rede.« Ich nehme meine Tasche und meine Wasserflasche und salutiere vor Dara. »Viel Glück. Weitermachen, Kinder.«

Mit einem Klicken schließt sich die Tür des Klassenzimmers hinter mir.

Letzten Winter bestellte mich der Schuldirektor eines sonnigen Montagmorgens in sein Büro, wie jedes Jahr, wenn die Eltern am Samstag zuvor die Halbjahreszeugnisse in der Post hatten. Ich nehme an, so steht es in meinen Vertrag.

Dr. O'Malley kaute auf seinem gelben Bleistift herum und starrte leeren Blickes auf den Parkplatz hinaus, wo die Schüler in Autos stiegen, die mehr kosteten, als ich im ganzen Jahr verdiente. »Sie sind zu streng«, sagte Dr. O'Malley. »Es sind Beschwerden gekommen. Von Eltern.«

Ich ging davon aus, dass es sich bei den Beschwerdeführern um dieselben Kinder handelte, die nicht alle Themen von der Tafel abgeschrieben hatten, im Test durchgefallen waren und dann ihre Eltern beim Direktor anriefen ließen, weil ich angeblich zu streng war.

»Zu streng?«, fragte ich ihn. »Ich habe den Kindern sogar aufgeschrieben, was im Test drankommt! Wie kann das zu streng sein? Himmelherrgott, es ist ein Biologie-Leistungskurs! Da können sie ja gleich aus dem Buch abschreiben.« Ich bin nicht laut geworden. Tu ich fast nie. Stattdessen bündle ich meinen Frust zu einem scharfen Ton, von dem Dara meint, er könne Stahl zerschneiden. »Diese Eltern wollen doch, dass ihre Kinder etwas lernen, oder? Dafür zahlen sie das Schulgeld. Ich lasse niemanden bestehen, der es nicht verdient hat.«

Dr. O'Malley fuhr mit der Hand durch sein dichtes, graues Haar. Der einzige Ire über sechzig, den ich je mit vollem Haarschopf gesehen habe. Seine blasse Haut wies rötlich braune Flecken auf, weil er seine Jugend auf dem Wasser verbracht hatte. »Sie können nicht zwei Drittel der Klasse durchfallen lassen.«

»Das kann ich sehr wohl, wenn sie es verdient haben.« Ich legte die Hände an die Hüften und wurde ganz still. Bei diesem ersten Gespräch versicherte mir Dr. O'Malley, ich sei keineswegs verpflichtet, Eltern nachzugeben, die ihren Kindern die Welt einfach so zu Füßen legen wollten. Schließlich sollen sie nicht versagen, wenn sie auf die Pennsylvania State oder Wesleyan University oder auf sonst irgendeine zweitklassige

Ivy-League-Schule kommen, auf denen unsere Schüler normalerweise landen, nur um dann zu Hause herumzusitzen, weil ihnen keiner das Arbeiten beigebracht hat. Leider musste sich Dr. O'Malley den Elternwünschen im Lauf der Jahre zunehmend fügen, als es mit der Wirtschaft abwärtsging und das Buhlen um Schüler härter wurde.

Dr. O'Malley seufzte, setzte sich auf seinen Schreibtisch und war immer noch einen halben Kopf größer als ich. Ich wusste, dass er, die Eltern und die Schulleitung bereuten, mich eingestellt zu haben. Aber jetzt konnten sie mich nicht mehr feuern, ohne schlecht dazustehen. Angesichts meiner kranken Nieren. Wohl das einzige Mal, dass meine Krankheit von Vorteil war.

Ich bedachte ihn mit einem kühlen Lächeln. »Hören Sie, Doc, wir haben dieses Problem in jedem ersten Halbjahr. Anscheinend vergessen Sie es nur immer wieder. Nach einem Dreivierteljahr haben sich die Kinder an mich gewöhnt. Sie halten sich ran. Oder ihre Eltern bezahlen ihnen Nachhilfestunden.«

Er blähte die Backen auf.

»Mir scheint, Sie knicken ein«, sagte ich. »Sie weichen die Anforderungen auf.«

»Das stimmt nicht.«

»Dann lassen Sie mir meinen Unterrichtsstil. Meine Schüler machen ihren Abschluss, gehen aufs College und wissen, wie man arbeitet. Dafür müssten sie mir eigentlich dankbar sein. Was im Übrigen viele sind.« Jedes Jahr bekomme ich mindestens zwei Karten von ehemaligen Schülern, die mir schreiben, dass ich sie vor dem Scheitern auf dem College bewahrt habe.

O'Malley schließt die Augen. »Legen wir dieses Gespräch vorerst auf Eis, Gal.«

Endlich. »Wie immer.« Ich verließ sein Büro, ohne abzuwarten, ob er mit mir fertig war.

Heute sehe ich durch die Scheiben seines Büros jemanden mit dunklen Haaren auf dem Besucherstuhl sitzen. Die Jalousien sind halb geschlossen. Trotzdem ist seine sorgenvolle Miene deutlich zu erkennen. Mein Herz rast. Sofort denke ich an meine Schwester, meine Eltern. Irgendwem muss was zugestoßen sein. Meine größte Angst.

Eilig kommt er mir entgegen und hält mir die Tür auf. »Wir haben ein Problem.«

Also ist es kein familiärer Notfall. Ich atme tief durch. Es muss wohl eine andere Art von Notfall sein. Ich gehe alle Schüler durch, die sich beschwert haben könnten. Es sind zu viele, also gebe ich auf. Ich schlurfe hinein.

Der Gast auf dem Besucherstuhl vor Dr. O'Malleys Schreibtisch ist kein Elternteil, das Blut sehen will. Es ist ein Teenager, ein Mädchen mit langen, schwarz gefärbten Haaren und zu weißem Make-up. Lidschatten wie ein Waschbär. Sie trägt ein orangefarbenes Polohemd mit einem pinken Pferd auf der Brust, den Kragen hochgeschlagen, als hätten wir 1985, mit zerrissenen, schwarzen Jeans voller Sicherheitsnadeln, gefütterten, pinken Doc Martens und darüber einen schwarzen Mantel. Sie sieht aus wie der Sänger von The Cure in Ralph-Lauren-Klamotten. Für einen kurzen Moment fühle ich mich seltsam an die Jurorin der Rosenschau erinnert. Jemand, der eine Maske trägt, weil er nicht will, dass wir sehen, wer er wirklich ist.

»Wer ist das? Was ist los?«

Der Direktor setzt sich und deutet nickend auf das Mädchen.

Es hebt eine Handvoll silberner Totenkopfringe und Stachelarmbänder. »Hi, Tante Gal.«

Mein Mund steht offen, und ich kriege ihn nicht wieder zu. Riley? Meine Nichte Riley? Tausend Gedanken schwirren durch meinen Kopf. Doch meine Stimme ist ruhig und emotionslos, als ich spreche.

»Wo ist deine Mutter?«

»New York, im Moment. Sie ist auf Geschäftsreise. Danach geht sie für zwei Monate nach Hongkong.« Riley schaut mir in die Augen, und ich erwarte, in ihrem Blick Angst oder Trauer zu sehen. Ihr Ausdruck ist leer. Ich schätze, sie sagt sich wohl, dass alles in Ordnung ist, und verdrängt alles andere. Oder vielleicht hat sie nur gelernt, die Auswirkungen ihres Tornados von einer Mutter nicht an sich heranzulassen, genau wie ich. Wieder mal packt mich die Wut auf ihre Mutter. Wie kann sie es wagen? Was hat Becky sich dabei gedacht? Die Antwort ist: Sie hat sich nichts dabei gedacht. Es hat keinen Sinn zu fragen.

»Sie ist mit dem Bus gekommen.« Dr. O'Malley fährt mit der Hand durch seinen dichten Haarschopf. Diesmal sehe ich tatsächlich drei Haare ausfallen und habe direkt Mitleid mit ihm. »Von San Francisco.«

»Das geht ja noch«, sage ich. Es kann nur ein böser Traum sein. Ich berühre Rileys knochige Schulter. Sie fühlt sich real an. Offenbar weiß sich meine Nichte im Zweifel selbst zu helfen. Schön für sie.

Der Direktor sieht mich komisch an. Ich merke, dass meine Worte seltsam klingen. Tue ich so, als wäre es normal, dass eine Mutter ihr einziges Kind allein durch den ganzen Staat zu jemandem schickt, ohne denjenigen zu informieren?

»Ich rufe ihre Mutter gleich an.« Meine Stimme klingt wie aus weiter Ferne. Ich überlege, ob ich unter Schock stehe oder nur benommen bin von der Nebenhöhlenentzündung.

Ich gehe um den Stuhl herum, damit ich sie richtig ansehen

kann. Obwohl sie sitzt und ich stehe, überrage ich sie kaum. Bei unserer letzten Begegnung war sie noch ein kleines Mädchen. Jetzt erkenne ich sie kaum wieder. Früher hatte sie dunkelblonde Haare genau wie Becky und trug die damenhaften Kleider, die Becky ihr kaufte. Jede Spur von Unschuld ist mittlerweile ausgemerzt.

Wenn ich eine Tochter hätte, wenn Riley mein Kind wäre, wäre sie anders. Sie würde keine schwarzen Sachen tragen, und sie wäre bestimmt keine tausende Meilen von mir entfernt.

Mir fällt auf, dass ich mir Rileys Geburtstag nur mithilfe meines Kalenders merken kann. Ich schäme mich.

»Riley?« Unnötigerweise flüstere ich.

»Ja?« Sie wendet sich leicht von mir ab.

»Ich freue mich, dich zu sehen.« Ich meine es ernst. Ich überlege, ob ich sie umarmen soll, und beuge mich unbeholfen vor, doch sie weicht zurück.

Ihre Augen – haselnussbraun wie die ihrer Mutter – werden dunkel, als sie den Kopf hebt. »Mom meinte, du wüsstest es.«

»Was wüsste ich?« Ich zermartere mein Hirn.

»Sie hat mit Oma gesprochen und es abgemacht.« Riley hält ihre graue Hello-Kitty-Tasche auf dem Schoß fest.

Meine Eltern sind in den kommenden zwei Wochen in Frankreich. Ich erinnere mich an das Gespräch, das ich nach der Dialyse mit meiner Mutter geführt hatte. Sie sagte irgendwas davon, dass Riley nicht bei Becky bleiben und zu *ihr* kommen wolle, aber doch nicht zu mir. Und auch erst, wenn sie aus Frankreich wieder da sind. Nicht schon jetzt.

Hatte ich mich auf irgendetwas eingelassen, woran ich mich nicht erinnerte? Selbst wenn ich bei dem Telefonat mit meiner Mutter unter Beruhigungsmitteln stand, hätte sie so etwas doch nie vorgeschlagen. Schließlich bin ich krank.

»Mom meinte, du hättest gesagt, ich könnte herkommen und müsste kein Schulgeld bezahlen.« Sie atmet tief durch. Ich sehe, dass sie unter ihrem Mantel klapperdürr ist. Ihre blassen Finger zittern. »Da hat Mom wohl was falsch verstanden.«

Das Schulgeld. Stimmt. Sprösslinge der Lehrerschaft sind vom Schulgeld befreit. Mündel auch. Hatte ich das Becky gegenüber jemals erwähnt? Wenn ja, dann nur nebenbei. Vor einiger Zeit hatte ich mich an Weihnachten mit ihr darüber unterhalten und beiläufig gesagt: »Schade, dass sie nicht meine Tochter ist. Sie müsste für die St. Mark's nichts bezahlen.« Und das wurde mir als Einladung ausgelegt? Becky nahm das Angebot an, wie immer. Sie nahm alles, was sie kriegen konnte.

Ich lege meine Hand auf Rileys Arm. O Gott, er ist so dünn, dass ich ihn zerbrechen könnte wie ein Stück Kreide. Sie ist schmächtiger als ich. Was hat meine Schwester ihr angetan? Sie sollte Knochenmasse aufbauen, um gegen Osteoporose gefeit zu sein. Sie braucht Kalzium und Vitamin D. »Das kriegen wir schon hin. Ich kümmere mich darum.«

»Für heute sollten Sie lieber nach Hause gehen.« Dr. O'Malley steht auf. »Kann ich Ihnen irgendwie helfen, Gal?« Ich weiß, was er denkt. In Gals Familie geht es drunter und drüber. Sollte er die Polizei rufen? Ist Gal dem Problem gewachsen? Das Mitleid steht ihm ins Gesicht geschrieben wie einem traurigen Basset. Unerträglich.

Riley steht auf. Sie ist groß, größer als ihre Mutter, mindestens eins fünfundsiebzig. In diesen Kleidern, mit diesen Haaren sieht sie aus wie eine verwöhnte Vampirjägerin. »Vielen Dank für Ihre Hilfe, Sir.« Sie reicht dem Direktor die Hand und schüttelt sie mit festem Griff. Sie macht den Rücken gerade und presst die nicht mehr ganz dunkelroten Lippen zusammen. »Danke, Tante Gal.«

»Gern geschehen.« Ihre Höflichkeit überrascht mich. Bei

einem Mädchen, das sich so kleidet wie sie, erwartet man eher, dass sie mürrisch und distanziert ist. Vielleicht sollte ich diejenige sein, die sich so anzieht. Mir ein paar Tattoos zulegen. Kurz überlege ich, ob sie wohl welche hat, und komme zu dem Schluss, dass jetzt nicht der richtige Moment ist, um danach zu fragen.

Mit meinem Anruf bei Becky warte ich, bis wir zu Hause sind. Ich hoffe, die Zeit reicht aus, mich so weit zu beruhigen, dass ich meine Schwester nicht nur anschreie. Ich bin so wütend, dass es in meinen Ohren rauscht. Ich beschließe, eine Liste von alldem zu erstellen, was ich ihr sagen will, damit ich nichts vergesse.

Riley sieht sich kurz in meinem Wohnzimmer um. Ich weiß, dass es schäbiger ist als das, was sie gewohnt ist. »Das Gästezimmer hat ein großes Doppelbett.« Ich hänge meinen Schlüssel an den Haken neben der Tür. »Fühl dich wie zu Hause.«

Sie nickt, noch immer in sich gekehrt, und rollt sich auf der Wohnzimmercouch zusammen.

Ich gehe in mein Schlafzimmer, schließe die Tür hinter mir und wähle Beckys Nummer. Es klingelt zweimal, bevor sie rangeht. »Hey, ist mein kleines Mädchen gut angekommen?«

Einen Moment denke ich, ich höre nicht richtig, weil meine Schwester so entspannt und selbstbewusst klingt. »Becky, warum um alles in der Welt steht Riley hier plötzlich allein vor meiner Tür?« So. Nicht gerade laut, aber auch nicht kleinlaut.

»Becca. Ich heiße jetzt Becca.« Sie spricht leiser. »Ich verstehe nicht.«

Das überhöre ich. »Becky, ich wusste nichts davon, dass Riley herkommt. Wir haben nie darüber gesprochen.«

»Mom meinte …«

»Es ist mir egal, was Mom meinte. Mom ist nicht unsere Vermittlerin. Nimm den Hörer in die Hand und ruf mich an, wenn du mir was sagen möchtest.« Keine Sekunde glaube ich, dass meine Mutter eingewilligt hat. Es passt einfach nicht zu ihr. Im Grunde kann ich mir nur vorstellen, dass meine Mutter vom Kofferpacken abgelenkt war, als sie mit Becky gesprochen hat, und wie üblich hat Becky ein paar voreilige Schlüsse gezogen.

Sie schnauft laut in den Hörer. »Es gibt da nur ein kleines Problem. Ich sitze bald in einer Maschine nach Hongkong.«

Ich schüttle den Kopf. »Aber sie ist deine Tochter. Du kannst sie doch nicht einfach irgendwo abladen.«

»Ich lade sie nirgendwo ab. Wenn ich nicht nach Hongkong fliege, verliere ich meinen Job.« Becky holt Luft. »Hör zu, wenn du willst, ruf Mom an. Sie kommt bestimmt aus Frankreich zurück und holt sie ab.«

»Zwing Mom nicht dauernd, deinen Scheiß zu regeln. Das ist nicht fair.«

»Deinen Scheiß regelt sie doch auch immer.« Ihre Stimme wird lauter. »Du musst nur mit den Fingern schnippen, schon steht sie dir zur Seite. Mir nicht.«

Ich hole selbst tief Luft. Ich denke an Riley, die draußen auf der Couch sitzt und wahrscheinlich alles mit anhört. Dass niemand sie haben will. Das kann für ein Kind nicht gut sein. »Hast du mit ihrem Vater gesprochen?«

Becky schnaubt. »Sehr witzig. Das würde nichts bringen. Außerdem ist es erheblich besser, wenn sie bei dir in Kalifornien lebt als bei ihrer bösen Stiefmutter in Boston.«

Ich kann gar nichts mehr dazu sagen. Es ist mir unbegreiflich. Alles eigentlich.

»Hör zu.« Sie nimmt die Rolle der selbstbewussten Verkäuferin ein, mit der sie ihren Lebensunterhalt verdient. In diesem Gemütszustand kann man sie nicht erreichen. Ich weiß, dass ich verloren habe. »Behalt sie nur bei dir, bis ich wieder da bin, okay? Bitte. Ich weiß gar nicht, wie lange ihr euch nicht mehr gesehen habt. Ein Jahr?«

»Eher sieben.«

»Und wessen Schuld ist das? Soweit ich weiß, funktioniert das Telefon in beide Richtungen.«

Touché.

Becky lässt nicht locker. »Ich schicke dir einen Scheck für ihren Unterhalt.«

Darum geht es nicht. Obwohl ich das Geld brauchen werde.

»Gal? Bist du noch da?«

»Ja, bin ich.« Ich habe gar nicht gemerkt, dass ich nichts sage. Das habe ich mir im Umgang mit meiner Schwester angewöhnt. Es hat keinen Sinn, mit ihr zu diskutieren.

»Okay. Ich ruf an, wenn ich wieder da bin.« Ich höre eine tiefe Stimme murmeln, wahrscheinlich in ihr anderes Ohr oder an ihrem Hals. »Ich muss los, Gal. Danke.«

Das Freizeichen ist wie ein Schlag ins Gesicht.

Ich hätte nicht davon ausgehen dürfen, dass alles in Ordnung war.

Ich betrete das Wohnzimmer. Riley starrt aus dem Fenster. Ich kann nicht fassen, wie schnell die Zeit vergangen ist. Inzwischen ist sie fast erwachsen – fünfzehneinhalb. In der Zeit, die ich sie nicht gesehen habe, kann man sieben oder acht neue Rosen züchten, was kaum für einen Durchbruch reicht. Meine Wahrnehmung der Zeit richtet sich eher nach geologischen als nach menschlichen Maßstäben.

Irgendwie breitet sich ihre Energie im Haus aus, bringt es zum Vibrieren. Offen gesagt ermüdet es mich. Sie reckt sich und wirft mir einen vernichtenden Blick zu. »Wer hat denn heutzutage keinen Kabelanschluss?«

»Willkommen in der letzten Bastion des Geizes«, grinse ich. »Ich habe auch kein Handy. Und Internet nur über Modem.«

»Das soll wohl ein Witz sein.« Sie beugt sich vor und massiert ihre Schläfen mit den Fingerspitzen. »Anscheinend will mich meine Mutter wirklich bestrafen.«

»So schlimm bin ich gar nicht.« Ich möchte sie darauf hinweisen, dass ich zumindest noch alle Tassen im Schrank habe, gehe dann aber stattdessen in die Küche. Was soll ich ihr zu essen machen? Ich habe nie Besuch. »Hast du Hunger? Ich hätte Minutensteaks.«

»Nein, danke.« Sie folgt mir in die Küche, macht den alten, gelben Kühlschrank auf und stöhnt. »Igitt. Tiefkühlerbsen. Minutensteaks. Wie bei Oma.«

Endlich benimmt sie sich wie ein normaler Teenager. Die Sorte, mit der ich mich auskenne.

Ich kaufe immer das Praktischste und dann noch was für den Fall, dass Dara vorbeikommt oder Brad Hunger hat. »Sie war mir eine gute Lehrerin.« Ich grabe im Kühlfach herum. »Könnte sein, dass ich noch einen Burrito habe.«

»Können wir nicht Pizza bestellen?«

Ich werfe ihr einen ernsten Blick zu. »Hat deine Mutter dir nicht beigebracht, wie man sich als Gast benimmt? Man isst, was einem vorgesetzt wird.« Ich finde den Burrito begraben unter einer dicken Eisschicht. Bohnen und Käse. Ich breche das Eis über der Spüle ab und lege ihn in die Mikrowelle. »Friss, Vogel, oder stirb.«

»Sehe ich aus wie ein Vogel, oder was?« Sie sitzt an meinem runden Glastisch und drückt ihre Hände von unten dagegen. Wer bringt es fertig, Fingerabdrücke unter einem Glastisch zu hinterlassen?

Ich setze mich ihr gegenüber. »Du bist genau wie ich. Du kriegst schlechte Laune, wenn du Hunger hast.«

»Es liegt nicht daran, dass ich Hunger habe. Ich bin immer so.«

»Super. Dann habe ich ja was, worauf ich mich freuen kann.« Ich will sie nur auf den Arm nehmen, doch ihre Miene verfinstert sich, und sie zieht ein langes Gesicht. Uups. Wahrscheinlich wird sie nie auf den Arm genommen, so wie es mein Vater immer mit Becky und mir gemacht hat. Ich boxe sie leicht an den Arm, um zu zeigen, dass ich nur Spaß mache.

Sie schneidet eine Grimasse, als hätte ich ihr ernstlich wehgetan. »Ich wollte nicht herkommen. Aber ich hatte keine Wahl. Meine Mutter meinte so: Hey, ich muss nach Asien, und Oma ist nicht da, also gehst du zu Gal. Wen kümmert es schon, dass das Schuljahr fast um ist? Wen interessiert schon, wie ich das finde?« Sie beugt sich zu mir vor. »Sie hätte diesen blöden Job nicht annehmen müssen. Sie hätte sich auch zu Hause andere Arbeit suchen können.«

Ich falte meine Hände. »Nicht gerade fair, was?«

Die Mikrowelle piept. Riley steht auf, holt den Burrito heraus und legt ihn auf einen Teller, den sie nach kurzer Suche gefunden hat. »Möchtest du die Hälfte abhaben?«

Ich schüttle den Kopf. »Könnte sein, dass da noch Salsa im Kühlschrank ist.«

»Eigentlich bin ich ganz gut in der Schule.« Sie holt die Salsasauce, setzt sich mir wieder gegenüber und rümpft die Nase. »Die ist letztes Jahr abgelaufen.«

»Verfallsdaten sind relativ.« Ich rieche daran. Riecht wie Salsa. Kein Schimmel. Wegen der Konservierungsmittel. Um Riley zu beruhigen, werfe ich die Sauce weg. »Was ist dein Lieblingsfach?«

Sie beißt vom Burrito ab, vorsichtig, weil er so heiß ist, und antwortet erst, als sie fertig gekaut hat. »Kunst.«

»Kunst. Das ist schön.« Sie muss unbedingt in Daras Klasse. Falls sie lange genug bleibt. Aber was soll ich sonst mit ihr anfangen, selbst wenn sie nur drei Wochen bliebe? Sie kann hier ja nicht allein zu Hause herumsitzen. »Aber für Mädchen sind eigentlich Naturwissenschaften die Zukunft. Dieses Land braucht mehr weibliche Wissenschaftler. Überhaupt mehr Wissenschaftler.«

Sie kaut, und ihre gelangweilte Miene spricht Bände.

»Komm schon, du kannst in allen Fächern gut sein, wenn du nur willst.« Mein Standard-Lehrer-Blabla, meist an Mädchen gerichtet, deren wissenschaftliche und mathematische Träume schon vor der sechsten Klasse erstickt wurden, weil sie nicht mit ins Lego-Roboter-Team aufgenommen wurden.

»Ich habe nicht gesagt, dass ich in Naturwissenschaft nicht gut bin. Ich habe gesagt, dass mir Kunst am liebsten ist.« Sie hat ihren Burrito aufgegessen.

»Du musst meine Freundin Dara kennenlernen. Miss Westley. Sie ist die Kunstlehrerin.«

»Aber Kunst werde ich wahrscheinlich nicht belegen.« Sie wischt ihren Mund mit der Serviette ab, was einen dunklen Streifen darauf hinterlässt.

Ich warte, dass sie fortfährt, aber sie tut es nicht. »Miss Westley ist eine ausgezeichnete Lehrerin.«

»Die zwingen einen immer, Kunst so zu machen, wie sie es haben wollen, und dann kriege ich eine schlechte Note, weil ich es mache, wie ich will.«

Ich bin mir nicht ganz sicher, wovon sie redet. Ich habe mich nicht mehr an der Kunst versucht, seit ich in der zweiten Klasse meine Buntstifte weggeworfen habe. Meine Rosenskizzen zählen nicht. »Ich bin mir sicher, dass Miss Westley nicht so ist.«

»Ja. Kann sein.« Sie steht auf und stellt ihren Teller in die Spüle. »Einen Geschirrspüler hast du wahrscheinlich auch nicht, was?«

Ich beschließe, sie wegen der Kunst nicht zu bedrängen.

Ich bin Biologielehrerin, keine Studienberaterin. Ich deute auf den Geschirrspüler. »Ich habe nichts gegen Technik.«

Sie stellt den Teller in die Maschine. »Ich geh in mein Zimmer.«

Gute Idee. Sie hat dunkle Schatten unter den Augen, die nicht auf ihre dicke Schminke zurückzuführen sind. »Vorher solltest du dein Make-up abwaschen. Du weißt, dass du es in der Schule nicht tragen darfst, oder?«

»Hab ich mir schon gedacht.« Sie schlurft ins Badezimmer. Ich höre, dass die Dusche angestellt wird. Ich hoffe, sie benutzt nicht mein Handtuch. Ich will mich nicht mit fremden Bazillen einreiben. Es ist schwer genug, ihnen in der St. Mark's zu entkommen.

Ich lehne mich in meinen Sessel zurück und fühle mich erschöpft, obwohl heute eigentlich einer meiner guten Tage sein sollte. Wahrscheinlich müsste ich meine Mutter auf ihrem Handy in Frankreich anrufen, um mit ihr zu besprechen, was ich mit Riley und meiner Schwester machen soll, doch bei dem Gedanken daran ist mir, als bräuchte ich tausend Jahre Schlaf.

Außerdem möchte ich meine Eltern nicht stören. Selbst wenn ich meiner Mutter sage, dass sie es nicht tun soll, weiß ich doch genau, dass sie ihren Urlaub abbrechen würde. Es ist niemand gestorben. Keiner ist krank. Es ist nur eine kleine Unannehmlichkeit.

Der bin ich gewachsen.

Ich muss draußen noch nachsehen, ob eine Rose, die ich neulich vorbereitet habe, so weit ist, mir ihren Pollen zu geben. Es muss sein, und ich möchte es auch. Der bloße Gedanke an mein Gewächshaus ist belebend. »Ich bin draußen im Garten!«, rufe ich Riley durch die geschlossene Tür zu und bekomme eine dumpfe Antwort.

Ich ziehe meinen Pulli an und gehe hinaus. Als ich die Luft und den Duft von Gras, Rosen und Pollen rieche, geht es mir gleich besser. Ich bin froh und dankbar, dass ich keine Allergien habe.

Mein Vorort ist geprägt von schattigen Bäumen unterschiedlichster Größe, so weit das Auge reicht, was nicht sehr weit ist, angesichts der hohen Häuser, die mir die Sicht versperren. Die Gewächshausluft ist weich und schwül, tropisch geradezu, verglichen mit der ansonsten eher trockenen Luft in Kalifornien. Ich nehme meinen Hocker, knipse mein Arbeitslicht an und begutachte die Plastikbecher mit den Staubbeuteln, die ich vor einigen Tagen herausgezupft habe. Es hat sich Blütenstaub gebildet, der aussieht wie orangefarbener Puder.

Inzwischen sind auch die Narben an der Mutterpflanze klebrig und bereit, den Blütenstaub aufzunehmen. Ich übertrage den Blütenstaub auf die Narbe. Jetzt kann ich nur noch warten und hoffen.

Ich gehe und sehe mir die Pflanzen an, die ich zum Veredeln auf Unterlagen gepfropft habe. Das sind die Rosen, die erfolgreich gekreuzt wurden und die ich jetzt vermehre. Vermehren ist etwas anderes als Züchten. Es bedeutet, mehr Exemplare der Rose zu erschaffen, die man behalten möchte. Zum Vermehren könnte man auch einen fünfzehn Zentimeter langen Stamm im Fünfundvierzig-Grad-Winkel abschneiden und in Stecklingspulver stippen. Dann steckt man ihn in Erde und hofft, dass er Wurzeln schlägt.

Etwa fünfundzwanzig Pflanzen stehen da auf Holzbänken in ihren Plastiktöpfen. Alle treiben Knospen. Auch bei diesen bleibt mir nur abzuwarten. Fast überall im Land blühen die Rosen erst ab Juni, in Kalifornien dagegen fangen sie schon im April an.

Da fällt mir Byrons Frage wieder ein. Ich bin bereit, ihm meine Antwort zu schicken. Am besten geht er zwei Generationen mütterlicherseits zurück und nimmt die Mutter, die er damals hatte, statt der Mutter, die er jetzt verwendet. Glaube ich zumindest.

Die Gewächshaustür geht auf, und ich schrecke auf. Ich habe niemanden kommen hören. Dara steht da und sieht mich mit sorgenvoller Miene an. »Was ist denn bloß passiert? Dr. O'Malley kam und hat die Klasse übernommen. Er wollte nichts sagen. Nur dass es dir und deiner Familie ›physisch‹ so weit gut geht.«

»Tut es.« Ich schreibe G101 auf ein Papierschildchen und binde es um die neue Rose, die ich eben bestäubt habe. »Es geht um meine Nichte. Sie ist hier.«

»Riley ist hier?« Dara weiß alles über Riley und Becky. Sie schüttelt den Kopf. »Ist deine Schwester auch da?«

»Becky nicht. Becky ist unterwegs nach Hongkong, offenbar für ihren Job.« Ich stelle die Rose wieder zurück. Sie bekommt den besten Platz. »Sie hat Riley zu mir geschickt.«

»Das kann sie doch nicht machen.« Daras Stimme wird lauter. »Sie kann nicht einfach ihr Kind hier abgeben und erwarten, dass du dich um alles kümmerst.«

»Dafür müsste meine Schwester so etwas Ähnliches wie Vernunft aufbringen. Aber das kann man von Becky nicht erwarten.« Ich stehe auf. »Lass uns reingehen. Du kannst sie kennenlernen. Sie liebt Kunst, hasst aber den Kunstunterricht.«

»Ich werde sie umstimmen.« Dara folgt mir ins Haus. »Deine Schüler waren übrigens ganz pflegeleicht, falls es dich interessiert.«

»Natürlich waren sie das. Sie sind nie schwierig. Nur faul.«

Dara lacht. »Du klingst, als wärst du schon ziemlich lange dabei.«

»Du weißt, aus meinem Mund spricht die reine Wahrheit. Ich bin das Orakel von St. Mark's.« Ich nehme ein Minutensteak aus dem Kühlfach, habe plötzlich einen Bärenhunger. »Möchtest du auch?«

»Nein, danke. Du solltest lieber mageres Fleisch essen.«

»So sagt man.« Ich hole eine Pfanne hervor.

»Setz dich doch. Ich koch dir was.«

»Geht schon.« Dara ist lieb, aber manchmal etwas dominant. Wie meine Mutter. Wenn Dara allerdings nicht wäre, würde meine Mutter sicher erheblich öfter mitten in der Nacht hierherfliegen, weil sie fürchtet, dass ich krank bin oder es mir einfach nicht gut geht.

»Aber es gibt noch was Neues.« Dara setzt sich auf und strahlt. »Dr. O'Malley hat einen Chemielehrer eingestellt.«

»Wurde auch Zeit.« Seit einer halben Ewigkeit prüfen wir Bewerber. Schon seit dem letzten Jahr. »Wen hat er genommen?«

»Einen Neuen. Kommt von einem Chemieunternehmen in San Luis Obispo.« Sie zuckt mit den Schultern. »Alle reden darüber. Für so jemanden muss das doch ein Rückschritt sein. Finanziell auf jeden Fall. Und wir leben hier ja auch nicht gerade in einem besonders mondänen Städtchen.«

»Interessant.« Ich lege das Steak auf einen Teller. Unsere Lehrer sind unterbezahlt. Wir verdienen noch weniger als an öffentlichen Schulen. »Mal sehen, wie lange er durchhält. Wenigstens kann er helfen, das Team für die Wissenschaftsolympiade zu trainieren.«

Ich hatte mich nach meinem ersten Jahr freiwillig gemeldet, die Wissenschaftsolympiade zu übernehmen, weil der frühere Trainer es meiner Meinung nach nicht richtig machte und unser

Team drei Jahre in Folge auf dem vorletzten Platz gelandet war. Kein besonders gutes Aushängeschild für eine Privatschule.

Für das Team sind zwei Trainer vorgesehen, einer für Biowissenschaft und einer für Physik. Miss Maseda, die Physiklehrerin, ist dieses Jahr ausgestiegen. Sie steht kurz vor der Pensionierung und leidet an diversen körperlichen Gebrechen. Außerdem nickte sie während der abendlichen Treffen mehrmals ein. Wir zwei waren ein schräges, hinfälliges Paar, sie und ich, und hatten zu zweit nur eine funktionstüchtige Niere. Aber letztes Jahr wurden wir Dritte.

Manchmal macht sich meine Mutter Sorgen, dass ich mir zu viel zumute. Die Wahrheit ist: Je mehr ein Patient wie ich tut, desto besser. Es hält mich in Gang.

»Du bist so zynisch.«

Ich finde mich überhaupt nicht zynisch. Wäre ich zynisch, hätte ich schon längst aufgegeben. »Ich erwarte das Schlimmste, hoffe aber das Beste.«

Dara wendet sich um und wirft einen Blick auf die geschlossene Schlafzimmertür. »Riley ist bestimmt total erledigt.«

»Sie hat lange genug gepennt. Ich sollte sie wecken. Sonst kann sie heute Nacht nicht schlafen.«

»Teenager schlafen viel. Ist dir das in deiner Klasse noch gar nicht aufgefallen?«

»Haha.«

Dara steht auf. »Ich muss los. Ich wollte nur kurz reinschauen und nachsehen, ob es dir gut geht. Sag Bescheid, wenn du Hilfe brauchst.«

»Gehst du noch einkaufen?« Ich hoffe es, damit sie mir ein paar Liter Milch mitbringen kann. Vielleicht muss ich sogar noch meine *Costco*-Karte entstauben, für den Fall, dass Riley bei mir bleiben sollte. Um einen Vorrat an Cola und Chips anzulegen.

»Nein. Ich habe ein Date.«

Mich packt der blanke Neid. Ich ersticke ihn. Nur weil ich kein Date mehr gehabt habe seit, ach, eigentlich noch nie, heißt das ja nicht, dass meine Freundin keins haben darf. Ich hatte Dringenderes zu tun, zum Beispiel am Leben zu bleiben. »Ich hoffe, es ist nicht der Automechaniker. Er riecht nach Bremsflüssigkeit und Zigaretten.« Sie hat keinen festen Freund, die Dara. Keiner ist ihr recht. Selbst bei denen, auf die ich mich einlassen würde, findet sie irgendeinen Fehler. Verdammt, jede Frau würde sich auf so manchen von diesen Männern einlassen, solange er nicht trinkt, einen festen Job hat, ihr die Tür aufhält und daran denkt, zum Geburtstag Rosen mitzubringen. Aber der eine ist ihr nicht künstlerisch oder romantisch genug, der andere guckt ein bisschen zu viel Sport. Oder er redet zu wenig, oder zu viel.

»Das ist vorbei.« Dara zwinkert mir zu, prüft ihre Frisur im weiß gerahmten Spiegel neben der Tür. »Ich treffe mich mit dem Buchhalter. Chad. Er ist sehr hygienisch.«

»Gut.« Ich freue mich. »Ich brauche jemanden, der mir bei den Steuern hilft.«

»Er arbeitet für eine Firma. Er ist kein Steuerberater.«

»Nutzlos. Schieß ihn ab.«

Sie nimmt mich nicht ernst. »Denk daran, dass Riley mittags Gemüse essen sollte. Ich weiß, dass du so was kaum dahast.«

»Ich habe ein paar Dosen in der Speisekammer.«

»Tiefkühl ist besser als Dose.«

»Sie wird es überleben.«

Dara geht. Ich stehe vor Rileys Tür und ringe mit mir, ob ich anklopfen soll. Am liebsten würde ich einen Blick hineinwerfen, um nachzusehen, ob sie noch atmet, wie eine Mutter mit ihrem Neugeborenen. Nein. Lass sie schlafen.

Der Inhalt ihres Rucksacks liegt auf dem Kaffeetisch verstreut. Ein Roman von Neil Gaiman. Ein paar Comics mit japanischen Figuren, alle mit großen Augen. Ein schwarzes Moleskin-Skizzenbuch, wie Dara es benutzt. Ich klappe es auf. Ich erwarte Darstellungen des Todes, von Totenköpfen, gekreuzten Knochen und Giftflaschen. Stattdessen sehe ich tanzende Cupcakes. Glupschäugige Comictiere. Und Blumen – Gänseblümchen, ein paar Rosen. Sehr gut.

Das Letzte ist eine Federzeichnung, ein Porträt. Ich erkenne Becky sofort. Sie ist von oben gezeichnet. Sie liegt auf einem Kissen und schläft, mit offenem Mund, die langen Haare ausgebreitet, als befände sie sich unter Wasser. Ihr Gesicht ist von feinen Falten durchzogen, und sie runzelt die Stirn. Aus ihrem Mund läuft Speichel auf das Kissen. Ohne den Speichel und das Kissen hätte ich angenommen, dass sie ertrinkt. Eins muss man Riley lassen. Realistisch ist es.

Riley steht an den Türrahmen gelehnt. »Wühlst du in meinen Sachen rum?«

»Nur in dem hier.« Ich klappe das Skizzenbuch zu. Darf man sich denn Kunst nicht ansehen? Ist es so, als würde ich ihr Tagebuch lesen? Ich muss Dara fragen. »Lass es nicht offen rumliegen, wenn es keiner sehen darf.«

Sie schnaubt und schlurft heran, um ihren Rucksack zu holen. Sie gehört zu diesen Kindern, die latschen, den Blick starr auf den Boden gerichtet, als hielte sie nach Landminen Ausschau.

Ich versuche es mit einem Kompliment. »Du bist eine begabte Zeichnerin, Riley. Das hast du bestimmt von deiner Oma.«

Sie reibt sich Schlaf aus den Augen und verschmiert dabei den Eyeliner.

Ich schnalze mit der Zunge. »Hast du es unter der Dusche nicht abgewaschen?«

»Ich brauche Reinigungstücher.« Sie wischt ihren Finger an der Jogginghose ab. »Keine Sorge. Das Zeug ist hypoallergen.«

»Eigentlich mache ich mir eher Sorgen um die Wimperntusche auf meinen Kissenbezügen.« Ich fische einen Topf mit Cold Cream aus meiner Kommode und halte ihn ihr hin.

Sie starrt ihn an, als wäre er eine Klapperschlange.

Ich stelle den kleinen Topf auf die Kommode. »St. Mark's erlaubt ausschließlich Lipgloss. Was ich nur unterstützen kann.«

»Mir gefällt es eben, mich auszudrücken. Was du wahrscheinlich noch nie probiert hast.« Riley nimmt die Cold Cream.

»Alles, was ich brauche, ist hier drin.« Ich tippe an meine Stirn. »Von außen nicht zu sehen.«

»Mein äußeres Erscheinungsbild ist eine Manifestation meiner Persönlichkeit.« Riley steuert auf das Badezimmer zu. »Ich dachte, du mit deinen Rosen, du könntest das verstehen.«

Ich bin direkt beeindruckt von der Verwendung des Wortes »Manifestation«. »Ich glaube, ich verstehe es wirklich. Aber Rosen können nichts dafür, wie sie aussehen.«

»Weil du sie aussehen lässt, wie du sie haben willst.« Sie schließt die Tür.

Ich gehe nach draußen, will das Gewächshaus abschließen. Die Luft wird kühl. Eine Mücke summt an meinem Gesicht. Auf dem Weg zum Gewächshaus knirschen meine Clogs auf dem Kies, und dennoch höre ich ein Geräusch bei den Rosen. Zu meiner Überraschung entdecke ich Brad im Garten, der auf Händen und Knien liegt und Unkraut jätet. Noch mehr überrascht mich, wie viel Unkraut ich übersehen habe. »Hey, Miss Garner.« Er dagegen ist keineswegs überrascht, mich zu sehen. Er wirft seine weichen Haare aus dem Gesicht. Der Junge schwitzt nicht mal, obwohl seine Schubkarre voll ist.

»Brad. Ich wusste nicht, dass du heute kommst. Warst du vorhin schon hier? Ich war doch auch draußen.« Wie hatte ich ihn übersehen können? Hockend hinter Büschen?

»Bin gerade erst gekommen.«

Ich nehme es hin. »Hast du schon Antwort von irgendeinem College bekommen?« Brad spielt Football und Baseball, aber unsere Schule ist so klein, dass sich kein Scout die Mühe macht. Stattdessen habe ich ihm geraten, sich um ein Wissenschaftsstipendium zu bemühen oder eins für Veteranen oder für Kinder aus Familien, in denen noch nie jemand auf dem College war, oder was mir sonst so einfällt.

Er schüttelt den Kopf. »Noch nicht. Miss Garner? Ich kann morgen nicht. Muss zum Training. Deshalb bin ich heute Abend hier.«

»Aber ich habe morgen Dialyse. Wer gießt dann die Blumen im Gewächshaus?« Morgen sind sie mit dem Wässern dran.

Die meisten Leute würden vorschlagen, sie schon heute zu gießen, aber Brad weiß Bescheid. Die Rosen brauchen Wasser, wenn sie Wasser brauchen, nicht früher und nicht später. Andernfalls kann man sie damit umbringen. »Ich könnte meinen Dad fragen, ob er kommt.«

Ich stelle mir vor, wie Brads Dad, der Hausmeister unserer Schule, hierherfährt, nachdem er den ganzen Tag den Dreck von Privatschulschnöseln weggeräumt hat, die zum Teil mehr Taschengeld in der Woche bekommen, als er im Monat verdient. Oder ich. Ich möchte nicht, dass Brads Dad es macht. »Ich lasse mir was anderes einfallen.« Dara vielleicht. Oder Riley. Natürlich. Riley ist doch hier.

»Riley!«, brülle ich zum Haus hinüber. Dafür, dass ich so klein bin, habe ich eine sehr laute Stimme, eine, die Lärm und Geschwätz übertönt. Dara sagt, wenn ich zu flüstern versuche, ist das lauter als die normale Lautstärke anderer Leute. Man sollte nie versuchen, mit mir in der Öffentlichkeit zu tratschen. Alle können es hören.

Riley kommt heraus, das Gesicht ganz sauber, die gefärbten Haare zu einem ordentlichen Pferdeschwanz gebunden. In ihrer Abercrombie-Jogginghose mit pinkem Abercrombie-T-Shirt sieht sie schon eher aus wie die Nichte, die ich von früher kenne, wie ein kleines Mädchen, das Gegenteil von dem, was sie darstellen will. »Wie ich sehe, läufst du kostenlos Reklame für diese Firma.«

»Ja, ja.« Sie nickt Brad zu, der endlich von seinem Unkrautjäten aufsteht.

»Das ist Ihre Nichte?« Brad wischt seine Hand an der Jeans ab. »Ich bin Brad.« Er lächelt freundlich, aber sie sieht ihn irgendwie gar nicht richtig an und hält ihm die Hand nur schlapp wie einen kalten Fisch hin.

»Haben die Kinder heute über sie gesprochen?«

»Das kann man wohl sagen.«

Wenn es um Klatsch und Tratsch geht, wissen Kinder immer besser Bescheid als Erwachsene. »Riley, komm her. Ich will dir zeigen, wie du morgen die Rosen gießt.«

Sie nickt einmal, eher widerwillig. »Äh, ja. Dreh ich nicht einfach den Schlauch auf?«

»Sie müssen die richtige Menge Wasser bekommen. Und sie brauchen Nährstoffe, also nehmen wir die Sumpfpumpe.« Ich schlage im großen Rosenbuch von Winslow Blythe nach. Blythe ist schon über achtzig, ein Rosenzüchter, der viele dicke Bücher geschrieben hat. Manchmal modifiziere ich, was er vorschlägt, aber oft genug weiß er guten Rat. Wenn er nicht wäre, hätte ich meine neuen Blüten mit Pestizid bearbeitet und sie verbrannt.

»Sekunde mal.« Sie verschwindet im Haus.

Brad sieht mich mit hochgezogenen Augenbrauen an. »Sie haben ja ordentlich was um die Ohren.«

Es klingt sehr erwachsen, ist aber typisch Brad. »Tu mir morgen einen Gefallen. Hilf ihr, sich zurechtzufinden.«

»Ja. Kein Problem.«

Sie ist immer noch nicht wiederaufgetaucht. »Riley!«, schreie ich.

»Mann, ich brauchte meine Schuhe!« Sie hat eine Jacke übergezogen. Langsam wird es dunkel.

Brad folgt uns ins Gewächshaus. Ich könnte ihm sagen, er soll ruhig nach Hause gehen, aber ich denke mir, vielleicht hat er was Hilfreiches beizutragen. Riley lässt sich kaum dazu herab, uns zu beachten.

Ich hole die Messbecher heraus und zeige ihr den Rosendünger. Dann, wie man die Sumpfpumpe benutzt, indem ich einen Schlauch in die Düngermischung stecke und das andere Ende über die Rosen halte. »Vergiss nicht, sie einzustöpseln.«

Riley verschränkt die Arme vor der Brust. Ihr Magen knurrt hörbar. Der Burrito ist schon ein paar Stunden her. Ich muss ihr was zu essen machen. »Aha. Das ist alles? Jede Blume kriegt Wasser? Wer hätte das gedacht?«

Offenbar ist Sarkasmus in unserer Familie weit verbreitet. Ich wechsle das Thema und zeige auf eine meiner getupften Hulthemias. Ganz ähnlich wie die, die Byron hat. »Was hältst du von dieser Pflanze?«

Sie rümpft die Nase. »Mit den Flecken sieht sie krank aus.«

Brad schnaubt.

»Danke für deine Meinung.« Ich beschließe, es Byron zu mailen.

»Es stimmt aber.«

Brad kritzelt irgendwas in das Notizbuch auf dem Tisch.

»Die Geheimformel.« Er reißt die Seite raus und steckt sie an das Korkbrett darüber.

»Das kann ich mir merken. Drei Becher Dünger. Wasser bis zum Strich.« Riley wirft einen Blick in die Runde, als würde sie den Raum zum ersten Mal sehen. Sie spitzt die Lippen. »Ich wusste ja, dass du das machst, Tante Gal, aber ich wusste gar nicht, dass du so, na ja, voll dabei bist.«

»Es bestimmt ihr ganzes Leben.« Brad sitzt auf dem Hocker und mustert meine Nichte. Ich glaube, die korrekte Formulierung wäre: »Er checkt sie aus.« Stirnrunzelnd sehe ich ihn an, aber zu meiner Erleichterung merkt Riley nichts davon.

»Cool.« Ihrem Tonfall nach ist es das ganz und gar nicht. »Also, äh, können wir was essen gehen?«

Ich werfe Brad einen Blick zu. Er nickt. »Ich schließe ab, wenn ich die Schubkarre weggeräumt habe.«

»Danke.« Ich deute auf mein Auto. »Ist McDonald's okay?«

»Nicht wirklich, aber ich würde es essen.«

»Wie schön, dass du nicht wählerisch bist.« Ich schließe den Wagen auf.

Brad steht in der Auffahrt und winkt uns nach, als würde ihm das Haus gehören. Was man ihm nicht verdenken kann. Schließlich verbringt er so viel Zeit hier. Wenn ich da bin, mache ich ihm Chicken Nuggets oder Pizzabrötchen und gebe ihm eine Cola zu trinken. Ich bin wie seine Tante. Aber irgendwie fühle ich mich komisch. Unwohl. Es muss daran liegen, wie er sie angesehen hat. Ich muss bei ihr aufpassen. Teenager und ihre Hormone. Meine eigenen waren damals zu geschwächt von der Krankheit, um mich zu quälen.

»Hast du zu Hause einen Freund?«, frage ich.

»Nein. Und ich will auch keinen.« Sie verschränkt die Arme. Im Profil könnte ich sie glatt mit Becky verwechseln. Ich behalte es für mich, da ich vermute, dass Riley momentan auf Becky nicht so gut zu sprechen ist. Das geht mir genauso. In der Schule fragten Lehrer oft, ob ich mit Becky verwandt sei, und ich habe immer geantwortet: »Ja, aber nur blutsverwandt.« Jedes Mal lachten sie. Es dauerte nicht lange, bis sie herausfanden, dass ich die Eifrigere von uns war.

»Das ist gut. Bleib so, bis du vierzig bist.«

»Wie alt bist du?«

»Sechsunddreißig. Das wird wohl auch der Grund sein, wieso ich noch keinen habe.« Ich lache.

»Deine Witze sind genauso abgedroschen wie Opas.« Sie entspannt sich sichtlich, streckt in meinem engen Kleinwagen ihre langen Beine aus.

»Ich habe eben nur von den Besten gelernt.« Wir biegen bei McDonald's ein.

5

Am Morgen trinke ich meinen Tee in der Küche und lausche den ungewohnten Geräuschen, als Riley sich bereit macht. Es hat mit knallenden Türen, mit rauschendem Wasser und lauter Musik zu tun. Schließlich erscheint sie, und fast spucke ich vor Überraschung meinen Tee aus. Sie hat sich die Haare zu einem französischen Zopf geflochten und trägt tatsächlich kein Make-up. Ungeschminkt wie sie ist, kann ich die dunklen Schatten unter ihren Augen sehen, die nicht wegzuwischen sind. Eine schlichte weiße Bluse mit dunkelblauer Hose vervollständigt ihren Look.

»Ich besorge dir heute eine offizielle Uniform.« Ich nicke. »Sehr gut, Riley.« Hoffentlich verschwinden ihre dunklen Schatten mit der Zeit. Falls sie bei mir bleibt. Ich bin schrecklich pingelig. Genau wie ihre Oma, aber von Großmüttern erwartet man nichts anderes, von Tanten schon. Außerdem sind Großmütter immer großzügig mit dem Taschengeld.

»Ich sag doch, ich bin nicht blöd.«

Ah, aber an ihrer schnippischen Art hat sich nichts geändert. »Das habe ich auch nie behauptet.«

»Du hast es impliziert.«

»Ausgezeichnete Wortwahl.« Ich weigere mich, mit ihr zu streiten. »Nimm ein Kompliment an, wenn du es kriegen kannst. Du wirst bald merken, dass ich selten welche mache.«

In der Schule bringe ich Riley mit Brads weiblichem Pendant zusammen: Samantha Lee. Natürlich wäre Brad meine erste

Wahl, aber für meinen Geschmack war er doch ein wenig zu fasziniert von Riley. Also muss es ein Mädchen sein.

Samantha hat langes, glattes Haar, ein natürliches Blauschwarz, was sie ihren chinesischen Wurzeln verdankt, und sie trägt es immer zurückgebunden, selbst an Wochenenden, wenn ich sie mit ihren ebenso peniblen Eltern treffe. »Ich bin das asiatische Klischee«, hat sie mir letztes Jahr erklärt. »Gute Noten, braves Mädchen.«

»So soll man auf der Highschool sein.« Ich mochte sie sofort. »Klischee oder nicht, ich wünschte, alle Kinder wären wie du.«

Samantha und Riley beäugen einander nervös. »Wollen wir?«, sagt Samantha. Sie scheint mir ängstlicher zu sein als Riley, deren Ruf ihr vermutlich schon vorausgeeilt ist. Überforderte Mutter setzt Tochter in den Bus, und die taucht aus heiterem Himmel mitten im Schuljahr auf. Selbstverständlich reden die Kinder über Riley. Sie ist das neue böse Mädchen. Wahrscheinlich erlauben Samanthas Eltern gar nicht, dass die beiden sich verabreden. Oder vielleicht doch, weil sie mit mir zu tun hat.

Heute früh kamen die Unterlagen von Rileys alter Highschool. Sagen wir einfach, Riley schöpft ihr Potenzial nicht aus. Sogar in Sport ist sie zwei Zensuren heruntergestuft worden, weil sie sich geweigert hat, »das Schultrikot zu tragen«.

Ich bin etwas besorgt darüber, dass ein Kind, das für die Begabtenförderung getestet wurde, seit der sechsten Klasse keinen Fortgeschrittenenkurs belegt hat. Normalerweise würde St. Mark's einen derart unterdurchschnittlichen Schüler nicht aufnehmen. Aber Rileys Fall ist nicht typisch. Ich erkläre Dr. O'Malley, dass ich sie schon zurechtbiegen werde.

Mittags überlege ich, ob ich in die Schülercafeteria gehen sollte, um nachzusehen, wie Riley sich macht, beschließe aber, ihr etwas Zeit zu lassen. Zeit, sich zu integrieren, ohne dass Tante Gal ihr im Nacken sitzt. Aus unerfindlichem Grund mögen Schüler es nicht, wenn Verwandte in der Schule auftauchen. Meine Eltern waren mir nie peinlich. Aber andererseits, wie meine Mutter sagt: Ich bin schon alt zur Welt gekommen.

Dara sitzt neben mir. Heute trägt sie ein gelbes Hemdblusenkleid mit einem Gürtel und absurd aufgebauschtem Rock. Ihre Lippen haben die Farbe von Korallen, und sie tupft sie sorgfältig ab, bevor sie in ihr Eiersalatsandwich beißt.

»Trägst du etwa einen Reifrock?«, frage ich angesichts des unpassenden Geflechts, das darunter hervorlugt. »Wenn du auf retro machst, dann aber richtig, was?«

»Du bist doch nur dischi.« Das ist ihre Art, »neidisch« zu sagen. Irgendwie Junge-Leute-Slang, bei dem sich Dara auf dem Laufenden hält. Mir ist das egal. Sie legt eine Hand auf meinen Arm. »Guck dir den neuen Chemielehrer an.«

»Wo?« Ich sehe mich um.

»Schscht! Nicht so laut.«

»Der da rechts?« Ich deute auf ihn. Er sieht herüber. Dara kreischt kurz auf und schlägt meine Hand herunter.

»Du bist ja schlimmer als die Kinder.« Ich mustere den Mann unverhohlen. »Irgendwann guckt er doch sowieso hierher.«

Er ist definitiv Daras Typ, mit dunklem Bart und einer Art Tolle auf dem Kopf. Er trägt ein hellgrünes Hemd mit geknöpftem Kragen, die Ärmel hochgekrempelt, dazu eine schwarze Hose und schwarz-weiße Sattelschuhe. Er ist ganz gut in Form, etwas fleischig, aber fest.

Er sieht zu mir herüber und lächelt, wobei sich an den unbehaarten Stellen seiner Wangen Grübchen zeigen. Ich grinse zurück und merke, wie mein Gesicht unsinnigerweise rot anläuft. Er ist definitiv Daras Typ, sage ich mir. Nicht meiner. Wenn überhaupt irgendwer mein Typ ist, dann jemand wie der Geschichtslehrer, der unglücklicherweise seit fünfzehn Jahren verheiratet ist. Unglücklicherweise für mich, meine ich. Nicht für ihn. Ich bin entsetzt, wie wirr ich bin.

Ich stoße Dara an. »Sieht so aus, als hätte dir das Universum eben einen Ehemann in den Schoß geworfen.«

Sie atmet lautstark ein und aus. »Er ist ein bisschen klein.«

Er ist einen Kopf größer als ich. Wahrscheinlich genauso groß wie Dara, vielleicht sogar etwas größer. Sie braucht Riesen, damit sie ihre hohen Absätze tragen kann. »Nicht wirklich. Aber du weißt ja, was man über kleine Männer sagt.«

»Nein. Was sagt man denn über kleine Männer?« Dara nimmt einen Schluck aus ihrem Kaffeebecher.

»Ich weiß nicht. Ich hatte gehofft, du wüsstest es.« Ich wackle mit den Augenbrauen.

Sie lacht.

»Hallo.«

Er ist es. Er ragt über uns auf. »Ist der Platz hier frei?« Er legt seine Hand auf den Plastikstuhl neben mir. Seine Augen sind hundewelpenbraun, mit langen, schwarzen Wimpern und schwarzen Augenbrauen.

»Jetzt nicht mehr.« Ich schiebe den Stuhl mit dem Fuß unterm Tisch hervor. »Ich bin Gal Garner.«

»George. Morton.« Er gibt mir die Hand und setzt sich.

»Das ist Dara«, sage ich und zwinge sie förmlich, ihm die Hand zu reichen.

Sie schluckt ihren Kaffee hinunter. »Ich bin die Kunstlehrerin.«

»Wunderbar. Und Sie?«

»Biologie.« Ich schiebe mir die Brille ins Gesicht.

»Biologie und Chemie. Bruderwissenschaften«, sagt er.

Ich zucke mit den Schultern. »Ich finde, alle Fächer sind verwandt, meinen Sie nicht?« Ich deute auf Dara. »Sie entwickelt gerade ein kombiniertes Kursprogramm. Naturwissenschaft und Kunst.«

»Ach so?« Er wendet sich Dara zu, die nickt und mir kurz einen bösen Blick zuwirft. Die übergriffige Gal. Aber, hey, sie wird auch nicht jünger, und sie muss sich ranhalten, bevor Miss Schilling aus der Mathematik ihn sich schnappt, mit ihren roten Haaren und den engen Hosenanzügen. Sie hat schon ein Auge auf ihn geworfen. Und sie ist klein genug, Interesse zu zeigen.

Ich frage mich, was ihn ausgerechnet in diese winzige Schule mitten in der Pampa geführt hat. Wieso er seine alte und vermutlich gut bezahlte Stelle in der Forschung aufgegeben hat. Aber vielleicht fühlt er sich zum Lehrer berufen. Manche sind das.

Er isst ein eingewickeltes Sandwich aus der Cafeteria, was mich daran erinnert, dass ich mal nachsehen sollte, was Riley so treibt. Avocado mit Truthahn. Die Avocado ist etwas braun.

»Die Pizza ist das Beste auf der Speisekarte.« Ich werfe meinen Müll in meine Tüte. »Die lassen sie liefern.«

Er lacht, und es klingt hübsch. Gott sei Dank. Ich hasse wieherndes Gelächter. »Danke für den Tipp.«

»Geben Sie mir Bescheid, wenn Sie irgendwelches Lehrmaterial brauchen. Dafür bin ich zuständig.« Ich stehe auf. »Mr Morton, es war nett, Sie kennenzulernen.«

»Nennen Sie mich George.«

»Wir kennen uns doch kaum.«

»Gal ist altmodisch. Am liebsten würde sie im 19. Jahrhundert leben«, sagt Dara.

»Einer meiner zahllosen Reize.« Ich zwinkere ihnen zu. »Lasst es euch schmecken, Kinder.«

Ich gehe, lasse die beiden reden. Als ich die Tür mit dem Rücken aufdrücke, sehe ich mich um. Sie unterhalten sich. Daras Hand zwirbelt und streichelt an ihren Haaren herum. Das sicherste Zeichen dafür, dass sie flirtet. Aus unerfindlichem Grund trifft es mich. Aber es ist nur wie mit dem Kaffee. Er tut mir nicht gut. Also meide ich ihn.

Ich entdecke Samantha mit ihren üblichen Verdächtigen. Den Kindern aus dem Matheteam, dem Debattierklub, dem Klub der Sozialdienstler. All den Klubs, die dafür gedacht sind, diesen Schülern aufs College zu helfen. Bei denen auch Riley sitzen sollte.

Schließlich entdecke ich Riley an einem Tisch in der hintersten Ecke. Sie isst mit Dr. O'Malley. Ihr Skizzenbuch liegt aufgeschlagen vor ihnen. Er lacht über etwas, das Riley sagt.

Kaum zwei Minuten ist sie an der Schule, und schon hat sie meinen Chef bezirzt. Ich weiß nicht, ob ich neidisch sein oder mich bei ihr bedanken soll. »Ich wusste doch, dass du in schlechte Gesellschaft gerätst, sobald ich dich allein lasse.« Ich setze mich.

»Hi, Tante Gal.« Riley winkt. Sie sieht glücklich aus. Nein. Mehr als glücklich. Sie strahlt. Viel glücklicher als heute Morgen.

»Riley hat mir gerade von Ihren Rosen erzählt«, sagt Dr. O'Malley. »Ich wusste gar nicht, dass Sie welche züchten. Ich dachte, Sie ziehen sie nur.«

»Tante Gal hat sich ein paar ganz neue Rosen ausgedacht«, sagt Riley.

»Sie sollten in Ihrem Biologiekurs mal ein Rosenprojekt machen.« Dr. O'Malley beugt sich zu mir. Noch nie hat der Mann solches Interesse an irgendwas gezeigt, was ich so mache. Zu den anderen Lehrern ist er immer offen und freundlich. Dara war sogar schon mal an Heiligabend zum Essen bei ihm zu Hause. Hat seiner Frau beim Keksebacken geholfen. Er lädt die Schüler des Monats auf einen Frozen Yoghurt ein und lässt sich beim jährlichen Karneval Torte ins Gesicht werfen (dafür kaufe ich jedes Mal viele Tickets). Aber mir gegenüber bleibt er stets förmlich und geschäftsmäßig. Ich hatte schon immer das Gefühl, dass ich ihm eine Bürde bin. Eine Sorge.

Ich nicke dem Doc zu. »Das wäre unmöglich. Es ist nicht Teil des Lehrplans. Und an den muss ich mich halten.« Meine Stimme zittert vor Ärger. Er weiß es genau. Ich kann im Unterricht nicht machen, was ich will.

»Stimmt, stimmt. Darauf habe ich leider keinen Einfluss.« Dr. O'Malley sieht um einiges fröhlicher aus als gestern. Er klopft Riley auf die Schulter. »Nettes Mädchen, Gal. Und künstlerisch hochbegabt. Miss Westley wird ihre reine Freude an ihr haben.«

Ich habe kein Lob für Riley verdient. Aber ich nicke und danke ihm.

»Sagen Sie mir Bescheid, wenn Sie Hilfe wegen der Vormundschaft brauchen. Ich habe das schon mal gemacht, als wir uns damals um einen meiner Neffen gekümmert haben.« Dr. O'Malley nimmt sein Tablett.

»Vormundschaft?«

»Amtliche Vormundschaft. Rileys Mutter hat ein Formular unterschrieben. Es kam mit den Schulzeugnissen. Sie müssen es nur unterschreiben und zum Gericht geben.«

Amtliche Vormundschaft. Das klingt so schrecklich offiziell. Natürlich werde ich eine gesetzliche Basis brauchen. Aber ich fühle mich unwohl. Wie lange will Becky denn wegbleiben?

Außerdem staune ich ein wenig, dass Becky an so etwas

Offizielles gedacht hat. Natürlich ist sie nicht völlig verantwortungslos, sonst wäre sie ja gar nicht in der Lage, überhaupt irgendeinen Job zu behalten.

Ich betrachte meine Nichte, die an einem grünen Apfelstück knabbert. Es ist schwer zu glauben, dass ich gestern noch keinerlei Verantwortung für jemand anderen hatte. Für mich verantwortlich zu sein bedeutet im Grunde, die Verantwortung für zwei oder drei Leute zu tragen, was macht da schon einer mehr oder weniger?

Dr. O'Malley verabschiedet sich. Ich wende mich Riley zu. »Wie hast du das gemacht?«

»Was denn?« Sie trinkt ihre Milch, lässt den grünen Apfel auf dem Tablett liegen. »Ich saß hier ganz allein, und da hat er sich zu mir gesetzt und mit mir geredet.«

»Iss dein Obst.« Ich wechsle das Thema. »Was war mit Samantha?«

Riley wirft sich den Rest vom Apfel in den Mund und schluckt ihn hinunter, ohne ordentlich zu kauen. »Die ist nicht so perfekt, wie du glaubst, Tante Gal.«

»Wirklich?« Ich sehe zu Samantha hinüber, die meinem Blick schuldbewusst ausweicht. »Wieso?«

»Ich hab versprochen, es nicht weiterzusagen.« Sie wendet sich gezielt in die andere Richtung, wo Brad mit seinen Freunden Hof hält. Er spürt ihren Blick und winkt. Sie spitzt die Lippen.

»Es ist doch niemand in ernsten Schwierigkeiten, oder?«, insistiere ich.

Sie schüttelt den Kopf.

»In dem Fall ist Verschwiegenheit okay.« Ich stehe auf, als es zur Stunde läutet. »Dann schlage ich vor, du suchst dir deine Freunde wohl besser selbst aus.«

Sie verzieht die Lippen und zuckt mit den Achseln. Ich

weiß, was sie denkt. Im Grunde kann sie es sich sparen, solange keiner von uns weiß, wie lange sie bleiben wird oder ob ihre Mutter urplötzlich wiederauftaucht, so schnell wie sie verschwunden ist. Ich greife über den Tisch hinweg nach ihrer Hand. Sie zieht sie weg, auf ihren Schoß.

Nach der Schule gebe ich eine Förderstunde für einige meiner gefährdeten Zehntklässler. Ich tue es trotz der Tatsache, dass ich heute zur Dialyse müsste und mein Blut sich sehr, sehr unrein anfühlt, als wäre meine letzte Behandlung eine Woche her und nicht erst zwei Tage.

Darüber hinaus war eine Nachricht von Dr. Blankenship zu Hause auf meinem Anrufbeantworter, den ich eben per Telefon abgehört habe. »Die Ergebnisse der MRA-Tests waren nicht eindeutig. Wir müssen die Option einer IVP erwägen.«

Fast werfe ich das Telefon durch den Raum.

Dr. Blankenship hält meine Allergie gegen das IVP-Kontrastmittel für psychosomatisch, obwohl viele Ärzte das anders sehen. Ständig zitiert sie eine ganz bestimmte Studie. Dafür wurden Leute getestet, die gegen das IVP-Kontrastmittel allergisch waren, und welche, die es nicht waren. Beiden Gruppen gab man das Kontrastmittel. Bei niemandem zeigten sich ernsthaftere Reaktionen als normal. Wären die Testpersonen wirklich allergisch gewesen, so argumentierten die Verfasser, wären ihre Reaktionen schlimmer ausgefallen.

Ich finde diese Studie unmoralisch. Ich meine, wer verabreicht denn Leuten, deren Kehlen sich zusammenschnüren, eine allergieauslösende Substanz? Nur weil eine Studie an einer Universität von Ärzten durchgeführt wird, muss sie ja nicht narrensicher sein. Ich glaube an die Fehlbarkeit von Ärzten. In diesem Punkt bin ich anderer Ansicht als Dr. Blankenship. Oder besser: Es ist *ein* Punkt, in dem ich anderer Ansicht bin.

Es gibt wohl Ärzte, die wissen, dass sie nicht unfehlbar sind, die alle verfügbaren Informationen einholen und vernünftige Entscheidungen treffen, zugeschnitten auf den jeweiligen Patienten. Dr. Blankenship kann zwar eine hohe Erfolgsrate bei Transplantationen vorweisen, hat aber auch einen fatalen Makel: Sie glaubt, durch ein Medizinstudium würde man zu so etwas wie einem Gott. Ihrer Meinung nach ist ihre Lesart einer Studie korrekter als meine.

Aber ich bin diejenige, die in diesem Körper lebt, nicht sie. Ich bin diejenige, die mit dem leben muss, was sie tut. Nach all den Jahren im Umgang mit Ärzten habe ich schon so manchen Fehler erlebt.

Wer soll sich für mich einsetzen, wenn nicht ich?

Ich würde den Arzt wechseln, wenn ich könnte. Aber wegen meiner bescheidenen Krankenversicherung und dem bescheidenen Krankenhaus, das wir hier haben, ist sie meine einzige Option.

Ich muss das Thema aus meinem Kopf kriegen.

Die Schüler kommen hereingeschlurft. Jeder Einzelne von ihnen wäre lieber woanders. Ich kann es ihnen nicht verdenken. Ich wäre auch lieber woanders.

Riley bleibt an der Tür stehen, ist gekommen, wie ich es ihr gesagt habe, will aber nicht eintreten. Ich frage sie, ob sie nicht bleiben und sich auch helfen lassen will, angesichts der Tatsache, dass sie den Großteil des Schuljahrs verpasst hat.

»Ich gehe in die Stadtbücherei und arbeite da, bis du fertig bist. Ich bin ja nicht hinterm Mond zur Schule gegangen. Ein bisschen Ahnung hab ich auch.« Riley winkt ab.

»Da hätte ich mich von deinen Zensuren fast täuschen lassen.«

»Eine Schule hinterm Mond wäre wahrscheinlich besser, weil Aliens bestimmt technisch besser ausgestattet sind.«

Rileys Rucksack sieht aus, als würde sie gleich unter ihm zusammenbrechen.

Ich lächle über ihre Logik. »Es sei denn, es wäre eine Schule in einer unserer eigenen Raumstationen. Aber du hast recht. Wahrscheinlich müsstest du eine Superschülerin sein, damit du hinterm Mond zur Schule gehen darfst.« Ich gebe ihr die kleine Plastikkarre, mit der ich meine Bücher vom Auto in die Schule und zurück transportiere. »Nimm das Ding hier. Dein Rucksack wird dich noch umbringen.«

»Du legst es echt darauf an, dass mich alle hassen, oder?«

»Selbstverständlich. So sehe ich meinen Job als Erziehungsberechtigte.« Ich grinse, als die Zehntklässler in die Klasse kommen und sich an Riley vorbeischieben. »Da kannst du hier jeden fragen.«

»Das stimmt.« Es ist Brad, kein Zehntklässler. Seine Haare sind frisch gewaschen und gekämmt. »Wenn Sie wollen, könnte ich Riley nach Hause fahren.«

Ich blinzle ihn an. »Ich dachte, du hast Training.«

»Erst heute Abend.« Er schwingt sich Rileys Rucksack auf den Rücken, als wäre das gar nichts. »Willst du mit?«

Ich sehe mir meine Nichte an. Ich kann mir nicht erklären, wieso sie Brad nicht mag, abgesehen davon, dass er sie attraktiv findet. Schließlich ist sie fünfzehn. Jungs mögen sie. Ich habe vollstes Vertrauen zu ihm. Vielleicht mag sie ihn ja auch und benimmt sich deshalb so eckig wie ein spitzwinkliges Dreieck. Genau so habe ich mich Männern gegenüber, die ich mochte, auch immer verhalten. Indem ich sie ignorierte. »Möchtest du hierbleiben, in die Bücherei gehen oder dich von Brad nach Hause fahren lassen?«

Brad möchte sie beruhigen, meidet aber jeden Blickkontakt. »Keine Sorge. Samantha kommt auch mit. Und ich bin ein guter Fahrer. Deine Tante hat es nachgeprüft.«

Das ist übertrieben. Ich prüfe die Fahrkünste meiner Gartenhilfen nicht nach. Nur das Vorstrafenregister.

Sechs Schüler sitzen da und warten auf meine Hilfe. »Riley? Entscheide dich.«

»Ich kann nicht.« Sie klingt, als wäre sie erst drei.

»Wenn du nicht lernst, Entscheidungen zu treffen, werden sie für dich getroffen. Und es könnte sein, dass dir die Entscheidung nicht gefällt. Ich zähle bis zehn.« Ich fange an: »Eins, zwei, drei …«

Sie deutet mit dem Kopf auf Brad. »Ich fahr mit ihm.«

Ich lächle. »Du wartest auf mich in der Bücherei. Ich hol dich ab, wenn ich fertig bin.«

6

Mein Förderunterricht ist nach einer Stunde zu Ende. Diese Schüler brauchen vor allem eine Zusammenfassung und ständige Wiederholung. Ich hole Mikroskope und Objektträger und lasse sie Lernkarten zu den Zellteilungsstadien anlegen, die wir demnächst in einem Test behandeln werden. Mit Farbstiften sollen sie Mitose und Meiose zeichnen und die einzelnen Stadien eigenständig benennen.

Die Flure sind leer. Viele von uns bleiben noch da, um sich vorzubereiten oder um Nachhilfe zu geben, aber manche sprinten schon vor den Schülern hinaus, sobald die letzte Stunde vorbei ist. Im Gegensatz zu vielen Schulen in Kalifornien, zum Beispiel dort, wo ich aufgewachsen bin, besitzt diese hier eine Klimaanlage. Neben der Hitze, die im Herbst am größten ist, haben wir gelegentlich auch Smogalarm.

Ich gehe zu Mr Mortons Chemieraum. Morgen trifft sich das Team für die Wissenschaftsolympiade, und ich möchte ihn fragen, ob er der zweite Trainer werden möchte. Zwar ist er ganz neu und möglicherweise der schlechteste Lehrer auf der Welt, aber ich kann das Team nicht mehr allein leiten. Letzten Monat musste ich krankheitshalber zwei Trainingssitzungen absagen.

Obwohl es mir eben noch gut ging, bibbere ich und ziehe meine Strickjacke fester um mich. Es ist zu kalt hier drinnen, wenn keine Schüler mehr da sind. Meine Herzfrequenz erhöht sich. Ich merke, wie nervös ich werde, weil ich ihn um Hilfe bitten will.

Glücklicherweise ist niemand bei ihm. Wenn ich Lehrern, die glauben, sie wären allein im Gebäude, unangekündigt einen Besuch abstatte, sehe ich hin und wieder Dinge, die ich lieber nicht sehen würde. Ich habe gesehen, wie Mr Tang, der Geschichtslehrer, sich die Nasenhaare schnitt, wie Miss Schilling mit aufgeknöpfter Hose dasaß, aus der ihr weicher Wanst quoll, und wie Brads Vater, der Hausmeister, in seinen Wischmopp sang und durch die Flure tanzte. Ich wäre eine gute Einbrecherin geworden, denn kein Einziger hat mich bemerkt, obwohl ich es mitnichten darauf angelegt hatte, mich anzuschleichen.

Ich fürchte, an einem dieser Spätnachmittage werde ich noch ein Lehrerpärchen in flagranti erwischen. Halbwegs rechne ich schon damit, Mr Morton hier drinnen mit Dara vorzufinden.

»Hey, Mrs Garner.« Mr Morton fährt mit einer Hand durch sein kastanienbraunes Haar und streckt sich, reckt die Arme in die Luft. Schülerarbeiten liegen vor ihm ausgebreitet. An der weißen Tafel hinter ihm stehen Gleichungen, die erfreulicherweise sinnvoll erscheinen. Sein Klassenzimmer macht einen geordneten Eindruck, Arbeitsblätter liegen in Kästen, Bücher stehen in Reih und Glied, alle Bleistifte stecken in Bechern.

»Miss genügt.« Ich klinge spröde, selbst für meine altmodischen Ohren. »Nennen Sie mich Gal.«

»Oh, wirklich?« Er steht hinter seinem Pult auf, kommt herum und bleibt vor mir stehen. Sein Blick ist warm. Ich meine, er ist buchstäblich so warm, dass mein Frösteln verfliegt. »Heißt das, dass Sie mich George nennen?«

»Höchstens aus Versehen.« Ich räuspere mich. »Ich bin hier, um Ihnen einen Vorschlag zu unterbreiten.«

Er runzelt die Stirn.

»Keine Sorge, es ist ein guter Vorschlag.« Ich merke, dass ich rot werde. »Ich wollte Sie fragen, ob Sie nicht der zweite Trainer für das Wissenschaftsteam werden wollen. Ein Nachmittag die Woche, einige Samstage, wenn der Wettbewerb bevorsteht. Es sind ungefähr vierundzwanzig Kinder. Was meinen Sie?«

»Ich wollte mich schon freiwillig melden!« Er klatscht in die Hände. »Teufel auch, klar mach ich das!«

»Sie sollten auf Ihre Sprache achten, Mr Morton.« Entspannt nehme ich wieder meine Lehrerrolle ein. »Wir sind hier an einer katholischen Schule. Da darf man das gehörnte Wort nicht aussprechen.«

»Entschuldigung.« Er lehnt sich ans Pult wie ein gerüffelter Schüler. Fast tut es mir leid, ihm gesagt zu haben, dass er auf seine Worte achten soll. Ich sehe, dass seine Schultern breit und fest sind und er einen kleinen Bauch bekommt. Vermutlich verbringt er nicht gerade jede freie Minute im Fitnesscenter. Ich frage mich, was er in seiner Freizeit wohl so macht.

Bevor sich irgendeine Art von Gespräch ergibt, summt das Handy auf seinem Tisch. Daras Bild leuchtet auf dem Display. Er wirft einen Blick darauf. Er hat sogar schon ihr Foto in seinem Telefon.

»Ich muss weiter. Gehen Sie ruhig ran.« Ich wackle mit dem Finger in seine Richtung. »Dara wartet nicht gern.«

»Wir sehen uns morgen.« Er hebt eine Hand zum Gruß und greift gleichzeitig nach dem Handy. Ich bin vergessen, bevor ich den Chemieraum verlassen habe.

Die Stadtbücherei ist mehr oder weniger menschenleer, als ich dort nach Riley suche. Die Bibliothekarin meint, sie nicht gesehen zu haben, aber andererseits gehen so viele Kinder von allen Schulen dort ein und aus, dass ich nicht sicher sein kann, ob das auch stimmt.

Ich steige in den Wagen und fahre nach Hause. Ich bin spät dran, weil ich noch am Laden angehalten habe, um Tiefkühlkost und Gemüse für sie einzukaufen, was jetzt alles im Auto vor sich hin schmilzt. Wo ist meine Nichte? Vielleicht macht sie einen kleinen Spaziergang. Vielleicht wurde sie gekidnappt. Vielleicht hat Brad sie überredet, mit ihm einen Burger essen zu gehen. Wieso bin ich zu geizig, mir ein Handy zuzulegen? Schluss damit. Das hat oberste Priorität. Zwei Handys.

Genau deshalb hat meine Mutter graue Haare.

Riley ist fünfzehn. Und wenn ich an Becky denke, kann ich mir vorstellen, dass Riley schon sehr, sehr lange auf sich selbst aufpasst. Wir sind beide nicht daran gewöhnt, jemandem Rechenschaft ablegen zu müssen.

Verdammt, haben wir eigentlich irgendwelche Regeln besprochen? Habe ich überhaupt Regeln? Nein, aber sie sollte genug gesunden Menschenverstand besitzen. Ich jedenfalls hatte welchen. Hoffentlich ist der genetisch darwinisiert worden.

Zu Hause hole ich einen Rest Hacksteak aus dem Kühlschrank und setze mich auf die Couch, zu müde, um aufzustehen und den Fernseher anzustellen. Eine Feder bohrt sich mir in die Hüfte. Nichts als Ärger mit den alten Möbeln. Die Sonne geht auf der anderen Seite des Hauses unter, sodass es im Wohnzimmer schon dunkel ist.

Ich schlafe auf der Couch ein. Ich weiß nicht, wie viel Zeit vergeht, bis die Haustür auf- und wieder zugeht. »Tante Gal? Warum sitzt du hier im Dunkeln?« Riley knipst das Licht an. Draußen höre ich ein dumpfes Röhren und ein Auto, das wegfährt. Brad.

»Du warst nicht in der Bücherei. Ich konnte dich nicht finden.« Ich möchte gern laut werden, bin aber zu müde. »Wo warst du?«

»Bei Freunden aus der Schule.« Sie will sich in ihr Zimmer verdrücken.

»Mit Brad?«

Riley senkt den Blick. »Wir waren bei Samantha daheim. Danach hat Brad mich hergefahren. Wir haben gelernt.«

»Waren Samanthas Eltern zu Hause?« Ich erinnere mich, dass beide arbeiten.

Sie sieht mich offen an. »Ja.«

Ich werfe einen Blick auf die Uhr. Acht. Ich sollte sie um fünf abholen. Ihre Augen sind klar, das Weiße in ihnen ist weiß, nicht rot. Sie riecht nicht nach irgendetwas Illegalem. Sie steht auf festen Beinen. Ihre Kleidung ist nicht ungeordnet. Ich glaube nicht, dass sie mir die ganze Wahrheit sagt, beschließe aber, es dabei zu belassen. »Ich freue mich, dass du Freunde gefunden hast.«

»Mmm.« Riley zieht sich auf ihr Zimmer zurück.

»Hausaufgaben gemacht?«, rufe ich.

»Jep.«

Da fällt mir etwas anderes ein, was ich nicht bedacht habe, woran ich aber hätte denken sollen. Ich muss um neun im Dialysezentrum sein und bin nicht vor morgen früh zurück. Ich gehe in ihr Zimmer. Stünde da kein Koffer, sähe es nicht so aus, als würde sie hier wohnen. »Ich schlafe im Dialysezentrum, Riley. Kommst du allein zurecht? Ansonsten könntest du auch auf einer Liege in meinem Zimmer schlafen. Oder vielleicht auch bei Dara.« Nicht dass ich Dara gefragt hätte. Ich werde leicht panisch. Ich habe zu viele wichtige Details übersehen.

»Als hätte mich meine Mutter nie über Nacht allein gelassen.« Riley lächelt verkniffen.

Ich möchte sie fragen, wann Becky damit angefangen hat, sie allein zu lassen, aber ich will die Antwort nicht hören, weil ich danach meine Schwester wahrscheinlich nur noch lieber erwürgen würde, sobald ich sie wiedersehe.

Es ist fast Zeit für mich aufzubrechen. »Möchtest du einen Burger?«

»Hab schon gegessen.« Riley streckt sich auf dem Bett aus. »Mach dir um mich keine Sorgen.«

Ich befürchte einzuschlafen, wenn ich Auto fahre, also rufe ich Dara an und frage, ob sie das übernimmt.

Sie zögert. »Herrje, Gal, ich wünschte, ich könnte, aber ich kann nicht. Ich hab was vor.«

»Es dauert nur eine halbe Stunde.« Ich klinge etwas weinerlich, selbst in meinen Ohren. »Ich spendier dir auch einen Burger.« Vergiss es, Gal. Ich seufze innerlich. Ich werde mir ein Taxi rufen müssen.

»Es dauert eine Stunde, Gal, das weißt du.« Sie klingt steif. »Wirklich, heute Abend kann ich nicht. Ich hab schon ein Glas Wein getrunken, und du weißt, was für ein Fliegengewicht ich bin. Hättest du es mir vorher gesagt …«

»Ich brauche fast nie jemanden, der mich fährt. Ich wusste es nicht vorher.« Mit wem trinkt sie? Dara trinkt nur in Gesellschaft. Ich habe eine Ahnung, die mir schwer auf dem Magen liegt, und gleichzeitig krampft sich mein Magen zusammen. Es muss wohl daran liegen, dass ich dringend zur Dialyse muss. »Bist du mit Mr Morton unterwegs?« Ich kneife meine Augen zusammen, fürchte die Antwort. Sie hat ihn heute schon angerufen. Er muss es sein.

»Nein. Pennebaker.« Sie flüstert. Chad Pennebaker ist der kurzhaarige Buchhalter.

»Ich dachte, Buchhalter sind Spießer.«

»Der nicht. Er ist nicht mehr ganz so trocken, wenn er was getrunken hat.« Sie kichert über ihren eigenen Scherz. Ich rolle mit den Augen. Sie ist angeheitert.

»Was ist mit Mr Morton?«

»Was soll mit ihm sein?«

»Gefällt er dir nicht?« Ich werde in Mr Mortons Namen böse. So ein netter Mann, und Dara tut, als wäre er ihr egal.

»Gal. Ich habe ihn doch gerade erst kennengelernt.« Plötzlich klingt sie stocknüchtern. Nichts bringt Dara mehr in Wallung als rechtschaffene Empörung. »Wir haben fünf Minuten miteinander gesprochen, höchstens.«

»Ja, ja, mach du nur.« Ich lege auf. Selbstverständlich hat Dara alles Recht der Welt, mit so vielen Männern auszugehen, wie sie will, bis sie den Richtigen gefunden hat. Ihren Mr Right. Aber ihre Ansprüche scheinen mir doch unmöglich hoch zu sein. Eines Tages wird sie aufwachen und graue Strähnen in ihrer blonden Mähne haben. Die vielen netten Kerle, die sie aus irgendwelchen Gründen wegschickt, werden gehen und nicht mehr wiederkommen.

Ich seufze. Ich kann Daras Probleme nicht für sie lösen. Außerdem ist es ja nicht gerade so, als ginge es mir besser. Wenigstens amüsiert sich Dara. Ich muss ein Taxi rufen.

Riley kommt aus ihrem Zimmer, will in die Küche. Ich winke mit dem Telefon. »Könntest du mir die Nummer von Yellow Cab sagen? Sie steht auf dem Brett beim Kühlschrank.«

»Ich kann dich doch fahren!« Rileys Laune schlägt um, ihr Zorn verfliegt, sie wird eifrig und offen. Fast als hätte sie sich wieder vom Teenager zum kleinen Mädchen verwandelt. Da kann einem direkt schwindlig werden. »Ich hab gerade meinen vorläufigen Führerschein bekommen.«

Mir tut der Kopf weh. »Und dann findest du nicht wieder nach Hause. Gib mir einfach die Nummer, und nächstes Mal kannst du fahren. Ich lass mich von dir durch die ganze Stadt kutschieren.«

»Es würde dir bestimmt zwanzig Dollar Taxigeld sparen.«

Riley setzt auf meinen Geiz, und sie hat recht, denn für einen Moment bin ich tatsächlich in Versuchung, mich von ihr chauffieren zu lassen, aber ich tue es nicht. Vielleicht kann ich mich zusammenreißen und selbst fahren. Es ist nicht sehr weit. Das habe ich schon mal gemacht. Ich hole zweimal tief Luft und stehe auf. »Kein Problem. Ich fahre selbst.«

Riley tritt vor. »Bist du sicher, Tante Gal? Du siehst etwas blass aus.«

Ich weiß nicht, wie ich aussehe, aber ich weiß, dass ich mich irgendwie blass fühle. Und benommen. Ich setze mich gleich wieder hin.

Riley nimmt die Autoschlüssel vom Haken bei der Tür. »Komm schon. Ich fahr von da mit einem Taxi nach Hause.«

Am frühen Morgen warte ich darauf, von der Dialysemaschine genommen zu werden, sehe mir an, wie das Gerät blinkt und sich die Blutdruckmanschette aufbläst. Hier drinnen brennt noch kein Licht, aber die Klinik ist inzwischen hell erleuchtet, und man hört Stimmen und Gelächter. Im angrenzenden Flur sehe ich Dr. Blankenship. Statt ihrer üblichen Pumps trägt sie Turnschuhe, die auf dem ultrasauberen, gebohnerten Boden quietschen, was bedeutet, dass sie sich für eine Operation bereit macht, nicht für die Sprechstunde. Ihr weißer Arztkittel ist sauber und gebügelt, darunter trägt sie eine Stoffhose mit legerer Bluse.

Ich hatte gleich von Anfang an Probleme mit ihr, als sie vor einem Jahr hier anfing. Dr. McMillan, der Chirurg, dessen Stelle sie übernahm, hatte sich nicht so sehr um den Blutdurchfluss gekümmert und setzte mich ganz oben auf die Liste. Leider wurde er unerwartet versetzt, und ich war nicht sehr glücklich mit meiner neuen Ärztin. Auch sie war definitiv nicht glücklich mit einer Patientin, die ihre Meinung so unverblümt äußerte.

Sie blickt stur geradeaus, sodass sie mich nicht winken sieht. Wäre ich eine Schlange, hätte ich sie gebissen. Ich weiß, dass sie es absichtlich tut. »Hey, Doc!«, schreie ich. Heute ist meine Stimme von übermenschlicher Lautstärke, nachdem ich wieder normales, sauberes Blut habe.

Sie kommt zurück und bleibt an meiner Tür stehen. »Oh, hi, Gal! Hab Sie gar nicht gesehen.« Sie klimpert unschuldig mit den Wimpern und streicht ihren roten Pony glatt. Im unsteten Licht der Neonröhren sieht ihre helle Haut grünlich aus.

»Weil Sie nicht hingeguckt haben.« Ich lächle und kralle mich so fest in die gebleichte Bettdecke, dass es wehtut. »Wann haben Sie eine Niere für mich?«

»Sobald Sie sich noch einmal dem Test unterzogen haben.« Sie presst ihr Klemmbrett an die Brust und weicht meinem Blick aus, konzentriert sich lieber auf die geschlossenen Jalousien rechts von meinem Kopf. Aber es ist mir egal, dass wir uns keine Weihnachtskarten schreiben. Ich will nur eine funktionierende Niere. »Wir müssen es tun wegen des Shunts in Ihrem Bein. Wenn wir eine neue Niere einsetzen, könnte es sein, dass Ihr Blutfluss behindert wird. Die Niere würde absterben. Sie wissen, dass ich die Transplantation nur durchführen darf, wenn der Blutflusstest positiv ausfällt.«

Sie sagt das alles mit monotoner Stimme und ohne mir dabei in die Augen zu sehen. Ich habe schon viele Ärzte erlebt, die sich am Krankenbett nicht zu benehmen wussten, aber Dr. Blankenship kriegt den Pokal. Ich spreize meine Hände. »Ich erteile Ihnen die Erlaubnis, es trotzdem zu tun. Zählt das denn gar nichts?«

»Ich weiß, was Sie sagen wollen, und ich weiß, was in den Vorschriften steht.«

»Ich bin also in jedem Fall geliefert: wenn ich den Test mache und auch, wenn ich ihn nicht mache.«

Sie verzieht den Mund zu einem Lächeln, und auf ihren Wangen entstehen ein paar Falten. »Das Kontrastmittel schadet Ihnen nur, wenn Sie glauben, dass es Ihnen schadet.«

Ich schließe kurz die Augen.

Ich weiß, dass ich auf das Kontrastmittel allergisch reagiere, so wie man weiß, dass man auf Bienen allergisch reagiert. Zum ersten Mal hatte ich eine Reaktion, als ich zwölf war, und da war mir noch nicht mal klar, was ein Kontrastmittel ist. Meine Atmung verlangsamte sich, mein Hals schwoll zu, und ich bekam Ausschlag auf den Wangen. Ich weiß nicht mehr allzu viel davon, nur das, was meine Mutter mir erzählt hat. Entscheidend ist die Frage, wie ich eine psychosomatische Reaktion auf ein Kontrastmittel haben konnte, wenn mir gar nicht bewusst war, dass sie es mir in die Venen pumpten?

Die Ärztin, die mir das Kontrastmittel verabreicht hatte, erklärte meiner Mutter danach, wenn ich es noch mal bekäme, würde ich wahrscheinlich daran sterben.

»Was wäre, wenn Sie nach Ihrem ersten Bienenstich angeschwollen wären und sich Ihnen die Kehle zugeschnürt hätte?«, fragte ich Dr. Blankenship, als wir dieses Gespräch letztes Mal führten. »Würden Sie rumlaufen und versuchen, sich absichtlich stechen zu lassen?«

Sie lachte mich aus. »Das ist, als wollte man Äpfel mit Birnen vergleichen.«

»Eher Äpfel mit Äpfeln«, entgegnete ich. »Vielleicht Granny Smith mit Red Delicious. Aber beides sind Äpfel!«

Als ich so dasitze, mit geschlossenen Augen, und diese Erinnerung in mir hochkommt, probiert Dr. Blankenship es noch mal. »Wir können es versuchen und sofort abbrechen, falls irgendetwas schiefgehen sollte. Ich bin mir sicher, dass es nicht am Kontrastmittel liegt. In unseren Studien deutet nichts darauf hin, dass eine solche Allergie überhaupt möglich ist.«

Das alte Lied. »Dieses Gespräch kommt mir seltsam bekannt vor, Frau Doktor.«

»Guten Morgen, Mr Walters.« Dr. Blankenships Stimme wird samtig. Walters kommt vorbei.

Walters bleibt stehen. Heute trägt er gebügelte weiße Leinenhosen und ein hellblaues T-Shirt, und er hält einen Panamahut in den Händen, mit dem er aussieht, als wollte er auf die Bahamas und nicht zur Dialyse. »Sie operieren heute Morgen, was? Ich hoffe, für mich haben Sie auch bald eine von diesen Nieren.«

»In den nächsten zwei Wochen müsste es eigentlich klappen.« Sie strahlt ihn an.

Er winkt mir höflich zu. »Und wie geht es uns heute früh?«

»Wie es ›uns‹ geht, weiß ich nicht, aber mir geht es gut, danke.« Ich spreche mit zusammengebissenen Zähnen.

Er geht weiter.

Dr. Blankenship dreht sich wieder zu mir um. Diesmal schafft sie es tatsächlich, mir in die Augen zu sehen. Ihre sind von verwaschenem Grün, die schwarzen Schatten darunter nicht ganz übergeschminkt. »Gal, bitte. Ich wünsche Ihnen genauso dringend eine Niere wie Sie selbst. Aber ich muss mich an die Regeln halten. Wenn die Gefahr besteht, dass Sie sie abstoßen, darf ich sie Ihnen nicht geben.«

»Was ist mit ihm?« Ich nicke Walters hinterher. »Er könnte seine neue Niere totsaufen. Oder aufhören, seine Blutdruckmittel zu nehmen. Wie er es schon mal getan hat. Da bin ich ein verlässlicherer Kandidat.«

»Über die Behandlung anderer Patienten darf ich mit Ihnen nicht sprechen.« Ihre Miene wird ganz starr. Sie macht einen Schritt zurück, beendet das Gespräch. »Ich muss weiter.«

Ich ziehe eine Grimasse. Mir scheint, man schiebt mich immer weiter und weiter bis ans unterste Ende der Nierenliste. Ich finde mich damit ab, dass ich keine Transplantation bekomme, wenn ich mich diesem Test nicht unterziehe. Zumindest nicht von dieser Ärztin.

»Hören Sie, ich habe noch nie eine negative Reaktion erlebt, sofern dem Patienten vorher die entsprechenden Medikamente verabreicht wurden. Sie bekommen einen Tropf mit Benadryl und Prednisolon. Wir nehmen nur ganz wenig Färbemittel.« Dr. Blankenship mustert mich.

»Und dann komme ich ganz oben auf die Liste?« Ich will nur nicht ewig in diesem Dialysefegefeuer schmoren.

»Darauf gebe ich Ihnen mein Wort.« Unbeholfen legt Dr. Blankenship ihre Hand auf meine. Sie fühlt sich an, als müsste sie aufgetaut werden.

7

Es ist Samstag. Der Tag ist kühl. Es weht eine leichte Brise. An meinem Haus brennt das Verandalicht, obwohl schon Vormittag ist. Die Alarmanlage meines Autos piept, und ich frage mich, ob Riley wohl davon aufgewacht ist. Ich öffne die quietschende Tür. Vormund zu sein ist schwer. Wer hätte gedacht, dass ich von jetzt auf gleich elterliche Ängste entwickeln würde? Hätte ich Riley die ganzen fünfzehn Jahre bei mir gehabt, hätte ich mich an die ständige Sorge gewöhnen können, und sie müsste mich nicht ganz so plötzlich überfallen.

Früher habe ich mich nach einem normalen Leben gesehnt, wie Becky es hatte. Ich saß vor dem großen Spiegel der Frisierkommode meiner Mutter und stellte mir vor, ich könnte hineintreten wie Alice ins Wunderland, in eine andere Welt, in der mein Reflux schon früh entdeckt und geheilt worden wäre. In der ich jung geheiratet und einem aufrechten Mann Kinder geschenkt hätte. Ich wollte immer sechs. Drei Jungen, drei Mädchen. Ich hatte mir schon Namen ausgesucht, alle aus der griechischen Mythologie. Cassandra, Alexandra, Penelope. Ulysses, Jason, Hector. Ich brauchte nur noch den dazugehörigen Mann mit kurzem Nachnamen.

Inzwischen allerdings halte ich es für besser, dass ich keine Kinder bekommen habe. Vielleicht hätte ich gar nicht damit umgehen können, wenn man bedenkt, wie das jetzt mit Riley läuft. Nicht dass ich bisher was verbockt hätte.

Nur war ich daran gewöhnt, allein zu sein, zu tun, was ich wollte, nicht an Kinder zu denken, abgesehen von meinen

Schülern. Aber sobald diese nach Hause gingen, waren sie nicht mehr meine Sorge. Ich konnte an Rosen denken und in meinem Gewächshaus herumwerkeln, wie es mir gefiel.

Riley ist wach und am Telefon. Der Fernseher läuft. Ebenso das Radio in der Küche, irgendwelche Rockmusik, deren Bass ich in meinem Bauch spüre. Es klingt wie Lärm, nicht wie Musik. Ich stelle das Radio ab und betrachte meine Nichte.

Sie sieht gesund aus. Das Zimmer macht nicht den Eindruck, als hätte hier jemand gefeiert. Tatsächlich scheint sie sich am Riemen zu reißen. Sie trägt dicke Socken mit Rosen drauf. Das sind meine. Was hat sie sonst noch durchwühlt, als ich weg war? Sie wendet sich ab.

Ich verziehe mich ins Schlafzimmer, damit sie in Ruhe telefonieren kann, und will gerade die Tür schließen, als ich sie sagen höre: »Ich hab dich auch lieb, Mama.« Dann legt sie auf.

Ich tauche wieder auf, frage mich, was meine Schwester zu ihrer Entschuldigung vorzubringen hat. »Wie geht es deiner Mom?«

»Es geht ihr super. Sie ist total begeistert von Hongkong. Nonstop, genau wie sie.« Riley sagt es ohne einen Hauch von Bitterkeit. »Sie will mir ein paar coole Souvenirs mitbringen.«

»Sie sollte vor allem sich selbst mitbringen, nicht irgendwelchen Müll.« Ich setze mich auf den Sessel gegenüber meiner Nichte und lege die Füße auf den Kaffeetisch.

»Sie musste den Job annehmen.« Riley kaut an einem Niednagel und starrt aus dem Fenster. »Wenn sie wiederkommt, kaufen wir ein Haus, sagt sie. Die zahlen ihr die Unterkunft, und so kann sie was sparen.«

Irgendwie bezweifle ich, dass meine Schwester wirklich vorhat, Geld zu sparen, aber das behalte ich lieber für mich. »Hat sie gesagt, wann sie zurückkommt?«

»Das weiß sie noch nicht. Der Auftrag in Hongkong könnte zeitaufwendiger sein, als sie dachte.« Riley steht auf. »Sie meinte, es könnte noch den ganzen Sommer dauern.« Sie reibt mit dem Handballen an ihren Augen herum, um die Tränen zu verbergen. »Das ist doch eine prima Chance für sie, oder?«

Da begreife ich: Becky tut ihr nicht gut. Riley wäre besser dran, wenn sie den Kontakt zu ihrer Mutter abbrechen, wenn sie sich von all den Jahren der Enttäuschung verabschieden und sie nicht mehr anrufen würde. Aber das will sie nicht. Sie kann es nicht, noch nicht. Wenn sie bei mir bleibt, wird Riley vielleicht erkennen, wie ihre Mutter wirklich ist. Ein solches Maß an Vernachlässigung sollte Riley nicht für normal halten.

Das alles möchte ich Riley am liebsten sagen, weiß aber, dass sie dafür noch nicht bereit ist.

»Es ist eine gute Gelegenheit«, sage ich stattdessen. Fast ersticke ich an meinen Worten.

Riley sieht mich an. »Es war echt still hier.«

»Still ist gut. Aber du könntest auch mitkommen, wenn du willst.«

»Mir war so langweilig, dass ich das Gewächshaus geputzt habe, als ich mit dem Gießen fertig war.«

Ich erstarre. »Du hast mein Gewächshaus geputzt?«

Sie winkt ab. »Keine Sorge. Ich habe keine Pflanzen weggeworfen.«

Ich zwinge mich, tief durchzuatmen. Brad meine Ordnung beizubringen hat ein paar Wochen gedauert, und Riley hat es schon am ersten Abend gelernt? Ich habe für alles einen bestimmten Platz, ein bestimmtes System. Ich könnte einen Lageplan vom Gewächshaus zeichnen. Ich lasse mich nicht gern durcheinanderbringen. Ich merke, dass ich mich in die Sessellehne kralle, und lockere meinen Griff.

»Tante Gal?«

»Riley, es ist nett von dir, dass du mir helfen willst.« Ich ringe um freundliche Worte und kämpfe gegen die zahllosen Flüche, die mir einfallen. »Aber wie würde es dir gefallen, wenn jemand an deinen Computer ginge und sich alles ansehen und aufräumen würde?«

»Gar nicht.«

»Genau.«

Sie zieht ein langes Gesicht. Ich fühle mich schrecklich. Aber ehrlich, das ist meine Sache.

Ich gehe ins Gewächshaus. Hier ist es wirklich still. Nur das Rauschen der Ventilatoren. Ich atme einmal tief, dann noch einmal. Mutterboden und der würzige Duft der Sämlinge.

Wie ich sehe, hat sie gefegt und den Müll rausgebracht. Und Staub gewischt. Sogar die Ventilatoren sind wieder sauber. Nicht übel.

Ich gehe zu den Kisten mit meinen Sämlingen und sehe mir die Reihen von Hulthemias an. Immer mehr blühen und gedeihen. Ich untersuche eine gelbe Hulthemia, die ich als G8 gekennzeichnet habe. Sie hat viele Blüten und einen Kern von leuchtendem Orange, aber keinen Duft. Das ist schade. Ich war mir sicher, dass sie duften würde, genau wie ihre Cousine. Leider muss ich mir in Erinnerung rufen, dass Düfte flüchtig sind.

Ich gehe zu Sämling G42. Von ihm erhoffe ich mir, dass er der beste von allen wird. Er soll aussehen wie eine orangefarbene Flamme mit rotem Kern, wie ein Freudenfeuer. Eine Blüte hat sich geöffnet. Sie ist traumhaft schön, die Tupfen auf den Blättern sind perfekt, als hätte ein geschickter Maler Aquarellfarbe verspritzt. Aber sie duftet nicht. Mist.

Ich sollte noch ein Jahr warten und sehen, ob ich nicht eine bessere Rose hinbekomme.

Aber was ist, wenn mir kein Jahr mehr bleibt?

Auf den Gedanken will ich mich nicht einlassen. Ich sage mir, dass ich noch mindestens ein Jahr habe.

Vielleicht hat die nächste Knospe einen Duft. Vielleicht riecht sie in ein paar Tagen stärker. Ich bin unentschlossen. Diese Rose besitzt eine einzigartige Färbung, die mir vielleicht nicht wieder gelingt. Auch wenn ich weiß, dass sie besser sein könnte.

Jedes Mal, wenn ich mir die Blüte ansehe, rast mein Herz, und ich bin ganz benommen. Das muss doch was bedeuten. Außerdem kostet die Anmeldung für diese Show, an der ich teilnehmen möchte, nur zwanzig Dollar, und sie findet drüben in San Luis Obispo statt. Das ist die Blume wert, selbst wenn ich verlieren sollte. »Ach, Gal, du bist so was von stur«, sage ich, dann lache ich in mich hinein. Ich klinge wie meine Ärztin. Oder meine Mutter. Ich gehe zurück ins Haus und fülle das Antragsformular für meine Rose aus.

8

In der folgenden Woche verdränge ich den Gedanken an die Rosenschau. Ich kann jetzt sowieso nichts mehr ändern, es sei denn, in der Zwischenzeit würde eine noch hübschere Rose aufblühen, wogegen ich natürlich nichts einzuwenden hätte. Wir haben beschlossen, dass Riley mich zu der Show nach San Luis Obispo fährt.

Riley steht pünktlich auf, überraschenderweise ohne zu murren, zieht ihre Uniform an und fährt früh mit mir zur Schule. Ich bin gern eine Stunde vor Unterrichtsbeginn dort, falls ein Schüler Hilfe braucht. Meistens geht Riley rüber in Daras Raum und zeichnet.

Sie sollte wirklich mit den anderen Schülern am Förderunterricht teilnehmen. Riley ist in meinem Biologiekurs und hat alles, was sie an ihrer alten Schule gelernt haben mag, entweder vergessen oder noch gar nicht gehabt. Sie starrt ins Mikroskop und kann die richtigen Zellen nicht erkennen. Eine Blutzelle scheint für sie genauso auszusehen wie eine Pflanzenzelle. Ich weise sie auf die Unterschiede hin, sie gibt mir recht, aber am nächsten Tag hat sie es schon wieder vergessen. Außerdem kann sie sich überhaupt keine wissenschaftlichen Namen für irgendwas merken.

Ursprünglich dachte ich, sie hätte ein eher bildliches Vorstellungsvermögen, weil sie sich so zur Kunst hingezogen fühlt. Inzwischen glaube ich, dass sie durch Ausprobieren lernt. Ihr größtes Problem ist, dass sie nicht besonders gut abstrakt denken kann. Kurzum, sie könnte jede Unterstützung brauchen, die sie in den Naturwissenschaften bekommen kann, weil ihr nichts in den Schoß fällt.

»Ich lerne lieber allein«, erklärte mir Riley, als ich ihr vorschlug, mitzukommen und sich ein bisschen helfen zu lassen. Wir hatten bisher noch keinen Test, sodass ich nicht sagen kann, wo sie in meiner Klasse steht. Allerdings müsste ich lügen, wenn ich behaupten würde, dass ich mir um sie keine Sorgen mache.

»Sei nicht so stur«, sage ich. »Es ist kein Verbrechen, wenn man keinen Draht zur Biologie hat. Vielleicht ergeht es dir ja in Physik besser.«

Ich spreche Dara beim Mittagessen darauf an. »Was zeichnet sie?« Riley hat mir nicht gezeigt, was sie im Kunstunterricht macht, und Dara hält das meiste bis zum Ende des Jahres zurück, um dann für die Eltern eine Ausstellung zusammenzustellen.

»Meistens Menschen.« Nachdenklich knabbert Dara an ihrem Salat herum. »Die meisten zeichnen normalerweise entweder Menschen oder Landschaften. Sie bevorzugt definitiv Menschen. Aber ich versuche gerade, sie etwas von der gegenständlichen Kunst wegzubringen, damit sie mit unterschiedlichen Medien experimentiert.«

Ich habe keine Ahnung, wovon sie redet. »Du verwandelst sie also in einen Picasso?«

Dara schenkt mir ein kurzes Lächeln. »So ungefähr. Picasso wusste auch, wie man realistisch zeichnet, bevor er sich auf die abstrakte Kunst einließ.«

»Es ist doch komisch. In ihrer letzten Schule hatte sie nur eine mittelmäßige Zensur in Kunst. Und im Sozialverhalten war sie auch nicht besonders.« Ich überlege, woran es gelegen haben könnte. Quatschen im Unterricht? Hausaufgaben nicht gemacht? Diese Betragensnoten, die zusätzlich zu den fachlichen Zensuren ausgegeben werden, kommen mir oft willkürlich vor und variieren von Lehrer zu Lehrer. Manche bestrafen die Kinder sogar dafür, dass sie zu wenig gesagt haben. Für mich schadet Schweigen dem Lernen nicht.

»Vielleicht hat man ihr vorher keine Chance gegeben, oder vielleicht kommt ihr auch die kleinere Schule entgegen.«

»Ich glaube, es liegt an der Uniform.« Riley sitzt am Mittagstisch bei Sam und ihren Freundinnen. Ihre schwarzen Haare sind ein Stück herausgewachsen, sodass ein heller Ansatz zu sehen ist. Sicher wäre es teuer und zeitaufwendig, die Farbe zu entfernen, also denke ich mir, sie soll sie ruhig rauswachsen lassen. »Uniformen lösen so manches Problem.« Mit hochgezogenen Augenbrauen mustere ich Daras Aufzug, eine knallpinke Bluse mit schwarzer Hose und schwarz-weiß gestreiftem Schal.

Sie winkt ab.

Ich stütze meinen Kopf mit einer Hand. »Bin ich nicht mütterlich genug?«

»Du meinst hegend und pflegend? Warm und kuschelig?« Dara knabbert zart an ihrer Karotte. »Wohl kaum.«

»Ich kann nicht sein, was ich nicht bin.«

»Jeder kann sein Verhalten ändern, Gal. Das verlangen wir von den Kindern doch auch.«

»Ich bin zu alt, um mich zu ändern«, entgegne ich.

Dara wischt ihre Hände ab und setzt ein Lächeln auf. Ich sehe dorthin, wo sie hinsieht. Mr Morton.

Er trägt ein lila Hemd mit kleinen Karos und einen lila-schwarzen Pullunder zu seiner Cargohose. Ich bin nicht daran gewöhnt, Männer in Lila zu sehen, aber es steht ihm gut. Ich sehe, dass alle Mädchen kichern, als er an ihnen vorbeigeht, aber davon kriegt er zum Glück nichts mit. Er setzt sich an unseren Tisch. »Ich habe mir überlegt, wir sollten für die Wissenschaftsolympiade eine Blide bauen.«

»Was ist eine Blide?«, fragt Dara.

»So was wie ein Katapult.« Ich trinke mein zugeteiltes Wasser in einem Zug aus. Verdammt. Immer noch durstig. Ich beiße in meinen Apfel, um etwas Saft zu bekommen. »Es ist für einen Wettkampf namens ›Sturm auf die Burg‹.« Ich nicke Mr Morton zu. »Das habe ich zwar noch nie gemacht, aber wenn Sie wollen, bin ich dabei.«

Dara ist ganz aufgeregt. »›Sturm auf die Burg‹? Das klingt, als würde es Spaß machen. Soll ich euch ein paar mittelalterliche Kostüme entwerfen?«

Mr Morton und ich lachen und werfen uns einen Blick zu. Seine Augen sind fröhlich. Sie tanzen fast. Er sagt: »Die könnten wir bestimmt anziehen, aber eigentlich geht es eher um die praktische Anwendung physikalischer Gesetze.«

»Das besprechen wir beim nächsten Treffen für die Wissenschaftsolympiade. Sind Sie denn handwerklich geschickt? Da wären Sie hier die große Ausnahme. Deshalb haben wir so was auch noch nie gebaut.«

Er rümpft die Nase. »Ich kann IKEA-Möbel zusammenschrauben.«

»Da haben Sie den meisten anderen was voraus. Wir bräuchten einen richtigen Handwerker. Vielleicht findet sich ja ein hilfreicher Schülervater, damit wir uns nicht gegenseitig mit den Balken erschlagen.« Wieder lache ich mit ihm gemeinsam.

Ich schaue zur Uhr. »Zeit für meine Medizin. Wir sehen uns später.« Ich stehe auf, um mein Tablett wegzubringen, und spüre ein seltsames Flattern im Bauch. Liegt das an Mr Morton? Das kann nicht sein. Ich albere doch mit allen herum. Ich stelle mein Tablett weg, drehe mich zum Tisch um und sehe gerade noch, wie Dara sich vorbeugt, mit einer Hand auf seinem Unterarm, und Mr Morton über etwas lacht, was sie sagt. Ich dachte, er ist nicht ihr Typ. Aber andererseits, wann hatte Dara jemals einen bestimmten Typ? Er ist besser als die meisten Hallodris, mit denen sie ausgeht. Ich kann gar nicht sagen, ob es Wut oder Frust ist, was mir schwer im Magen liegt. Auf dem Weg hinaus stoße ich die Tür der Cafeteria etwas heftiger auf als nötig.

Winslow Blythe
Das Große Rosenbuch

April

April, April! Der Frühling ist da!

Das Ungeziefer naht! Vergessen Sie nicht, die unteren Teile der Rosen täglich abzuwaschen. Sollten Sie ein Pestizid benutzen, nehmen Sie für die neuen Blüten nur die Hälfte, um sie nicht zu verbrennen.

Einmal wöchentlich Fischemulsion bringt Ihre Rosen zum Lächeln (und Ihre Hunde zur Verzweiflung! Wow, stinkt das). Und einmal sollten Sie den Rosen in diesem Monat eine Extraportion Zink, Eisen und Bittersalz verabreichen.

9

Riley und ich entwickeln langsam so etwas wie eine Routine. Normalerweise kommen wir am späten Nachmittag nach Hause, wenn unsere schulischen Pflichten erledigt sind. Ich kümmere mich um die Rosen, Riley macht Hausaufgaben. Ich bereite das Abendessen zu, sie macht Hausaufgaben. Die Wäsche erledigen wir nach Bedarf. Es ist ein ziemlich normales Leben, abgesehen von der Dialyse. Eigentlich ist es ganz nett, dass jemand da ist.

Montags halten wir nach der Schule am Supermarkt. Ich überlasse Riley die Planung des Abendessens, da sie sich darüber beklagt. In der ersten Woche war sie zwei Stunden im Internet, auf der Suche nach Gourmetrezepten. Ich werfe einen Blick auf ihre Liste (Babyrucola, neuseeländische Lammkeule, Alaskalachs), was mich so zum Lachen bringt, dass ich mich am Einkaufswagen abstützen muss und die Blicke der anderen Kunden auf mich ziehe. »Riley, wir sind doch nicht die Rockefellers.«

»Wer sind die Rockefellers?« Riley läuft bis unter den Kragen puterrot an.

»Wir sind nicht die Hiltons«, erkläre ich zum besseren Verständnis. Ich gebe ihr die Liste zurück. Der Zettel stammt von einem dieser Notizblöcke, die Immobilienmakler kostenlos verteilen. Riley hat den grinsenden Mann mit Hörnern und einem Schnurrbart verziert. »Bitte. Halten wir uns ans Lehrerbudget.«

»Aber wie soll ich denn meinen Speiseplan ändern? Wir

sind doch schon im Laden.« Sie verschränkt die Arme und macht ein Gesicht, als hätte ich ihr eben erklärt, ein Asteroid würde auf die Erde stürzen.

Ich nehme einen Werbezettel vom Supermarkt und schiebe den Wagen an die Seite, um die Erdbeerauslage nicht zu blockieren. »Kauf, was gerade im Angebot ist. Nimm das als Grundlage für deinen Plan. Vorzugsweise Sachen, die ich auch kochen kann.«

Wir streifen durch den Laden, nehmen Spaghetti und Dosen mit Soße und Schweinekoteletts. »Ist eigentlich gar nicht so schlimm«, sagt Riley, als sie ein halbes Pfund geräucherten Speck – eingewickelt in weißes Papier – in den Einkaufswagen legt.

»Jep. Und es hat gar nicht wehgetan.« Ich nehme eine Honigmelone und lasse sie daran riechen, um zu sehen, ob sie noch gut ist. Wir prüfen die Haltbarkeitsdaten auf den Molkereiprodukten; wir suchen die günstigen Marken auf den unteren Regalen; wir überlegen, was wir später einfrieren wollen. Mir war gar nicht klar, wie viel ich von Lebensmitteln verstehe und dass ich darauf brenne, dieses Wissen weiterzugeben.

Als wir an die Kasse kommen, grinse ich sie an.

»Was?«, sagt Riley und legt die neue Ausgabe des *National Enquirer* zurück.

»Nichts«, sage ich, noch immer grinsend. »Ich bin nur glücklich. Ist das verboten?«

»Neeeeiin.« Sie lacht und macht große Augen. »Nur befremdlich.«

In der zweiten Aprilwoche kommen meine Eltern von ihrer Reise zurück, und als sie hören, was mit Riley los ist, kommen sie uns besuchen, obwohl sie sich lieber vom Jetlag erholen sollten. Am Samstagvormittag trudeln sie ein, was bedeutet, dass sie im Morgengrauen losgefahren sind. Als Riley und ich sie hören, gehen wir raus, um sie zu begrüßen. Moms Autotür geht natürlich zuerst auf. Umständlich erhebt sie sich aus dem Beifahrersitz und kommt langsam auf mich zu. Sie hat Arthritis und wird bald eine neue Hüfte brauchen. Sie trägt eines ihrer wallenden Maxikleider, und ihre Haare sind überall und nirgends. »Gal«, sagt sie und zerquetscht mich fast mit ihrer Umarmung. Sie riecht nach etwas Würzigem, und ich muss niesen.

»Entschuldige, Mom. Es ist nur dein Parfüm.«

»Oje.« Sie weicht zurück und sieht besorgter aus, als es meine Absicht war. »Ich gehe sofort duschen.«

»Nein, nein. Ist nicht so schlimm, Mom.«

»Gut siehst du aus.« Dann wendet sie sich Riley zu. »Wie groß mein Enkelkind geworden ist!«

»Hi, Oma.« Riley lässt sich umarmen und rollt hinter ihrem Rücken mit den Augen.

Dad kommt an und legt seinen großen Arm um mich. »Hey, Töchterchen. Hast du am Wochenende irgendwas für mich zu tun?« Dad repariert immer alles Mögliche, wenn er hier ist: tropfende Wasserhähne, schiefe Bilder, zugige Fenster. Erstens kann er nicht stillsitzen, und zweitens bin ich handwerklich ein hoffnungsloser Fall. Ich spare alles für ihn auf.

Einen Moment lang denke ich darüber nach. »Eine Sache hätte ich tatsächlich. Ein Projekt für die Schule.«

Mr Morton trifft eine Stunde später ein, in Jeans und einem Lacoste-Hemd, obwohl er mit Dad an der Blide arbeiten soll. Heute wollen sie die Vorlage für ein Katapult bauen und die Teile für ein zweites vorbereiten, das Mr Morton dann die Kinder zusammenbasteln lässt. Er fährt ein schwarzes Audi-Cabrio, viel zu nobel für einen Lehrer. Das Holz für die Blide ist auf ein Gestell geschnallt, das eigentlich für Ski gedacht ist. Einen Moment bleibt er im Wagen sitzen, als würde er das Ende von irgendeinem Song abwarten. Oder vielleicht zögert er. Wahrscheinlich hätte er nicht gedacht, dass ich das Blide-Projekt schon so bald anschiebe.

Riley wirft die Fliegengittertür auf und hüpft die zwei Stufen hinunter. »Mr Morton!«

»Riley.« Er lächelt sie freundlich an. »Willst du helfen?«

»Ich möchte nicht, dass sie sich die Finger absägt.« Ich trete hinaus und blinzle in die Sonne.

»Da bin ich mindestens genauso gefährdet.« Mr Morton grinst und hält eine zerkratzte, feuerrote Werkzeugkiste hoch. Was bedeutet, dass er sie auch benutzt. Er und Riley laden das Holz ab.

Wir gehen hintenrum zur Garage, wo Dad schon auf zwei Sägeböcken eine Werkbank aufgebaut hat.

»Dad, das ist Mr Morton. Mr Morton, mein Vater. Tom.«

»Nennen Sie mich George.« Mr Morton schüttelt meinem Vater die Hand.

»Wie der heilige Georgius?« Dads lahmer Scherz lässt mich einen Blick auf Riley werfen, um festzustellen, ob sie aufstöhnt, doch sie ignoriert es. Ich wette, wäre es von mir gekommen, wäre sie schreiend weggerannt. Dad nimmt ihm das Holz ab und legt es auf die Arbeitsplatte. »Gal sagt, Sie hätten einen Plan für dieses Ding?«

»Heute Morgen ausgedruckt.« Mr Morton breitet die Pläne auf dem Tisch aus. Ich betrachte die schematische Darstellung. Es ist ein kleines Katapult, mit dem man Bohnensäckchen in einen Eimer schießen kann. Wem das mit der größten Genauigkeit gelingt, gewinnt den Wettbewerb. Mit hochgezogenen Augenbrauen sieht er mich an. »Wir hätten den Schülern sagen sollen, dass sie herkommen, um zu helfen.«

»Zu viele Köche.« Dad nimmt seine elektrische Säge zur

Hand. »Ich will hier keinen Haufen Kinder haben, der mir im Weg steht. Außer Riley. Du wirst abmessen.« Er reicht ihr ein Maßband.

»Ich? Wieso ich?« Sie nimmt das Band entgegen, als wäre es eine entsicherte Handgranate. »Wie lang?«

»Sieh im Plan nach.« Ich deute auf die Maßangabe. Drei Fuß, zwei Achtelzoll.

Mit zusammengekniffenen Augen betrachtet sie das Maßband, als sie es herauszieht. »Hier?« Mir scheint, sie deutet wahllos auf irgendeine Stelle.

»Gehörst du auch zum Wissenschaftsteam, Riley?« Mr Morton lächelt sanft.

Sie sieht mich an, als sollte ich für sie antworten. Das tue ich. »Sie ist eher künstlerisch begabt.«

»Ich könnte es versuchen.« Sie wirft mir einen bösen Blick zu. »Ich kann nicht nur das eine.«

»Ich weiß.« Es kommt mir vor, als hätte ich keine Ahnung, was dieses Mädchen denkt, nur dass es immer das Gegenteil von dem ist, was ich denke. Ich kann mich nicht erinnern, mit fünfzehn so nervig gewesen zu sein. Dieses ganze angst- und hormongesteuerte Teenagerding ist an mir vorbeigegangen. Ich streiche die Pläne glatt und überprüfe die Maße noch mal. »Riley, du bist ein Stück zu weit.«

Dad korrigiert sie, und sie macht die Markierung.

»Zweimal messen, einmal sägen«, sagt Dad.

Sie misst erneut. »Ich weiß nicht, ob es so richtig ist.« Sie achtet weder auf das Maßband noch auf die Zeichnung. »Ich glaube, vorher war es falsch.«

»Du versuchst es ja nicht mal.« Ich greife nach dem Band, aber sie reißt es an sich. »Lass dir zeigen, wie das Ding funktioniert und was diese kleinen Markierungen bedeuten.«

»Ich weiß, was sie bedeuten. Zoll.«

»Nein. Die ganz kleinen. Wenn du wüsstest, was sie bedeuten, wäre es einfacher.«

»Ich will es gar nicht wissen. Mir doch egal.« Sie wirft das Maßband hin. »Das ist ein blödes Projekt.«

Ich werfe einen Blick zu meinem Vater hinüber, der sich am nächsten Stück Holz zu schaffen macht. »Versuch es einfach.«

»Ich kann eben nicht alles.« Sie verzieht das Gesicht, als hätte jemand Zitronensaft hineingespritzt. Ich presse die Lippen zusammen. Ich bin daran gewöhnt, dass Schüler schnell entmutigt sind. Nicht gewöhnt bin ich, dass dabei so viele Emotionen im Spiel sind.

Ich hebe das Maßband auf. »Beruhige dich, und versuch es noch mal. Du kannst das.«

»Mach du es. Ich geh rein und helfe Oma mit dem Essen.« Sie wirft ihren Bleistift weg und rennt los. Er hüpft und kullert unter ein Regal mit Weihnachtsschmuck.

»Ah.« Dad startet seine Säge. »Erinnert mich an ihre Mutter.«

»Leider.« Ich bücke mich auf der Suche nach dem Bleistift.

»Darf ich?« Mr Morton geht in die Hocke und späht unter das Regal.

Ich bereue, dass ich die Spinnweben nie entfernt habe. »Vorsicht vor Schwarzen Witwen.«

Er legt sich auf den Bauch und greift tief ins Dunkel, um den Bleistift hervorzuholen, dann wischt er den Staub von seiner Jeans. »Mir scheint, Riley hat eine ziemlich niedrige Frustrationsschwelle.«

»Meinen Sie?« Wir gehen raus, weg vom Lärm der Säge und vom Haus, da Riley vermutlich mit einem Ohr am Fenster lauscht. Ich erzähle ihm von Rileys Hintergrund und wie es kommt, dass sie hier ist.

»Kein Kontakt zu ihrem Vater?«

»Früher schon. Die ersten Jahre ihres Lebens hat sie bei ihm verbracht. Inzwischen ist er eigentlich nur noch Erzeuger und gelegentliche Brieftasche.« Ich verschränke die Arme. »Und meine Schwester will auf eine bestimmte Weise leben. Auch wenn ihr Kind darunter leidet.«

Mr Morton sieht mich offen an. »Es ist wirklich nett von Ihnen, dass Sie Riley bei sich aufgenommen haben.«

Ich denke daran, wie Riley hier ankam und dass ich sie ursprünglich zu meinen Eltern schicken wollte. Dann fällt mir ein, wie ich Riley den Supermarkt gezeigt habe. Ich denke daran, was Becky alles verpasst. Was sie alles schon verpasst hat. Ich bin mir nicht sicher, ob ich möchte, dass Riley wieder weggeht.

Ich räuspere mich. Komplimente sind mir meistens peinlich. Ich zucke mit den Schultern. »Sie ist meine Nichte.«

Sein Blick schweift zum Rosengarten. Ich denke, gleich wird er mir eine Frage zu den Rosen stellen, aber er tut es nicht. Ein trauriger Ausdruck huscht über sein Gesicht, trauriger als es Rileys Geschichte angemessen wäre. Ich überlege, ob ich ihn fragen soll, was los ist, aber ich kenne ihn nicht gut genug. Ich mag es nicht, wenn Leute sich in mein Leben einmischen und mir sagen, dass ich müde oder krank aussehe, und dann alle Details wissen wollen. Ich warte. Wenn er reden will, werde ich zuhören.

Er holt tief Luft und konzentriert sich wieder auf das Hier und Jetzt. Er grinst. »Gehen wir wieder zurück zu unseren mittelalterlichen Waffen.«

10

Am Montagmorgen fährt mich meine Mutter zum IVP-Test.

»Das gefällt mir nicht.« Mom hält das Lenkrad so fest, dass ihre Knöchel weiß werden. »Du bist allergisch gegen dieses Färbemittel.«

»Ich habe keine Wahl, Mom«, sage ich mechanisch. Wir führen dieses Gespräch schon die letzten vierundzwanzig Stunden und länger. Ich fürchte, dass sie den ganzen Zorn einer Bärenmutter auf die Ärztin loslässt, und dann kriege ich meine neue Niere nie.

»Das sind doch Idioten. Idioten.« Sie spuckt förmlich. Keine Spur von der vornehmen Künstlerin in wallenden Gewändern. Sie hat ihre Haare zu einem Dutt hochgesteckt und trägt ein Ensemble aus kirschrotem Velours, fast wie ein Superheldenanzug.

»Bleib ruhig, Mom.«

»Man muss deiner Ärztin doch erklären, was Fakt ist.«

Toll. »Bitte provoziere Dr. Blankenship nicht. Sie kann mich jetzt schon nicht leiden.«

Mom fährt auf einen Parkplatz und wendet sich mir zu. »Gal. Wäre ich damals nur ein Zehntel so energisch gewesen, wie ich es jetzt bin, hättest du noch eine Niere.« Sie muss schlucken.

Ich streiche über ihren Arm. Mom wird diese Schuldgefühle nie loswerden, dieses Gefühl, dass sie mehr hätte tun sollen. Es ist nicht ihre Schuld. Sie hat darauf vertraut, dass die Ärzte herausfinden würden, was mit mir los war, damit es meine

Nieren nicht zerstört. Wir werden nie wieder an die Unfehlbarkeit von Ärzten glauben.

Drinnen wartet Dr. Blankenship. Sie reicht meiner Mutter die Hand. »Mrs Garner, schön Sie zu sehen.«

Mom schüttelt widerwillig ihre Hand. »Mir gefällt das nicht. Sie hat dieses Kontrastmittel bekommen, als sie zwölf war, und der Arzt sagte, sie müsse sterben, wenn sie es noch mal kriegt.«

Dr. Blankenship blinzelt. »Wir treffen alle erdenklichen Vorsichtsmaßnahmen. Machen Sie sich keine Sorgen.«

Mom schnaubt. »Wenn Sie Kinder hätten, wüssten Sie, wie sinnlos es ist, einer Mutter so etwas zu sagen.«

Dr. Blankenship fehlen ausnahmsweise die Worte. Sie weicht dem düsteren Blick meiner Mutter aus. Ich grinse ein wenig.

Meine Mutter und ich sitzen im Warteraum, bis sie so weit sind. Das habe ich bei Arztpraxen noch nie verstanden: Immer sagen sie einem, dass man früh da sein soll, und dann passiert stundenlang überhaupt nichts.

Mom blättert in den Zeitschriften herum, die auf dem flachen Tisch aufgefächert liegen. »Von der Hälfte dieser Leute habe ich noch nie gehört.«

»Ich leider schon.« Ich suche einen *National Geographic* oder etwas Ähnliches, finde aber nichts. »Es ist nicht einfach, seine Schüler zum Arbeiten zu animieren, wenn man auch berühmt werden kann, indem man sich beim Sex filmen lässt.«

»Gal!« Meine Mutter läuft allen Ernstes rot an.

»Hey, nicht ich! Die da!« Ich deute auf die Zeitschriften.

»Riley denkt bestimmt nicht so.« Mom nimmt eine ältere Ausgabe einer klassischen Frauenzeitschrift und schlägt sie auf.

Angesichts der Tatsache, dass Rileys Mutter ihr nicht mal

gezeigt hat, wie man im Supermarkt einkauft, kann ich mir nicht vorstellen, dass Becky ihr viel Orientierung im Bereich Popkultur und Moral zu bieten hatte. »Das hängt davon ab, was ihre Mutter ihr beigebracht hat, oder?«

»Jetzt ist es an dir, ihr etwas beizubringen.« Mom tut, als würde sie die Zeitschrift lesen, behält mich aber im Auge.

»Ich gebe mir Mühe.« Ich finde, ich mache mich gar nicht so schlecht. Riley ist gut in der Schule, entgegen meiner ursprünglichen Bedenken. Die Lehrer mögen sie, und so weit ich es beurteilen kann, behandeln die Kinder sie gut. Jedenfalls hat sie sich noch nicht beklagt.

»Es ist bestimmt nicht einfach, wenn man bis eben noch null Komma null Kinder hatte und plötzlich für einen Teenager sorgen soll.« Mom tätschelt mein Knie. »Du weißt, dass ich sie nehmen kann, wenn es dir zu viel wird.«

Ich reagiere etwas ungehalten. »Ich schaff das schon.«

Meine Mutter nickt. Ich verstehe, dass sie mir die Chance geben möchte zuzugeben, dass ich der Verantwortung für ein Kind nicht gewachsen bin, auch wenn das Kind schon fast groß ist. Es geht mir gut, und Riley geht es auch gut. Glaube ich zumindest. Zweifel ziehen auf, ein wahrer Wirbelsturm, den meine Mutter entfacht hat, wie nur enge, weibliche Verwandte es können. Ich seufze erleichtert, als die Schwester meinen Namen aufruft und es Zeit wird für meine gefürchtete Prozedur.

Man setzt mich auf ein Bett. Die Schwester bereitet den Tropf mit Prednisolon und Benadryl vor. Mom sitzt neben mir. »Pass auf, dass sie mich nicht umbringen«, sage ich. Ich gebe mir Mühe, mich zu entspannen. Ich tue es für meine Niere. Ich brauche den Test für sie. Vor meinem inneren Auge tanzen gesunde Nieren auf und ab. Meine Niere arbeitet perfekt, ist wieder ganz gesund und nicht so gut wie tot.

Ich will alles tun, damit meine Niere wieder funktioniert.

Vor Jahren bin ich nach Santa Barbara gefahren, um mich einmal pro Woche in einer Praxis mit Blick auf den Pazifik von einem Hypnotiseur behandeln zu lassen. Die Hypnose half gut gegen den Schmerz, aber meine Niere konnte sie nicht heilen. Ein Jahr lang ging ich zur Akupunktur und lag halbstundenweise mit Nadeln im Rücken da, in der Hoffnung, meine Niere neu zu starten. Ich habe Forscher angeschrieben, denen es gelungen war, Mäusen neue Nieren wachsen zu lassen, und mich als Versuchskaninchen angeboten. Alle sagten, es sei zu früh, die Prozedur an mir auszuprobieren, die Technik sei frühestens in zehn Jahren anwendbar. Und meine Mutter und ich haben zu jedem einzelnen Heiligen aus dem Heiligenlexikon gebetet. Meine Schutzpatronin gegen Nierenerkrankungen ist die heilige Margarete von Antiochia. Es gibt Gebetskreise älterer Damen, die für mich um ein Nierenwunder bitten, auf Drängen meiner Mutter und ihrer Freundinnen, die Kettenbriefe über meine Krankheit herummailen.

»Heilige Margarete, bete für mich«, sage ich vermutlich nur in meinem Kopf, denn ich bin mir einigermaßen sicher, dass meine Lippen sich nicht mehr bewegen lassen.

Früher habe ich mich manchmal gefragt, ob Gott mich hasst. Dann – so etwa mit vierundzwanzig – hatte ich eine Erscheinung. Gott hasst mich nicht mehr als alle anderen auch. Gute Menschen sterben, Unmenschen erfreuen sich eines problemlosen Lebens. Er ist ein Gott, der sich so aus allem raushält. Das ist der Preis für den freien Willen. Wir sind keine Bauern in einem Schachspiel wie in *Kampf der Titanen.*

Wenn dieser IVP-Test das ist, was ich machen muss, dann soll es so sein. Soll passieren, was passiert.

»Ich bin bei dir«, höre ich meine Mutter sagen.

Man gibt mir das Kontrastmittel. Ich merke kaum etwas davon.

Das Benadryl fängt an zu wirken, und ich verliere das Bewusstsein.

Ich stehe in meinem Rosengarten, nur ist es ein perfekter Rosengarten. Keine Käfer, nicht mal Dreck, nur makellose Blüten. Mein Haus ist weg. Aber das macht mir nichts, weil der Himmel so blau ist.

Ich sehe die beiden Hulthemia-Eltern, mit denen ich letztes Jahr begonnen habe. Ich bücke mich und rieche an der Mutter. Sie wachsen aus etwas hervor, das Muttererde sein sollte, jedoch steriler Krankenhausboden ist.

Riley steht ganz in der Nähe, mit einem schwarzen Schlauch in der Hand, der nirgends angeschlossen ist. »Ich wässere die Rosen, Tantchen.« Sie passt nicht auf, was sie tut, und setzt die Blumen unter Wasser. Sie werden sterben.

»Lass das, Riley.«

Sie ignoriert mich. »Ich weiß, was ich tue.«

Ich versuche, mich zu bewegen, um zu ihr zu gelangen und sie aufzuhalten. Aber ich stehe da wie angewurzelt. Als ich zu Boden blicke, stelle ich fest, dass ich keine Füße habe. Es ist nicht zu übersehen, dass ich selbst zur Rose werde.

Byron erscheint vor mir, und seine Brust stößt beinah gegen meine Nase. »Miss Garner?« Er hält die Rose in der Hand, mit der ich zum Wettbewerb will. Seine Augen sind so blau – exotische Meere, wie ich sie noch nie gesehen habe. »Glückwunsch. Sie haben die Goldmedaille gewonnen.«

»Yay! Ich hab gewonnen!« Ich drehe mich um und erwarte Riley, meine Mutter und meinen Vater dort zu sehen. Doch da steht nur ein leeres Gewächshaus.

Als ich mich wieder umdrehe, ist Byron weg.

Meine Rosen sind verschwunden.

Die Rose in meiner Hand wird immer heißer, bis sie zu kleinen, lavafarbenen Rinnsalen geschmolzen ist. Mit lautlosem Schrei lasse ich sie fallen.

Ich schlage die Augen auf. Ich höre mein Herz in meinen Ohren hämmern. Meine Mutter ruft etwas aus weiter Ferne. Dr. Blankenship steht unten bei meinen Füßen, mit neuen Falten im Gesicht. Sie ist nicht so jung, wie ich dachte. Eine Schwester drückt mir eine Sauerstoffmaske aufs Gesicht.

Als Erstes fällt mir ein zu fragen, ob Riley das Wasser abgedreht hat. Nein, das war nicht real. Ich warte, dass der Traum verblasst. Etwas Schlimmes ist passiert. Aber ich lebe noch.

Meine Augen fühlen sich geschwollen an, und mir tut der Hals weh. Ich hatte wieder eine allergische Reaktion. Sie haben mir Adrenalin gegeben, um mich zu reanimieren.

Mom schreit draußen vor meinem Zimmer jemanden an, der sie daran hindert, hereinzukommen und der Ärztin den Hals umzudrehen.

Dr. Blankenship setzt Daumen und Zeigefinger an die Schläfen. »Scheiße«, sagt sie fast unhörbar.

»Ärzte sollen vor Patienten nicht fluchen.« Meine Stimme klingt heiser.

Erleichtert sinkt sie in sich zusammen. »Ihr Zustand ist stabil, Gal.«

Am liebsten möchte ich sagen, dass ich es ihr ja gesagt habe, entscheide mich aber dagegen. Das kommt später. »Und kriege ich jetzt meine Niere?«

Sie zieht eine Grimasse. »Eins nach dem anderen.« Sie kommt zu mir und nimmt meine Hand. Ihre ist eiskalt.

»Meine Güte, Doc, sind Sie ein Vampir?« Ich zucke zusammen, merke aber, dass mir die Kraft fehlt, mich zu bewegen. »Ich habe wieder diesen Ausschlag im Gesicht, stimmt's?«

Sie nickt. »Es wird schon werden. Wir haben nur ganz wenig Kontrastmittel genommen und sofort aufgehört.«

»Haben Sie mich geröntgt?«

»Nein.«

Ich seufze. »Dann war es völlig nutzlos.«

Endlich drängt sich meine Mutter herein und eilt an meine Seite. »Gal! Geht es dir wieder gut?«

»Natürlich.« Meine Kehle gibt den Weg wieder frei. »Bin nur müde. Und mir ist kalt. Könnte ich bitte noch eine Decke bekommen?«

»Ich mache das.« Dr. Blankenship geht hinaus, ist froh, etwas tun zu können.

»Sie hat ein schlechtes Gewissen.« Ich sinke in meine Kissen. Mir geht es schon besser.

»Geschieht ihr recht. Haben wir es ihr nicht gesagt?«

»Ich weiß, Mom.« Ich bin noch ganz benommen, denke an meinen Traum. Es wird noch eine Weile dauern, bis die Wirkung der Medikamente abklingt. Wahrscheinlich muss ich über Nacht bleiben. Der Gedanke ärgert mich. Ich muss doch heute Abend wässern und nachsehen, ob bei den Sämlingen noch mehr hübsche neue Blüten aufgegangen sind. Morgen muss ich das Ungeziefer von den Blumen waschen. Eigentlich wollte ich das heute machen, aber dazu bin ich vor meinem Termin nicht mehr gekommen. Ich hasse sinnlose Krankenhausübernachtungen. Nie lassen sie einen richtig schlafen, wecken einen ständig auf, um festzustellen, dass man noch lebt.

»Mom, sei so nett und ruf Brad an und sag ihm, er soll sich um die Rosen kümmern.«

»Geht es nur ums Gießen? Das können doch Dad und Riley machen.«

»Nein, Brad weiß, was zu tun ist. Ruf Brad an.« Ich dämmere in den Schlaf, denke noch, wie komisch es doch ist, dass ich mir in einer Situation, in der es um Leben und Tod geht, Sorgen um ein paar Pflanzen mache. »Tu es, Mom«, murmle ich. »Vergiss es nicht.«

11

Meine Eltern bleiben noch ein paar Tage länger, als mir lieb ist, und meine Mutter sucht nach Indizien für meinen Gesundheitszustand wie Miss Marple, die einen Fall lösen will. Einmal hat sie mir im Schlaf sogar einen Spiegel vor den Mund gehalten, um sicherzugehen, dass ich auch atme. Erschrocken bin ich aufgewacht und habe mir den Spiegel an die Nase geknallt. »Autsch! Mom, was machst du da?«

»Entschuldige, entschuldige«, flüsterte sie und zog sich mit ihren langen, wallenden Haaren ins Dunkel zurück. Hätte ich nicht gewusst, dass sie meine Mutter ist, hätte ich sie für ein Gespenst gehalten.

Mein Vater meint, er muss bleiben, weil die Blide noch nicht fertig ist. Er lässt sich Zeit mit dem Gerät, obwohl es eigentlich so simpel ist, dass er es mit Mr Morton an einem Nachmittag hätte fertigstellen können. Ich weiß, dass meine Mutter ihn dazu angestiftet hat, denn ich sehe, wie er draußen in der Garage lange Pausen macht und sich ein Baseballspiel im Radio anhört. Er vertreibt sich die Zeit mit anderen Dingen, wechselt bei meinem Auto das Öl, hängt Bilder auf. Meine Mutter kauft Riley eine Kommode und eine Schreibtischkombination im örtlichen Möbelmarkt, und mein Vater lässt sich beim Zusammenbau alle Zeit der Welt.

Endlich, zum Wochenende, ist alles fertig, was er sich vorgenommen hatte, und ich nehme die Gelegenheit wahr, die beiden rauszuwerfen. Freundlich natürlich.

Ich muss ihnen versprechen, dass ich Brad bitte, zu kommen und mir mit den Rosen zu helfen und dafür zu sorgen, dass mir meine Einkäufe geliefert werden. Zusätzlich setze ich Riley unter Druck. »Sag ihnen, dass du das Putzen übernimmst und darauf achten willst, dass ich meine Medikamente nehme.«

»Will ich das?« Riley freut sich, dass ihre Großeltern da sind. Ihre Oma kocht ihr alles, was sie sich wünscht, oder sie kauft es ihr. Riley isst jeden Tag bestimmt zwei Schalen Eiscreme. Sie kann von Glück sagen, dass sie Beckys Stoffwechsel geerbt hat.

»Nicht das mit den Medikamenten. Das mache ich selbst. Nur das Putzen.« Ich flüstere es ihr im Flur zu, während meine Mutter meine Bettwäsche wechselt. Sie kocht sie zweimal pro Woche, damit ich mir keine Gedanken um Staubmilben machen muss. Ich bin da eher lax.

»Und was kriege ich dafür?«

Starr blicke ich zu meiner Nichte auf. »Ich sollte dir überhaupt nichts geben müssen. Du solltest es tun, weil wir hier zusammenleben.« Ich habe nicht viel von ihr zu sehen gekriegt, seit ich vor fünf Tagen im Krankenhaus war. Meine Eltern haben sie zur Schule gebracht und wieder abgeholt, und wenn sie nicht in der Schule war, dann hat sie drüben bei Sam vielleicht gelernt, wahrscheinlich aber Musikposter angestarrt oder so was in der Art. Ich habe mitbekommen, wie sie sich darüber beklagt hat, dass es hier nichts gibt, was Spaß macht, ob ihre Großeltern nun zu Besuch sind oder nicht. Meine Krankheit macht ihr das Leben schwer.

Mir fällt ein, was meine Mutter gesagt hat. Vielleicht würde Riley lieber nicht bei mir bleiben, weil die ständig drohende Krankheit sie belastet. Ich zögere, überlege, ob sie es als Zurückweisung empfinden wird. Ich sage es trotzdem. »Riley, wenn du lieber zu Oma und Opa möchtest, könntest du da bestimmt hin.«

Sie zieht eine Schnute. Ich kann nicht sagen, ob ihr diese Idee gefällt oder nicht.

Ich bin erleichtert, dass sie jetzt die Wahl hat. Wenn sie bleiben möchte, dann tut sie es aus eigenem Antrieb. »Bis du dich entschieden hast, lass uns einander helfen.« Ich reiche ihr die Hand. »Abgemacht?«

»Gut.« Sie schlägt ein. Ihre Hand ist kräftiger geworden. Sie hat zugelegt. Ihre Wangen sind nicht mehr so eingefallen. Irgendwas scheine ich doch richtig zu machen. »Oma!«, schreit Riley. »Ich muss dir noch was sagen: Ich werde Tante Gal helfen.«

Und damit machen sich meine Eltern auf den Weg.

Rosenausstellungen im Sommer können schwierig sein. Die Sämlinge müssen in Kühltaschen transportiert werden. Ich bevorzuge die Veranstaltungen im Frühling, nur gibt es davon nicht so viele. An der Westküste blühen die Rosen früher, sodass auch die Ausstellungen früher beginnen. Ich könnte nirgendwo leben, wo es kalt ist und ich noch länger auf meine Rosen warten müsste.

Am Sonntagabend bin ich mit Brad im Gewächshaus. Er hat einen winzig kleinen iPod an sein Hemd geklemmt, und die weißen Kabel hängen aus seinen Ohren wie zwei Blutegel, die ihm das Gehirn aussaugen. Ich kann fast mithören. Ich tippe ihm auf die Schulter. »Stell es leiser. Du wirst dir noch die Ohren kaputtmachen.«

Er fügt sich mit einem Grinsen und verschmiert Dreck in seinem braun gebrannten Gesicht. »Jawohl, Ma'am.«

Ich gehe durch die Reihen der Sämlinge und entscheide, welche ich rausschmeiße. Ich behalte nur die, die ich auf eine Ausstellung mitnehmen, als Eltern verwenden oder vermehren könnte.

Ich bitte Brad, Töpfe mit Blumenerde vorzubereiten. Ich benutze eine Mischung namens Queen of Show, die speziell für Rosen entwickelt wurde, und zwar aus Kompost, Torfmoos, Kokosfasern und Sand. Man bekommt sie in der örtlichen Gärtnerei, bei der ich ein Konto habe. Ich schicke Brad dorthin, um Zehn-Kilo-Säcke davon zu kaufen und im Schuppen zu verstauen. Ich darf so etwas Schweres nicht heben. Und ich kann es auch nicht. Ich würde zusammenbrechen.

Brad bereitet ein Dutzend Töpfe vor, damit sie fertig sind, wenn sie gebraucht werden. Ich laufe durchs Gewächshaus, sehe mir alle Sämlinge noch mal an. Die Rosen mit hässlichen Blättern oder merkwürdigen Blüten ziehe ich heraus und werfe sie auf meine Karre mit dem Grünabfall.

Wir arbeiten, ohne zu reden. Ich kenne Brad schon, seit er auf unsere Schule geht, und wenn er auch sonst eine ziemliche Quasselstrippe sein kann, ist er bei mir doch eher schweigsam. Ich inspiriere die Menschen nicht eben zum Reden. Selbst beim Haareschneiden werkelt die Friseurin, die sonst jedem von der Blinddarmoperation ihrer Mutter erzählt, wortlos an mir herum.

Meine Schwester Becky ist da ganz anders. Sie quatscht mit Gott und der Welt. Verkaufen ist der richtige Beruf für sie. Theoretisch.

Riley unterbricht mich in meinen Gedanken, als sie ins Gewächshaus kommt. Sie versucht, leise zu sein, stolpert aber über einen Bewässerungsschlauch und fällt hin, wobei sie Brads Samentöpfe umstößt und die teure Blumenerde in alle Himmelsrichtungen verstreut. Sie stöhnt leise auf, dann rappelt sie sich wieder auf. Ich sehe, dass der Sturz nicht schlimm war, jedenfalls nicht schlimmer, als wenn jemand im Sportunterricht beim Baseball auf der Markierung ausrutscht. Aber sie hat sich ziemlich eingesaut.

»Hast du dir wehgetan?« Brad lacht, ist selbst total verdreckt. Er reicht ihr die Hand.

»Das ist nicht komisch. Wer lacht denn, wenn jemand hinfällt?« Riley ist beleidigt.

»Du bist nicht verletzt, Riley. Würden wir nicht lachen, müssten wir vielleicht über verschüttete Blumenerde weinen.« Ich rechne aus, wie viel Geld mich das kostet. »Guck doch mal, was wir davon noch retten können.«

»Willst du mich denn nicht fragen, ob alles okay ist?« Riley möchte sich von Brad nicht helfen lassen und bürstet sich ab.

»Es ist doch alles okay.« Ich habe noch nie daran geglaubt, dass man sich über kleine Verletzungen aus der Fassung bringen lassen sollte. Pflaster drauf, einmal pusten, und weiter geht's. Je aufgeregter Eltern sind, desto mehr regen sie das Kind auf. Ich war schon zehn, als meine Mutter endlich lernte, wie ich zu beruhigen war.

Sie stellt ein paar Töpfe wieder auf, die sie umgekippt hat. Brad holt Handfeger und Schaufel. Da fällt mir ein zerknülltes Blatt Papier auf, das sie in der linken Hand hält. »Ich bin hier, um mir deine Unterschrift zu holen. Ich gehe ins Wissenschaftsteam.«

»Nächstes Jahr?« Ich nehme den Zettel mit der Einverständniserklärung, starre ihn an und drehe ihn mit meinen schmutzigen Händen um, obwohl ich das Formular selbst getippt habe. Riley will im Wissenschaftsteam mitmachen?

»Nein. Jetzt.«

Die Wettkämpfe sind nächsten Monat, und wir haben keinen Platz mehr frei. Außerdem mangelt es Riley an der Reife und den wissenschaftlichen Vorkenntnissen, die man für das Team braucht. Jedes Jahr wollen mehr Kinder mitmachen, als wir unterbringen können. Die Auswahl treffen die Lehrer. Ich erinnere mich daran, wie Riley an der Blide mitgearbeitet hat.

Wie schnell sie zu entmutigen war. Hätte sie sich reingekniet und mitgeholfen, würde ich es sicher anders sehen.

Nein, Riley ist gut in Kunst. Nicht in Mathe und Naturwissenschaften. Das ist Fakt, genauso wie die Tatsache, dass ich farbenblind bin, obwohl Frauen es angeblich nicht sein können. Ich überlege, wie ich es ihr schonend beibringen soll.

»Riley, du kannst dieses Jahr nicht mitmachen.« Ich gebe ihr den Zettel zurück. »Konzentrier dich auf die Kunstausstellung.«

»Mr Morton hat gesagt, ich darf an der Blide mitbauen. Er meint, da fehlt noch einer im Team, und weil mein Opa es gebaut hat …«

»Das hat Mr Morton gesagt, ja?« Ich nehme mir vor, ihn darauf anzusprechen. Ich bin für das Team verantwortlich, nicht er. Er hätte mich fragen müssen. »Er ist neu. Er kennt noch nicht alle Regeln. Ich schon. Es ist zu spät.«

»Aber …«

»Riley, du solltest auf deine Tante hören.« Brad richtet sich auf und klopft Erde von seinen Handschuhen. Ich hatte schon ganz vergessen, dass er da ist.

Sie sieht ihn böse an, dann wird ihr Blick sanfter, und sie richtet sich auf. »Ich will doch nur, dass meine Tante mir zuhört.«

»Alle im Team haben hart dafür gearbeitet, mitmachen zu dürfen.« Brads Mund wird schmal. »Bestimmt schaffst du es nächstes Jahr.«

Riley sieht mich an, aber ich werde sie nicht verteidigen. Ich bin Brads Meinung. Ich kann nicht anders.

»Na gut. Okay.« Sie nimmt den Zettel, faltet ihn zu einem kleinen Rechteck und stopft ihn in die Tasche. »Darf ich Pizza bestellen, statt zu kochen? Ich muss noch Hausaufgaben machen.«

Wenn es nach mir ginge, würde ich irgendeine Dose aus der Speisekammer aufmachen und über der Spüle essen. Aber ich habe ein schlechtes Gewissen, weil ich ihr eine Absage erteilen musste. Ich fahre mir über den Nacken. »Darfst du.«

Vorsichtig schließt sie die Gewächshaustür hinter sich. Sie lässt den Kopf hängen. Irgendwas an ihrer Haltung tut mir weh. Ich sollte kein schlechtes Gewissen haben, wenn ich im Recht bin. Sie kann nicht machen, was sie will. Sie muss es sich erarbeiten, wie alle anderen auch.

Ihre Mutter hat ihr nie Grenzen aufgezeigt. Nein, von Becky hat sie immer alles bekommen, was sie wollte. Ich werde nachher mit ihr reden.

»Hör mal, Brad.« Ich wende mich ihm zu. »Das ist eine Sache zwischen Riley und mir. Es gab keinen Grund, sich einzumischen, okay?«

»Aber es hat doch funktioniert, oder?« Brad steckt einen kleinen Spaten in einen Topf. »Ehrlich jetzt. Ich habe sie in der Lerngruppe erlebt, und sie drückt sich vor der Arbeit. Sie schreibt nur bei den anderen ab. Sie gibt sich keine Mühe.«

Unwillkürlich springe ich für Riley in die Bresche. »Sie ist neu. Sie hinkt hinterher. Du kannst nicht erwarten, dass sie die Beste ist.«

»Ich will nur nicht, dass sie mich mit runterreißt, Miss Garner.« Er zieht die Nase hoch und wischt mit dem Handrücken darüber.

»Sie reißt niemanden runter.«

»Noch nicht.« Seine Augenbrauen schieben sich zusammen.

So habe ich Brad noch nie erlebt, rechtschaffen entrüstet und nicht eben nachsichtig. »Riley ist ein kluges Mädchen. Bis zum nächsten Jahr hat sie sicher alles aufgeholt.«

»Wir werden sehen.« Er wäscht seine Hände über dem Becken, wischt sie an der Jeans ab. »Ich muss los.«

»Warte.« Ich halte ihn auf. »Bist du mit Samantha zusammen?«

»Quatsch. Sie darf mit niemandem zusammen sein.« Er sieht mir tief in die Augen.

Als Brad gegangen ist, sitze ich eine Weile auf einem Plastikstuhl und starre meine Reihen von Rosen an. Riley wird Brad nicht schaden, und auch keinem der anderen Schüler. Da bin ich mir ganz sicher. Glauben die Kinder das etwa? Natürlich wurde sie nur in die St. Mark's aufgenommen, weil ich hier arbeite. Wäre sie einfach so mit ihrem schlechten Zeugnis in der Hand hier aufgetaucht, hätte Dr. O'Malley sie schneller vor die Tür gesetzt, als sie »Heilige Maria« hätte sagen können. Was ich gut verstanden hätte.

Da merke ich, was mich so verstört. Brad erinnert mich an mich. Und ich kann nicht gerade behaupten, dass mir seine Einstellung gefällt.

Der Pizzaservice fährt vor, und ich überlasse das Gewächshaus seinem Schlummer.

Später am Abend ruft Becky mich an. »Riley hat sich heute verletzt«, sagt sie grußlos.

Ich blinzle überrascht. Ich habe die Hände eben aus dem Spülwasser genommen, um ans Telefon zu gehen, und der Hörer ist ganz seifig. Ich nehme ihn in die linke Hand und trockne die rechte am Geschirrtuch ab. »Ich weiß nicht, was du meinst.«

»Sie ist gestürzt. Sie hat es mir erzählt. Du hättest mit ihr zum Arzt gehen sollen.« Meine Schwester klingt besorgt, hellwach.

Ich lache. Sie meint den Sturz im Gewächshaus. »Nur ihr Stolz ist verletzt. Riley geht es gut, Beck.«

»Nenn mich Becca. Und es geht ihr nicht gut. Ich höre es

an ihrer Stimme.« Meine Schwester redet sich in Rage. Zieht die Große-Schwester-Karte, obwohl sie als große Schwester immer nur größer war, nie klüger.

Ich stelle das Telefon laut und lege es auf den Tresen neben der Spüle, um mich wieder an die fettige Pfanne zu machen. »Hey, wenn du dir solche Sorgen machst, kannst ja herkommen und dich selbst um sie kümmern.«

»Manche Menschen sind eben schmerzempfindlich. Du denkst immer nur, niemand muss so leiden wie du.«

Ich schnaube. »Weil es normalerweise auch stimmt.«

»Ich denke, du solltest sie zu Hause lassen. Oder ihr wenigstens eine Entschuldigung für den Sportunterricht schreiben.«

»Nichts dergleichen werde ich tun. Sie ist nicht achtzig, Becky. Sie ist ausgerutscht, aber außer einem Topf mit Erde ist nichts kaputtgegangen. Wenn du mir nicht vertraust«, inzwischen schreie ich in den Hörer, »dann hättest du sie mir nicht schicken sollen!«

»Aaaah!« Becky gibt einen erstickten Laut von sich. »Du bist unmöglich.«

»Und du erst!«

Wir legen gleichzeitig auf.

Ich merke, wie ich die Schultern hängen lasse. Riley kommt in die Küche geschlichen, wieder in ihrem Abercrombie-Outfit. »Ich wusste nicht, dass sie dich anrufen würde«, sagt sie.

»Bist du verletzt, Riley?« Ich sehe sie mir noch mal genauer an. Sie humpelt nicht. Nichts ist geschwollen. Sie hat nur einen blauen Fleck.

»Ich weiß nicht«, sagt sie.

»Nein, bist du nicht.«

Sie zuckt mit den Schultern.

Ich seufze. »Ich weiß ja, dass du ein pubertierendes Mädchen bist, aber ginge es vielleicht mit ein bisschen weniger Drama? Für mich?«

Sie schnieft, zieht sich ins Wohnzimmer zurück. »Sie meinte schon, dass du das sagen würdest.«

Mir scheint, meine Schwester kennt mich doch besser, als ich dachte.

12

Der Tag der Rosenschau, der letzte Samstag im April, beginnt bedeckt. Ich hoffe, die grauen Wolken verzichen sich noch, und die Sonne kommt heraus. Irgendwo habe ich gelesen, es sei ein Zeichen von mangelnder Geisteskraft, wenn man seine Stimmung vom Wetter beeinflussen lässt, und es tut mir leid, sagen zu müssen, dass mein Geist heute mottenzerfressen ist wie ein uraltes Nachthemd. Ich bleibe einen Moment auf der Bettkante sitzen. Stelle mir einen sonnigen Tag vor. Einen perfekten Tag. Perfekte Rosen. Queen of Show. Es klappt nicht. Meine angeborene Verdrossenheit ist übermächtig. Ich gebe es auf.

Ich habe eine Überraschung für Riley, halte sie mit einer Hand hinterm Rücken. Ein rosa Handy, für sie ganz allein. Sobald meine Mutter von meiner Idee mit den Handys erfuhr, hat sie uns zu ihrem Familienvertrag hinzugefügt und zwei Handys gekauft.

»Riley!« Ich klopfe an ihre Tür. »Bist du so weit?«

»Komme schon.« Riley schießt hervor, schließt die Tür eilig hinter sich. Sie trägt knallenge, schwarze Jeans und eine weite, weiße Bauernbluse, die aussieht, als könnte sie aus dem Schrank meiner Mutter stammen, zirka 1975. Der nächste Stilwechsel, ein Chamäleon, das sich einfügen möchte. Kurz habe ich den Eindruck, als wollte sie etwas vor mir verbergen, aber ich wüsste nicht, was. Warum sollte ich so etwas denken? Ich habe keinen Anlass. Nimmt mein elterliches Radar langsam die Arbeit auf? »Alles okay?«

»Klar.« Sie sieht mir in die Augen, und ich weiß, dass sie mir nicht die Wahrheit sagt.

Aber ich möchte die Überraschung nicht verderben. Ich werde mich über meine eigene Laune hinwegsetzen und ignorieren, was dieses Mädchen vor mir verbergen mag. »Rate mal, was ich hier habe.«

Ihre Erleichterung ist fast greifbar, als ich das Thema wechsle. Ich hole meine Hand hinter dem Rücken hervor und zeige ihr das Telefon. Ein kleines, rosafarbenes Handy.

Statt begeistert zu sein, weicht sie zurück. Wieso reagiert dieses Mädchen immer anders, als ich es erwarte? »Meine Mom hat gesagt, sie will mir eins besorgen.«

»Na, das hat sie aber noch nicht getan, und bis dahin reicht auch das hier.« Ich dränge es ihr auf. »Es ist kein besonderes Handy, aber man kann damit telefonieren.«

»Toll. Danke.« Ihre Stimme klingt ausdruckslos.

Ich schätze, Becky hat ihr ein iPhone versprochen. Mal sehen, ob sie ihr Versprechen auch einlöst. Innerlich zucke ich mit den Schultern. »Dann wollen wir uns jetzt mal ins Vergnügen stürzen.«

Ich habe Riley nach unserer kleinen Auseinandersetzung um das Wissenschaftsteam in Ruhe gelassen. Mr Morton meinte, es sei jemand ausgestiegen, als ich weg war, und wir bräuchten einen Ersatz. »Ich kümmere mich darum, dass Riley vorbereitet ist«, sagte er, als ich ihn nach der Schule im Chemieraum auf seinen unzulässigen Kuhhandel ansprach. Er verschränkte die Arme.

»Es gibt eine Warteliste. Wir nehmen den ersten Anwärter«, sagte ich.

Er zog ein langes Gesicht. »Davon wusste ich nichts.«

»Sie haben mich nicht gefragt.« Die Leute fragen mich nie. Sie vermuten irgendwas. Es ist, als hätte ich überhaupt nichts zu sagen. »Das Wissenschaftsteam ist hier sehr beliebt.«

Er löste die verschränkten Arme. »Ich bin der Meinung, dass alle interessierten Schüler mitmachen sollten, nicht nur ein paar. Sollen doch alle davon profitieren.«

»Nur die besten Schüler kommen ins Team. Die anderen müssen warten und können als Ersatz einspringen oder es nächstes Jahr noch mal versuchen. Die Teams sind begrenzt.« Ich bin nicht eben begeistert, Mr Morton so zu konfrontieren und unsere bis dato harmonische Beziehung zu belasten. Jeden Donnerstag haben wir uns nach der Schule getroffen, um unsere Teams zu coachen, er mit der Blide, ich mit meinen Physiologieschülern. Für mich sind zehn in meiner Gruppe genug, außerdem passen nicht mehr als zwanzig Kinder in den kleinen Klassenraum. Aber er hatte die grenzenlose Energie und Begeisterungsfähigkeit eines neuen Lehrers. Wahrscheinlich würde es ihm nichts ausmachen, noch ein halbes Dutzend Schüler mehr aufzunehmen.

»Ich muss mich entschuldigen«, sagte Mr Morton und berührte mich am Arm. »Aber ich habe eine Idee. Wenn wir noch mehr Freiwillige unter den Eltern finden, können wir so viele Schüler aufnehmen, wie wir Platz haben.«

Sprachlos starre ich ihn an. Er weiß nicht, wie schwer es ist, freiwillige Eltern zu finden, besonders an einer Schule, bei der das Schulgeld sämtliche Kosten decken sollte. Und wie schwierig es erst wird, wenn man wohlmeinende Eltern hat, die gern helfen wollen, vom Thema aber keine Ahnung haben. Die stehen nur im Weg. »Ich weiß, dass es unter egalitären Gesichtspunkten schön wäre, alle ins Team aufzunehmen, aber so funktioniert das nicht. Wir begrenzen die Größe, genau wie das Footballteam.«

Gerade denke ich über diese Auseinandersetzung mit Mr Morton nach, als mir meine Nichte auf dem Flur gegenübertritt. Sie scheint ihren Sturz verwunden zu haben.

Riley bindet ihre Bluse zu. »Wollen wir hier noch den ganzen Tag rumstehen, oder was?«

»Oder was.« Mir fällt auf, dass ihre Haare braun nachwachsen. »Sollten wir dir dafür eine Tönung kaufen?«

Sie zuckt mit den Schultern, dann fasst sie sich an den Kopf. »Sieht es denn schlimm aus?«

»Geht schon. Und für deinen Kopf wird sowieso niemand Augen haben. Nur für meine Rose.« Ich gehe raus zum Wagen, wo die Rose schon in einer Kühltasche im Kofferraum steht. »Komm. Heute kriegst du ein bisschen Übung im Highwayfahren.«

Sie klatscht in die Hände. »Yay! Im August werde ich sechzehn. Ich brauch noch reichlich Übung!«

»Ich weiß.« Ich händige ihr die Schlüssel aus. »Aber ohne gute Zensuren kein Führerschein. Abgemacht?«

»Abgemacht.« Darauf geben wir uns die Hand.

Riley ist auf dem Freeway noch vorsichtiger als ich, hält sich stur an die vorgeschriebene Höchstgeschwindigkeit, obwohl die anderen Autos an ihr vorbeirasen. »Du musst dich an die Geschwindigkeit der anderen anpassen«, sage ich und kralle mich in meine Armlehne.

»Die fahren viel schneller, als sie dürfen!« Ihre Knöchel am Lenkrad werden weiß.

»Nimm die nächste Ausfahrt und halt an. Ich fahre.«

»Ich kann es. Ich kann es.« Sie klingt wie ein Sprechchor. »Ich kann es, Tante Gal.«

»Bau bloß keinen Unfall. Du machst noch die Rose kaputt.« Rose G42 steht eingewickelt in ihrem Topf, und der wiederum befindet sich in einem provisorischen Getränkehalter in der Kühltasche, damit er nicht herumklappert. »Von dir und mir mal ganz abgesehen.«

Sie schnaubt. »Schön zu wissen, wo ich stehe.«

»Hey, ich hab mich selbst ans Ende der Liste gesetzt.«

Der Veranstaltungsort in San Luis Obispo ist klein, in einem angemieteten Gemeindeheim. Allerdings bietet er einen Blick aufs Meer. Jenseits des steilen Abhangs breitet sich das Wasser aus. Wir stellen den Wagen ab, stehen auf dem Parkplatz und starren in die Wellen unter uns. Von hier oben sehen die Surfer aus wie wild gewordene Ameisen. Riley atmet tief ein. »Die Luft riecht gut und salzig. Wie zu Hause.«

Ich denke, ich sollte sie in den Arm nehmen, aber ein physischer Zuneigungsbeweis scheint mir doch zu peinlich. Lieber stopfe ich die Hände in die Taschen meiner Jeans. »Ja. Bestimmt bist du das kühle Wetter in San Francisco gewöhnt.« Ein weiteres Detail, das ich bei Rileys Akklimatisierung an ihre neue Umgebung übersehen habe. Daran habe ich kaum einen Gedanken verschwendet. »Aber der menschliche Körper gewöhnt sich an alles.«

»Ich weiß.« Wieder klingt Riley genervt. Ich bin es nicht gewohnt, dass Teenager so unverhohlen von mir genervt sind. Im Unterricht geben sich die Schüler normalerweise Mühe, ihren Ärger hinunterzuschlucken.

Ich öffne den Kofferraum und nehme die Kühltasche heraus. »Willst du mir helfen oder nur dumm rumstehen?«

»Ich wusste nicht, dass du Hilfe brauchst.« Aber sie hebt das eine Ende an, und plötzlich ist meine Last viel leichter.

Ich ziehe den Griff heraus und bewege mich allmählich über den Parkplatz. »Danke.«

Diese Rosenschau hat nur etwa hundert Teilnehmer in knapp zehn Kategorien. Es ist eher eine Ausstellung des örtlichen Rosenzüchtervereins als eine große Show, aber ich musste nicht weit fahren, und es ist ein guter Test für G42. Hier zählen nur die großen Kategorien: die Hybriden, die Floribundarosen, die Zwergrosen, die Neue Rose.

Bei anderen, größeren Shows gibt es Dutzende Unterkategorien, bei denen die Präsentation der Rosen zu einer komplexen Kunstform gerät. Es gibt Kategorien für einzelne Blumen in Vasen, die »English Box«, einen Kasten mit einer Reihe von sechs Löchern für die Rosen, und Farbpaletten, in denen die Blüten in den Löchern stecken, die normalerweise für die Farben des Malers vorgesehen sind. Außerdem gibt es Kategorien, die sich den besten Gestecken widmen, oder Kategorien, in denen ein Preis für Blüten vergeben wird, die am hübschesten in kristallenen Wasserschälchen schwimmen.

Alle anderen scheinen schon aufgebaut zu haben. Teilnehmer an Rosenschauen sind gern früh da, um sich die besten Vasen und Plätze unter den Nagel zu reißen.

Ich brauche keine Vase, und ebenso wenig glaube ich, dass es etwas ausmacht, wo man sitzt. Die meisten Rosen werden geschnitten vorgeführt, es sei denn, es sind Sämlinge wie meine oder Zwergrosen. Ich habe meine G42 in ihrem Topf dabei, in ihrer ganzen Blütenpracht. Ich wische ihre Blätter mit einer ausgedienten Strumpfhose ab.

Riley beobachtet mich. »Wozu ist das gut?«

»Glanz.« Ich betaste die Blätter. »Man sieht die fettigen Finger darauf.«

Sie runzelt die Stirn. »Das ist doch irgendwie geschummelt.«

»Es ist nicht mehr geschummelt, als wenn sich Miss America die Lippen anmalt.« Ich setze meine Pflegemaßnahmen fort, achte darauf, die Blätter nicht einzureißen.

Eine Frau kommt herüber und rümpft die Nase. »Das ist doch keine Rose, oder?«

»Es ist eine Hulthemia.« Riley verschränkt die Arme und

richtet sich zu ihrer vollen Größe auf. Ich bin stolz auf sie. »Eine Rosenart.«

»Ich finde sie zauberhaft«, sagt eine andere weibliche Stimme. Es ist Miss Lansing, die Jurorin, der ich vor Jahren begegnet bin, als ich Byron kennengelernt habe. Sie ist immer noch so stark geschminkt wie damals. Dem Veranstaltungsort am Meer entsprechend trägt sie offene Sandalen mit knallrosa Nagellack. Sie beugt sich herüber und haucht mir einen Kuss auf die Wange. Ich verziehe ein wenig das Gesicht. »Wie geht es Ihnen, Galilee?«

»Auf so einer kleinen Show hätte ich Sie gar nicht vermutet.« Ich schüttle ihre Hand und stelle ihr Riley vor.

»Herzchen, wenn man mir das Hotel bezahlt, fahre ich sonst wohin.« Sie würdigt meine Nichte kaum eines Blickes, lässt die Rose nicht aus den Augen. »Duft?« Sie beugt sich vor und schnüffelt. Sie macht sich keine Notizen auf ihrem Block. Ihr Bleistift bleibt in der Tasche.

»Kaum, aber sie gehört zu den Öfterblühenden.«

Miss Lansing blickt auf. Dann tut sie etwas Seltsames. Sie klopft mir auf die Schulter. »Ich freue mich für Sie, Gal.«

»Danke?« Ich bin völlig verwirrt.

»Sie sollen wissen, dass ich Sie in unseren Gebetskreis in der Kirche aufgenommen habe.« Ihr Lippenstift blutet in die feinen Fältchen um ihren Mund.

»Danke«, wiederhole ich. Byron muss ihr von meiner Niere erzählt haben. Von mir hat sie es bestimmt nicht.

Noch einmal klopft sie mir schwer und übertrieben vertraut auf die Schulter, dann geht sie weiter.

»Liegt es an mir, oder war da was komisch?«, frage ich Riley.

»Definitiv komisch.« Riley ist ganz meiner Meinung.

Jetzt können wir nur noch auf die Ergebnisse warten.

Wir machen einen Rundgang. Byron ist natürlich nicht da,

und ich kenne niemanden näher, also muss ich auch niemanden grüßen. So mag ich es. Ohne Verpflichtung.

Ich erkläre Riley die unterschiedlichen Rosen und raune ihr im Vorübergehen die besten Eigenschaften zu. »Was glaubst du, welche ›Queen of Show‹ wird? Außer meiner.« Ich erkläre ihr, dass es zwar Preise in jeder Kategorie gibt, die Queen aber aus allen Kategorien kommen kann. Es ist die beste Rose von allen.

Wir schlendern die Gänge auf und ab und sehen uns unabhängig voneinander die Rosen aus der Nähe an. Mir gefällt eine orangefarbene Zwergrose mit würzig-süßem Duft. Jede Blüte scheint aus hundert Blättern zu bestehen.

Schließlich bleibt Riley an einem Tisch im vierten Gang stehen. »Die hier.« Riley zeigt auf eine große weiße Rose mit hellrosa Rändern und dunkelrosa Herz. Sie steht in einer hohen Vase, mit langem Stiel, etwas abseits der anderen Blumen des Ausstellers. Den halben Gang weit ist der Duft zu riechen, erstaunlich, wenn man bedenkt, wie viele Rosen es in diesem Raum gibt. Es handelt sich um eine Moonstone-Rose, ein hübscher Name und ein prächtiges Exemplar, auch wenn es keine neue Rose ist wie meine.

»Und wieso?« Ich frage sie, um herauszufinden, ob sie mitbekommen hat, was ich ihr erklärt habe, obwohl es schien, als gäbe sie sich alle Mühe, bloß nicht zuzuhören. Ich erwarte, dass sie mit den Achseln zuckt und sagt, sie weiß es nicht.

Sie stutzt und neigt den Kopf, umkreist die Rose. Der Aussteller, ein Mann von Mitte sechzig, mustert sie besorgt, als wollte sie sich auf seine Blume stürzen und sie zerpflücken. Was immerhin eine Möglichkeit wäre, Wettbewerber auszuschalten.

Riley zählt die Eigenschaften an ihren Fingern ab. »Leuchtendes Grün. Erstklassiger Duft. Keine Spuren von Befall. Sie sieht fast aus wie eine Seidenblume, nur besser.« Sie wendet sich dem Mann zu. »Wie haben Sie das hinbekommen?«

»Geheimdünger.« Er zwinkert ihr zu. »Ich schreibe dir das Rezept auf.«

»Danke. Ich gebe es an meine Tante weiter. Sie züchtet Rosen.«

Moment mal. Der Mann will mir einfach so sein Geheimrezept verraten? Ich hoffe, das wird kein Sabotageversuch mit Arsen oder so was, um meine Pflanzen umzubringen.

»Sie brauchen Kaffeesatz und Luzerne«, sagt er und kritzelt die Zutaten auf die Rückseite einer Serviette. »Ich bin schon seit dreißig Jahren dabei, die Zusammensetzung zu perfektionieren.«

»Wow. Fast so lange, wie meine Tante alt ist.«

»Dreißig ist doch gar nichts«, sage ich und finde, dass man mit dreißig noch gar nicht so alt ist.

»O doch. Das ist lange.« Riley nimmt die Serviette von dem Mann entgegen und nickt.

»Ich kann nicht fassen, dass Sie so freigebig sind«, platze ich heraus.

Er lacht, klickt auf seinen Kugelschreiber und steckt ihn in die Tasche seines rot karierten Hemdes. »Wie kommen Sie darauf? Rosenzüchter helfen einander doch immer. Gehören Sie denn keinem Verein an?«

»Nur auf dem Papier.« Ich betrachte die anderen Rosen.

»Dann wollen Sie wohl das Rad neu erfinden.« Er schüttelt mir die Hand. »Da wünsche ich viel Glück. Winslow Blythe.«

»Danke gleichfalls.« Ich schüttle zurück, dann fällt mir ein, woher ich den Namen kenne. »Moment. Sind Sie *der* Winslow Blythe? *Siegerrosen*?«

»Der bin ich.« Er nickt. »Haben Sie die sechste Ausgabe? Da steht dieses Rezept drin.«

»Nein, ich habe die vierte. Ich dachte, da ändert sich nicht viel.« Außerdem bin ich zu sparsam, um mir jedes Jahr einen neuen Rosenführer zu kaufen.

Er schüttelt den Kopf. »Nein, nein, immer wieder neues Material.«

Riley stopft die Serviette in ihre Hosentasche. Ich halte ihr meine Hand hin. »Gib her, so landet der Zettel doch nur in der Wäsche.«

»Na gut. Moment.« Sie streicht ihn glatt.

12 Becher Luzerne-Pellets
¾ Becher Bittersalz
¼ Becher Eisenchelat
1½ Becher organischen Kompost
Wasser (nehmen Sie den Schlauch)
Großer Behälter mit Deckel (mindestens 130 Liter)

Ich empfehle, den Behälter in der Nähe der Rosen aufzustellen, bevor man beginnt. Er ist zu schwer, um ihn zu bewegen, und stinkt zum Himmel.

Füllen Sie einen großen Eimer mit Wasser. Eine Mülltonne aus Plastik wäre gut. Geben Sie sämtliche Zutaten hinein, und rühren Sie gut um (ich nehme dafür einen alten Besenstiel).

Legen Sie den Deckel drauf, und lassen Sie das Ganze vier Tage bis zwei Wochen stehen. Ist das Wetter heiß oder Ihre Tonne steht in der Sonne, geht es wahrscheinlich schneller.

Nehmen Sie den Deckel ab. Mit einem kleinen Eimer schöpfen Sie den »Tee« ab. Ausgewachsene Büsche bekommen alle zwei Wochen je vier, Zwergrosen zwei Liter. Frisch gepflanzten Rosen sollten Sie es nicht geben, weil es sie verbrennt.

»Und was werden meine erstaunten Äuglein dann zu sehen bekommen?« Ich stecke das Rezept in meine Gürteltasche, für Dara ein modisches Unding, aber dennoch praktisch.

»Sie haben noch nie etwas von Düngertee gehört?« Blythe grinst mich an. Angeblich ist er über achtzig, sieht aber eher aus wie sechzig. Er hat wache, blaue Augen und silbrige Haare, die ihm in dünnen Strähnen am Kopf kleben. »Stinkt viel weniger als Fischemulsion.«

Ich denke an meine Nachbarin. »Manchmal kann es meinetwegen ruhig stinken.«

Blythe winkt uns. »Wir sehen uns sicher noch. Wie heißen Sie?«

»Gal«, antworte ich.

Riley und ich gehen weiter. »Siehst du, ich bin nützlich.« Riley grinst, mit Grübchen und Bäckchen. Das kleine Mädchen, das sie einmal war, zeigt sich in ihrem Gesicht. Plötzlich schmerzt mich die Erinnerung an ihre pummeligen, kleinen Arme und Beine, die ich so nie wiedersehen werde.

Ich schlucke. »Riley, ich möchte dir was sagen.«

»Was?« Sie fährt auf ihren Converse-Tretern herum, weiße Latschen, mit Filzstift bemalt.

Ich sage es schnell, bevor ich es mir anders überlege. »Es tut mir leid, dass ich mich nicht öfter um dich gekümmert habe, als du klein warst.«

Ihre gute Laune verfliegt schneller als Pollen im Wind. »Warum sagst du das jetzt?«

Ich greife nach ihr, berühre ihren Arm. »Weil es mir gerade eben bewusst geworden ist.«

Riley weicht zurück, starrt aus dem Fenster neben uns. Sie legt ihre Stirn an die Scheibe, spricht ganz leise. »Es ist dir gerade eben bewusst geworden. ›Gerade eben.‹ Nach wie vielen Jahren?« Sie kratzt sich an der Nase, dreht sich zu mir um. Ihre Augen fangen alles Licht ein, das durch das Fenster hereinfällt, und funkeln mich an. »Weißt du was? Vergiss es einfach.«

Ich erschrecke über ihren düsteren, gleichmütigen Tonfall. »Riley.«

»Es ist mein Ernst. Ich mach mir jedenfalls keinen Kopf darum. Macht sich ja sonst auch keiner.« Sie sieht sich im Saal um. »Ich hol mir was zu essen, okay?«

»Ich hab dir ein Sandwich mit Erdnussbutter und Marmelade mitgebracht.« Ich krame die Tüte aus meiner Gürteltasche. Sie ist etwas zerdrückt, die Marmelade durchs Brot gequetscht. »Vielleicht hätte ich es lieber in die Kühltasche tun sollen.«

Kommentarlos nimmt sie die verschmierte Tüte. »Ich glaub, ich ess das draußen.« Und schon ist sie weg.

13

Ich kehre an meinen Tisch zurück.

Rileys Stimmungsschwankungen machen mir Angst. Eben scheint sie noch ein ganz vernünftiger, halbwegs erwachsener Mensch zu sein, und plötzlich wird sie zur kreischenden Dreijährigen. Als Teenager und auch noch als Erwachsene war Becky im einen Moment lieb und nett und schon im nächsten bereit, dich abzustechen. Solange sie ihren Willen bekam, war alles okay.

Einmal, kurz bevor ich meine neue Niere bekam, kurz bevor ich dreizehn wurde, sollte Becky auf Klassenfahrt nach Washington D. C. Aber dann kam meine Nierentransplantation dazwischen, die Rechnungen stapelten sich, und meine Mom musste Becky eröffnen, dass sie nicht mitfahren könne.

Statt froh zu sein, dass ich noch lebte und weiter zum Triezen zur Verfügung stand, drehte sich Becky, die gerade dabei war, Teller wegzuräumen, um und ließ Moms große Platte fallen. Nicht irgendeine Platte. Die Platte, die die Mutter meiner Mutter am Hochzeitstag von ihrer Mutter gekriegt hatte und die mit Oma aus Italien hergekommen war, als sie auswanderte. Die Platte mit den gelben und blauen Blumen, die mir meine Mutter versprochen hatte, wenn ich einmal heiraten sollte.

Ich saß am Küchentisch, in Decken eingewickelt, noch ganz benommen von dem Schnitt in meinem Rücken. »Becky!«, hörte ich meine Mutter sagen.

Becky ging einfach raus.

»Ist es schlimm, wenn ich sage, dass ich froh bin über die Erholungspause?«, flüsterte meine Mutter meinem Vater zu.

»Sie geht bestimmt zu Annie.« Mein Vater nahm meine Mutter in die Arme. Annie war Beckys beste Freundin. »Sie wird schon wiederkommen.«

Zwei Tage blieb sie weg und tauchte erst auf, als sie dazu bereit war. Meine Eltern haben nie ein Wort darüber verloren.

Ich will nicht, dass mit Riley dasselbe passiert. Weshalb ich versucht habe, so mit ihr zu reden, wie ich es eben getan habe, damit sie weiß, wie sehr es mir leidtut, dass ich nicht da war. Es tut mir leid, dass ich nicht mit ihrer Mutter und ihrem Vater um das Sorgerecht gestritten habe, auch wenn ich es sicher nicht erhalten hätte.

Eine tiefe Leere breitet sich in mir aus. So war mir noch nie zumute. Ich verspüre nicht den Drang, mich aufzubäumen, wie ich es tue, wenn ich mit meiner Ärztin oder meinem rebellierenden Körper umgehe. Ich fühle mich nicht mal so genervt wie sonst, wenn meine Schüler sich danebenbenehmen. Mich ergreift ein unerwartetes, überwältigendes Gefühl, gescheitert zu sein.

Ich verschränke die Arme, überlege angestrengt, wie ich zu Riley durchdringen kann. Wenn die Methode meiner Mutter nicht besonders gut war und meine auch nichts bringt, was soll ich dann machen? Riley ist nicht ihre Mutter. Ich bin nicht meine Mutter. Es ist vertrackt.

Wenn Rosenfreunde vorbeikommen und mir Fragen zu meiner Hulthemia stellen, antworte ich einsilbig. Ich meide jeden Blickkontakt. Irgendwann lassen sie mich in Ruhe.

Schließlich fällt mir mein Handy ein. Ich wähle Rileys Nummer, die erste, die ich eingegeben habe. Keine Antwort. War klar. Ich lasse es noch mal klingeln, und noch mal, wähle immer wieder neu, sobald sich die Mailbox meldet.

Fast verpasse ich die Ansage aus dem Lautsprecher, dass die Preisvergabe bevorsteht. Nur der Exodus der Teilnehmer zum Bühnenbereich sagt mir, dass irgendwas vor sich geht. Ich stecke das Handy weg und schließe mich der bescheidenen Versammlung an.

Weil ich so klein bin, hat niemand etwas einzuwenden, als ich mich ganz nach vorn dränge. Neben mir stehen zwei Grundschüler, von denen einer größer ist als ich. Ich kann davon ausgehen, dass ich niemandem die Sicht versperre.

Miss Lansing steht auf einer flachen Bühne hinter einem abgewetzten Holzpult vor einem blechernen Mikrofon, das jedes Mal eine schrille Rückkopplung erzeugt, wenn sie zu laut spricht, was oft vorkommt, da sie sich mit der Technik nicht auszukennen scheint. Aus meiner Perspektive kann ich die blaugrünen Adern sehen, die sich kreuz und quer über ihre Beine ziehen wie Straßen auf einer Landkarte. Sie zieht eine Grimasse, als sie mich ansieht, als könnte sie meine Gedanken lesen, und wippt auf ihren pinken Zehen.

»Es ist mir eine Ehre, Ihnen als Jurorin zu dienen«, sagt sie und bringt den üblichen Sermon, wie toll alle sind, wie wundervoll die Rosen sind, wie schwierig es in allen Kategorien war, einen Sieger zu ermitteln. Gähn. Hat man alles schon mal gehört. Ich wünschte, sie würden einfach eine Liste ausdrucken und herumreichen, damit sich die Gewinner ihre Medaillen beim Rausgehen abholen können.

Es dauert ewig. Alle fühlen sich genötigt, nach der Verkündung jedes einzelnen Gewinners zu klatschen, selbst für vierte Plätze und lobende Erwähnungen. Ich sehe mich unter den Leuten nach Rileys schwarzen Haaren und der weißen Bluse um. Zwischen diesem eher gesetzten Publikum müsste sie eigentlich leicht zu finden sein.

Endlich entdecke ich sie, nicht vor der Bühne, sondern am

anderen Ende des Saals unter einem handgemalten Schild mit der Aufschrift SNACK BAR. Sie steht da, mit einem Fuß hinter sich an der Wand, die Arme verschränkt. Sie will nicht zu mir herübersehen. Sie isst eine Tüte Cheetos, und ihre Finger sind orange.

Ich rufe sie noch mal an, auch wenn das während der Preisvergabe eher unhöflich ist. Sie wirft einen Blick auf ihr Telefon, dann steckt sie es wieder weg. »Oh.« Ich schiebe mich durch die Leute und komme gerade bei ihr an, als sie die leere Tüte in eine große graue Mülltonne wirft.

»Riley.« Ich verstelle ihr den Weg.

»Ich muss zur Toilette.« Sie drückt sich um mich herum.

Ich folge ihr. Sie hat keinen Grund, mich zu schneiden, mich zu bestrafen. Ich habe ihr nichts getan. »Riley. Es gibt keinen Grund, so wütend zu sein.«

Sie deutet mit dem Finger. »Da drüben geht es gerade um deine Kategorie, Tante Gal.«

Ich drehe mich um. Ich sehe, dass sich Miss Lansings Lippen bewegen. Ich kehre in den Saal zurück.

Miss Lansing winkt mir. Ich erklimme die Stufen am Bühnenrand. Jemand wirft mir eine kratzige Schleife um den Hals und stellt mich in eine Reihe bei Miss Lansing. Ich sehe mir die Medaille an. Lobende Erwähnung. Pah. Am liebsten würde ich sie abreißen, einstecken und hier verschwinden, aber ich bleibe stehen und nicke dem Applaus, klatsche, bis meine Hände von den vielen Dritt-, Zweit- und Erstplatzierten brennen.

»Meinen Glückwunsch.« Miss Lansing drückt meine Schulter mit ihren Klauen. Ich zucke zusammen.

»Danke.«

»Machen Sie weiter so, hören Sie?«

Ich nicke und folge den anderen von der Bühne.

»Und die Queen of Show geht an Winslow Blythe für seine Moonstone-Rose.« Tosender Applaus. Winslow geht langsam, aber festen Schrittes auf die Bühne. Na, wenigstens mal jemand, den ich kenne, mehr oder weniger.

Ich gehe zur Snackbar zurück, aber Riley ist nicht da.

Wo könnte sie sein? Sie wird doch nicht einfach weglaufen. Ich gehe in die Damentoilette. »Riley?«, rufe ich.

Keine Antwort.

Jetzt fühle ich mich, als hätte mir jemand einen großen, schweren Medizinball in den Bauch gestoßen, was mir in der zweiten Klasse mal passiert ist. Ich kriege keine Luft. Ich lehne mich an die geflieste Toilettenwand.

»Ist alles in Ordnung?«, fragt eine Frau mit einem Rollator. »Brauchen Sie Hilfe?«

»Nein, es geht schon«, keuche ich und verlasse die Toilette, ohne mich noch einmal umzusehen.

Es steht niemand an der Snackbar, im Grunde nur ein Klapptisch mit einer Geldkassette und etwas Essbarem. Ich sehe sie weder im Publikum noch an meinem Tisch. Ich schnappe mir meine Rose, stelle sie wieder in die Kühltasche und gehe raus zum Wagen.

Da ist sie, steht an den rotbraunen Toyota Tercel gelehnt und inspiziert ihre Fingernägel, als wäre darin das Geheimnis des Lebens verborgen. »Hey, Tante Gal.«

»Ich habe dich da drinnen gesucht.« Ich schnaufe vor Anstrengung, nachdem ich die Kühltasche hinter mir hergezogen habe. Der Parkplatz liegt an einem Hang.

»Tut mir leid. Ich konnte dich nicht finden. Ich dachte mir, dass du irgendwann zum Auto kommst.«

»Dafür hast du ein Handy.« Ich klappe den Kofferraum auf.

»Ich hab dich doch angerufen.«

Ich hole mein Telefon hervor und sehe es mir an. Zwei versäumte Anrufe. »Oh. Das habe ich in der Tasche wohl überhört.«

»Man kann leicht mal einen Anruf verpassen.« Sie nimmt die Kühltasche und hievt sie hinein. Obwohl sie jung und gesund ist, hat sie mit dem Gewicht zu kämpfen. Es war leichter, das Ding herauszuheben. Ich beschließe, ihr mehr fettarme Proteine zu geben, damit sie Muskeln aufbaut. Becky wird ihre Tochter bestimmt gar nicht wiedererkennen.

Im Auto klickt Riley ihren Gurt fest. »Gehe ich recht in der Annahme, dass du nicht gewonnen hast?«

»Lobende Erwähnung.« Ich lasse den Motor an. Ich will nicht darüber reden. Ich hatte noch nicht mal Zeit, mich mit den Ergebnissen der Rosenschau zu befassen. Byron hatte recht. Wann hat er mal nicht recht? Ich sollte auf ihn hören. Er weiß, was er tut. Und ich, was bin ich? Ich bin eine übermäßig optimistische Träumerin.

Nicht nur, wenn es um Rosen geht, auch bei meiner Niere. Wem will ich was vormachen?

Etwas, das ich schon lange verdränge, kommt über mich. Ich fahre nicht los. Ich sitze da und starre aufs Meer und seinen ausgefransten, blauen Horizont. Keiner meiner Blutflusstests hat ein schlüssiges Ergebnis gebracht. Ich werde nie eine neue Niere bekommen. Niemals.

Ich bin zu dehydriert, um auch nur eine einzige, erlösende Träne herauszudrücken, und ersticke ein Schluchzen. Mein Leben lang leide ich schon unter dem, was meine Mom einen »Tränentag« nennt, wenn mich die Verzweiflung über meine chronische Erkrankung befällt und ich mich auf mein Zimmer zurückziehe und ungefähr vierundzwanzig Stunden lang weine.

Ich muss mich so gut es geht beherrschen, bis wir nach Hause kommen und ich mich ins Bett verkriechen kann. Wenn ich mir meiner Irrationalität bewusst bin, macht mich das zu einem rationalen Menschen? Die Wellen kommen und gehen. Ich sehe den Ozean als ein Meer meiner Tränen und stelle mir vor, wie die Trauer aus meinem Körper gewaschen wird. Langsam atme ich ein und aus, fünfundzwanzigmal. Alles wird gut, sage ich mir jedes Mal, wenn ich ausatme. Alles wird gut.

Riley sucht im Radio einen Musiksender. Lady Gaga übertönt alles. Offensichtlich weiß Riley nicht, was mich belastet, und zeigt auch kein sonderliches Interesse. Das sollte ich von ihr auch nicht erwarten. Sie ist noch ein Kind, nicht meine Vertraute und ganz bestimmt nicht meine Pflegerin. Ich fühle mich einsamer als je zuvor.

»Eine lobende Erwähnung ist besser als ein feuchter Finger im Ohr, wie Opa sagen würde.« Rileys Stimme reißt mich aus meinen Gedanken. Es stimmt. Das würde mein Vater sagen. Ich kann mir sogar seinen trockenen Tonfall dabei vorstellen. Unwillkürlich muss ich lächeln.

Sie hat recht. Was macht es schon, dass Winslow Blythe gewonnen hat? Er züchtet Rosen schon seit – wie lange? – sechzig Jahren. Verglichen mit ihm bin ich eine blutige Anfängerin. Es wird sich eine andere Chance für mich ergeben. Ich plane schon, im Juni zur Rosenschau nach Pasadena zu fahren. Dara meinte, sie könne wahrscheinlich mitkommen. Sie wollte immer schon mal zur Rose-Bowl-Tauschbörse. Ich wollte auf jeden Fall hinfahren, ob ich nun eine gute Rose für die Show mitbringe oder nicht, einfach nur um einen Grund zu haben, wieder mal da unten zu sein. Ich stelle das Radio ab und steige aus dem Wagen. »Möchtest du das erste Stück fahren, Riley?«

Zu Hause ziehe ich mich so schnell wie möglich zurück. »Ich geh unter die Dusche und leg mich hin«, sage ich zu meiner Nichte und trete mir die Schuhe von den Füßen.

Sie betrachtet mich schweigend. Obwohl ich völlig dehydriert bin, ist mir während der ganzen Fahrt immer mal wieder eine Träne gekommen. Wenn es erst mal abwärtsgeht, komme ich kaum wieder hoch. Ich bin wie ein zusammengefallenes Soufflé. Ich habe getan, was ich konnte, Riley das Fast Food ihrer Wahl spendiert und sie die Musik hören lassen, die sie hören wollte. Ich habe laut lamentiert, dass mir von den Pollen die Augen tränen. Aber vielleicht ist ihr doch aufgefallen, dass irgendwas nicht stimmte.

»Es tut mir wirklich leid, dass ich weggelaufen bin, Gal.«

»Schnee von gestern.« Das hatte ich schon vor Stunden wieder vergessen. Ich will sie nicht mit meinen Ängsten wegen der Niere belasten. Es würde sie nur beunruhigen. Sie kann sowieso nichts tun.

»Ich geh zu Samantha, um mit ihr Hausaufgaben zu machen.« Sie spielt mit dem Band an ihrem Kapuzenpulli herum. »Sie hilft mir.«

»Biologie, hoffe ich.« Ich habe ihnen übers Wochenende Aufgaben gestellt. Es ist gut, dass sie mit Samantha lernt. Ich bin ganz begeistert von der Idee. »In der Garage steht ein Rad.« Draußen ist es noch hell. »Komm nach Hause, bevor es dunkel wird.«

»Du fährst Fahrrad?« Riley kann es nicht glauben.

»Nein. Oma und Opa haben es hier stehen lassen.«

Sie schultert ihren Rucksack. »Bis später, Tante Gal.«

Nach der Dusche bessert sich mein seelischer Zustand. Es ist schön ruhig im Haus. Ich ziehe eine weiche Jogginghose und ein T-Shirt an. Nichts ist zu hören, kein Fernseher, keine Geräusche, kein schmollendes Kind, das in die Ecke starrt. Sosehr ich mich über Riley freue, war mir doch gar nicht klar, wie sehr mir das gefehlt hat: allein zu sein. Ich bin ein Gewohnheitsmensch, ein Freund der stillen Routine. Leute wie Dara scheinen immer zu glauben, dass ich schrecklich einsam sein muss, eine alte Jungfer, die nicht mal eine Katze hat. (Ich reagiere allergisch auf alles mit Fell.) Bin ich nicht. Ich bin froh und glücklich so.

Ich gehe raus und hole meine Rose aus dem Wagen. Die alte Mrs Allen ist schon wieder beim Sprengen. Ihr Gras ist grün und reicht ihr bis zum Knie. Finster mustert sie mich unter ihrem schwarzen Strohhut.

Ich lasse die Kühltasche mit meiner Rose in der Auffahrt stehen und gehe zu ihr. »Guten Tag, Mrs Allen. Wenn Sie jemanden brauchen, der das Gras mäht, könnte ich Ihnen einen meiner Schüler empfehlen.«

»Ich brauche Ihre Hilfe nicht.« Mrs Allen richtet den Wasserstrahl auf meine Seite des Zauns. Matsch spritzt über meine Plastikclogs. »Wer ist dieses Mädchen, das sich hier rumtreibt?«

Ich weiche zurück. Ich hätte ihr von meiner Nichte erzählt, aber jetzt sage ich überhaupt nichts. Es macht mich wütend, obwohl ich mich dagegen wehre, es nicht zu sein. Wenn ich müde bin, werde ich sowieso immer etwas griesgrämig. Es ist der denkbar schlechteste Moment, sich mit mir anzulegen. »Was haben Sie eigentlich für ein Problem mit mir? Was habe ich Ihnen denn getan?«

Wütend starrt sie mich mit ihren tränenden, rötlich blauen Augen an. »Rosen.«

»Rosen?« Ich bin verdutzt.

»Ihre verdammten Rosenranken wachsen schon über meinen Zaun.« Sie deutet auf die Grundstücksgrenze, wo meine

Kletterrosen tatsächlich über einen zwei Meter hohen Gitterzaun hinwegwachsen.

»Der Zaun steht auf meinem Grundstück«, erkläre ich. Mein Vater hat extra darauf geachtet. »Wenn Ihnen der Anblick nicht gefällt, errichten Sie sich doch einen Zaun auf Ihrer Seite.«

»Die Wurzeln reichen bis unters Gras. Sie ruinieren meinen Rasen. Dafür ist Ihr Rasen ein Schandfleck. Sieht aus wie bei den Hillbillys.«

Die Wurzeln wirken sich ganz bestimmt nicht auf ihren Rasen aus. Ich schüttle den Kopf, weil es keinen Sinn hat, mit so jemandem zu streiten. Ich könnte ihr den Eintrag im Rosenlexikon zu den Wurzeln der Kletterrosen zeigen, aber sie würde nur denken, ich hätte den Eintrag selbst verfasst und heimlich eingeschickt. »Schönen Tag noch, Mrs Allen.«

»Es ist schon Nachmittag, fünf Uhr!«, bellt sie mir hinterher und spritzt mir erneut Matsch über die Füße.

Im Gewächshaus hat G42 eine weitere Blüte bekommen. Ich rieche daran. Auch kein Duft. Ich werde sie noch einmal kreuzen und im nächsten Jahr etwas Besseres bekommen. Oder im übernächsten.

Völlig erschöpft gehe ich wieder ins Haus. Ich werde vor dem Abendessen ein kleines Nickerchen machen. Ich habe sowieso keinen Hunger. Kaum liege ich auf dem Bett, da bin ich auch schon eingeschlafen.

Das Telefon weckt mich wenige Minuten später. Zumindest glaube ich, dass es wenige Minuten später ist, bis ich auf den Wecker sehe. Neun Uhr. Ich gehe ran. »Hallo?«

»Gal!« Es ist Mom, und sie klingt erleichtert. Ich hätte sie um sieben anrufen sollen. Offenbar hat sie sich schon Sorgen gemacht. »Wie war die Rosenschau?«

»Hab nicht gewonnen.« Ich setze mich auf und nehme meine Brille. Ich war müder, als ich gedacht hatte. Gut, dass ich nicht gefahren bin. Im Stillen danke ich Riley dafür, dass sie mich nicht geweckt hat, als sie nach Hause kam.

»Irgendetwas ist doch los. Ich höre es an deiner Stimme.« Meine Mutter klingt zunehmend beunruhigt. Ich stelle mir vor, wie sie meinem Vater winkt, dass er an den anderen Apparat gehen soll, obwohl er gerade mitten in seiner liebsten Krimiserie ist. Tatsächlich höre ich es klicken und dann das Gemurmel von anwaltsmäßigen Fernsehstimmen im Hintergrund.

»Hi, Dad.«

»Gal.«

Ich hole tief Luft. »Es ist nur mal wieder einer von diesen Tagen, das ist alles.«

»Oh.« Eine Silbe von Mom, aus der schier endloses Verständnis spricht. »Gib mir mal Riley. Sie muss wissen, was zu tun ist.«

»Sie sollte nichts tun müssen, Liebes. Sie ist erst fünfzehn«, sagt mein Vater.

»Fünfzehn ist alt genug, um mit anzupacken. Ich hatte einen Vollzeitjob, als ich fünfzehn war, und habe mich um meine jüngeren Geschwister gekümmert.« Mom zieht die Nase hoch. »Hol sie mir, Gal.«

Ich sage Mom, dass sie kurz warten soll, und gehe rüber ins Wohnzimmer.

Es ist dunkel. Kein Fernseher. Kein Licht in der Küche. Kein Licht in Rileys Zimmer. Ich mache Licht, um sicherzugehen. Keine Riley.

Ich gehe raus zur Garage. Das Fahrrad steht da, wo meine Eltern es abgestellt haben, nach wie vor eingestaubt.

Ich kehre ins Schlafzimmer zurück. Schon zum zweiten Mal ist Riley heute verschwunden und macht, was sie will, ohne Rücksicht. Ich habe ihr gesagt, sie soll vor Einbruch der Dunkelheit zu Hause sein. Ich nehme den Hörer wieder in die Hand. Ich bin nicht gerade scharf darauf, es meiner Mutter zu erzählen. Zuzugeben, dass ich möglicherweise ihr einziges Enkelkind verloren habe. Ich glaube, ich weiß, wo ich sie suchen muss.

»Sie ist gerade im Bad«, sage ich stattdessen und gebe mir Mühe, möglichst heiter zu klingen. »Und wäscht sich die Haare.«

»Sag ihr, sie soll mich morgen anrufen.« Mom kauft es mir ab.

»Hör mal, ich bin hundemüde. Ich mag nicht mehr telefonieren.«

»Gute Nacht. Hab dich lieb.«

»Gute Nacht. Ich hab dich auch lieb, Mom. Und Dad«, füge ich hinzu. Von seinem Ende kommt keine Antwort.

»Er hat aufgelegt, als du Riley gesucht hast«, sagt Mom. »Ich richte es ihm aus.«

Sofort nachdem ich aufgelegt habe, rufe ich Rileys Handy an. Keine Antwort. Ich nehme das Schulverzeichnis und suche Samanthas Nummer. Ihre Mutter kommt an den Apparat und erklärt mir, dass Samantha nicht zu Hause ist. »Sie hat gesagt, sie geht zum Lernen zu Ihnen, Mrs Garner«, sagt sie und klingt überrascht. »Zu Ihnen und Riley.«

Langsam fügt sich eins zum anderen. Ich packe den Hörer fester. »Ich glaube, ich weiß, wo sie sind«, sage ich grimmig. »Machen Sie sich keine Sorgen. Ich hole sie und bring sie Ihnen heil nach Hause.«

14

Brad wohnt nicht weit weg, in einer Straße mit kleinen Grundstücken und noch kleineren Häusern. Der Bungalow ist hell erleuchtet, als ich davor halte. Ich steige aus, und als ich in der geborstenen Betonauffahrt stehe, fällt mir auf, dass der Pick-up seines Vaters nicht da ist. Dafür steht Brads Wagen da. Dieses Mädchen kann sich auf was gefasst machen, wenn ich sie erwische.

Ich klopfe laut an die grüne Haustür. Dafür, dass hier ein Hausmeister wohnt, scheint es mir nicht sonderlich gepflegt. Graue Farbe blättert ab, und selbst im Licht der Veranda sehe ich, wie schmutzig es ist. Die Veranda selbst ist mit Kunstrasen ausgelegt.

Brad öffnet die Tür einen Spalt weit und macht ein erschrockenes Gesicht. »Mrs Garner!« Wahrscheinlich will er was Lustiges sagen, stutzt jedoch angesichts meiner Miene.

Ich schiebe ihn mit der Hand zur Seite. »Wo ist sie?«

Brad tritt zurück und verhält sich nicht gerade so, als müsste er sich für etwas schämen. Er wirft seine Haare zurück. »Riley! Deine Tante ist hier.«

Sie kommt aus einem der hinteren Zimmer, mit einem Handtuch um den Kopf. Der Kragen ihrer Bluse ist klatschnass. Samantha folgt ihr. Beide Mädchen sehen aus, als hätten sie etwas zu verbergen. Samantha kann mir nicht mal in die Augen sehen.

Ich stöhne auf. »Wieso hast du geduscht?«

»Ich kann es erklären.« Riley hebt eine Hand. »Wegen meiner Haare.«

»Was ist damit?«

»Wir haben sie gefärbt.« Samantha tritt vor und kaut auf einem Nagel. »Es sah nicht mehr schön aus. Meine Mutter hat was gegen das Färben, also haben wir es hier gemacht.«

Riley schüttelt ihr Haar. Es fällt herab, ein Wust von Blond und Braun. Kein Schwarz mehr. Und es ist erheblich kürzer, auf Höhe der Ohrläppchen abgeschnitten. Brad sieht sie bewundernd an.

»Wir mussten sie abschneiden. Die Spitzen waren alle kaputt.« Samantha hebt ein Haarbüschel hoch, um es mir zu zeigen.

»Ihr habt also die ganze Zeit Haare gefärbt?« Ich bin nicht sicher, ob ich das glauben soll. Ich habe noch nie Haare gefärbt. Ich vermute, dass sie noch etwas anderes gemacht haben, als nur Haare zu färben. Schließlich sind sie Teenager. Brad scheint mir kein Junge zu sein, der sich mit Haarefärben zufriedengibt. Obwohl ich in dieser Hinsicht auf keine persönliche Erfahrung mit Männern zurückgreifen kann, habe ich es doch oft genug in meiner Klasse erlebt und natürlich auch bei meiner Schwester. Missbilligend schürze ich die Lippen, doch er lächelt nur mit reinster Unschuldsmiene.

»Wir mussten erst das Schwarz rausbleichen, um danach färben zu können.« Samantha ist stolz auf sich. »Es sind zwei Arbeitsschritte.«

»Du klingst, als würdest du etwas davon verstehen.«

Sie zuckt bescheiden mit den Schultern. »Ich mache allen meinen Freunden die Haare.«

»Mein Dad ist der Einzige, dem das Chaos im Bad egal ist«, sagt Brad.

»Verstehe.« Ich reiße meinen Blick von dem Jungen los. »Samantha, deine Mutter möchte, dass du nach Hause kommst.«

Sie erstarrt vor Schreck.

»Ja, ihr solltet eure Geschichten vielleicht besser aufeinander abstimmen, bevor ihr sie erzählt.« Ich deute mit dem Kopf auf meine Nichte. »Ich musste bei deiner Mutter anrufen, weil ich Riley gesucht habe.«

»O Scheiße«, stöhnt Samantha. Sie läuft weg und taucht mit einem Rucksack und einem Arm voller Bücher wieder auf.

»Und wie viel habt ihr gelernt?« Ich sehe Brad an, dann Riley. Sie starrt zur Wand.

Brad sieht mich an. »Müsste reichen.«

»Was haben Sie meiner Mutter gesagt?« Samantha packt etwas grob meinen Arm. Ich nehme ihre Hand weg.

»Dass ich dich abhole.«

»Bitte verraten Sie ihr nicht, wo ich war.« Samanthas Augen sind gerötet. »Bitte.«

Entschlossen weiche ich zurück. »Samantha, ich kann das nicht vor deiner Mutter verheimlichen. Komm schon. Gehen wir.«

»Sie verstehen nicht!« Sie stellt sich hinter Brad. »Sie wird mich umbringen!«

Diese Teenies. Immer so theatralisch. Ich sehe sie mir an, wie sie da hinter Brad steht, der beide Arme hebt, als wollte er sie beschützen. Auch Riley stellt sich hinter ihn, hinter Samantha. Ich frage mich, welcher Art die Beziehung der Mädchen zu Brad eigentlich ist. »Bestimmt nicht.« Zu lügen, einen Jungen zu Hause zu besuchen und ihrer Familie vor einer Lehrerin Schande zu machen wird sicher nicht gut aufgenommen. Einen Moment erweicht sich mein Herz. Dann reiße ich mich zusammen. »Gehen wir.« Ich treibe Riley und Samantha in meinen Wagen. Samantha sitzt hinten und lässt den Kopf hängen. Wie ein schwarzer Wasserfall hängen die Haare vor ihrem Gesicht.

Am Montag sehe ich, dass Brad für sich allein geht. Samantha folgt einige Schritte dahinter, dazwischen mehrere andere Schüler. Dann Riley, genauso. Sie laufen im Flur an mir vorbei, ohne aufzublicken, und gehen weiter zur angrenzenden Kirche, um an unserer monatlichen Schulmesse teilzunehmen.

Samanthas Mutter zeigte keine erkennbare Reaktion, als ich ihre Tochter bei ihr absetzte. Sie hat sich nur bei mir entschuldigt. Samantha stand mit gesenktem Blick schweigend neben ihrer Mutter.

»Ist ja nichts passiert«, sagte ich, obwohl ich sehr wohl fand, dass Riley einen Rüffel oder eine Strafe verdient hatte, weil sie gewesen war, wo sie nicht sein sollte, und länger weggeblieben war, als ich ihr erlaubt hatte. Ich ging davon aus, dass Samanthas Mutter nichts Schlimmeres tun würde als ich, und machte mich mit Riley auf den Weg.

Mir war noch immer keine angemessene Strafe für meine Nichte eingefallen. Nicht weil sie sich die Haare gefärbt hatte, sondern weil sie viel länger weggeblieben war, als sie durfte, mir nicht gesagt hatte, wo sie sich befand, und nicht auf meine Anrufe reagiert hatte. »Du bist minderjährig. Was du tust, fällt auf mich zurück«, sagte ich am nächsten Tag mehrmals zu ihr.

»Ich weiß, ich weiß«, entgegnete Riley kleinlaut.

Jetzt schiebe ich mich in eine der hinteren Holzbänke und nehme das gepolsterte Kniekissen. Die nächsten Schüler sitzen sechs Reihen vor mir, aber ich habe im Moment keine Aufsicht, und ich brauche eine Pause. Die Kirche ist ein moderner Bau aus den Sechzigern, mit Eiche und Mahagoni getäfelt, und wird sowohl von der örtlichen Gemeinde als auch von unserer Schule genutzt. Große, klare Fenster ragen wie Pyramiden in den blauen Himmel über der Kanzel auf. An den Seitenwänden, fünf Meter über den Gläubigen, wird auf winkligen Buntglasscheiben der Leidensweg Jesu dargestellt.

Unbeteiligt sehe ich mir an, wie Jesus sein Kreuz trägt, alle Gesichter spitze Winkel, die Kleider kantig. Der Organist, unser Musiklehrer, spielt eine Melodie, die ich nicht erkenne.

»Entschuldige, dass ich dich das ganze Wochenende nicht zurückgerufen habe.« Mit Mühe kniet Dara in ihrem engen grünen Chinakleid mit Stehkragen und roten Seidenknöpfen in Form kleiner Frösche neben mir nieder. Den ganzen Sonntag über habe ich versucht, sie anzurufen, nach dem Fiasko mit Riley, Brad und Samantha, konnte sie aber nicht erreichen, und sie hat auch nicht zurückgerufen.

»Ich habe jetzt ein Handy. Du kannst mich jederzeit erreichen.« Ich spreche noch leiser als sie. »Wo warst du?«

Sie hebt den Blick blinzelnd zum Himmel. »Ich war mit George aus.«

Magensäure brennt in meiner Kehle, obwohl ich mich nicht erinnere, zum Frühstück etwas Falsches gegessen zu haben. Mr Morton sitzt bei den Kindern, kniet in einer Bank. Seine Haare sind frisch geschnitten, und über dem grünen Hemdkragen sehen sie ganz weich aus. Ich schlucke. »Endlich nimmst du meinen Rat an. Hast du dich denn gut amüsiert?«

»Hab ich.« Sie gestattet sich ein kleines Lächeln. Ich überlege, wie sehr sie sich wohl amüsiert hat. Meine Freundin ist nicht gerade für ihre Tugendhaftigkeit bekannt. An der Messe nimmt sie nur aus Höflichkeit der Schule gegenüber teil, nicht aus einem religiösen Bedürfnis heraus. Es hat mich nie gestört. »Wie war die Rosenschau?«

Ich blicke zu den bunten Fenstern auf. »Nicht der Rede wert.« Ich habe sie nicht angerufen, um mit ihr über die Rosenschau zu sprechen, sondern über Riley. Ich setze sie ins Bild, während wir uns erheben, weil die Prozession in die Kirche beginnt und der Priester den Gang entlangschreitet.

Sie tritt aus der Kirchenbank und winkt mir, ihr zu folgen.

Ich mache einen Knicks und bekreuzige mich, als ich gehe, meine Freundin nicht.

Wir treten in den Vorraum und schließen die schweren Türen hinter uns. Dara steht vor dem Schwarzen Brett mit den Angeboten für freie Zimmer und Spritschleudern. »Richtig schlimm finde ich eigentlich nur, dass du es Samanthas Mutter gesagt hast.«

Ich keuche hörbar.

Sie hebt eine Hand. »Samantha nimmt normalerweise am freiwilligen Kunstkurs teil. Jetzt darf sie nur noch wissenschaftliche Kurse belegen. Keine sozialen Kontakte mehr. Keine Freunde. Vor allem keine männlichen Freunde.«

»Ich bin mir ziemlich sicher, dass ihre Beziehung zu Brad nicht rein platonischer Natur ist.«

Dara neigt den Kopf. »Das stimmt wahrscheinlich.« Sie ist richtig aufgebracht. »Aber weißt du auch, wie sehr sie leiden muss, weil sie etwas so Harmloses getan hat, wie Riley die Haare zu färben? Wahrscheinlich darf sie das Haus nicht mehr verlassen, bis sie aufs College geht!«

»Ich bin zufällig der Ansicht, dass Samanthas Mutter davon wissen sollte. Was sie mit dieser Information anfängt, ist nicht mein Problem.«

»Das sollte es aber sein.«

»Ich manipuliere andere Menschen nicht.«

»Nein, aber du weißt, dass manche Leute nicht so toll reagieren.« Dara verschränkt die Arme.

»Darum geht es nicht. Es geht darum, dass die Mädchen gelogen haben und sich nicht an die Regeln gehalten haben.«

»Wo warst du eigentlich, als Riley weg war?« Dara läuft herum.

Ich zögere. »Ich musste mich dringend hinlegen.«

Dara dreht sich zu mir um und sieht mich an, voll Mitgefühl. »Gal. Meinst du nicht, du hast dir womöglich etwas zu viel zugemutet?«

Ich schüttle den Kopf. Unglaublich. »Ich hatte gehofft, du würdest mir sagen, wie ich Riley bestrafen soll. Dafür verwickelst du mich in eine Moraldiskussion.«

»Es steht mir nicht zu, dir das zu sagen.«

»Aber es steht dir zu, mir zu sagen, dass ich in allen anderen Fragen falschliege.« Ich lege meine Hand auf den Türgriff, um wieder in die Kirche zu gehen. Ich brauche Unterstützung, keine Kritik. Ich fühle mich wie geohrfeigt.

»Gal.« Dara lässt die Schultern hängen, macht aber keine Anstalten, auf mich zuzukommen. »Sei nicht so.«

Ich gehe rein.

Der Priester bereitet das Abendmahl vor, die Oblaten und den Wein. Leib und Blut. Ich lehne mich an die Wand, will noch nicht wieder auf meine Bank. Hat Dara recht? Hätte ich es Samanthas Mutter nicht sagen sollen? Verdient Riley keine Strafe?

Eine kleine Einschränkung müsste reichen. Eine Woche, vielleicht zwei. Keine Computerspiele, keine Streifzüge mit ihren Freunden. Riley sitzt in ihrer Klasse weit weg von Samantha. Im Grunde weit weg von allen anderen. Samantha sitzt flankiert von ihrer Prä-Riley-Clique, den Eifrigen und Unverdorbenen. Mir wird klar, dass Samantha sich nicht mehr mit Riley treffen darf, obwohl Riley meine Nichte ist und ich diejenige bin, die glänzende College-Empfehlungen schreiben könnte. Aber was blieb mir denn anderes übrig, als die Wahrheit zu sagen? Es ist nicht an mir zu entscheiden, was Samanthas Mutter erfahren darf und was nicht. Genau wie in meiner Elternsprechstunde sage ich immer beides, das Gute und das Schlechte. Ich werde nichts zurückhalten.

Ich beschließe rauszugehen und Dara zu sagen, was ich

denke. Als ich die Kirchentür einen Spalt weit öffne, höre ich ihre Stimme.

»Sie kann es nicht ertragen, wenn man ihr sagt, dass sie sich irrt. Niemals. Unter keinen Umständen. Es muss immer nach ihrem Willen gehen.« Ihre Stimme klingt laut und verzweifelt. »Und man fühlt sich sowieso schon schlecht dabei, sie zu kritisieren, weil sie ja krank ist.«

Dr. O'Malleys Stimme antwortet mit grollendem Bariton. »Das sind eigentlich ganz nette Kinder. Sie haben recht. Da gibt es ganz andere Fälle.«

Ich weiche zurück, und meine Hand schließt leise die Tür. Dara ist der einzige Mensch an dieser Schule, der sich die Mühe gemacht hat, hinter meine raue Schale zu blicken, meine einzige Freundin. Dachte ich. Ich kehre in meine Kirchenbank zurück, als die Schüler eben Aufstellung nehmen, um das Abendmahl zu empfangen. Mr Morton reiht sich hinter ihnen ein, aufrecht, mit geradem Rücken. Er dreht sich zu mir um und winkt mir, mich ihm anzuschließen. Stattdessen rutsche ich von der Bank auf das Kniekissen. In meinem Kopf geht alles drunter und drüber, und meine Knie protestieren. In dieser Haltung verharre ich, bis die Kirche sich geleert hat.

15

Nach der Schule eröffne ich Riley, worauf sie zur Strafe verzichten muss, und sie nickt nur einmal.

Ich zögere, bevor ich frage. Will ich es wirklich wissen? »War Sams Mutter sehr böse?«

»Ist doch egal.« Riley legt ihr Mathebuch offen auf den Kaffeetisch. »Ich habe nicht mit ihr gesprochen. Sie hat mir keine Mail geschrieben. Ich weiß von nichts.«

Ich bohre nicht weiter.

»Darf ich meine Mutter anrufen?«

»Natürlich.« Auch wenn du es nicht tun solltest, füge ich im Stillen hinzu. Weil deine Mutter dir nur recht geben wird, weil es bequemer ist.

An diesem Abend fahre ich selbst zum Krankenhaus. Im Dialysezentrum sinke ich auf einen Stuhl. Vielleicht sollte ich doch lieber tagsüber zur Dialyse gehen. Ich lasse Riley nicht gern allein, da ich weiß, dass sie jederzeit wieder weg sein könnte. Kriegt sie Besuch von ihren Freunden, wenn ich nicht da bin?

Die Dialyse ist für mich nur noch ein nicht enden wollendes Übergangsstadium. Für einen Dialysepatienten ist das Licht am Ende des Tunnels immer eine neue Niere. Wenn es die nicht mehr gibt, was bleibt dann noch? Es ist, als würde man einem kleinen Kind erklären, dass der Weihnachtsmann gestorben ist und es nie wieder Geschenke bekommt. Mein nächster Termin bei Dr. Blankenship ist nicht vor Mitte Mai, und ich bezweifle, dass sich bis dahin irgendwas ändert.

Das Rascheln einer Zeitung lässt mich aufblicken. Mark Walters faltet das Blatt auf dem Schoß seiner weißen Jeans zusammen. Der Mann sieht nicht besonders mitgenommen aus, trotz der Dialyse. Seine Haut leuchtet so frisch und braun gebrannt, als wäre er gerade einer Hängematte zwischen Palmen an einem sonnigen Strand entstiegen. Heute trägt er ein graues T-Shirt mit V-Ausschnitt, kein weißes, was mich so sehr überrascht, dass mir unwillkürlich herausrutscht: »Wow, das ist ja fast eine Farbe!«

Er betrachtet seine Brust und lacht.

Ich ärgere mich schwarz, dass ich mein Schweigegelübde gegenüber diesem Mann gebrochen habe, nehme mir eine *Newsweek* und wende mich von ihm ab. Ich will mich nicht mit ihm unterhalten. Oft genug habe ich es mir schon geschworen. Alle finden ihn so schrecklich charmant. Er hat überhaupt nichts Charmantes an sich. Er erinnert mich an ein beliebtes Mädchen auf der Highschool, das sich dumm stellt, um die Aufmerksamkeit der Jungs auf sich zu ziehen, aber schlauer ist als alle anderen. »Heuchler« ist das Wort, das ich suche.

Unversehens sitzt er auf dem leeren Stuhl neben mir. »Entschuldigen Sie mich, junge Frau. Bin ich Ihnen in irgendeiner Form zu nahe getreten?«

Ich weiche vor ihm zurück, erschrocken, dass er immer noch mit mir redet. »Es heißt ›Verzeihung‹. ›Entschuldigen Sie mich‹ sagt man, wenn man sich kurz zurückziehen möchte, etwa vom Tisch, beim Abendessen.« Ich schinde Zeit. Womit ist er mir zu nahe getreten, abgesehen von seiner Existenz?

»Was?« Er blinzelt, und das Grau spiegelt sich in seinen Augen, wodurch sie nur noch blauer leuchten.

Ich lasse meine Zeitschrift sinken. Es reicht. Dara und Riley und die Rosenschau und die Niere. Besonders die Niere. »Ich finde es nur komisch, dass manche Menschen schon mit einer Krankheit geboren werden und deshalb Hilfe brauchen, wohingegen andere sie sich selbst zuziehen und mehr Unterstützung bekommen, als sie möglicherweise verdient haben.«

Er verzieht einen Mundwinkel. »Sprechen Sie von mir?«

Herausfordernd starre ich ihn an. »Ich weiß alles über Sie. Jeder weiß es.« Ein Säufer, der seine Blutdruckmedikamente nicht nimmt und seine einwandfrei funktionierenden Organe ruiniert. Mit kaltem Schaudern sehe ich plötzlich Becky vor meinem inneren Auge. So könnte Becky in zehn oder zwanzig Jahren sein.

Er faltet seine Hände auf dem übergeschlagenen Knie. »Und deshalb hassen Sie mich?«

»Ich hasse Sie nicht. Nicht wirklich.« Ich hole ganz besonders tief Luft, denn ich bin mir darüber im Klaren, dass die Schwestern hinter der Scheibe dieses Gespräch aufmerksam verfolgen. Ich hoffe, sie haben später noch eine ruhige Hand mit den Nadeln. »Ich wurde von der Liste gestrichen.«

Seine buschigen Augenbrauen ziehen sich zusammen und werfen einen Schatten auf seine Wangenknochen, als würde eine dunkle Raupe über sein Gesicht kriechen. »Tut mir leid, das zu hören. Ich weiß, wie schwer das Warten ist.«

»Ich habe es schon durchgemacht. Schon zweimal. Ich weiß, wie das ist.« Ich kann es nicht leiden, wenn Leute so von oben herab mit mir reden. Egal, ob er oder Dr. Blankenship. »Ich bin der Ansicht, dass es Kriterien für die Behandlung geben sollte.«

»Damit nur der moralisch Einwandfreie Hilfe erfährt?« Seine Stimme klingt aufmerksam, nicht aggressiv. »Wenn sich zum Beispiel ein Motorradfahrer weigert, einen Helm zu tragen, und deshalb eine Kopfverletzung erleidet, sollte man ihm die Behandlung verweigern? Und einem fettleibigen Menschen, der an Diabetes erkrankt, sollte man auch nicht helfen?«

Ich überlege. »Darüber habe ich noch nicht weiter nachgedacht, aber vielleicht sollte jeder die Verantwortung für sein Tun selbst übernehmen – und für die Folgen dieses Tuns.«

»Beziehen Sie denn gar nicht die Fehlbarkeit des Menschen mit ein?« Walters sieht mich mit traurigem Lächeln an. »Ich habe angefangen zu trinken, Gal, als ich am Tiefpunkt meines Lebens stand. Meine Frau war gerade gestorben. Ich habe mein Geschäft verloren. Ich saß in einem tiefen Loch und kam da allein nicht wieder raus.«

Ich suche nach Worten. »Das tut mir leid.«

Er lehnt sich auf seinem Stuhl zurück, und ich meine, eine gewisse Genugtuung in seiner Miene zu entdecken. Sein Lächeln scheint mir allzu selbstgefällig.

Das schürt nur meinen Ärger. »Sie finden es also entschuldbar, dass sich jemand wegen eines tragischen Ereignisses selbst kaputtmacht? Vielen passieren schlimme Dinge, ohne dass sie sich selbst schaden – oder anderen.«

»Es soll keine Entschuldigung sein. Es ist einfach das, was passiert ist. Ein Grund.«

Ich schnaube. Ich bin kein Freund davon, wenn Leute ihre Missetaten erläutern, um der Verantwortung zu entgehen. »Ich wette, Sie finden auch, alle Mörder in der Todeszelle sollten freigelassen werden, weil sie eine schwere Kindheit hatten.«

Er hebt beide Hände. »Ganz und gar nicht. Ich sage nur«, er legt seine Hand auf meinen Unterarm, »dass keiner von uns perfekt ist, Gal.«

Ich entferne seine Hand von meinem Arm. »Woher wissen Sie, wie ich heiße?«

»Genau so, wie Sie wissen, wie ich heiße. Wir alle kennen

Sie hier, Gal. Und auch wenn Sie das vielleicht glauben, sind nicht alle gegen Sie.«

»Ich glaube es nicht einfach nur«, knurre ich.

Eine Schwester ruft seinen Namen.

Walters tätschelt meinen Arm, auch wenn ich diesen an mich presse, und steht auf. »Kopf hoch, Galilee.«

Es fällt mir schwer, ihm nicht die *Newsweek* an den Kopf zu werfen.

Winslow Blythe
Das Große Rosenbuch

Mai

Können Sie glauben, dass schon fast Sommer ist? Ihre Rosen stehen mittlerweile in voller Blüte und sehen sich Angriffen aus verschiedenen Richtungen ausgesetzt: Insekten und Pilzen.

Waschen Sie die Unterseiten der Rose täglich, um das Ungeziefer loszuwerden. Tun Sie dies am Morgen. Wenn Sie es am Abend machen, könnte das Mehltau oder Pilzbefall zur Folge haben.

Kappen Sie die verblühten Blüten, sofern Sie keine Hagebutten bekommen wollen.

In dieser Zeit brauchen die Rosen die meisten Nährstoffe. Seien Sie damit nicht knauserig, dann werden Sie im Herbst belohnt, wenn die Rosen ein zweites Mal erblühen.

Sobald Sie Spuren von staubigem Mehltau entdecken, sollten Sie dringend ein Fungizid sprühen und ihn abtöten, bevor er sich ausbreiten kann. Die Blätter werden hellgrau und knittern wie altes Seidenpapier. Es gibt noch andere Sorten von Mehltau, etwa den Falschen Mehltau, bei dem die Blätter braun werden. Beide Sorten breiten sich aus wie eine böse Grippe im Kindergarten, und die befallenen Rosen können Sie mehr oder weniger vergessen.

16

Am nächsten Tag widme ich mich unserem Team für die Wissenschaftsolympiade und bereite meine Schüler auf ihre Aufgabe vor: »Bazillenjäger«. Dafür bekommen sie einen Tatsachenbericht über eine nahrungsmittelbasierte Erkrankung vorgelegt und müssen anhand der Hinweise entscheiden, um welche Krankheit es sich handelt.

Mr Morton macht »Spurensucher«, so was wie Forensik. Mr Morton hat Schuhe mit Fingerabdrücken und Haaren versehen und seinen Schülern zur Analyse gegeben. Ich wünschte, ich könnte mich beteiligen. Ich liebe *CSI*.

Den »Sturm auf die Burg« machen wir gemeinsam.

Ich gebe meinen »Bazillenjägern« die Arbeitspapiere für die nahrungsmittelbasierte Erkrankung. Der hünenhafte Jim Hillyard mit den langen, braunen Haaren grinst und reibt sich schelmisch die Hände. Samantha betrachtet den Zettel eher angewidert. Ich sage ihnen, sie sollen die Symptome auflisten und das, was die Leute gegessen haben, um den Kreis der möglichen Übeltäter einzugrenzen.

»Ich weiß schon, welche Krankheit das ist«, sagt Sam ausdruckslos. Sie wirft den Zettel auf ihren Tisch.

»Verrate es nicht«, sage ich, um ihren Mitstreitern im Team nicht den Spaß zu verderben. »Tu einfach so, als hättest du keine Ahnung. Und wie das Gesundheitsamt darauf gekommen ist, weißt du bestimmt nicht.«

»Das ist doch ganz einfach.« Samantha weicht meinem Blick aus. Offenbar ist sie nicht gut auf mich zu sprechen.

Mein Zorn flammt auf. »Niemand zwingt dich, im Wissenschaftsteam mitzumachen, Samantha.«

Sie nimmt den Aufgabenzettel, seufzt weder, noch rollt sie mit den Augen. Die reine Selbstbeherrschung. Ich beuge mich hinab, nicht sehr weit, angesichts der Tatsache, dass mir ihr Kopf im Sitzen bis zur Brust reicht. »Alles in Ordnung, Samantha?«

Sie nickt einmal kurz.

Ich kann mir denken, wieso sie nicht mit mir reden will.

Ich lasse meinen Blick über die Schüler schweifen. Alle sind mit ihren Aufgaben beschäftigt. Ich sehe, wie sie sich gegenseitig um Rat fragen, und die Blide-Kinder heben ihre Hände, um Mr Morton auf sich aufmerksam zu machen. Ich beruhige mich damit, dass ich nur das ultimative Ziel eines Lehrers verfolge: für den Erfolg eines Schülers entbehrlich zu sein. Aber ich habe doch einen Kloß im Hals, während ich da hinten stehe und mich überflüssig fühle.

Mr Morton sagt den Kindern vom Blide-Team, dass sie rausgehen sollen, um die Bohnensäckchen abzuschießen und nachzumessen, wie weit sie fliegen. Wir treten beide auf den Schulhof hinaus.

»Ein Kind könnten wir noch in dieses Team aufnehmen«, sagt Mr Morton. »Als Reserve. Für die Olympiade sind zwei Schüler pro Team vorgeschrieben.«

»Da kann auch jemand aus einem anderen Bereich einspringen. Dass zwei ausfallen, ist eher unwahrscheinlich.« Ich sehe, wie Brad ein Bohnensäckchen in die Luft schießt und dann seinen Teamkollegen, einen jüngeren Schüler, anweist, das Maßband zu holen.

Mr Morton legt die Stirn in Falten. Heute trägt er eine sportliche Khakihose, braune Lederslipper und ein hellgraues Hemd, auf dem kleine Flugzeuge abgebildet sind. »Es beeinträchtigt den Plan in keiner Weise, oder? Ich habe die anderen auf Ihrer Reserveliste angerufen. Keiner wollte es machen.«

Er redet immer noch davon, Riley ins Team aufzunehmen. Wenn von der Reserveliste niemand einspringen will, habe ich eigentlich keinen Grund mehr, meiner Nichte die Teilnahme zu verweigern. Nur glaube ich, dass sie weder Leistung zeigen wird noch überhaupt dazu bereit ist.

Beim letzten Biologietest zum Thema Zellteilung hat sie sich nicht gerade mit Ruhm bekleckert und wollte sich nicht helfen lassen, obwohl kaum zu übersehen war, dass sie das Prinzip nicht begriffen hatte. Die Schüler, die zum Förderunterricht kamen, die sich gegenseitig abgefragt haben, erreichten alle eine gute Note. Riley war im unteren Mittelfeld.

»Ich hab doch bestanden, oder?«, sagte sie und tat, als wäre es ihr egal. Ich konnte ehrlich nicht beurteilen, ob es ihr etwas ausmachte oder nicht, so beiläufig wie sie den Test in ihren Rucksack stopfte. Wenn es nach mir ginge, würde man alle Zensuren veröffentlichen. Ein Pranger kann Wunder wirken. Obwohl es sehr gut möglich ist, dass heutzutage sowieso keiner mehr weiß, was Scham bedeutet.

»Knapp bestanden.« Als ihre Tante und Lehrerin habe ich mich geschämt, ihr eine so schlechte Note geben zu müssen. Dr. O'Malley würde darin vermutlich einen weiteren Beweis für meine mangelnden pädagogischen Fähigkeiten sehen. Ganz egal, wie viele bestanden haben. »Du musst zum Förderunterricht kommen.«

Sie versuchte, etwas auszuhandeln. »Wenn ich in den nächsten Tests nicht gut bin, gehe ich hin.«

»Bis dahin sind deine Zensuren zu schlecht«, entgegnete ich scharf. »Jetzt ist Mai. Was meinst du denn, wie viel Zeit dir bleibt? Deinen Führerschein kannst du dann vergessen.«

Darauf wusste sie nichts zu sagen.

Mr Morton wartet, dass ich ihm etwas antworte. Die Nachmittagssonne beleuchtet sein Gesicht wie Kerzenschein. Ich möchte das Thema nur ungern vertiefen und ihm von meiner Nichte und ihren Anwandlungen erzählen müssen. »Glauben Sie mir. Riley wollen Sie nicht in Ihrem Team haben.«

»Manchmal reagieren Kinder besser auf Lehrer, mit denen sie nicht verwandt sind.« Er klingt freundlich, und doch bin ich verletzt.

Ich blinzle zu ihm auf. »Wie lange unterrichten Sie schon, Mr Morton?«

Er holt tief Luft. »Einen Monat.«

»Verstehe.«

»Aber ich habe … ein Kind unterrichtet, das mit mir verwandt ist. Allerdings ist es noch ganz klein.« Seine Stimme klingt belegt.

Ich möchte ihn fragen, wen er meint, gleichzeitig aber auch nicht. Offenbar will er es ohnehin für sich behalten, denn er geht zu Brad hinüber und zeigt ihm, wie er die Blide verbessern kann. Ich stehe eine Weile da. Die Jungen, unter freiem Himmel, die Ärmel aufgekrempelt, reparieren das Katapult, strotzend vor Gesundheit. Wie sie da so stehen, braun gebrannt in ihren Uniformen, sieht das Ganze wie eine Werbebroschüre für unsere Schule aus. Ich gehe wieder hinein, zurück zu meiner Anatomie und meinen brachialen Brechdurchfallszenarien.

17

Eine Woche lang hält sich Riley genauestens an die ihr auferlegten Beschränkungen, geduldig wie ein Sträfling. »Ich habe mein Handy heute nicht benutzt«, vermeldet sie jeden Abend und zeigt mir ihre Anrufliste. »Du kannst es nachprüfen.«

»Lass mal sehen.« Mit großer Geste inspiziere ich es, obwohl ich mich kaum mit meinem eigenen Handy auskenne. »Sehr gut, Riley.«

Jeden Tag nach dem Unterricht geht Riley zu allen möglichen Klubs, um mit ihresgleichen gemeinsam etwas Sinnvolles zu tun, genau wie Samantha. Sie geht zum Klub der Sozialdienste, zum Kunstklub, zum Spanischklub und sogar zum Schachklub. In diesen Klubs verhält sie sich so ungezwungen, als wäre sie schon ihr Leben lang auf einer Privatschule. Keine Spur mehr von der Riley, die hier ankam, mit ihrem Punk-Make-up und allem. Ich versuche, mich darüber zu freuen. Sie möchte dazugehören, aber irgendwas an der Tatsache, dass von der alten Riley so überhaupt nichts mehr übrig ist, beunruhigt mich. Sie gibt sich schrecklich viel Mühe. Vielleicht zu viel. Ich sage nichts, möchte sie nicht kritisieren, den schlafenden Drachen wecken.

Wenn unsere nachschulischen Aktivitäten beendet sind, nehme ich sie mit nach Hause, wo wir mehr oder weniger schweigend das Abendessen zubereiten.

An den Abenden, an denen ich nicht bei der Dialyse bin, macht Riley Hausaufgaben. Sie starrt den dunklen Fernseher und ihr ausgestelltes Handy an und wirkt dabei so deprimiert, dass ich ihr fast wieder erlaube, sie zu benutzen. »Hast du Lust auf ein Brettspiel?«, frage ich sie nach einer halben Woche ohne Elektronik.

Sie sieht mich an, als käme ich vom Mond.

»Wie wär's mit Karten?«, schlage ich vor.

Sie setzt sich auf der Couch gerade hin, in besserer Haltung, als ich sie seit Wochen gesehen habe. Sie streicht ihre frisch gefärbten Haare zurück. Die Farben sind irgendwie matt, der Glanz ist vermutlich beim Bleichen verloren gegangen, aber es sieht um einiges normaler aus als vorher. »Um Geld?«

»Wie wär's mit Pennys?« Ich hole meine Flasche mit den Pennys. Mit meinen Eltern spiele ich öfter Karten, wenn sie da sind. Normalerweise lange Spiele wie Bridge, sofern wir einen vierten Mann finden. Dara lässt sich manchmal überreden, aber unsere Kartenspiele sind ihr zu lang und auch zu langweilig. Ich versuche, ihr die Spiele als geistige Übung, bei der man plaudern kann, schmackhaft zu machen. »Texas Hold'Em. Und dann Blackjack.«

Ich verteile die Karten und erkläre ihr die Regeln. Ich bin ganz gut im Pokern, und ich habe kein Problem damit zu zocken, solange man das Geld dafür hat.

Gelegentlich nehmen mich meine Eltern mit nach Vegas, wo wir in einem dieser billigen Läden abseits vom Strip absteigen, um die Verluste zu kompensieren, die meine Mutter an den einarmigen Banditen macht. Dad und ich ziehen durch die Pokersäle, dann zu den Blackjack-Tischen.

»Das macht richtig Spaß.« Riley klopft auf den Tisch. Ich gebe ihr noch eine Karte.

»Mit mehr Leuten geht es besser.« Wir spielen noch ein paar Runden. Dann zeige ich ihr Blackjack, wie man bis einundzwanzig kommt, wann man halten, wann verdoppeln und wann man eine Karte nehmen sollte. »Also, das ist jetzt wichtig zu wissen: Was du hier gerade legst, kann das ganze Spiel kaputtmachen. Manche Leute – wie dein Opa und ich – wären sauer auf dich.«

»Können wir uns Popcorn machen?«, fragt sie und klingt wieder wie ein kleines Mädchen.

»Klar. Mach nur.« Ich wette, ihre Mutter hat nie Spiele mit ihr gespielt, nicht mal Candy Land.

Becky war nie sonderlich erpicht auf Brettspiele. Sie schien ständig in Bewegung zu sein, wollte immer raus, raus, raus, während ich immer drinnen hockte. In den langen Phasen, in denen ich ans Bett gefesselt war, schickte Mom Becky zu einer Nachbarin, die sie praktisch adoptiert hat. Ich weiß noch, dass ich meine Schwester manchmal tagelang nicht zu sehen bekam. »Wo ist Becky?«, fragte ich meine Mutter dann. Ich wollte, dass Becky da war und mit mir Spiele spielte, fernsah oder mit den Barbies an meinem Bett saß. Die Antwort variierte: Becky sei beim Whale Watching oder im Wildpark oder einfach draußen zum Spielen. Als sie älter wurde und selbst darüber bestimmen durfte, mit wem sie wohin ging, war sie am Wochenende jeden Abend unterwegs. Irgendwann sahen wir Becky nur noch gelegentlich an den Wochentagen abends und an Weihnachten, als gehörte sie gar nicht richtig zur Familie.

Dass Becky sich ausgeschlossen fühlte, wurde mir erst viele Jahre später bewusst, bevor Riley zur Welt kam und nachdem wir beide in die weite Welt hinausgezogen waren. Mom lud mich auf ihre weltberühmten Tacos nach Hause ein. Mich – ohne meine Schwester.

Becky tauchte an diesem Abend überraschend auf, um einen Berg Wäsche abzuladen. Sie erschrak, als sie uns sah. Wir erschraken auch, reglos über unsere saftigen, knusprigen Tacos gebeugt, als hätte man uns eben mit einem Goldbarren in einer Bank erwischt.

Zu meiner Überraschung machte Mom ein betretenes Gesicht und fing an, etwas von einem Zufall zu erzählen. »Deine Schwester kam gerade auf einen Sprung vorbei. Möchtest du auch einen Taco?« Es entsprach definitiv nicht der Wahrheit, und einen Moment lang war ich verblüfft, doch dann wurde mir alles klar. Sie hatten Becky nicht dabeihaben wollen.

Auch Becky wusste das. Sie verlor allen Schwung, als hätte ihr jemand einen Knüppel zwischen die Beine geworfen. Sie sank in Dads Lehnstuhl und schnürte ihre Schuhe zu, die gar nicht geschnürt werden mussten.

»Keine Zeit, danke.« Ihre Stimme klang zu aufgekratzt, überschlug sich fast, und die Haare hingen ihr ins Gesicht, um ihre Miene zu verbergen. Wieso fielen mir solche Details bei meiner Schwester auf, obwohl ich nicht mal wusste, was ich ihr zu Weihnachten schenken sollte? Und wieso merkten meine Eltern nichts davon?

Mom entspannte sich, widmete sich wieder ihrem Taco. Dad tat, als hätte er nichts mitbekommen, den Blick auf das Footballspiel im Nebenraum gerichtet.

Nur ich, die ich mich mit der Erkenntnis auseinandersetzen musste, dass ich die Lieblingstochter meiner Mutter war, bemühte mich um sie. Wie kann eine Mutter ein Kind einem anderen vorziehen? Damals hegte ich noch die Hoffnung, dass ich eines Tages einen Mann finden würde, der über mein äußeres Erscheinungsbild hinwegsehen und mein wahres Ich erkennen würde. »Die Tacos sind echt lecker, Becky.«

Augenblicklich richtete sie sich wie eine kampfbereite Kobra auf und erhob sich. »Kann man das Wort ›Nein‹ irgendwie missverstehen?«

»Okay.« Mir blieb ein Stückchen Taco in der Kehle stecken.

»Dann isst du eben keine Tacos. Mir doch egal.« Ich würde ihr nichts mehr anbieten, nie wieder. Konnte sie denn nicht begreifen, dass es nicht meine Schuld war? Warum musste Becky mich bestrafen?

»Es gibt keinen Grund, scharf zu werden.« Ich dachte, Mom meinte mich, aber nein, sie verteidigte mich und klang dabei noch schärfer als Becky.

Daran dachte ich, als ich so dasaß, während die Tochter meiner Schwester das brave Mädchen spielte und Popcorn machte. In mancher Hinsicht hatte ich Pech gehabt, in anderer Glück. Mehr als alles andere wünschte ich mir, dass Riley in jeder Hinsicht Glück haben würde.

Am Freitagabend kommt Riley herein, nachdem sie ihre häuslichen Pflichten erfüllt hat, und wischt mit dramatischer Geste über ihre Stirn, als hätte ich sie gebeten, die zwölf Arbeiten des Herkules zu verrichten und nicht einfach nur unser gemeinsames Bad zu putzen. »Meine Woche Hausarrest ist um. Darf ich ausgehen?«

Es stimmt. Seltsamerweise hat sich diese Woche gar nicht so sehr nach Hausarrest angefühlt, eher wie ein kleiner Urlaub mit meiner Nichte. Kurz liegt mir ein »Nein« auf der Zunge. Ich schlucke es hinunter, bevor ich es laut aussprechen kann. »Wohin, mit wem und wie lange?« Schon während der Aufzählung habe ich das Gefühl, als wäre mir mal wieder etwas rausgerutscht, bevor ich mich beherrschen konnte. »Mit Samantha?«

»Sehr witzig. Mit ihr wahrscheinlich nie wieder. Mit ein paar Leuten aus dem Kunstkurs. Die kennst du nicht.«

»Ich kenne alle.« Unsere Schule ist nicht so groß.

»Wir gehen nur zu Rory's Diner.« Sie nennt mir einen beliebten Treffpunkt unserer Highschool-Kids, ein Laden im

Fünfzigerjahrestil, mit einer Sitzecke aus einer alten Corvette. Sie zieht etwas über ihre Unterarme, das aussieht wie die Ärmel eines alten T-Shirts, mit Löchern für die Daumen. Ich merke, dass es genau das ist. »Spätestens um zehn bin ich wieder da.«

Mein Magen krampft sich zusammen. Plötzlich begreife ich die Sorgen von Samanthas Mutter. Wie viel einfacher wäre es für mich, wenn ich Riley bei mir hätte, unter meinem Dach, in Sichtweite, ständig. Aber das geht nicht während der Dialyse, und auch jetzt nicht. »Na, gut.«

Sie verschwindet im Badezimmer, und wie aufs Stichwort hält draußen ein Auto und hupt. Riley rennt zur Tür. Ihr schwarzer Lidstrich ist wieder da, und ihre Haare sind glatt gekämmt. Sie trägt schwarze Jeans mit blutroten Doc-Martens-Stiefeln und ein T-Shirt mit bestickter Weste darüber, zusätzlich zu diesen sonderbaren Handschuhen. Sie sieht aus, wie ich mir eine typische Kunststudentin vorstelle, nur mit weniger Piercings. »Bis später.«

Sie hat wieder ihre Rüstung angelegt. Ich sitze kerzengerade auf der Couch. »Warte mal. Wer ist noch dabei?«

Sie springt zur Tür hinaus, eine Gazelle, die vor einem Löwen flieht.

Ich überlege, wie sie sich eigentlich ohne Handy und Computer verabreden konnte. Und woher sie wusste, dass ich es erlauben würde.

Das Telefon klingelt. Es ist Dara. Wir haben nur flüchtig miteinander gesprochen, seit ich mit anhören musste, wie sie mit Dr. O'Malley getratscht hat.

»Dara.« Ich sage ihren Namen zögernd, bin nicht sicher, wie ich mich dabei fühlen soll.

»Hi, Gal. Ich hab dich diese Woche gar nicht in der Schule gesehen.«

»Meine Klasse ist da, wo sie immer war.«

»Meine auch, zufällig«, sagt sie trocken. »Hör zu, die ganze Sache mit Riley und Samantha tut mir leid. Ich weiß, dass du dein Bestes gibst.«

»Tu ich immer.« Ich überlege, ob ich mich entschuldigen soll oder nicht. Ich entschließe mich zu einer halben Entschuldigung. »Tut mir leid, wenn ich dich vor den Kopf gestoßen habe.«

Sie zögert. »Hättest du nicht Lust, was essen zu gehen?«

»Gern«, antworte ich. Mir wird ganz schwindlig vor Erleichterung, dass meine Freundin heute Abend Zeit hat.

Wir meiden den Burgerladen mit den Kindern, obwohl Dara dafür perfekt gekleidet wäre mit ihrem weiten, cremefarbenen Petticoat und den flachen Ballerinas. Die Haare sind hochgesteckt, und geschminkt ist sie nur mit Lipgloss. »Du siehst klasse aus«, sage ich zu ihr.

Sie wirft ihr Haar zurück. »Ich *bin* klasse, Gal.«

»Hey, für manche Leute ist ›klasse‹ ein Kompliment.«

Nach einiger Diskussion darüber, was ich essen kann, einigen wir uns auf eine Soup-&-Salad-Bar, in der wir beide reichlich Auswahl haben.

Ich nehme einen Riesenteller mit weichem Baguette und Pasta in weißer Soße, dazu einen Endiviensalat mit Zucchini, Gurken und Sellerie. Phosphathaltiges Gemüse muss ich meiden und darf nicht mehr als drei halbe Schälchen von jedem erlaubten Gemüse essen. Brot kann ich allerdings so viel nehmen, wie ich möchte, nur kein Vollkornbrot, denn das enthält zu viel Phosphat.

Dara beäugt meinen Teller, als sie ihrem Blattsalat einen Weizenkleiemuffin ohne Butter hinzufügt. »Ich wünschte, ich könnte diese Nudeln essen.«

»Gut möglich, aber die andere Seite der Medaille willst du

lieber nicht.« Ich meide Tomaten und alle Suppen, die danach aussehen, als wären da Kartoffeln drin, die ich auch nicht essen darf.

Der Holztisch, an dem wir sitzen, ist so dick lackiert, dass ich meine Nasenlöcher darin sehen kann, wenn ich nach unten blicke. Ich schiebe meine Teller vor mich und überlege, ob ich ihr sagen soll, dass ich zufällig belauscht habe, wie sie sich mit Dr. O'Malley im Flur über meinen Dickschädel unterhalten hat. Ich möchte sie darauf hinweisen, dass ich nur aus einem einzigen Grund davon überzeugt bin, recht zu haben: weil ich fast immer recht habe. Ich sollte nicht meine Meinung ändern müssen, nur weil jemand anders eine andere (und falsche) Meinung vertritt.

Inzwischen müsste Dara wissen, dass ich keine Hindernisse meide, nur um mir das Leben leichter zu machen. Es wäre einfacher gewesen, Samanthas Mutter nicht einzuweihen und ihre Tochter zu decken. Aber wenn später irgendwas passiert – sagen wir, Samantha wäre noch mal ohne Wissen ihrer Eltern unterwegs und würde in Schwierigkeiten geraten –, dann träfe mich doch als beteiligte Erwachsene und noch dazu als Lehrerin eine Mitverantwortung. Samanthas Eltern würden sagen, ich hätte es ihnen schon viel früher erzählen sollen.

Ich möchte mit Dara nicht schon wieder über unangenehme Dinge sprechen. Was sie zu Dr. O'Malley gesagt hat, trifft mich nicht mehr so sehr. Es wurde schon Schlimmeres über mich geredet. An seiner Haltung, seiner Meinung festzuhalten ist ein Zeichen von Charakterstärke, kein Makel.

»Freust du dich schon auf die Rosenschau in Pasadena?«, frage ich.

Sie nickt, verzieht aber das Gesicht. »Ja, klar.«

Ich grinse. »Byron wird auch da sein.«

»Byron der Große?« Sie nimmt einen kleinen Bissen von

ihrem Muffin. »Ich kann es kaum erwarten. Was soll ich denn mit einem Mann, der in einem anderen Staat lebt?«

Ich zucke mit den Schultern. »Wahrscheinlich dasselbe, was du hier mit einem Mann machen würdest: dich nicht auf ihn einlassen.«

Sie ignoriert meine Spitze. »Gal, ich weiß noch nicht, ob ich mitkommen kann. Ich bin ziemlich klamm momentan. Ich spare auf ein Haus.« Betreten rutscht sie auf ihrem Stuhl herum und schiebt eine Strähne hinters Ohr.

»Oh.« Ich kann ihr keinen Vorwurf machen. Aber trotzdem möchte ich mir gar nicht vorstellen, dass ich ohne sie fahren muss. »Aber vielleicht kommst du doch mit, oder?«

»Ich muss auf mein nächstes Gehalt warten. Ich hab so viele Kreditkarten abzuzahlen.« Sie wechselt das Thema. »Wie läuft's denn im Wissenschaftsteam?«

Dara muss einfach mitkommen. Ich warte, bis ich hinuntergeschluckt habe, bevor ich antworte: »Sehr gut.«

»George meint, ihr bräuchtet noch eine Reserve für die Blide.« Sie konzentriert sich auf ihren Teller.

Ich lege meine Gabel weg. »Erzähl mir nicht, du willst auch Druck machen. Riley kommt mir nicht in dieses Team.«

Sie hebt eine Hand. »Erstens: ganz ruhig. Zweitens: Du bist nicht der Große Zampano. Du hast nicht bei allem das letzte Wort.«

»In diesem Fall schon.« Die Wissenschaftsolympiade ist mein Ressort. »Wieso gründest du kein Kunstteam?«

»Es gibt keine Kunstteams. Kunst ist zu subjektiv.«

»Hast du nicht gesagt, du könntest gute Kunst von schlechter unterscheiden, wenn du sie siehst?«

»Aber das ist nur meine Sicht der Dinge.« Sie stößt einen frustrierten Seufzer aus. »Gal, ist dir schon mal in den Sinn gekommen, dass es Riley vielleicht anspornen könnte, sich in deinem Unterricht mehr anzustrengen, wenn du sie ins Wissenschaftsteam aufnehmen würdest?«

Ich wackle mit dem Finger. »So funktioniert das nicht. Erst arbeitet sie hart, dann wird sie belohnt. Faul sein und dann eine Sonderbehandlung bekommen ist nicht drin.«

»Wem würde es denn schaden?«, fragt Dara.

Ich starre sie an. Sie sollte mich nicht weiter drängen. Es kann eigentlich nur an Mr Mortons Bettgeflüster liegen, dass sie immer weitermacht. Mr Morton beklagt sich über mich. Der Gedanke an mögliches Bettgeflüster zwischen Dara und Mr Morton ist mir unerträglich, und ich stehe abrupt auf, stoße gegen den wackligen, kleinen Tisch. »Ich hol mir noch was von den Nudeln.«

Ich lasse mir Zeit am Pastastand, sehe, wie der Koch die Soße und die Rigatoni in einem großen Wok erhitzt, und warte auf die neue Ladung, obwohl noch ein halb voller Bottich auf der Selbstbedienungstheke steht. Muss denn heutzutage niemand mehr irgendwas leisten, bevor er belohnt wird?

Ich sehe, dass Dara ihr Handy in der Hand hält und plaudert. Mr Morton. Wie oft treffen sie sich? Sind sie schon ein Paar? Mir scheint, dass von anderen Verehrern in letzter Zeit keine Rede mehr ist. Ich nehme meinen Teller mit frischen Nudeln und komme gerade wieder an den Tisch, als sie auflegt.

»Es ist wie mit Krediten«, beginnt Dara.

»Was ist wie mit Krediten?« Ich verbrenne mir die Zunge an den Nudeln und nehme einen großen Schluck Wasser, womit meine Tagesration aufgebraucht ist.

»Die Leute kriegen Probleme mit Krediten. Vielleicht haben sie ihren Job verloren und konnten ihre Rechnungen nicht bezahlen. Dann erhöhen die Kreditfirmen die Zinsen und erschweren einem die Rückzahlung. Die Leute bekommen keinen Kredit mehr, weil die Zinsen zu hoch sind. Aber die Leute brauchen eine Chance, ihre Rechnungen begleichen zu können.« Dara scheint mit sich zufrieden zu sein.

»Die Leute sollten von dem leben, was sie erarbeiten, nicht von ihren Kreditkarten«, sage ich etwas prüde und puste auf meine Nudeln. Ich weiß, dass sie von sich selbst spricht.

»Nicht jeder hat Eltern, die ihm helfen, Gal«, sagt sie barsch.

»Darum geht es nicht.«

»Ja. Ich verstehe schon. Riley braucht eine Chance, weil sie so weit hinterherhängt. Verstehe. Hat Mr Morton dir gerade erzählt, was du sagen sollst?« Ich deute auf ihr Handy, das auf dem Tisch liegt.

»Nein.« Hastig isst sie ihren Salat. »Weißt du, Gal, manchmal bist du einfach unmöglich.« Sie steht auf. »Ich hol mir noch mehr Brot. Möchtest du irgendwas?«

Ich lehne dankend ab. Unmöglich. Ja, ich bin unmöglich. Mein ganzes Leben kommt mir vor wie eine einzige große Unmöglichkeit nach der anderen.

Ich spiele mit den Nudeln herum, denke über Dara nach. Ich habe ihr noch gar nicht erzählt, wie die Rosenschau ausgegangen ist. Sie hat aber auch nicht danach gefragt. Es ist fast so, als hätte Dara geheiratet und ich würde mich nicht erkundigen, wie ihre Hochzeit war. Klar, ich könnte es ihr einfach erzählen, aber würde sie nicht fragen, wenn es für sie wirklich von Interesse wäre?

Zum ersten Mal erlebe ich, dass meine Freundin einen anderen Plan verfolgt. Anderer Meinung ist. Möglicherweise sind wir zwei Menschen, die nicht mehr so viel miteinander zu tun haben sollten. Ich könnte heulen.

Ich tue es nicht. Stattdessen warte ich darauf, dass Dara wiederkommt, und sage ihr, dass es mir nicht gut geht. Ich verlasse das Restaurant, bevor sie auch nur Einwände erheben oder Sorge äußern kann.

Später am Abend liege ich im Bett, lese im Rosenbuch von Winslow Blythe und warte darauf, dass Riley nach Hause kommt. Ich habe das Verandalicht und zwei Lampen im Wohnzimmer angelassen, dazu das Licht in ihrem Zimmer. Unablässig wandert mein Blick über die Worte. Ich kenne sie fast auswendig, und das Buch soll mir nur Gesellschaft leisten. Das Papier raschelt tröstlich zwischen meinen Fingern, während ich auf ein Auto lausche. Ich höre nur den Kühlschrank, meinen alten Kameraden.

Endlich, um Punkt zehn, knarrt die Veranda, und die Haustür fällt ins Schloss. »Riley?«, rufe ich.

Ohne zu antworten, schließt sie ihre Zimmertür hinter sich. Oh-oh. Ich stehe auf, schiebe meine Füße in die Pantoffeln.

»Riley?« Ich klopfe, dann trete ich ein. Sie liegt auf dem Bett, mit dem Gesicht zur Wand, wendet mir den Rücken zu. »Alles okay? Hast du dich gut amüsiert?«

Sie antwortet nicht. Ihr Atem geht unregelmäßig. Sie weint. Ich setze mich neben sie aufs Bett und lege meine Hand auf ihren Rücken. »Was ist passiert? Willst du reden?«

Sie dreht sich um. Ihr Make-up ist übers ganze Gesicht verschmiert, die Augen sind rot. Ich denke daran, wie ich sie draußen gefunden habe, als sie noch ganz klein war und sich ins Fell dieses Golden Retrievers gekrallt hatte. »Nichts. Ich bin nur traurig.«

Ich beuge mich zu ihr. »Worüber?«

»Du würdest es doch nicht verstehen.« Ein Schluchzer erstickt ihre Worte.

Ein süßlicher Geruch wie gegorenes Obst kommt aus ihrem Mund. Alkohol. Ich beuge mich vor und rieche an ihrer Jacke. Zigarettenqualm und Marihuana. Ich ringe die Panik nieder, die in mir aufsteigt. »Riley, sag mir, wo du warst und was passiert ist. Du hast geraucht und getrunken.«

»Ich habe nicht geraucht. Das waren die anderen.« Sie schlägt die Hände vors Gesicht, bestreitet nicht, getrunken zu haben.

Die Angst liegt mir wie ein Stein im Magen. Ich berühre sie. »Hat dir jemand was getan?« Millionen Möglichkeiten schwirren mir durch den Kopf. Jemand hat ihr heimlich Alkohol untergemischt. Vergewaltigung. K.-o.-Tropfen. Was weiß ich?

»Nein. Niemand.« Sie nimmt die Hände von den Augen und blinzelt mich an. »Wir waren draußen auf dem Feld hinter dem alten Schaeffer-Haus. Ein ganzer Haufen von uns. Samantha, Brad, fast die halbe Schule.« Wieder kommen ihr die Tränen. »Ich hab nur ein paarmal daran genippt, Tante Gal. Ehrlich. Ich …« Ihre Stimme erstirbt, sie wendet sich wieder ab und zieht sich das Kissen über den Kopf.

Am liebsten würde ich sie ohrfeigen. »Weißt du denn nicht, in was für Schwierigkeiten du dadurch geraten könntest?« Langsam wird sie wie Becky. Wer weiß, was Becky und sie so getrieben haben? Vielleicht ist sie längst wie Becky. Mich packt der Frust. Mit der flachen Hand schlage ich an die Wand. »Das ist inakzeptabel. Das weißt du.«

Ihre Schultern beben. Sie hyperventiliert.

Ich massiere ihren Rücken. »Riley. Du musst tief durchatmen.«

Sie versucht, etwas zu sagen, aber jetzt hat sie einen Schluckauf. Sie dreht sich wieder zu mir um und holt tief Luft, um ihr Zwerchfell zu beruhigen. »Es tut mir leid, Tante Gal.« Sie ist dermaßen geknickt, dass ich fast Mitleid mit ihr bekomme.

Ich seufze. »Ich werde dich schon wieder bestrafen müssen, Riley.«

Sie nickt und kneift die Augen zu. »Tante Gal. Warum hat mich meine Mutter weggeschickt?«

Fast bleibt mir das Herz stehen. Deshalb hat sie es getan.

»Sie wollte es nicht, Liebes.« Ich weiß nicht, ob es stimmt, aber das muss sie jetzt hören.

Wieder verzieht sie das Gesicht. »Ich war ganz brav. Aber sie wollte mich trotzdem nicht.«

»Doch, sie will dich.« Ich streiche ihr übers Haar. Mir ist auch zum Heulen zumute.

Sie schüttelt den Kopf. »Nicht genug.« Bebend holt sie Luft. »Darf ich … darf ich sie jetzt anrufen?«

»Natürlich.« Ich stehe auf und gehe hinaus, schließe die Tür hinter mir.

Im Wohnzimmer setze ich mich auf die Couch und lege die Füße auf den Tisch. Ich überlege, wie ich verhindern kann, dass Riley so wird wie Becky. Bei Becky zu sein hat sie verkorkst. Aber auch, dass Becky sie allein gelassen hat. So oder so wird Riley Probleme bekommen. Ich nehme meine Brille ab und reibe mir die Augen. Etwas Hartes sitzt mir in der Kehle und lässt sich nicht hinunterschlucken.

Riley macht die Tür auf. »Sie geht nicht ran.« Sie hat ihre Jacke ausgezogen und lässt die Schultern hängen. Sie sieht aus wie das kleine Mädchen mit den Schwefelhölzern.

Ich bin ganz froh, dass sie ihre Mutter nicht erreicht hat. Becky wäre ihr sicher keine Hilfe. Ich klopfe neben mir auf die Couch. »Wollen wir uns zusammen die Spätnachrichten ansehen?«

Sie setzt sich neben mich, ganz nah, aber ohne mich zu berühren. Ihr Make-up und die Tränen sind getrocknet. Ich zupfe ein Taschentuch aus der Box und wische ihr das Gesicht ab. Sie rührt sich nicht.

Ich stelle den Fernseher an, und wir sitzen davor, bis Riley langsam die Augen zufallen.

18

Ich richte meinen Zauberstrahl auf die Rosen und suche nach kleinen rötlich braunen Flecken. Es ist Montag in der zweiten Maiwoche, und die Spinnmilben tummeln sich wie jedes Jahr um diese Zeit. Ich nenne sie »rote Vampire«. Eigentlich bin ich ja Biologin und begeistere mich für den Kreislauf des Lebens, in dem alles seinen Platz hat, aber gleichzeitig hasse ich alles, was meinen Rosen schadet. Wäre ich eine echte Darwinistin und glaubte ans Überleben der Stärkeren, würde ich sie in Ruhe lassen. Als echte Darwinistin wäre ich allerdings selbst schon lange tot.

Einige Hybrid-Teerosen haben Milben, obwohl diese durch meine morgendliche Waschung erheblich dezimiert wurden. Es ist genauso nervig und zeitraubend, wie es klingt. Die frühmorgendliche Sonne brennt mir auf die ungeschützte Stirn. Ich darf nicht vergessen, mir einen Hut aufzusetzen. Es ist warm geworden, mittags im Schnitt so um die dreißig Grad im Schatten.

Drinnen macht sich Riley für die Schule bereit. Wir haben das ganze Wochenende nicht über den Vorfall gesprochen. Stattdessen waren wir in der Gärtnerei, im Kino – irgendeine Komödie, die ich schon wieder vergessen habe – und gestern in der Kirche. Die ganze Zeit über habe ich sie beobachtet. Ich wusste gar nicht, wieso. Vielleicht suchte ich nach einem Zeichen dafür, ob sie reden wollte oder wieder weinen.

»Ich bin da, wenn du reden möchtest«, sagte ich unbeholfen.

Sie zuckte mit den Schultern. »Mir geht's gut.«

Ich habe beschlossen, Riley nicht dafür zu bestrafen, dass sie getrunken hat. Bestimmt hat sie sich nur abreagiert, weil sie sich von ihrer Mutter verlassen fühlt. Ich meine, hätte meine Mutter mich von heute auf morgen weggeschickt, hätte ich vielleicht auch so was in der Art gemacht. Auch wenn ich es mir nicht vorstellen kann.

Ich drehe den Schlauch weiter auf, spritze meine dunkelblaue Hose voll. Nebenan späht meine Nachbarin aus dem Fenster. Sie weicht zurück, als ich winke. Der Wasserstrahl muss so kräftig sein, dass man die Milben abwaschen kann, ohne dass die Rosen Schaden nehmen. Ich bücke mich und suche unter dem Busch, schwenke meinen Arm, bis er schmerzt. Das ist gutes Training. Ein Insektizid wäre einfacher, aber ich möchte meine Rosen ungern mit irgendwelchen Chemikalien einsprühen, wenn auch nicht aus Gründen des Umweltschutzes. Ich bin gegen Gifte, weil sie *mir* gefährlich werden können. Wenn man bedenkt, wie schlecht die Sterne für mich stehen, sollte ich mich lieber nicht auch noch giftigen Chemikalien aussetzen, selbst wenn sie für den Menschen angeblich harmlos sind. Ich mag mir gar nicht vorstellen, was Wissenschaftler im Lauf der Menschheitsgeschichte alles schon als harmlos deklariert haben. Für mich ist der Fall klar.

Schließlich beende ich das Abspülen und wickle den Schlauch auf die große Rolle. Ich habe ein Bewässerungssystem, aber auch einen ganz normalen, dicken Schlauch für den Fall, dass mehr Wasserdruck gebraucht wird. Ich bin die körperliche Arbeit nicht gewöhnt und fange schon an zu schnaufen, bevor auch nur ein Viertel vom Schlauch aufgerollt ist.

Normalerweise kommt Brad sonst morgens vor der Schule, um die Rosen zu waschen, damit sie dann tagsüber in der

Hitze trocknen können. Wegen der Schule und der Dialyse sowie den Vorbereitungen für die nächste Rosenschau habe ich keine Zeit dafür.

Allerdings gibt es da ein Problem.

Brad hat heute gekündigt.

Er hat mir heute Morgen eine SMS geschickt. Einfach so. Ohne Vorwarnung. Nichts weiter. Nur ein paar Worte auf einem winzigen Display.

Es muss wohl wegen des Trinkens sein. Er nimmt zu Recht an, dass ich böse bin.

Wahrscheinlich wollte sich Brad nicht die hundert Predigten anhören, die ich ihm halten wollte, um unmissverständlich klarzumachen, wie ich es finde, wenn Minderjährige Alkohol trinken und zu allem Überfluss noch Jüngere dazu verleiten. Allerdings hatte ich gedacht, dass er mir etwas früher Bescheid geben würde. Ich hatte gedacht, er würde mir dabei ins Gesicht sehen wollen. Ich habe mich getäuscht.

Jetzt kommt Riley in ihrer Uniform heraus, die Haare ordentlich gebürstet. »Tante Gal, du schaffst das nicht alles allein. Du bist ganz schmutzig. Und in fünf Minuten müssen wir los.« Sie sieht besorgt aus, hat die Arme verschränkt und die Stirn gerunzelt. »Lass mich helfen.«

Ich frage mich, was heute wohl in der Schule die Runde macht und ob irgendwas davon mit Riley zu tun hat. »Meinst du, du kommst heute zurecht?«

Sie senkt den Blick, scharrt mit ihrer Schuhspitze in der Erde. »Natürlich. Wieso nicht?« Dann sieht sie mich mit ihren leuchtend grünen Augen an. »Bei der Party ist nichts passiert, Tante Gal. Wir haben nur getrunken.«

Ich richte mich von der Schlauchwinde auf. Ich spüre die Dreckspritzer in meinem Gesicht, obwohl ich nur die Rosen gewässert habe. Mein Atem geht schnell und schwer. »Gut.

Kurbel den Schlauch für mich auf, dann schaffen wir es noch pünktlich zur Schule.« Ich gehe ins Haus, und sie nimmt vorsichtig den Knauf in die Hand und fängt an zu kurbeln.

Im Biologie-Leistungskurs schnappe ich mir Brad, als er kurz vor dem Klingeln hereinschneit. »Komm mal mit vor die Tür.«

Er folgt mir hinaus. Er sagt nichts. Ich hätte mehr von ihm erwartet.

Hinten im Flur leert sein Vater gerade einen Mülleimer. Er blickt auf, sieht aus, wie Brad in dreißig Jahren aussehen könnte, nur hoffe ich, dass Brad dann nicht so vom Leben gezeichnet sein wird. Der Mann hat Tränensäcke unter den Augen. Er nickt mir zu, und ich nicke zurück.

Brad hebt die Hände, und als er seinen Vater sieht, beugt er sich vor und flüstert: »Tut mir leid, Miss Garner. Ich muss jetzt immer meinem Vater helfen.«

»Wie meinst du das?« Ich bin verdutzt und werfe einen Blick auf seinen Vater. »Morgens?«

Brad wird rot. »Dad trägt Zeitungen aus. Außerdem arbeitet er Nachtschicht und ist morgens jetzt immer so müde. Er spart Geld für meinen Collegebesuch.«

Ich betrachte seinen Vater da hinten im Flur und frage mich mehrere Dinge gleichzeitig. Erstens, wieso die Schule ihre Angestellten nicht ausreichend entlohnt. Zweitens, wieso Brads Vater, der mir einigermaßen intelligent und geschickt zu sein scheint, keinen besseren Job findet. Und drittens, ob ich Brad bezahlen kann, damit er nicht kündigen muss.

Brad wischt mit den Händen fest über sein Gesicht, was Spuren auf den Wangen hinterlässt. Am anderen Ende des Flurs leert Brads Vater laut klappernd einen Mülleimer und schlurft davon, ohne sich noch mal nach seinem Sohn umzudrehen. Für einen Augenblick verliert Brad sein Selbstbewusstsein, und ich sehe einen neuen Brad. Unglücklich, ängstlich, allein. Das ist der Brad, der seinen Vater getröstet hat, als seine Mutter nicht nach Hause kam, der seine gebrauchte Schuluniform umsonst bekam, der nichts in die Kasse für die Klassenfahrt einzahlen kann, der sich mit seiner Erscheinung und seiner Sportlichkeit den Respekt der anderen verdient hat. Ich begreife, dass ich diesen Jungen gar nicht richtig kenne.

Also sage ich nichts und mache ihm kein schlechtes Gewissen wegen der SMS oder weil er mir nicht mehr helfen kann. Mir fehlt das Geld, ihn zu bezahlen. Einen Moment lang überlege ich, ob ich meine Mutter um Hilfe bitten soll. Ich weiß, dass sie es übernehmen würde. Fast erliege ich der Versuchung, aber ich möchte viel zu sehr auf eigenen Beinen stehen, um sie zu fragen.

Ich merke, dass die Klasse drinnen unruhig wird. Die Stunde hat längst begonnen, und sie wissen, dass wir hier draußen stehen. »Okay, Brad«, sage ich nach einer Weile. »Danke, dass du mir Bescheid gegeben hast.«

Er nickt einmal, fängt an, sich umzudrehen, und hält inne. »Ich kann auch nach der Schule nicht mehr kommen. Ich muss so viel für die Prüfungen lernen. Ich will es mir nicht versauen.«

Auch ich nicke nur einmal. Schweigend geht er in die Klasse.

Ich komme etwas zu spät zum Training für die Wissenschaftsolympiade, weil ich noch meinen Unterricht für den nächsten Tag vorbereiten muss. Da es nur noch zwei Wochen bis zum Wettbewerb sind, ist Mr Morton ganz aus dem Häuschen, aber ich mache mir keine Sorgen. Meine Teams sind mehr als gut vorbereitet. Die Kinder könnten diese Aufgaben im Schlaf erledigen.

Mr Morton dagegen ist überzeugt davon, dass seine Schüler alles vergessen, sobald der Druck nachlässt. Vielleicht sind seine Teams nicht gut genug vorbereitet.

Als ich in seinen Klassenraum komme, sind die Blide-Kinder draußen. Von Mr Morton ist nichts zu sehen, weder drinnen noch draußen. Meine Kinder sind fleißig wie die Ameisen und haben alle ihre Gerätschaften bereit. Ich kann mir gar nicht erklären, wo mein Kotrainer geblieben sein mag. Seine Tasche und die metallene Wasserflasche sind noch da.

Ich beuge mich vor und helfe einem meiner Anatomieschüler, eine Niere zu erkennen (»Das soll wohl ein Witz sein«, sage ich), als mir von draußen eine vertraute Stimme ans Ohr dringt, die Stimme meiner kleinen Nichte. Ich spähe durch die offenen Fenster hinaus.

Tatsächlich, es ist Riley. Sie steht mit einem Klemmbrett in der Hand da und guckt zu. Brad reicht ihr ein Maßband. »Das möchte ich lieber nicht machen«, wendet sie ein. »Ich bin nur hier, um zuzugucken.«

Er prustet die Empörung heraus, die ich selbst empfinde. »Wozu bist du Springer, wenn du gar nicht einspringen kannst? Was ist, wenn jemand krank wird?«

Dem kann ich mich nur anschließen. »Ja, was ist, wenn jemand krank wird?« Ich trete vor. Mr Morton hat also entschieden, dass meine Meinung nicht zählt. Und meine Nichte auch. Hätte ich mir denken können. Ich bin kurz davor, alles hinzuschmeißen.

Riley macht große Augen. »Hi, Tante Gal.«

»Miss Garner«, ermahne ich sie. Riley fummelt mit dem Maßband herum, kriegt das metallene Ding nicht in den Griff. Brad hält ein Ende bei der Blide fest, und sie läuft mit dem Maßband dorthin, wo das Bohnensäckchen liegt, mitten auf einem Fleck von braunem, totem Gras.

»Fünf Meter und …«, Rileys Stimme bebt. »…zwei Zentimeter?«

»Kannst du das Ding immer noch nicht ablesen?«, frage ich mit meiner – wie ich finde – sanftesten Stimme. Ich gehe hinüber und lese die Weite ab. »Fünf Meter, zwanzig Zentimeter.«

»Deshalb brauchst du mich ja nicht gleich anzuschreien.« Riley wendet sich ab, kaut auf ihrer Unterlippe.

»Ich habe überhaupt nicht geschrien.« Ich schaue mich um. Immer noch kein Mr Morton. »Hat jemand Mr Morton gesehen?«

Alle schütteln den Kopf, bis auf ein Mädchen aus dem Blide-Team, das mit dem Finger deutet. »Er ist da hinten hingegangen.«

Seltsam. Hinter dem Naturwissenschaftsbau ist nur ein Hang voller Gestrüpp. Ich gehe um das Gebäude herum.

Tatsächlich, da steht er, telefoniert mit seinem Handy. Ich komme zu dem Schluss, dass das Handy einen Preis für die nervigste Erfindung unserer Zeit verdient hätte. Man ist nie mehr unerreichbar. Ich will schon etwas sagen, aber er kehrt mir den Rücken zu, und was ich da höre, lässt mich erstarren.

»Ich habe dir alles gegeben«, sagt er mit lauter Stimme und aufgewühlter, als ich es je von einem Mann gehört habe, abgesehen von Shakespeare-Darstellern. »Ich will sie sehen. Ich bin ihr Vater.«

Ich weiche hinter die Ecke zurück, will nichts mehr hören. Mr Morton hat ein Kind? Wer ist die Mutter? Dara weiß nichts davon. So was spricht sich schnell rum. Mit wem redet er da?

Ich frage mich, was wir über diesen Mann eigentlich wissen.

Ich gehe ins Klassenzimmer. Bald darauf kommt auch Mr Morton. Seine Haare scheinen unter Strom zu stehen, was mich kurz schmunzeln lässt, aber ansonsten merkt man ihm nichts an.

»Tut mir leid. Musste sein.« Er setzt sich an sein Pult, streicht Unterlagen glatt, die nicht glatt gestrichen werden müssen, und da erst bemerke ich seine roten Wangen. Ich beschließe, ihn nicht gleich auf Riley anzusprechen.

Aber das muss ich auch nicht, weil meine Nichte plötzlich neben ihm auftaucht. »Sie wollten es ihr doch sagen«, schimpft sie. »Sie ist total ausgerastet.«

Teenager leben definitiv in einer anderen Wirklichkeit als ich. »Riley. Du warst noch nie dabei, wenn ich ausraste.«

Mr Morton hebt die Hände. »Hey, hey. Friede! Ich baue die Blide, und ich kann als Ersatz nehmen, wen ich will.«

Dass er nicht nur meine Autorität als Lehrerin, sondern auch meine Autorität als Erziehungsberechtigte untergräbt, versetzt mir einen Stich. »Ich dachte, wir kümmern uns gemeinsam um die Blide«, sage ich. Schließlich hat mein Vater die Vorlage gebaut.

Er schüttelt den Kopf. »Auf dem Formular steht mein Name als Berater. Pro Wettkampf braucht man nur einen Coach.«

»Und Mom hat mein Formular unterschrieben«, wirft Riley ein.

»Deshalb habe ich sie ins Team aufgenommen.«

»Sie haben es vor mir geheim gehalten!« Ich kann es nicht fassen.

»Es hat sich so ergeben.« Mr Morton macht es offensichtlich zu seinem persönlichen Anliegen. Mir fällt auf, dass er sich in Stellung bringt und auf einen langen Kampf einrichtet.

»Wie?« Ich bin mir sicher, dass Riley die Unterschrift gefälscht hat. »Zeigen Sie mir die Erlaubnis.«

Mit großer Geste blättert Mr Morton in seiner Kartei herum.

Riley steht entschlossen da, die Fäuste in die Hüften gestemmt. Dieses Team ist ihr wichtig, obwohl sie nur die Reserve ist und nicht mal ein Maßband ablesen kann. Ich vermute, dass es ihr nur deshalb wichtig ist, weil ich gesagt habe, dass sie nicht mitmachen darf. Ihre Wangen sind puterrot, sodass die Sommersprossen auf ihrer Nase leuchten. »Sie hat gesagt, ich darf die Erlaubnis in ihrem Namen unterschreiben.«

»Urkundenfälschung. Na, prima.« Ich setze mich an einen leeren Tisch gegenüber von Mr Morton. Er verzieht den Mund, als wäre er in Sorge.

Riley hockt sich neben mich. »Wenn du sie anrufst, wird sie dir sagen, dass sie es unterschrieben hat.«

Ich will davon nichts mehr hören. Alle scheinen immer davon auszugehen, dass ich Streit suche. Tu ich nicht. Er sucht mich. Ich lege meine Hand auf die Stirn. Sie fühlt sich heiß an, oder meine Hand ist kalt. Ich kann es nicht mehr unterscheiden.

Mir reicht's. Ich will nur noch nach Hause und mich vor den Fernseher setzen.

»Offensichtlich macht hier sowieso jeder, was ihm gefällt. Da werde ich nicht mehr gebraucht.« Ich nehme meine große, rosafarbene Tasche mit den bunten DNA-Molekülen, die mir meine Mutter zu Weihnachten geschenkt hat. Die Moleküle tanzen vor meinen Augen. Ich konzentriere mich auf eine Ecke des Raums und warte, dass der Schwindel vergeht.

»Seien Sie doch nicht so.« Mr Morton tauscht einen Blick mit Riley, der sagt: *Wir müssen sie beruhigen, bevor sie tatsächlich einen Anfall bekommt.* Das Maß ist voll. Bevor ich etwas sage, was ich wahrscheinlich ewig bereuen werde, haste ich hinaus, schwindlig oder nicht.

19

Ich bin schon zu Hause, als mir einfällt, dass ich Riley in der Schule gelassen habe, obwohl ich sie doch mitnehmen sollte. Na, sie ist ein großes Mädchen und wird schon nach Hause finden. Es ist ja nicht das erste Mal.

Alle wollen es den Kindern immer viel zu leicht machen. Keiner muss mehr für irgendwas arbeiten, sich selbst was einfallen lassen. Mr Mortons Freundlichkeit wird sein Untergang als Lehrer sein. Wahrscheinlich dürfen seine Schüler die Abschlussprüfung dreimal machen, bis sie die Zensur bekommen, die sie haben wollen.

Ich verdränge das Gefühl, mich der Vernachlässigung schuldig zu machen, und setze mich vor den Computer, um nachzusehen, ob ich E-Mails habe.

Eine von Byron. Endlich.

> Tut mir leid wegen deiner Rosenschau. Hab gerade schrecklich viel zu tun. Alles Gute.

Das ist alles, kein Name, kein Gruß. Er hat genug von dieser Quasifreundschaft und keine Zeit mehr für Floskeln. Oder er hat tatsächlich so viel zu tun, wie er sagt.

Erst Dara, dann Brad, dann Riley und Mr Morton, jetzt Byron, ganz zu schweigen von der Nierenärztin und den Bürokraten. Gibt es eigentlich auch jemanden, der sich *nicht* gegen mich verschworen hat? Schnaubend atme ich aus, puste den Staub von meiner Tastatur. Dann niese ich.

Ich muss direkt lachen über mein eigenes Selbstmitleid. Was bleibt mir sonst? Nächstes Jahr um diese Zeit – das Versprechen gebe ich mir – habe ich:

1. eine neue Niere
2. eine duftende Hulthemia
3. eine neue Couch

Ich schreibe die Liste auf einen Zettel mit dem Bild eines Immobilienmaklers. Ich stutze. Ich denke, Riley sollte wohl auch auf dieser Liste stehen. Aber was wünsche ich mir für sie? Möchte ich, dass sie geht oder bleibt? Ich schreibe:

4. Riley?

Ich lege die Liste weg.

Mein Handy meldet eine SMS. Mr Morton, nicht Riley, denn Riley hält sich zurück mit den Kurznachrichten. Ich werde den Vertrag auf eine SMS-Flatrate umstellen müssen, sosehr es mir auch missfallen mag.

Ich bringe Riley nach Hause, da Sie weggefahren sind, steht da. Auch das noch.

Es erinnert mich daran, dass ich ihn am Telefon belauscht habe. Dara und ich wissen so gut wie nichts über Mr Morton, nur dass er bei irgendeiner Chemiefirma gearbeitet hat. Dara war ein paarmal mit ihm aus, aber sie haben sich nur fürs Kino verabredet und dann hinterher einen Kaffee getrunken und über den Film geredet. Nicht gerade ein Szenario, bei dem man sich besonders gut kennenlernt. Es klingt eher nach Gesprächsvermeidung.

Ich denke an den Morgen, an dem Dara auf einen Kaffee in mein Klassenzimmer geschneit kam und ich sie gefragt habe, wie ihr Mr Morton gefalle. Kaffee war noch nie mein Fall. Das Zeug schmeckt wie bitteres Abwaschwasser, aber im Lauf der Jahre musste ich zusehen, wie Dara es literweise in sich hineinschüttete.

»Er ist ganz nett«, sagte sie. Von ihrem Becher zwinkerte mich eine Frau an. Auf der einen Seite stand BAILEY'S.

»Weiß Dr. O'Malley, dass du auf dem Schulgelände Werbung für Alkohol machst?«, fragte ich.

Sie sah mich schräg an. »Also wirklich. Der ist aus einem Antiquitätenladen.«

»Macht es das irgendwie besser?« Ich lehnte mich auf meinem Stuhl zurück. Ich hatte ein paar frisch aufgeblühte Rosen mitgebracht, die ich nicht zum Züchten nutzte – eine rostrote Hot Cocoa –, und sie in einer Spaghettidose arrangiert. »Ich weiß, dass er ganz nett ist. Aber was macht er eigentlich so?«

Sie nahm einen Schluck von ihrem Kaffee, der so hell war, dass er vermutlich nur aus Sahne bestand. Dara frühstückt nie. Sie meint, ihr Kaffee enthält genug Kalorien und Kalzium. »Bastelt gern. Geht ins Kino.«

»So weit war ich auch schon.« Wenn ich mit jemandem ausgehen würde, wüsste ich vom ersten Moment an den Mädchennamen seiner Mutter, seine Sozialversicherungsnummer, seine Religion und seine Kinderträume. Ich schnaubte ungläubig, was eher wie ein unschönes Schnäuzen klang. »Dara, komm schon. Spar dir deine zweitklassigen Informationen.«

»Tut mir leid!« Dara lachte und strich ihre Caprihose glatt, die mit großen Rosen bedruckt war. »Ich lasse den Dingen lieber ihren Lauf und erzwinge nichts.«

»Wenn du in der Geschwindigkeit weitermachst, ist die Sonne verglüht, bevor du heiratest.« Ich spitzte mittelharte Bleistifte an, wie ich es jeden Morgen für die Schüler tue, die ihren Bleistift zu Hause vergessen haben. Eine Weile habe ich allen, die ihn nicht dabeihatten, gesagt, da hätten sie eben Pech gehabt, aber dann konnte die Hälfte der Klasse eine volle Woche lang nicht mitarbeiten, weil alle ihre Bleistifte vergessen hatten. Dr. O'Malley war nicht so begeistert.

Dara nahm sich eine Blüte. »Darf ich so eine haben?«

»Mir scheint, du hast sie schon.« Ich spitzte weiter an, und sie steckte sich die Blüte hinters rechte Ohr.

»Nicht hinters linke?« Ich zeigte auf die andere Seite. Das linke Ohr hätte bedeutet, dass ihr Herz vergeben war.

»Von wegen.« Sie hielt ihren mittlerweile leeren Becher in der Hand. »Ich treffe mich auch immer noch mit Chad. Es ist alles eher unverbindlich.«

Noch etwas unverbindlicher, und Mr Morton müsste denken, sie hätte kein Interesse. Ich schob den nächsten Bleistift in den Anspitzer und sprach gegen das beruhigende, mechanische Summen an. »Hauptsache, du bist glücklich, meine Liebe.«

Jetzt sitze ich zu Hause an meinem Computer und öffne Google. Wenn Dara nicht mehr über Mr Morton erfahren will, dann werde ich es tun. Heutzutage ist es so einfach, alles Mögliche über Leute herauszufinden. Einmal hat jemand einen Satz großer Blumentöpfe im Netz inseriert. Er antwortete mir per Mail, wer zuerst da sei, der bekäme sie, aber dann ging er nicht ans Telefon. Ich kannte nur seinen Vornamen, ungefähr die Gegend, in der er wohnte, und seine Telefonnummer, aber ich habe die Adresse herausgefunden und kam einer anderen Frau um ein paar Sekunden zuvor. Ja, ich habe die Töpfe bekommen.

Ich tippe »George Morton, San Luis Obispo« in die Suchmaschine.

Augenblicklich (nach all den Jahren Internet überrascht es

mich immer wieder; halbwegs erwarte ich noch, bei der Recherche Karteikästen durchsuchen zu müssen) bekomme ich ein paar Treffer. Die meisten haben nichts mit ihm zu tun.

Ich gehe zur Bildersuche. Auf der vierten Seite springt mich ein Foto an. George Morton mit einer fremden Frau und einem kleinen Mädchen.

Bitterer Scheidungskrieg zwischen Alchemy-Tech-Gründer Morton und seiner Frau, lautet die Überschrift. *Lara Stratton-Morton, ehemalige Laborantin bei Alchemy Tech, verlangt das alleinige Sorgerecht für ihre zweijährige Tochter.*

Meine Finger sind eiskalt. Ich reibe sie aneinander. Ein kleines Mädchen? Eine Exfrau? Warum haben sie sich getrennt? Kurz blitzt Rileys Vater vor meinem inneren Auge auf, ein Mann, der inzwischen so weit weg ist, dass ich seinen Namen nachschlagen oder meine Mutter fragen müsste, wenn ich ihn wissen wollte.

Da mir nun bekannt ist, wie seine Firma heißt, fällt es mir leichter, weitere Artikel zu finden. Die meisten betreffen seine Forschungsarbeiten. Anscheinend hat er mit der Herstellung synthetischer Polymere zu tun. Dazu gehört künstliches Gummi, Kunststoffe wie Neopren und Nylon und natürlich Polyester. Weil Polymere auf Erdöl basieren und uns das Öl langsam ausgeht, versuchen die Firmen, neue Möglichkeiten zu entwickeln, um diese Materialien herzustellen. Ich bin direkt beeindruckt vom Umfang seiner Arbeit. Warum sollte er so etwas hinter sich zurücklassen, um an einer unbedeutenden Schule zu unterrichten?

Dann stoße ich auf Gold. Na gut, vielleicht nicht gerade Gold. Eher eine Kröte, die ich schlucken muss.

> Aktien von Alchemy Tech stürzten heute ab, als der Rücktritt des Hauptgeschäftsführers und Gründers George

Morton bekannt wurde. Gerüchten nach steht eine Übernahme bevor, nachdem Morton seine Mehrheitsanteile bereits letzte Woche verkauft und sämtliche Funktionen niedergelegt hat. »Ich bin mir ganz sicher, dass unsere Teams beste Arbeit leisten und sämtliche Verträge erfüllen werden«, hieß es in seiner Erklärung. Das Unternehmen beschäftigt sich vordringlich mit der Entwicklung neuer Kunststoffe für die Polymerindustrie.

Das sollte Dara wissen. Ich würde es jedenfalls wissen wollen. Ich greife nach dem Telefon.

Die Tür knallt. Riley bleibt melodramatisch am Eingang stehen und hält ein verchromtes Maßband hoch, das mein Vater hier vergessen hat. »Ich weiß jetzt, wie man es abliest. Soll ich es dir zeigen?«

Ich halte das Telefon in der Hand. Was soll ich sagen? Schön, dass du etwas gelernt hast, was alle anderen schon seit der sechsten Klasse können? Will sie als Nächstes Seilspringen lernen? Ich erröte angesichts meiner verwerflichen Gedanken. Ich bin ihr immer noch böse, weil sie hinter meinem Rücken dem Wissenschaftsteam beigetreten ist, obwohl die Schuld ja eigentlich bei Mr Morton liegt. Ich beschließe, nichts vom Wissenschaftsteam zu sagen. »Im Moment nicht, Riley. Ich muss gerade telefonieren.«

Sie macht ein enttäuschtes Gesicht. Ich soll ihr dabei zusehen, wie sie ein Maßband abliest? Eine gute Lehrerin würde das wohl tun. Ich lege den Hörer auf. »Miss die Couch aus. Zeig es mir.« Die Couch ist einfach. Ich weiß, dass sie genau einen Meter siebenundzwanzig breit ist.

»Vielleicht später.« Unwirsch pfeffert sie ihr Maßband auf die Couch, sodass es abprallt und die Fernbedienung vom Kaffeetisch stößt. »Uups.«

»Ich hoffe, mein Tisch hat keinen Kratzer abbekommen.« Ich stehe auf und inspiziere den weißen Lack. Dara sagt, dieser Tisch sei »Shabby Chic«, so einer mit verschnörkelten Kanten. Ich habe ihn am Straßenrand gefunden. Dara hat ihn erst rosa gestrichen, dann weiß. Dann hat sie an der Oberfläche herumgeschabt, um die untere Farbe freizulegen. Er erinnert mich an meine rosa-weißen Rosen.

»Er *soll* alt aussehen, Tante Gal.« Riley wirft sich auf den Sessel, was kleine Staubwolken im abendlichen Sonnenlicht aufwirbelt, die glitzernd in der Luft tanzen. »Tut mir leid.«

Ich streiche mit der Hand über den Tisch. Glatt. Ich verkneife mir einen Seufzer und deute stattdessen auf den Staub. »Als du klein warst, hast du dazu ›Staubfeen‹ gesagt.« Ich lächle bei dem Gedanken daran, wie die kleine Riley bei meinen Eltern zu Hause saß und fasziniert die »Feen« betrachtete, die mit dem Staub aufflogen. Meine Mutter war sofort aufgesprungen, hatte feuchte Papierhandtücher geholt und alle ihre Möbel abgewischt.

»Hab ich?« Riley lächelt.

Ich nicke.

»Weißt du noch irgendwelche anderen Geschichten über mich, als ich klein war?« Sie beugt sich vor, mit den Ellbogen auf den Knien.

Im Moment fällt mir da wirklich nichts ein. Mein Kopf ist voll mit George Morton und Dara und diesem Foto von ihm und seiner Frau. Es brennt mir unter den Nägeln. Das mit den Feen war Zufall, weil sie die Staubwolken sah. »Du warst eine kleine Nervensäge«, sage ich schließlich und denke dabei eher allgemein an Sachen, die mir meine Mutter erzählt hat. »Wolltest nie Mittagsschlaf machen oder dein Spielzeug aufräumen. Du warst noch nicht mal zwei, als du bei uns zu Hause auf die Bücherregale geklettert bist und meine Mutter fast einen Herzinfarkt bekam.«

»Noch was?« Riley ist so begierig auf Geschichten aus ihrer Kindheit, dass sie mich mit großen Augen ansieht. Doch so-sehr ich auch versuche, ihrem Wunsch zu entsprechen, habe ich ihr doch nichts zu bieten.

Ich weiß nicht, wie ich es in Worte fassen soll.

Also hebe ich die Fernbedienung und das Telefon vom Boden auf und überlege, wie ich es ihr schonend beibringen könnte. Ich bin nicht die Richtige, wenn es um Erinnerungen an ihre Kindheit geht. Ich habe kaum welche, und die meisten nur vom Hörensagen. »Mehr fällt mir im Moment nicht ein.« Ich lege die Fernbedienung auf den Kaffeetisch und lasse Riley sitzen, den Blick starr auf den Platz gerichtet, an dem ich eben noch gesessen habe.

Wie sich herausstellt, ist Dara nicht zu Hause, also verdränge ich ihr Problem, mache mich etwas früher auf den Weg zur Dialyse und lasse Riley mit einer Dose Chicken Chili und dem Fernseher zurück.

Ich zögere mit dem Schlüssel in der Hand, als ich Riley allein am Tisch sitzen sehe, froh, dass sie sich die Mühe gemacht hat, das Chili in eine uralte Melaminschale zu schütten. Bevor ich etwas sagen kann, hebt sie eine Hand. »Keine Sorge«, erklärt sie, ohne sich von ihrem Schulbuch abzuwenden. »Ich schreibe morgen einen Biotest, für den ich noch lernen muss. Wundersamerweise.« Frech grinst sie mich an.

»Denk an deine Lernkarten.«

Sie nickt, nimmt noch einen Löffel Chili aus der Schale.

Ich deute auf eine Liste, die ich an das abgewetzte Schwarze Brett an der Wand gepinnt habe. Die Liste ihrer Haushaltspflichten. Wenn ich ihr genug zu tun gebe, hat sie keine Zeit, Blödsinn zu machen. »Und das da.«

Sie blickt auf. »Hausarbeit?«

»Wisch das Bad mit Clorox-Tüchern, saug den Wohnzimmerteppich, geh einmal mit dem Swiffer durch die Wohnung, stell deine Wäsche an und räum die Spülmaschine aus.« Ich deute mit dem Finger auf die einzelnen Punkte.

»Kein Problem.«

Ich wünschte, ich könnte ihr sagen, sie soll zu den Nachbarn gehen, wenn irgendwas ist, aber meine direkte Nachbarin ist nicht sonderlich vertrauenswürdig, und die anderen kenne ich nicht. Stattdessen sage ich ihr, sie kann Dara anrufen, die sich bereit erklärt hat, im Notfall da zu sein. Kurz überlege ich, ob ich ihr die wichtige Info zu George Morton simsen soll, denn erfahren muss sie es ja doch, komme aber zu dem Schluss, dass es bis morgen Zeit hat. Ich bin nicht so feige wie andere, wenn es darum geht, jemandem etwas persönlich mitzuteilen.

In meiner Straße sind die Nachbarn höflich, aber nicht gesellig. Wir winken einander in unseren Gärten zu und achten auf Einbrecher. An Halloween verteile ich Bleistifte statt Süßigkeiten, weil ich nicht will, dass den Kindern irgendwann die Zähne ausfallen. Wahrscheinlich mögen sie mich nicht besonders, diese Kinder. Ein Mädchen hat mal auf dem Weg zur Schule eine Rose gepflückt, als ich am Fenster saß und meinen Tee trank. Ich bin im Morgenmantel raus und habe ihr erklärt, dass ich bestimmt nichts dagegen habe, wenn sie eine Rose pflückt, solange sie vorher fragt, weil es ansonsten Diebstahl wäre, und stehlen ist verboten. Sie hat sie mir vor die Füße geworfen und kam nie wieder.

Ich habe vor, am Morgen besonders früh zurück zu sein, um meine Rosen zu waschen. Einmal mehr trauere ich um Brad und seine Zuverlässigkeit. Realistisch gesehen muss ich meine Aktivitäten möglicherweise zurückschrauben und sollte vielleicht nur im Gewächshaus Rosen ziehen, doch ich verdränge diese Vorstellung. Denn wenn ich mich einschränke, werde ich nie im Leben mehr sein als eine einfache Hobbyzüchterin, und das ist absolut inakzeptabel.

In der Dialyseklinik ist es heute still, so leise, dass ich die Energiesparlampen an der Decke summen und die Schwestern in ihrem Zimmer tippen höre. Fast möchte ich gar nicht reingehen. Das ganze Unterfangen scheint mir eher sinnlos, endlos, wenn ich keine Chance auf eine neue Niere habe. Bis an mein Lebensende werde ich jeden zweiten Tag hierherkommen. Ich darf gar nicht daran denken. Lieber denke ich an Pilzbefall, an meine Hulthemia und daran, dass ich Byron anrufen muss. Das allein hindert mich daran, den Verstand zu verlieren.

Schwester Sonya blickt von ihrem Bildschirm auf. »Gal? Wie geht es Ihnen heute?« Aus unerfindlichem Grund drückt ihre Miene heute Mitgefühl aus. Sie spricht etwas leiser und kommt mir näher. Ich beuge mich vor, so nah, dass ich vergessene Härchen unter ihren Augenbrauen sehen kann. »Dr. Blankenship ist manchmal ziemlich gnadenlos.«

Mir wird ganz warm ums Herz. Ich lächle. »Das können Sie laut sagen.«

Sie richtet sich auf und zwinkert mir zu, um mich wissen zu lassen, dass sie auf meiner Seite steht. »Nehmen Sie Platz. Ich komme gleich zu Ihnen.«

Ich kehre in den Wartebereich zurück. Außer mir wartet nur – welch Überraschung – Mark Walters.

Ich möchte mich vor ihm drücken, beschließe dann aber, es nicht zu tun. Er darf keine Macht über mich haben. Ich setze mich nicht extra weit weg von ihm, sondern auf einen Stuhl schräg gegenüber.

Diesmal hat er keine Zeitung dabei, sondern ein elektronisches Lesegerät mit einer teuren Lederhülle. Er grinst. »Haben Sie so was schon mal benutzt?« Er reicht es mir mit langem Arm über den Gang hinweg.

Es fühlt sich unglaublich leicht an, wenn man bedenkt, wie viele Bücher es enthält. Mit zusammengekniffenen Augen betrachte ich den Bildschirm. »Das Deckenlicht blendet.«

Er dreht es etwas in meiner Hand, und seine Arme streichen über meine. Ich sehe, dass er auch eine Fistel im Arm hat. Das Plastik beult die Haut aus wie ein vergessener Parasit. »Das bilden Sie sich nur ein. Da spiegelt nichts.« Er rückt mir das Gerät zurecht.

»Ich mag Bücher aus Papier.« Ich gebe es ihm zurück, will es loswerden.

Er wackelt mit dem Zeigefinger. »Keine Angst vor Veränderungen, Gal.«

»Habe ich nicht. Ich hab nur Vorlieben. Ist das verboten?« Ich überlege, ob ich ihm erzählen soll, dass ich in vielerlei Hinsicht keine Angst vor Veränderungen habe. Zum Beispiel, Riley bei mir aufzunehmen. Oder eine neue Rosensorte zu züchten. Ich habe doch nicht wirklich was gegen Veränderungen, oder?

Erwartungsvoll sieht er mich an, als wüsste er, dass mir diese Gedanken auf der Zunge liegen, als würde er darauf warten, sie laut ausgesprochen zu hören.

Ich verkneife es mir. Ich blättere in einer Zeitschrift herum, kann die Worte aber kaum erkennen.

Er streicht mit der Hand über seinen Schnauzbart. »Gal«, sagt er schließlich, »ich habe da einen Artikel gefunden, der Sie interessieren könnte.«

»Worüber?« Ich erwarte, dass er Rosen sagt.

»Über Nierentransplantationen.« Er tippt auf seinen Bildschirm und reicht mir das Gerät.

Stirnrunzelnd nehme ich es entgegen, ohne zu wissen, wovon er redet. *The New England Journal of Medicine.* Aus dem Artikel erfahre ich, dass eine Nierentransplantation auch dann möglich ist, wenn es auf einer Seite einen eingeschränkten Blutfluss gibt. Man pflanzt die Niere einfach auf der anderen Seite ein. Wenn ich also links Probleme habe, muss der Arzt die neue Niere rechts einpflanzen.

Millionen Gedanken schwirren mir durch den Kopf, und ich spreche den ersten aus, den wichtigsten, den einzigen, der für mich Bedeutung hat. »Das wird Dr. Blankenship egal sein.«

»Es darf ihr aber nicht egal sein.« Er macht den Bildschirm aus. »Selbst sie kann nicht *alle* Forschung ignorieren.«

Seine Betonung des Wortes »alle« lässt mich lächeln. »Aber sie gibt sich große Mühe, oder?«

Er zieht die Hülle über das Gerät. »Ich habe ihr den Artikel gemailt und ihr gesagt, dass sie sich Ihren Fall noch mal ansehen soll.«

Ich stutze, überrascht. Warum sollte er das tun, nachdem ich immer so, na ja, unfreundlich zu ihm war?

»Sie haben recht. Dass ich weiter oben auf der Liste stehe als Sie, ist unfair.« Er lächelt mich schief an, verschmitzt und müde. »Das Ganze ist unfair.«

Ich weiß nicht, was ich sagen soll. Mir schnürt sich die Kehle zu.

Walters fängt an zu flüstern: »Der Chefchirurg ist ein alter Freund von mir, Gal. Wir waren zusammen in der Grundschule.«

»Kein Wunder, dass alle Sie mögen«, stöhne ich.

Er schnaubt, schlägt sich auf die Schenkel. »Doch nicht deswegen. Die mögen mich, weil ich ein netter Kerl bin.«

Ich grinse.

Er sieht sich um, offenbar bereit, das Gespräch allein zu

führen. »Ich mag die Leute hier, und das schließt Sie mit ein, aber ehrlich: Ich bin heilfroh, wenn ich diesen Laden nie wiedersehen muss.«

Ich stütze mein Kinn in die Hand. Das habe ich mir noch nie vorgestellt. »Was meinen Sie, wie es ist, nicht mehr herkommen zu müssen?«, sage ich so leise, dass er sich vorbeugen muss. »Wenn wir uns keine Sorgen mehr machen bräuchten, wen wir allein zu Hause lassen, und wenn wir essen könnten, was wir wollen?«

Er rückt näher, neben mich. »Können Sie sich denn nicht mehr daran erinnern?«

»Es ist …«, ich knete meine Schläfen mit den Daumen, »… sehr lange her.« Ich ziehe meinen Kopf etwas zurück. »Wie lange ist es bei Ihnen her?«

Er hält sechs Finger hoch.

»Sechs Jahre? Fast so lange wie bei mir.« Einen Moment bin ich beeindruckt.

»Monate.« Er lächelt betreten.

»Monate?« Ich schüttle den Kopf.

»Wenn ich in meinem Leben irgendwas gelernt habe, Gal, dann dass man Geduld braucht.« Er schlägt die Beine übereinander. »Wenn man Geduld und Vertrauen aufbringt, kommt einem das Gute entgegen. Damals, als ich noch ein junger Mann war …«

Ich schnaube, unterbreche ihn. Hat er mir diesen Artikel nur gezeigt, um mir seine Weisheiten angedeihen lassen und eine Predigt halten zu können, während ich – das gebannte Publikum – an seinen Lippen hänge? Es ist mir egal, ob seine Geschichte mit einem Krieg oder dem Schwarzen Freitag oder der Ölkrise Anfang der Siebziger zu tun hat. Es ist mir völlig egal. »Für wen halten Sie sich eigentlich, dass Sie mir was von Geduld erzählen? Ich habe mehr Geduld in meinem …«, ich suche etwas Kleines, »… Ohrläppchen als Sie im ganzen Leib. Ich gehe schon acht Jahre zur Dialyse, Mr Walters. Acht Jahre. Ich war mein Leben lang krank. Für wen halten Sie sich eigentlich …«, inzwischen bin ich aufgestanden, ohne es zu merken, »… dass Sie mir was von Geduld erzählen wollen?« Mittlerweile schluchze ich, manchmal kommen mir einfach die Tränen, ungewollt und nicht zu bändigen.

Er sieht mich erschrocken an, als die Schwester eilig hereinkommt, mich beim Arm nimmt und wegführt.

Nur eins muss ich noch loswerden. »Sie haben keine Ahnung«, sage ich, und meine Verbitterung hängt wie ein schwarzer Schleier in der Luft.

20

Am nächsten Morgen bin ich sehr früh zu Hause und wasche die Rosen, als Riley herauskommt. Ich war noch gar nicht drinnen, habe nur den Wagen hinter mir abgeschlossen und bin gleich ins Gewächshaus gegangen.

Die Schwester, die mich abgeholt hatte, verlor kein Wort über meine Auseinandersetzung mit Walters. Sie schloss mich wie immer an die Maschine an, deckte mich zu und fragte: »Brauchen Sie noch etwas?«

Ich schüttelte den Kopf.

Sie schloss die Tür und ging.

Gestern Abend brauchte ich sehr lange, bis ich einschlief, und als es dann endlich so weit war, schreckte ich mit schöner Regelmäßigkeit einmal pro Stunde hoch, wie von einer unsichtbaren Macht gesteuert, und wunderte mich jedes Mal, dass ich nicht zu Hause im Bett lag.

Die Sonne ist kaum aufgegangen, leuchtet rotgelb in der Ferne. Ich hätte gar nicht gedacht, dass Riley schon wach ist. Normalerweise muss ich immer in ihr Zimmer gehen und sie wecken. Sie hat einen Wecker, so ein Hello-Kitty-Ding, das eines Tages plötzlich da war, aber sie drückt immer wieder die Schlummertaste.

Sie trägt schon ihre Schuluniform; diesmal mit Hose, was die Mädchen normalerweise vermeiden, weil sie sich in Hosen nicht hübsch genug finden, mit diesen zweckmäßig aussehenden Turnschuhen, einer weißen Bluse mit Bubikragen und dunkelblauem Kapuzenpulli, auf dem das Logo von St.

Mark's abgebildet ist, ein Löwe, der auf einem Buch steht. Ihre Haare sind gekämmt und mit einer dunkelblauen Schleife oben auf dem Kopf zusammengebunden.

Das Morgenlicht erhellt ihre linke Gesichtshälfte, sodass die rechte im Schatten liegt. Einen Moment lang sieht sie aus wie ihre Mutter und auch – zu meiner Überraschung – wie *meine* Mutter, als wären sie geklont.

»Ich hätte nicht gedacht, dass du schon auf bist.« Ich drehe die Spritzdüse zu und wische meine Hände an der Hose ab.

»Um fünf haben mich zwei schreiende Katzen geweckt.« Sie zieht den Kapuzenpulli fester.

»Mach den Reißverschluss zu. Du wirst dich noch erkälten.« Ich zerre den Schlauch zu den nächsten Rosenbeeten.

»Das kann ich doch machen.« Schon steht sie neben mir, hat den Reißverschluss am Pulli zugezogen, will mir den Schlauch aus der Hand nehmen. Sanft zieht sie daran. »Lass mich das tun.«

»Geh frühstücken.« Ich will nicht loslassen.

»Hab ich schon.« Sie zieht fester. Er rutscht mir aus den schmutzigen Händen.

»Sau dich nicht ein.« Ich gebe nur nach, weil mein Magen so laut knurrt, dass Riley es hört und grinst. Ich drehe die Düse auf, bis ein mittelstarker Strahl herauskommt. »Nicht so fest, sonst gehen die Blätter kaputt. Wir wollen die Rosen ja nicht sandstrahlen, sondern nur die Pilzsporen ablösen. Wasch die Unterseiten. Dann geh weiter zur nächsten Reihe.«

»Hab verstanden.« Sie sieht zufrieden aus, wie ein kleines Kind, das einem Erwachsenen bei etwas Wichtigem zur Hand geht.

Ich trotte zum Haus, wobei meine Clogs im Matsch versinken, den ich verursacht habe. Er kühlt meine Zehen und durchnässt die Strümpfe.

Drinnen liegt ihr Biologiebuch mit den Notizen auf dem Kaffeetisch. Eine Plastikschale voller Maiskörner steht auf dem Boden neben der Fernbedienung. Ich hebe die Fernbedienung auf. Sie ist fettig. Ich hoffe, Riley ist wenigstens bereit für den heutigen Test. Ich ziehe meine Strümpfe aus und bringe sie in die kleine Waschküche. Hier stapeln sich die Klamotten in Körben, saubere und schmutzige, und ich kann nicht sagen, was was ist. Die sauberen Sachen sollten im Wohnzimmer aufgeteilt werden und nicht hier herumliegen, sodass man die schmutzige Wäsche obendrauf wirft. Ich stelle eine Ladung an, spare mir das Aussortieren und wasche alles bei dreißig Grad.

Ich gehe ins Bad, um mir die Hände zu waschen, mache das Deckenlicht an. Meine Haut ist blass und so grau wie die Tauben in meinem Garten. Ich schütte mir kaltes Wasser ins Gesicht und hoffe, es damit aufzuwecken.

Der vergilbte Resopaltresen ist noch schmutzig. Staub und Wasser und wer weiß was noch alles bilden unappetitliche Rinnsale. Ich beiße die Zähne zusammen, hole einen Lappen unter der Spüle hervor und wische alles ab.

Ich ziehe mich um und betrete schließlich die Küche, wo ich einen drei viertel Becher braunen Naturpuffreis in eine Schale schütte, dann einen halben Becher fettreduzierte Milch dazugebe und mich geräuschvoll an den Tisch setze.

Die Zeitung liegt schon vor mir aufgeschlagen. Nicht die Comics, sondern der Wirtschaftsteil. Die Kleinanzeigen, um genau zu sein. Riley hat ein paar Jobangebote umkringelt. Büroarbeit, angeblich lukrative Heimarbeit und aus unerfindlichem Grund Stellen als Zahnarzthelferin sind allesamt mit einem dicken schwarzen Kringel markiert. Ich lächle über ihren Einsatz und ihre Naivität.

Riley kommt durch die Hintertür herein, knallt sie zu. Obwohl ihre Hose dunkelblau ist, kann ich doch sehen, dass sie verdreckt ist. Ich werfe einen Blick auf die Uhr. In zehn Minuten müssen wir los. »Riley, zieh dich um.«

»Wollte ich gerade.« Sie steigt aus den Schuhen, taucht wenige Minuten später wieder auf (sie kann richtig schnell sein, wenn sie will) und wirft ihre schmutzigen Sachen in die Waschküche. »Weißt du, wo mein Sportzeug ist, Tante Gal?«

Ich esse den letzten Rest vom Puffreis. »Für deine Uniform bin ich nicht verantwortlich. Wieso hast du sie gestern Abend nicht gewaschen?«

»Ich hab sie vor zwei Tagen in die Waschküche getan.« Sie greift nach der Zeitung und reißt sie dabei ein.

»Was hast du denn im Unterricht angehabt?« Ich runzle die Stirn. Schüler bekommen einen Vermerk, wenn sie ihre Uniform nicht tragen.

Sie zuckt mit den Schultern.

»Schulterzucken ist keine Antwort.«

»Normale Sachen.«

»Das geht nicht. Es wirkt sich auf deine Zensuren aus.«

Sie fasst sich ans Kinn. »Bist du so weit? Können wir los?«

»Bist du denn so weit?« Ich nicke zum Kaffeetisch. »Du hast deine Bücher noch nicht eingepackt.«

»Uups.« Sie schenkt mir ein Engelslächeln, schlurft hinüber, um ihre Sachen einzusammeln, und stellt die Tasche auf den Tisch.

Ich ziehe meine Halbschuhe an. »Riley, es wäre mir lieber, wenn du im Haushalt machen würdest, was ich dir aufgeschrieben habe, statt dich um die Rosen zu kümmern.«

»Ich würde mich lieber um die Rosen kümmern.«

Ich neige den Kopf, spüre ein Knacken im Hals. Krankenhausbetten – selbst die verstellbaren – sind nicht das Bequemste, was je erfunden wurde. »Riley. Könntest du tun, worum ich dich bitte?«

Ihre Nasenflügel beben, und sie wird rot. »Kein Problem.« Sie schultert ihren Rucksack. »Darf ich fahren?«

»Nach der Schule vielleicht. Ich bin im Moment zu müde, um dich anzuleiten.« Das stimmt nicht so ganz. Sie braucht kaum Anleitung, aber das Fahren scheint mir eine Belohnung zu sein, die sie heute nicht verdient hat, trotz ihrer Hilfe mit den Rosen.

Sie hält mir die Tür auf und drückt ihren Rücken dagegen, damit die Tür nicht von selbst zufällt. Als ich an ihr vorbeigehe, sehe ich ihren gesenkten Blick, ihre blassen Arme, wie sie immer dasteht, ein Fuß vor dem anderen. Ich stelle fest, dass sie gar nicht so sehr wie Becky aussieht, eher wie ich. Oder wie ich aussehen würde, wenn ich nicht verkümmert wäre.

Ich drücke ihr die Autoschlüssel in die Hand. Unsere kalten Finger berühren sich kurz. »Mach nur.«

Den ganzen Tag über suche ich Dara. Sie kommt nicht zum Mittagessen. Mr Morton sitzt bei den Mathe- und Physiklehrern. Er meidet den Blickkontakt mit mir. Wenn er es so haben will. Plötzlich ist es, als wüsste er, dass ich über ihn Bescheid weiß. Ich nehme mein Mittagessen mit in mein leeres Klassenzimmer und esse allein, gehe im Internet auf die Seite der »Pasadena Rose Show & Convention«.

Ich bin schon ganz aufgeregt, weil es nicht nur eine größere Veranstaltung ist, die weiter weg stattfindet, sondern weil Byron dort sein wird. Endlich lernt Dara ihn mal kennen.

Ich gehe die Kategorien durch, obwohl ich sie bereits kenne und das Anmeldeformular schon eingeschickt habe. Vielleicht sollte ich mich in mehr als einer Kategorie bewerben, nicht nur bei den neuen Rosensorten. Ich kriege demnächst ein paar hübsche Zwergrosen, oder vielleicht ist eine meiner Teehybriden bis dahin so weit. Außerdem will ich mich um ein Hotel kümmern, das verbilligte Zimmer zur Verfügung stellt. Ich muss mich mit Dara absprechen.

Leise klopft es an meiner Tür, die ich hinter mir abgeschlossen habe. »Hier ist zu!«, rufe ich mit vollem Mund – ein Becher Salat mit dreißig Gramm Thunfisch.

Daras geschminktes Gesicht erscheint an der Glasscheibe über der Tür, und ich schließe auf. »Du warst gar nicht in der Cafeteria.« Sie saugt an einem Strohhalm, der in einer Dose Cola light steckt. Sie trägt einen braunen Rock mit passendem, tailliertem Blazer.

»Du auch nicht.« Ich wische mir die Hände an der Hose ab.

Sie setzt sich auf den Besucherstuhl vor meinem Schreibtisch und kreuzt die Knöchel so zart wie eine Königin. »Was gibt's Neues? Ich hab gesehen, dass du angerufen hast.«

Am liebsten möchte ich ihr alles von Mr Morton erzählen, aber irgendwas hält mich davon ab. Dara lehnt sich auf ihrem Stuhl zurück, betrachtet den Schreibtisch, das Klassenzimmer, ihre Knie. Sie sieht überallhin, nur nicht zu mir. »Ich habe meine Anmeldung für Pasadena rausgeschickt.« Ich deute auf den Bildschirm. »Wo möchtest du wohnen?«

Ihr letzter Schluck ist ein lautes Schlürfen. Sie zerknüllt die Dose und wirft sie in die blaue Umwelttonne. »Apropos.«

Ich warte. Sie schluckt. Dann faltet sie die Hände. Endlich fährt sie fort. »Ich fürchte, ich kann nicht mitkommen.«

Ich blinzle, bleibe seltsam gelassen. »Wieso das?«

Sie runzelt die Stirn. »Weißt du nicht mehr? Ich hab doch gesagt, ich wüsste noch nicht genau. Ich muss meine Kreditkarten abbezahlen. Tut mir leid, Gal.« Ihre Hände liegen immer noch auf ihrem Schoß, als hielten sie sich gegenseitig fest, um einander zu trösten. »Bist du sauer? Du bist sauer.«

Ich suche nach meiner verlorenen Stimme, um sie aus der tiefen Grube heraufzuholen, in die sie gefallen ist. Sie hatte mir zwar gesagt, sie wüsste es noch nicht genau, neulich beim Abendessen, aber bestimmt wusste sie da schon, dass sie nicht mitkommen würde. Warum hat sie nicht einfach Nein gesagt? Dann hätte ich gar nicht erst Pläne geschmiedet. Mein Hirn friert ein. »Ich bin dir nicht böse«, sage ich schließlich. »Ich wünschte nur, du hättest dich klarer ausgedrückt.«

Dara scheint bereits zur Tür zu streben, wie eine unartige Schülerin. »Ich wäre wirklich gern mitkommen, Gal.« Sie macht den Mund auf, als wollte sie noch etwas sagen, die Augen weit aufgerissen, aber sie tut es nicht. Ihr Blick fällt auf ein zerknülltes Stück Papier, das am Boden liegt, und sie wirft es in den Müll.

»Ich freue mich, dass du so verantwortlich handelst«, sage ich und klinge genau wie meine Mutter. »Vielleicht kommt Riley ja mit.«

Sie entspannt sich auf ihrem Stuhl und lässt die Schultern sinken. »Das würde ihr bestimmt gefallen.«

Ich nicke, einmal.

Es klingelt. Dara springt auf. »Ich wünsch dir einen schönen Nachmittag, Gal.«

»Danke, gleichfalls.« Wir klingen, als würde ein Bankbeamter mit einem Kunden sprechen, seichte, höfliche Floskeln.

Sie verlässt den Raum, als ein Biologie-Leistungskursschüler nach dem anderen hereingetrottet kommt.

Ich habe ihr immer noch nichts von Mr Morton erzählt. »Warte, Dara.« Ich laufe zur Tür, doch sie ist schon weg, steht weiter hinten im Flur, spricht mit Mr Morton. Sie nickt, und er sieht zu mir herüber. Ich weiche in den Klassenraum zurück, bevor sie sich umdrehen kann.

Vielleicht ist es ohnehin nicht meine Sache, es ihr zu sagen. Ich schließe die Tür zu meiner Klasse, als das Klingeln gerade aufhört.

21

Nach der Schule habe ich heute nichts anderes zu tun, als mich um meine Rosen zu kümmern. Solche Tage sind mir die liebsten. Gerade warm genug für kurze Ärmel, aber nicht so heiß, dass das Hemd klebt. Sonnenschutz kann, muss aber nicht.

Während Riley im Haus sitzt und lernt, schlüpfe ich in meine dreckigen Klamotten, setze meinen großen Strohhut auf und gehe hinaus. Neulich habe ich eine Blattlaus gefunden. Die von mir ausgesetzten Marienkäfer reichen nicht, also mache ich heute meine Runde und suche jede einzelne Pflanze nach den kleinen, grünen Viechern ab. Der Mai ist eine kritische Zeit. Ich möchte, dass meine Rosen den ganzen Sommer über blühen. Blattläuse sondern eine klebrige Substanz namens Honigtau ab, die Pilzbefall hervorruft und den Pflanzen ihren Lebenssaft raubt. Wenn man eine Pflanze mit eingerollten, gelben Blättern sieht, ist die Wahrscheinlichkeit groß, dass es an Blattläusen liegt. Sie sind der Albtraum eines jeden Rosenzüchters.

Die Rosen, die draußen stehen, sind ziemlich befallen. Besonders mache ich mir Sorgen um die Englischen Rosen direkt am Gewächshaus. Ich halte eine Victorian Spice in der Hand, eine pfirsichrote David-Austin-Rose, die mir immer gut gelungen ist. Sie sieht aus, als wäre sie grün gepunktet.

Ich gehe ins Gewächshaus. Meine Sämlinge haben neue Blüten. Ich streiche mit den Händen darüber, suche nach Blattläusen. Hier drinnen scheinen sie noch nicht zu sein, Gott sei Dank. Einige dieser Sämlinge sind absolut unbrauchbar. Einer hat kümmerliche Blätter und unansehnliche Blüten. Ich reiße ihn aus der Blumenerde und werfe ihn in meinen Recyclingeimer, bevor er die anderen Blumen kontaminieren kann.

Ich sehe mir meine frisch gekreuzten Mutterpflanzen an. Sie werden verblühen und zu Hagebutten heranreifen, die wie rote Samenschoten aussehen. Die meisten Leute, die Rosen pflanzen, bekommen sie nie zu sehen, weil sie die Rosen entweder köpfen, bevor es so weit ist, oder weil ihre Rosen steril sind. Bräuchte ich diese Hagebutten nicht zum Züchten, würde ich sie essen. Sie sind voller Vitamin C.

Rose G42 sieht prächtig aus. Ich drehe sie, um sie mir näher anzuschauen. Pflanzen – alle Pflanzen – recken sich beim Wachsen der Sonne entgegen. Das habe ich schon als Kind durch die Beobachtung der Farne bei meiner Mutter gelernt. »Sie wachsen schief, wenn man sie nicht dreht«, sagte sie.

Das trifft auch auf mein Gewächshaus zu, obwohl die Sonne indirekt hereinscheint. Ich muss G42 täglich drehen. Inzwischen hat sie weitere Blüten bekommen. Die eine Blüte, die sie bei der Rosenschau hatte, hat inzwischen mehr Blütenblätter, was sie voller wirken lässt. Die Farben sind so grell, dass sie fast blenden.

Ich beuge mich vor und rieche daran, in der Hoffnung, dass sie auf magische Weise einen Duft entwickelt hat. Nichts. Mir juckt es in der Nase. Sie riecht so gut wie gar nicht, nur ganz normal etwas nach Pollen.

Ich verwende nicht so gern Insektizide, weil sie auch die Nützlinge töten. Aber ich darf nicht riskieren, dass die Blattläuse ins Gewächshaus eindringen. Normalerweise funktioniert das Abwaschen mit Wasser gut, aber in diesem Jahr gibt es einfach zu viel Ungeziefer. Widerwillig hole ich das Gift hervor und mische es in einer kleinen Kanne mit dazugehöriger Spritze, die ich nur zu diesem Zweck benutze.

»Was tust du?« Plötzlich steht Riley hinter mir.

»Meine Güte, Riley, hast du mich erschreckt!«

»Entschuldige.« Sie lehnt sich an den Tisch, berührt G42 mit dem Hintern.

Ich schiebe die Blume vom Rand weg. »Sei bitte vorsichtig.«

Sie nimmt die kleine Plastikspritze mit dem Blattlausgift. »Was ist das?«

»Gift. Stell es wieder hin.«

»Gegen die grünen Viecher?«

»Du hast sie gesehen?«

Sie nickt. »Heute Morgen.«

»Hast du sie nicht von den Rosen abgewaschen?«

»Sollte ich das? Ich dachte, ich wasche Pilze ab und keine Viecher.« Gedankenverloren drückt sie den Abzug. Gift spritzt auf den Boden.

»Vorsicht.« Ich nehme ihr die Flasche weg. Ist sie wirklich schon fünfzehn? »Ja, die solltest du abwaschen. Und jetzt spielen sie verrückt.« Ich rechne. Wenn sie seit Tagen nicht abgewaschen wurden, erklärt das, wieso die Englischen Rosen so viele Blattläuse haben. Ich gehe hinaus und sprühe los.

Sie folgt mir nach draußen. »Du zerstörst ihre biodynamische Organizität.«

»Technisch gesehen sind alle Lebensformen, die auf Kohlenstoff basieren, organisch.« Ich sprühe immer weiter. »›Organisch‹ ist kein sonderlich aussagekräftiger Begriff.« Ich bin pingelig, ich weiß.

Sie legt die Stirn in Falten. »Wie dem auch sei. Die kannst du jedenfalls nicht mehr essen.«

»Die will auch keiner essen.«

»Du vergiftest unser Grundwasser.«

Ich höre auf zu sprühen und betrachte sie finster. »Riley, was willst du?«

»Hast du meinen Biotest schon zensiert?«

Ich wende mich wieder dem Sprühen zu. »Das mache ich heute Abend. Nach Sonnenuntergang. Wenn ich hier fertig bin.«

Sie gibt nicht auf. »Ich möchte wirklich, wirklich gern wissen, wie ich abgeschnitten habe.«

»Ihr kriegt sie morgen wieder.« Ich achte immer darauf, dass ich Arbeiten noch am selben Tag korrigiere, an dem sie geschrieben wurden, damit die Kinder ein möglichst direktes Feedback bekommen.

»Was essen wir heute Abend?«

Ich ignoriere sie. Ich trete von dem Rosenstrauch zurück, als alle Viecher eingesprüht sind, dann widme ich mich dem nächsten.

»Tante Gal?«

Ich sprühe den Strauch etwas heftiger ein als nötig. »Riley, es ist vier Uhr. Wenn du dir Sorgen ums Abendessen machst, kümmer dich doch schon mal darum.«

»Was?«

Ich sprühe die Rosen ein. »Als deine Mutter und ich klein waren, lief es bei uns früher so: Wer das Abendessen nicht abwarten konnte, musste es machen. Glaub mir, es war – gelinde gesagt – ziemlich interessant, was Becky uns da mit elf Jahren aufgetischt hat.«

Riley folgt mir zur nächsten Rose. Sie trägt Shorts, die blassen Beine sehen kalt aus. Natürlich hat sie ihren unvermeidlichen Kapuzenpulli an. »Was hat sie gekocht?«

Ich überlege. Becky hatte sich über Moms gegrillten Brokkoli beschwert, in Olivenöl geschwenkt, über dreißig Minuten bei zweihundert Grad im Backofen, bis er fast schwarz war und knusprig süß schmeckte. Ich mag Moms Brokkoli heute noch, nur darf ich ihn nicht mehr essen. Das erzähle ich Riley.

»Kannst du dir vorstellen, dass jemand keinen Brokkoli essen darf?« Ich muss lachen.

»Was hat Mom gesagt?« Riley kann die Finger nicht von den Blättern lassen. Ich klopfe ihr leicht auf die Hand.

»Sie fand sie zu ölig. Also hat Oma gesagt, Becky sollte uns am nächsten Abend was kochen.« Ich grinse, und Riley grinst mit leuchtenden Augen zurück. »Eine seltsame Mischung aus Thunfisch, extrem bissfesten Nudeln und einer Dose Erbsen mit Ranch-Dressing.«

Riley lacht begeistert. »So kocht sie mehr oder weniger immer noch.«

»Ach ja? Was ist denn dein Lieblingsessen bei deiner Mom?«

»Tiefkühlkost.« Wir kichern beide. Riley überlegt. »Einmal, als ich fünf war oder so, hat sie mir zum Geburtstag einen Kuchen gebacken. Eine Backmischung, aber immerhin, der war *soooo* lecker. Teufelskuchen. Ich dachte, ich käme in die Hölle, weil ich Teufelskuchen gegessen hatte.«

Ich lache. »Teufelskuchen mag ich lieber als Engelskuchen.« Ich komme zum letzten Rosenstrauch. Dieser ist nicht befallen, aber ich sprühe ihn trotzdem ein, falls sich doch noch irgendwelche Blattläuse darauf niederlassen wollen.

»O nein.« Riley bückt sich und hebt etwas auf. Einen toten Marienkäfer.

»Ich fürchte, den hat's erwischt.«

Sie wirft den kleinen Käfer auf das Beet und deckt vertrocknete Blätter darüber. »Tut mir leid, Tante Gal. Nächstes Mal mach ich es besser.«

»Ist nicht deine Schuld.«

»Ich sollte sie abwaschen. Nächstes Mal mache ich es besser.«

»Riley, bitte. Erledige du die Sachen, die ich dir auftrage, und ich mache das hier.«

Sie reibt mit der Hand an ihrem Auge herum, willigt weder ein, noch widerspricht sie mir.

»Du hast doch hoffentlich kein Gift an den Fingern, oder?« Ich halte ihre Hand fest und untersuche ihren Augapfel. »Eben gerade hast du die Blätter angefasst.« Ihr Auge ist leicht gerötet, das andere aber auch. Darunter leuchten dunkelviolette Halbmonde.

»Es geht schon. Da ist nichts.« Sie reißt sich los.

»Wie lange bleibst du immer auf, wenn ich bei der Dialyse bin?«

Sie zuckt mit den Schultern. »Ich lese. Da vergesse ich die Zeit.«

»Riley, du musst um zehn im Bett sein, Licht aus um halb elf.« Ich nehme meine Giftkanne. »Hab ich gerade erst wieder gelesen: Teenager kriegen weniger Schlaf, obwohl sie mehr bräuchten. Deshalb schläfst du am Wochenende immer ewig lange. Die Schule sollte besser um halb zehn anfangen, nicht um halb acht.«

Sie gibt einen tiefen Seufzer von sich, dann kneift sie die Augen zusammen und spricht ganz schnell, um nicht zu vergessen, was sie zu sagen hat. »Tante Gal, ich brauche dringend Hilfe bei dieser Sache mit der Blide.«

»Beim Maßbandablesen?« Ich stelle den Topf wieder ab. »Ich dachte, inzwischen könntest du es. Du musst dir doch nur die Maßeinheiten merken. Ich weiß, das metrische System ist anders, aber eigentlich ist es viel einfacher.«

»Das meine ich nicht.« Sie tritt von einem Bein aufs andere. »Ich meine das, wo wir grafisch berechnen sollen, wo wir unsere Ziele aufstellen müssen.«

Ich nicke. Beim Training üben die Schüler mit unterschiedlichen Projektilen – und den entsprechenden Gegengewichten – ein paar Blöcke umzuwerfen, die eine Burg darstellen. Im Wettkampf bekommen die Schüler dann die Gewichte und Gegengewichte und müssen herausfinden, wie diese am besten einzusetzen sind. Auch für diese Berechnungen gibt es Punkte, und man braucht alle Daten aus den Probeläufen.

»Brad hat versucht, es mir zu erklären, aber ich kapier's nicht.« Sie spricht ganz leise, schämt sich.

»Du bist in Mr Mortons Team. Er sollte es dir beibringen.«

»Möglicherweise habe ich ihm gesagt, ich hätte es verstanden.« Rileys Stimme wird immer leiser, was mich zwingt, mich vorzubeugen, wenn ich sie verstehen will.

»Oh.« Ich schenke ihr ein mildes Lächeln. Das ist bei Kindern nicht unüblich. Wie oft habe ich schon vor einer Klasse gestanden und gesagt: »Hat noch jemand Fragen?«, und nur Köpfeschütteln geerntet. Und trotzdem macht ein Viertel dieser Kinder alles falsch. »Gehen wir rein und üben.«

Ich stelle meine Giftkanne im Gewächshaus auf den Tisch und laufe Riley voraus ins Haus.

Rileys Note im Biologietest ist mal wieder nicht berauschend. Wie bei den meisten in der Klasse. Ich verteile die schlechten Arbeiten umgedreht auf den Tischen. Wer seine Arbeit umgedreht bekommt, weiß, dass sie allerhöchstens ausreichend ist. Die Schüler sinken auf ihre Tische und stöhnen. Den Besten gratuliere ich.

»Wenn euer Schnitt abgerutscht ist«, sage ich und gehe nach vorn vor die Klasse, »dann werdet ihr in der Abschlussprüfung besonders gut sein müssen, um das wieder auszugleichen.«

Ein kräftiger Junge namens Javier meldet sich. »Können wir irgendwie Pluspunkte sammeln, um die schlechte Note auszugleichen?«

Ich lache freundlich. »Keine Pluspunkte dieser Welt können den dicken Brocken einer Abschlussnote ausgleichen.«

Ich meide Rileys Blick, der mich durchbohrt. Riley hätte eine bessere Arbeit schreiben müssen. Ich habe ihr gesagt, was sie lernen soll. Ich habe ihr gesagt, *wie* sie lernen soll. Das Einzige, was ich nicht gemacht habe, war, den Test für sie zu schreiben.

Ich sollte Mr Morton nicht darauf hinweisen müssen, dass es nicht besonders schlau war, eine durchschnittliche Schülerin bei der Wissenschaftsolympiade zur Repräsentantin einer doch angeblich so anspruchsvollen Schule zu machen. Auch wenn sie meine Nichte ist. Gerade weil sie meine Nichte ist. Man wird mir Vetternwirtschaft vorwerfen, obwohl alles nur an Mr Morton liegt.

Es klingelt. Javier, dem wahrscheinlich jetzt erst klar wird, dass er das Ringerteam verlassen muss, stöhnt und stopft seinen Test in die Tasche, damit seine Eltern ihn unterschreiben können. »Leck mich doch am Arsch«, murmelt er.

»Mr Gutierrez, verwenden Sie derlei Ausdrücke nicht in meiner Klasse. Bestimmt fallen Ihnen dafür ein paar Synonyme ein.«

Er grinst höhnisch. »Für Arsch?«

Ich zähle sie an meinen Fingern ab. »Po, Gesäß, Hintern, Hinterteil, Allerwertester.« Er nimmt seinen Rucksack und geht. Trotz der eigentlich gedrückten Stimmung lachen die anderen Schüler, als ich ihm auf den Flur hinaus folge und hinterherrufe: »Podex, Popo, vier Buchstaben.«

Grinsend dreht er sich um. »Das bedeutet aber nicht dasselbe.«

»Dann sag einfach: ›Wie unerfreulich.‹ Ohne ›lecken‹ und ohne ›Arsch‹.« Ich entlasse ihn, und er taucht im Meer der Schüler unter.

Ich sehe mich nach Riley um, aber sie ist schon weg.

Dr. O'Malley steht vor mir. Ich zucke zusammen. »Liegen Sie hinter den Spinden auf der Lauer, Dr. O'Malley?«

»Auf ein Wort, Miss Garner.« Er geht in mein Klassenzimmer. Ich habe eine Freistunde. Ich straffe meine Schultern und folge ihm.

»Ich nehme an, Sie haben die Zensuren der Bioarbeit gesehen.« Ich habe sie gestern in den Schulcomputer eingegeben. Wir verfügen da über so ein System, damit jeder sofortigen Zugang zu den Zensuren hat und die Eltern nicht aus allen Wolken fallen, wenn Junior sitzen bleibt.

Er nimmt an meinem Pult Platz, als wäre es seins. Die Sonne scheint ihm voll ins Gesicht, und vielleicht wäre es besser gewesen, wenn er sich an einen Schülertisch gesetzt hätte. Er steht auf und schließt die Jalousien.

»Ich weiß, was Sie sagen werden. Und Sie wissen, was ich darauf entgegnen werde. Warum müssen wir dieses Gespräch schon wieder führen?« Ich starre ihn an, warte auf Antwort.

»Die Eltern möchten, dass Sie die Schule verlassen.« Dr. O'Malleys Stimme ist ruhig und gefasst.

Ich lasse mich am ersten Tisch nieder.

»Mrs Garner …«

»Miss. Ich war nie verheiratet.« Entlassen? Die Eltern wollen, dass man mich entlässt? »Kamen die Anrufe heute Morgen?«

Er nickt. »Aber es war schon eine ganze Weile abzusehen, Gal. Das wissen Sie.«

»Sie können mich nicht entlassen. Ich habe nichts Unrechtes getan. Es ist nicht meine Schuld, wenn sich die Schüler keine Mühe geben.« Aber dann denke ich an Riley. Riley scheint sich doch in gewisser Weise Mühe gegeben zu haben, wenn ich an ihre Lernkarten denke und daran, wie dringend sie ihr Ergebnis wissen wollte.

Was ist, wenn tatsächlich *ich* das Problem bin? Könnte ich irgendwas besser machen?

Dr. O'Malley breitet seine Handflächen auf meinem Pult aus. »Hören Sie, so wie Sie unterrichten viele Lehrer in den Naturwissenschaften. Sie unterrichten die Kinder, als würden Sie von ihnen schon ein gewisses Maß an Vorwissen erwarten, als könnten *Sie* nicht begreifen, wieso *Ihre Schüler* es nicht begreifen. Für Sie ist es leicht. Für die Kinder nicht.«

Das lässt er einen Moment im Raum stehen.

Ich denke an meine Lehrmethoden. Daran, wie Dara und Dr. O'Malley im Flur über mich gesprochen haben. Sie haben sich gegen mich verschworen, und das ist jetzt das Ergebnis. »Dr. O'Malley, Sie haben gesehen, wie ich unterrichte. Warum haben Sie mich nicht früher darauf aufmerksam gemacht?«

Er lächelt. »Das habe ich getan, wenn auch eher indirekt. Sie sind nicht eben aufgeschlossen für Kritik von außen, Miss Garner.«

Ich lehne mich auf meinem Stuhl zurück. »Gut. Wenn wir hier kein Blatt vor den Mund nehmen: Wieso jetzt? Ich unterrichte schon seit acht Jahren so. Wieso wollen Sie mich jetzt plötzlich rauswerfen?«

»Wir würden Sie gern auf Teilzeit setzen.« Seine Hände entspannen sich, und er legt sie wieder auf seinen Schoß. »Ich glaube, das wäre alles in allem das Beste für Sie.«

Er denkt an meine Niere. Er denkt an die Zeit, die ich gefehlt habe, weil der Shunt in meinem Bein verstopft war, weil ich den IVP-Test machen musste, weil ständig irgendwas ist.

Ich schäume. »Ich fühle mich diskriminiert. Ich bin meiner Aufgabe gewachsen. Das können Sie nicht machen. Ich werde mich wehren.«

»Dann gestalten Sie Ihre Tests wenigstens zugänglicher.«

Es ist also ein Ultimatum. »Zugänglicher? Diesen Schülern

mangelt es nur am Wunsch und an der Bereitschaft zu lernen.« Ich trete an das Pult und nehme mein großes schwarzes Zensurenbuch. »Ich weiß nur eins: Die Schüler, die am Förderkurs teilnehmen, haben allesamt gut bis sehr gut abgeschnitten. Was sagt Ihnen das? Wer um Hilfe bittet, soll sie kriegen.«

»Was ist mit Riley?«, fragt Dr. O'Malley nachsichtig. »Sie helfen ihr, und trotzdem bekommt sie keine gute Zensur.«

»Ich helfe ihr nur ein bisschen.« Riley war nicht zum Förderunterricht erschienen. Ich überlege einen Moment. Wer weiß, ob sie die Lernkarten eigentlich benutzt hat, die sie anlegen sollte? Ich war bei der Dialyse und habe nicht danebengesessen und aufgepasst, ob sie lernt. »Schüler sind auch selbst dafür verantwortlich, ob sie lernen oder nicht.«

Er nickt und steht auf. »Denken Sie mal über das Angebot einer Teilzeitstelle nach, Gal. Vielleicht wäre es das Beste.«

Er geht hinaus und schließt die Tür hinter sich.

22

Ich sorge dafür, dass Riley an ihren Hausaufgaben sitzt, bevor ich zur Dialyse muss. »Ruf mich an, falls du in Bio irgendwelche Fragen hast«, erkläre ich ihr.

Sie nickt. Noch hat sie kein Wort zu ihrer Zensur gesagt, hat nur den ganzen Nachmittag dagesessen und hektisch in ihrem Biologiebuch herumgeblättert, als besäße sie ein fotografisches Gedächtnis.

»Oder in Mathe oder zum Leben allgemein«, fahre ich fort. »Zum Thema Jungs vielleicht eher nicht.«

Sie lächelt kein bisschen.

»Riley?«, sage ich. »Alles okay?«

»Klar. Was soll denn sein?« Sie klappt ihr Biologiebuch zu. »Alles gut.« Sie lächelt nur mit dem Mund.

Ich runzle die Stirn, versuche herauszufinden, weshalb sie so verstimmt ist. »Ist es wegen der Bioarbeit? Du kannst den Kurs immer noch bestehen.«

»Nein. Das ist es nicht, obwohl – stimmt schon – eigentlich hatte ich dafür gelernt.«

»Wirklich? Hast du gelernt, als ich bei der Dialyse war?«

Sie spielt an ihrer knallrosa Mappe mit den orangefarbenen Blumen herum. »Ich dachte, ich hätte genug gelernt.«

»Vielleicht ist das, was du denkst, und das, was tatsächlich genug ist, nicht dasselbe. Dafür muss man sich nicht schämen. Weißt du, wie schwer ich mich mit der Rechtschreibung getan habe? Ich beherrsche sie heute noch nicht richtig.«

Meine tröstenden Worte scheinen sie in keiner Weise aufzumuntern. Ich überlege, was sonst noch an ihr nagen könnte. Ich habe kein gutes Gefühl dabei, sie schon wieder allein zu lassen.

Da geht mir ein Licht auf. Seit diesem Abend, an dem sie getrunken hat, war Riley nicht mehr mit Samantha zusammen – und auch mit sonst niemandem. Sie geht nur zur Schule, kommt nach Hause, lernt und sitzt dann bei mir. Ich persönlich habe kein Problem damit, wenn sich ein Highschool-Mädchen nicht herumtreibt. Aber ich muss zugeben, dass Riley ein wenig isoliert ist.

»Wenn du Sam besuchen möchtest, ist das okay. Solange ihr zu Hause bleibt.«

Sie streckt sich ausgiebig. »Zu müde. Außerdem darf sie sich nicht mit mir verabreden, und auch sonst mit niemandem.« Riley lässt die Schultern hängen. »Ich hab hier überhaupt keine Freunde.«

Es pocht in meinem Kopf, die ersten Anzeichen von Kopfschmerzen. »Das stimmt doch gar nicht. Ich sehe oft, dass Kinder dir im Flur hallo sagen.«

»Ja, aber mit denen mache ich nichts.« Sie hält ein Sofakissen in den Händen, das meine Mutter bei einem ihrer langen Krankenbesuche mit Rosen bestickt hat.

»Du darfst dir ruhig Freunde einladen, wenn ihr was vorhabt.«

»Was denn? Hier rumhängen, in diesem engen Wohnzimmer, während ihre Lehrerin danebensteht und sagt, dass sie drinnen die Mützen abnehmen sollen und dass sie für Bio zu blöd sind?« Riley krallt sich ins Kissen. »Die Kids hier feiern und trinken gern. Möchtest du, dass ich da mitmache?«

»Die sind doch nicht alle so, oder?« Ich weiß, sie hat mir erzählt, die halbe Schule sei auf dieser Party gewesen, aber ich dachte, sie übertreibt. Ich versuche, meine Vorstellung dieser eifrigen Kinder, dieser *meistens* eifrigen Kinder oder zumindest *artigen* Kinder mit dem zusammenzubringen, was Riley mir erzählt.

»Alle, die ich kenne, tun es. Die anderen reden gar nicht mit mir.« Riley wischt sich Tränen von den Wangen. »Wahrscheinlich passe ich hier einfach nicht her. Ich kann nicht so tun, als wäre ich anders, als ich bin.«

Ich denke an Rileys wechselnden Look, der oft wie eine Verkleidung wirkt, an ihren schwarzen Eyeliner, ihre Markenklamotten. Ich lege ihr meine Hand auf die Schulter. »Das tut mir leid, Riley. Du solltest immer du selbst sein können.«

Sie schüttelt mich ab. »Meinst du, meine Mutter kommt diesen Sommer nach Hause?«

»Ich hoffe es.« Ich betrachte sie, denke an meine eigene Mutter. Riley wäre bei meinen Eltern besser dran, weil sie da nicht noch mehr Zeit allein verbringen müsste als bei Becky. Bei mir bleibt sie sich im Grunde selbst überlassen. Mein Herz krampft sich so abrupt zusammen, dass ich nach Luft schnappe. Das passiert alles nur in meinem Kopf.

»Ich sollte mich mal lieber auf den Weg zur Dialyse machen«, sage ich schließlich. Von meinen physischen Qualen hat sie nichts mitbekommen. Ich kann mich gut verstellen.

Hinter dem Empfangstresen sitzt Trish, eine Schwester, die schon länger hier ist, als ich Patientin bin. Sie schiebt die gläserne Trennscheibe auf und schenkt mir ein Lächeln, das ihr freundliches Gesicht verknittert und ihre Augen zu fröhlichen Schlitzen werden lässt. »Ist es mal wieder so weit, Schätzchen?« Sie gehört zu den Menschen, die jeden »Schätzchen« nennen. Es ist leichter, als sich alle Namen zu merken. Sie ist hier meine liebste Krankenschwester, schnell und effizient. Die Fingernägel an ihren kräftigen Händen sind immer kurz geschnitten.

Ich nicke.

»Keine Sorge, eines Tages werden Sie meine Visage nicht mehr sehen müssen. Ich wette, Sie können es kaum erwarten.« Sie lacht laut und herzlich.

Ich zwinge mich zu einem Lächeln. Das sagt sie oft. Und es stimmt. Entweder bekommen die Leute eine neue Niere, oder sie sterben irgendwann. Sie bekommen einen Herzinfarkt, eine Infektion oder irgendwelche anderen Probleme. Keiner kommt ungeschoren davon.

Ich wende mich von der Scheibe ab, und mir wird ganz flau im Magen.

Mark Walters beobachtet mich. Sein Gesichtsausdruck erinnert mich an den Hund, den wir hatten, als ich klein war, einen schwarzen Labrador mit dem Namen Daisy und einem weißen Fleck auf der Brust. Daisy lag immer vor meiner Tür, wenn ich krank war, was oft vorkam, mit dem Kopf auf ihren Pfoten und die Augen kaum jemals von mir abgewandt. Sobald ich mich rührte, hob Daisy ihren Kopf, und ihre schwarzen Hundeaugenbrauen gingen rauf und runter, als versuchte sie auszumachen, was mir fehlte. Wenn Daisy fand, dass jemand zu laut war, lief sie in den Flur und bellte dreimal kurz. »Sie ist dein Wachhund«, sagte Dad. Daisy war sein Hund gewesen und stets an seiner Seite mit zu den Baustellen gefahren. Irgendwann hatte sie es sich in den Kopf gesetzt, mein Hund zu werden.

Kurz sticht mir die Trauer ins Herz. Seit Jahren habe ich nicht an Daisy gedacht.

Zum ersten Mal sehe ich Walters in die Augen. Sie sind strahlend blau unter diesen dichten Augenbrauen, die einen Schatten darauf werfen.

Ich hole Luft, um etwas zu sagen. Ohne eine Ahnung, was ich sagen soll.

»Gal?« Trish kommt aus dem Empfangsbereich. »Sie können jetzt mitkommen.«

Ich folge Trish in mein Zimmer. Als ich mich zu Walters umdrehe, hält er sein Lesegerät, als wäre ich nie da gewesen. Es wäre ja auch unheimlich, wenn er mich immer noch ansehen würde, denke ich und bin doch seltsam enttäuscht.

Am nächsten Morgen komme ich etwas später nach Hause als üblich. Es ärgert mich, dass ich so spät dran bin. Es ist, als hätte ich mich irgendwo im Raum-Zeit-Kontinuum verloren. Als ich vor dem Haus stehe, werfe ich einen Blick auf die Uhr im Auto, und es ist zwanzig Minuten später, als ich gedacht hätte.

Vermutlich kam einiges zusammen: mehr Verkehr in der Stadt, die Schwester bewegte sich im Schneckentempo, als sie mich abgekoppelt hat, das breiige Gefühl in meinen müden Muskeln nach der Dialyse. Ich strecke mich im Wagen. Blinzle in den neuen Morgen, rötlich gelb wie eine Hulthemia. Es wird ein heißer Tag. Das weiß ich jetzt schon. Die Luft ist schwer, feuchter als üblich.

Ich muss erst mal wach werden.

Noch bevor die Autotür zugefallen ist, steuere ich die Rosen an.

Zuallererst muss ich die Sträucher draußen nach Blattläusen und Milben absuchen. Nichts zu finden. Das Sprühen hat gewirkt. Die Unterseiten kleben. Ein paar Blütenblätter an der rosa Rose sind unten braun. Ein Hinweis auf zu viel Gift. Ich habe es doch nicht etwa übertrieben, oder? Eigentlich achte ich immer besonders darauf, genau die richtige Menge zu nehmen.

Ich untersuche den nächsten Strauch. An dem sind die Blüten auch stellenweise braun, sogar schlimmer als beim ersten.

»O nein«, hauche ich. Die nächste sieht genauso aus, und die übernächste und so weiter, das ganze Beet entlang. Diese Rosen kann ich vorerst vergessen.

Es klappert im Gewächshaus. Mir stehen die Haare zu Berge. Ich laufe so schnell ich kann, schnaufe ein wenig. »Riley? Bist du das?«

Riley richtet sich auf und dreht sich zu mir um. Mir stockt der Atem. Sie hält die Giftkanne in der Hand.

»Was tust du?«, belle ich. Mit meiner Stimme könnte ich einen Basketballtrainer niederbrüllen, wenn ich will. »Was hast du hier drinnen gesprüht?«

Sie deutet auf den ganzen Tisch mit den Sämlingen. »Die haben alle Läuse.«

»O nein.« Ich reiße ihr die Giftkanne aus der Hand. »Wie hast du das gemischt? Wie viel hast du reingetan?«

»Ganz ruhig! Ich hab mich an die Gebrauchsanweisung gehalten.«

»Ich habe mein eigenes Rezept.« Ich deute auf das Regal mit den Notizbüchern. »Ich halte mich nicht an die Herstellerangaben. Damit verbrennen die Rosen.« Ich haste zur G42, der Rose, die ich mit nach Pasadena nehmen will. »Hast du die hier angerührt?«

»Ich wusste ja nicht …«

»Beantworte meine Frage! Ja oder nein?« Schon wieder brülle ich. Es ist früher Morgen, und wahrscheinlich wecke ich die alte Mrs Allen auf, aber das ist mir egal.

»Hör auf, mich anzuschreien.« Riley kommen die Tränen.

»Dann beantworte meine Frage.« Meine Stimme ist immer noch laut, aber nicht mehr so schrill.

»Nein. Die hatte ich noch nicht.«

»Gott sei Dank.« Ich nehme G42 und sehe sie mir im Licht an. Ja, die Unterseite ist voller Läuse. Ich bringe sie zum großen Waschbecken und spüle sie vorsichtig ab, wische die Blattläuse mit einem weichen Lappen weg.

Riley steht wie angewurzelt da. Ich stelle G42 zurück und hole ein paarmal tief Luft. »Hatte ich dir nicht gesagt, dass du dich von den Rosen fernhalten sollst? Dass du dich im Haushalt nützlich machen sollst?«

Sie blickt zu Boden.

»Ja oder nein?« Ich stampfe mit dem Fuß auf. Ich bin so zornig, dass ich fürchte, jeden Moment in tausend Teile zu zerbersten. »Warum hast du nicht getan, worum ich dich gebeten habe?«

Sie zuckt mit den Schultern.

»Das ist keine Antwort.« Oha, das ist viel schwerer, als mit meinen Schülern umzugehen. In der Schule bewahre ich normalerweise die Ruhe. Ich nehme schlechtes Betragen nicht persönlich. Das jetzt fühlt sich an wie ein Schlag in die Magengrube.

»Ich weiß es nicht, okay?« Riley wischt sich über die Nase. Jetzt erst sehe ich, dass sie ihren warmen Fleecepyjama, meine Crocs, dicke weiße Kniestrümpfe und einen Mantel trägt. Ihre Haare fallen zur Seite und verdecken ein Auge.

Ich stelle die Giftkanne wieder dahin, wo sie hingehört. »Hast du deine Hausarbeit erledigt? Schularbeiten gemacht? Soweit ich weiß, schreibt ihr heute Mathe.«

Sie schluckt so laut, dass ich es hören kann.

Langsam drehe ich mich zu ihr um. »Riley. Du hast doch gelernt, oder?«

Sie verzieht den Mund. »Ich geh rein.«

Ich hebe meine Hände gen Himmel, in der Hoffnung auf eine göttliche Intervention. Ich hole Luft und will gerade den nächsten Sturzbach nutzloser Belehrungen loslassen, als ich sehe, dass Riley zittert, als bebte die Erde unter ihren Füßen.

Ich lasse meine Arme sinken. »Geh nur.«

Betrübt macht sie sich auf den Weg zum Haus.

Ich sinke auf meinen Rollhocker. Was soll ich nur mit ihr machen?

Und mit mir?

23

Tatsächlich wird der Tag heißer als normal, sodass die Kinder am liebsten rausgehen würden, um herumzutoben. Es ist fast genauso schlimm wie ein Regentag, der – wie jeder Lehrer bestätigen wird – Schüler ebenfalls in rastlose Bestien verwandelt. Meine Klassen wollen nicht zur Ruhe kommen, können sich nicht konzentrieren.

Statt sie zu zwingen, gebe ich mich geschlagen. Ich lege ein Video ein, das ich für solche Gelegenheiten bereithalte, eine BBC-Doku über Krankheiten, verteile Arbeitsblätter mit Fragen zum Film, damit sie auch ein bisschen aufpassen, dann setze ich mich an meinen Tisch und sehe mir den ganzen Tag lang Rosen an.

Wenigstens lasse ich die Kinder nicht durchfallen, weil sie abgelenkt sind. Das müsste Dr. O'Malley doch gut finden. Dieses Arbeitsblatt bringt ihnen lausige zehn Punkte ein, aber sie werden etwas Schriftliches mit nach Hause nehmen können, was ihren liebenden Eltern hundertprozentig gefallen wird, weil sie denken: »Endlich erkennt Miss Garner den überragenden Intellekt meines Kindes!«

Ich lache leise vor mich hin.

Seit Dr. O'Malley mich in meiner Klasse aufgesucht hat, bin ich ihm nur im Vorübergehen begegnet. Heute Morgen hat er mir auf dem Flur ernst zugenickt. »Haben Sie schon über meinen Vorschlag nachgedacht?«

Ich erwiderte sein Nicken. »Sie werden die ganze Macht der Schulleitung brauchen, um mich zu feuern, und ich werde die ganze Macht des Gesetzes nutzen, um bleiben zu können.« Ich schenke ihm ein zuckersüßes Lächeln.

Ich hätte ihm gern gesagt, dass ich ihn bisher eigentlich nie für einen schwachen Menschen gehalten hatte, so wie ich es jetzt tat, weil er sich dem elterlichen Druck beugte. Aber auch ich weiß, wann man lieber den Mund halten sollte. Manchmal zumindest.

Verstohlen werfe ich einen Blick auf meinen Biologie-Leistungskurs. Alle scheinen auf das Video konzentriert zu sein. Es ist eine gute Doku, erzählt von einem der Leute von Monty Python. Ich logge mich in mein Gmail-Konto ein.

Byron ist online.

Ich tippe:

Kommst du nach Pasadena?

Ja. Du auch?

Klar. G42 vorzeigen. Und du?

Überraschung.

Ist dir ein Durchbruch gelungen?

Kann noch nicht drüber sprechen.

Oh.

Meine Finger schweben über der Tastatur, während ich nachdenke. Dann tippe ich:

Hast du einen Duft?

Das ignoriert er.

Hast du schon die Exemplare ausgesucht, die du nächstes Jahr kreuzen willst? Ich könnte dir eine Mutter geben. Hat sich in den letzten zwei Jahren gut gemacht, was Wachstum anging. Öfterblühend. Sie braucht nur noch Duft. Hast du schon eine duftende Rose?

Ich antworte nicht. Nein.

Ich denke an die Mutterrose und werde ganz aufgeregt. Wir haben noch nie Sämlinge ausgetauscht. Normalerweise behält man die besten sowieso für sich.

Beide wollen wir die perfekte Hulthemia kreieren. Warum sollten wir also unsere besten Exemplare preisgeben?

Außerdem würde Byron ohnehin immer gewinnen. Schließlich ist sein Unternehmen viel umfangreicher. Mein Nachteil ist so groß, als würde eine kleine, altmodische Hamburgerbude gegen McDonald's antreten. Rein zufällig aber bin ich auf Davids Seite, wenn es gegen Goliath geht.

Ich kann sehen, dass er schreibt, aber er schickt es nicht ab. Dann folgt eine Pause, und man sieht, dass er wieder schreibt. Vielleicht hat er seinen vorherigen Gedanken gelöscht. Dann lese ich:

Duft. Das ist das fehlende Element, oder?

Das und Wuchsstärke. Ich werde meiner Freundin Dara eine Pflanze geben. Wenn sie sie nicht umbringt, dann schafft es keiner.

Gute Idee.

Er loggt sich aus.

Ich lehne mich auf meinem Stuhl zurück und denke nach. Was für ein Ass hat er im Ärmel? Wieso tut er so geheimnisvoll?

Nach der Schule suche ich Dara, da sie mittags schon wieder nicht aufzufinden war. Sie ist im Kunstraum.

Ich habe sie kaum zu sehen bekommen, seit sie mir eröffnet hat, dass sie nicht mit zur Rosenschau fahren kann. Vielleicht geht sie mir aus dem Weg. Ich jedenfalls muss zugeben, dass ich ihr aus dem Weg gegangen bin, ein bisschen zumindest. Hab gewartet, dass sie den ersten Schritt macht. Ich sage Hallo, geselle mich aber beim Mittagessen nicht zu ihr und Mr Morton. Ebenso wenig laufe ich nach der Schule herum und suche sie. Abgesehen davon, dass wir befreundet sind, gibt es kaum einen Grund für eine Interaktion zwischen unseren beiden Fächern. Und ich bin sehr beschäftigt.

Daras Kunstraum befindet sich in einem eigenen Gebäudetrakt mit großen Fenstern, sodass das Licht von beiden Seiten hereinscheint. Sie hat Zeichentische, die man kippen kann, und hohe Hocker. Staffeleien lehnen zusammengeklappt und griffbereit an der Wand.

Im kleinen Innenhof ist sogar Platz für ihre Keramikarbeiten. Unter dem Vordach stehen verdreckte leinenbespannte Tische und ein gemauerter Brennofen, den ein lang vergessener Förderer gespendet hat. Tontöpfe und Skulpturen trocknen auf hölzernen Regalen. Hier draußen finde ich sie beim Betrachten der Töpferarbeiten, die sie eine nach der anderen in die Hand nimmt. »Heizt du den Kiln heute an?« Ich gehe über den Rasen und setze mich im Schatten an einen der Arbeitstische.

»Du erinnerst dich! Ich bin beeindruckt.«

»Manchmal passe ich auch auf.« Vor mir liegt ein Klumpen feuchter Ton.

Sie setzt sich mir gegenüber. »Möchtest du was töpfern? Ich hab gerade die Luftblasen rausgeknetet.«

»Luftblasen?«

»Es ist wie Brot. Ich betrachte Ton als etwas Organisches.« Sie deutet auf den grauen Klumpen. »Mach ruhig.«

Ich nehme das Stück. Es ist schleimig. Ich verziehe das Gesicht. »Ich weiß nicht, was ich kneten soll.«

»Knete einfach irgendwas.« Sie verschränkt die Arme auf dem Tisch. Heute trägt sie eine große, fleckige Schürze über ihrer hochgekrempelten Jeans und dazu ein altes T-Shirt. Die Haare fallen lose auf ihre Schultern.

Ich denke an Mr Morton und überlege, wie ich das Thema zur Sprache bringen soll.

Dara bricht ein Stück Ton ab, formt es zwischen ihren Handflächen zu einer Kugel. »Wie geht es Riley?«

»Gut.« Ich überlege, ob ich Dara erzählen soll, dass Riley um ein Haar meine kostbarste Rose umgebracht und die anderen vergiftet hätte, aber schon wieder überkommt mich dieses merkwürdige Gefühl. »Es geht ihr gut.«

Dara nickt. »Freut sie sich schon auf die Wissenschaftsolympiade?«

Ich nicke. Was ist das denn für ein lahmer Smalltalk? Da könnte ich mich genauso gut mit der Mutter eines Schülers unterhalten.

Sie räuspert sich, und ich merke, dass sie zur Sache kommen will. »Ich habe mit Dr. O'Malley gesprochen.«

Ich knete den Ton mit meinen Händen. Langsam wird er trocken. Ich halte meine Finger in einen Wassereimer, bevor Dara mich dazu auffordern kann. »Er hat dir von seinem Ultimatum erzählt. Ich meine: von seinem *Angebot*.«

Sie nickt und hebt eine Hand. »Bevor du aus der Haut fährst, sollte ich dir sagen, dass ich es für eine gute Idee halte.«

Ich knalle meinen Ton auf den Tisch. »Wieso glauben immer alle, dass ich aus der Haut fahre?«

Sie sieht mich ganz ruhig an. Unter dem einen Auge hat sie einen kleinen Fleck von der Wimperntusche. »Weil du es tust.«

»Nun, tu ich nicht, aber es ist auch keine gute Idee. Ich möchte nicht auf irgendeinen Teilzeitposten abgeschoben werden, ohne kranken- oder rentenversichert zu sein. Schon mal daran gedacht?« Ich nehme den Tonklumpen, und meine Finger bewegen sich wie von selbst.

Sie beugt sich vor. »Gal, wenn du dieses Angebot nicht annimmst, wirst du vielleicht vor die Tür gesetzt, und dann kriegst du überhaupt nichts.«

»Das Risiko gehe ich ein.« Ich stehe auf. »Ich dachte, du wärst auf meiner Seite, Dara.«

»Ich möchte das, was für dich am besten ist. Wie wir alle.«

»Nein, Ihr wollt das, was am bequemsten ist. Das ist das Problem.« Ich lasse den Klumpen fallen. Ich habe noch nichts von Mr Morton gesagt. Will ich auch nicht. Nicht mehr. Wenn sie sich ihrer Sache so sicher ist, dann kann sie es auch selbst machen. »Du verstehst nicht. Du würdest einen Schüler lieber bestehen lassen, als ihm eine schlechte Note zu geben. Ich wette, du hast noch nie jemanden schlechter als befriedigend eingestuft, stimmt's?«

»Kunst ist subjektiv, aber ich habe sehr wohl Kriterien für meine Benotung.« Dara hat aus ihrem Ton eine kleine Schale geknetet. Sie stellt sie auf den Tisch. »Eigentlich geht es doch nur darum, dass die Schüler ihren Stoff lernen, oder? Wieso sollten sie sich nicht ein paar Pluspunkte verdienen?«

»Weil sie ihre Arbeit in einer bestimmten Zeit erledigen müssen. Ihre Arbeitgeber werden nicht warten wollen, bis sie es draufhaben.«

»Aber das hier ist eine Highschool. Sie *lernen* doch.« Sie wischt eine Strähne aus ihrem Gesicht, wobei Ton an ihrer Stirn kleben bleibt.

Ich kehre zum Thema Teilzeitarbeit zurück. »Ich will nicht nur Teilzeitcoach für die Wissenschaftsolympiade sein. Fünfundachtzig Prozent meiner Schüler bestehen den Biologie-Leistungskurs, Dara. Fünfundachtzig. Das ist weit über dem Durchschnitt. Das ist real und nachprüfbar, nicht subjektiv.« Ich stehe auf, halte meinen Ton in Händen. »Lieber suche ich mir einen ganz neuen Job, als hier nur Teilzeit zu arbeiten. Vielleicht in einem Labor in San Luis Obispo.« Das ist mein Hinweis auf Mr Morton, aber Dara ist nichts anzumerken.

Meine kleine Tirade scheint sie nicht weiter beeindruckt zu haben. »Vielleicht schafft es deine Rose auf den Markt, und du kannst dich zur Ruhe setzen.«

Ich kann nicht sagen, ob sie sarkastisch klingt oder nicht. Ich komme zu dem Schluss, dass nicht.

Sie zeigt auf den Ton. »Was hast du da?«

Ich sehe mir an, was ich unbewusst geknetet habe. Ich halte es zwischen Daumen und Zeigefinger. Es sieht aus wie eine große Bohne. »Das ist eine Niere.« Ich klatsche sie auf den großen Tonklumpen.

Stirnrunzelnd sitzt sie da.

»Wir sehen uns, Dara.« Ich wische meine Hände an der Hose ab. Dieser Ton hat schmerzlich alle Feuchtigkeit herausgesogen. Ich wasche sie mir nicht. Ich fahre mit Riley nach Hause.

24

Ich sollte mich ausruhen oder im Rosengarten arbeiten und die toten Blüten abschneiden, aber stattdessen liege ich auf meinem Bett, das Kissen über dem Kopf. Aus meinem Bauch kommen schwere, glucksende Schluchzer, die hoffentlich durchs Deckbett, die künstlichen Gänsedaunen und die Wände gedämpft werden, vom Fernseher ganz zu schweigen.

Es könnten Stunden oder nur Sekunden vergangen sein, als Riley an meine Tür klopft. »Alles okay, Tante Gal?«

Ich werfe einen Blick auf die grüne Anzeige meines Weckers. Halb sieben. Ich habe das Abendessen verschlafen. Ich schniefe. Inzwischen hyperventiliere ich. Wenn ich so bin, kann ich kaum sprechen, kaum denken.

»Tante Gal?« Riley lässt sich nicht beirren.

Was sage ich ihr? Ich will nicht, dass sie mich so sieht. Sie würde sich Sorgen machen und Hilfe rufen. »Ich möchte allein sein«, rufe ich zurück.

Sie wartet einen Moment. »Okay.« Ich höre ihre Schritte, wie sie in die Küche schlurft und den Telefonhörer abnimmt.

Ich putze mir die Nase. Jetzt ist Riley schon wieder allein. Sie war gestern Abend während der Dialyse allein und auch die meiste Zeit nach der Schule. Allein mit ihrer Mutter. Allein mit mir. Immer allein. So darf ein Kind nicht aufwachsen.

Ich trinke etwas Wasser. Ich habe mal wieder einen Tränentag. Hin und wieder müssen die Gefühle aus mir raus wie bei einem zu prall aufgepumpten Reifen, sonst platze ich. Dr. O'Malley. Dara. Walters, Dr. Blankenship. Dialyse. Wenn ich in die Zukunft blicke, sehe ich nur einen unerquicklichen Teilzeitjob, sterbende Rosen und eine endlose Folge von Apparaten, die mit meinem Körper verkabelt sind.

Kurz gesagt: Diese ganze Scheiße reibt einen auf.

Ich hole tief Luft und versuche, mich aufzumuntern. Dieses Gefühl wird vergehen. Tut es immer. Meine Augen trocknen. Ich setze mich auf. Rileys Stimme ist durch die Wand zu hören. Ich frage mich, mit wem sie spricht, und dann klopft sie an meine Tür. »Oma möchte dich sprechen«, sagt sie.

Ich gehe an den Nebenanschluss.

»Gal?« Mom klingt angespannt. »Gal, geht es dir auch gut?«

»Wunderbar.«

»Das stimmt nicht. Du hast einen Tränentag.« Sie seufzt leise, will mich durch die Telefonleitung trösten, als würde sie mir übers Haar streichen. Ich schließe meine Augen. »Gal, Riley glaubt, dass du ihretwegen weinst.«

Ich starre die Wand an. »Tu ich nicht.«

»Das weiß ich. Aber sie hat die Rosen kaputtgemacht, und jetzt denkt sie, dass du ihr böse bist, Liebes.« Wieder seufzt sie. »Ich könnte morgen früh da sein. Du brauchst Hilfe, stimmt's?«

Ich atme ein, überlege. Wie lange ist Riley jetzt hier? Etwas mehr als einen Monat? Das ist doch nicht lange. Es kommt mir länger vor. Da ist einiges passiert.

»Gal?«

»Vielleicht sollte Riley lieber bei dir wohnen, Mom.« Endlich atme ich aus, fühle mich benommen.

»Vielleicht«, stimmt mir meine Mutter augenblicklich zu, als hätte sie diesen Anruf erwartet und sich darauf vorbereitet. »Du hast dir viel vorgenommen. Es ist schon schwer genug, überhaupt ein Kind zu hüten, aber wenn es dann noch ein Teenager ist …«

Schon wieder kommen mir die Tränen. »Ich habe es versucht, Mom.«

»Ich weiß.«

»Da sind die Niere und die Rosen und was weiß ich noch alles …« Ich sinke rückwärts aufs Bett. »Sie bekommt nicht die nötige Aufmerksamkeit. Ich kann ihr nicht genügen.«

»Du kannst ihr sehr wohl genügen, Gal«, sagt Mom loyal und wie erwartet.

»Nein, kann ich nicht. Ich bin nicht in der Lage, so für sie zu sorgen, wie sie es bräuchte.« Ich putze mir die Nase. »Riley hat es nicht leicht, oder? Erst ihre Mom. Dann ihr Dad. Jetzt ich.«

»Ich bin morgen da, Galilee.« Sanft legt Mom auf.

Ich gehe ins Wohnzimmer. Riley hat die mit rosa Socken bekleideten Füße auf den Kaffeetisch gelegt. Sie isst einen Burrito aus der Mikrowelle, den sie in ein Papiertuch gewickelt hat, und sieht sich *Wheel of Fortune* an. Erwartungsvoll blickt sie zu mir auf.

Ich setze mich in den Sessel. »Ich bin dir nicht böse, Riley. Überhaupt nicht.« Die charmante Assistentin trägt ein goldenes Kleid mit einem langen Aschenputtelrock. Die Kandidaten haben allesamt ein breites, weißes Lächeln und tausend Zähne. »Ich stehe im Moment ziemlich unter Druck. Es liegt nicht an dir. Eigentlich ist es dir gegenüber sogar unfair.«

»Was ist mir gegenüber unfair?« Riley beißt von ihrem Burrito ab, lässt den Mund offen stehen, damit der Bissen abkühlen kann.

Ich breite meine Arme aus. »Diese ganze Situation. Dich allein zu lassen, damit ich zur Dialyse kann. Das ist etwas zu viel verlangt.«

Riley schüttelt den Kopf. »Ist es nicht. Ich sag doch, mir geht's gut.«

Ich beuge mich zu ihr vor. »Du sagst, es geht dir gut, aber

das stimmt nicht. Du brauchst mehr Menschen um dich, Riley.«

Sie nimmt noch einen Bissen, konzentriert sich auf den Moderator. »Freihandelszone«, sagt sie zum Fernseher.

»Hörst du zu, Riley? Ich versuche hier, ein ernsthaftes Gespräch mit dir zu führen.« Ich tippe ihr sanft ans Knie.

Sie sieht mich an. »Ich hör dir zu. Du willst, dass ich gehe.«

»Nein, will ich nicht. Ich habe dich gern hier bei mir.« Ich merke, dass es stimmt. Jemanden bei sich zu haben ist tröstlich. Aber was für mich tröstlich sein mag, ist vielleicht nicht das, was Riley braucht. »Möglicherweise ist es nicht das Beste für dich.«

Sie schiebt sich den letzten Burrito-Bissen in den Mund.

»Riley? Wäre das okay für dich? Bei Oma zu wohnen?« Ich sehe sie an.

Sie nickt gleichgültig, ohne sich vom Fernseher abzuwenden, als wäre ihr das eine so egal wie das andere.

Hilflos sitze ich da, bis mein Magen knurrt. »Ist das alles, was du dazu sagen möchtest?«

Sie schluckt den letzten Bissen hinunter. »Jep.«

Ich reibe mit den Fingerspitzen an meinen Händen herum. Sie sind vom Ton ganz ausgetrocknet. »Wie wär's, wenn wir uns die Blide noch mal ansehen? Um sicherzugehen, dass du weißt, wie man ein metrisches Maßband abliest. Was meinst du?«

Sie nickt, knüllt ihr Papiertuch zusammen und wirft es quer durchs Zimmer in den offenen Mülleimer in der Küche.

Ich stehe auf. »Ich mache mir nur eben was zu essen. Dann machen wir uns an die Arbeit.«

Wieder nickt sie, reckt sich auf der Couch wie eine große Katze.

Ich gehe in die Küche und starre volle fünf Minuten in die

Schränke, fasziniert von allem, was es da zu essen beziehungsweise nicht zu essen gibt, lausche Riley mit einem Ohr und überlege, was ich anders hätte machen können.

Meine Mutter kommt am nächsten Morgen allein. Sie hat nur eine kleine Reisetasche und ein Kissen dabei, denn was ihre Kissen angeht, ist sie empfindlich. Sie braucht ein ganz spezielles Schaumstoffkissen, das ihren Nacken stützt.

Das Aussteigen fällt ihr schwerer als sonst. Ich winke Riley und reiche Mom die Hand. Sie erhebt sich mit einem schweren *Uff.* »Wie geht es meinen zwei Mädels?« Sie umarmt uns beide. Mom riecht nach Vanille und irgendetwas Fruchtigem, Birne vielleicht, außerdem nach Leinöl, das sie für ihre Malerei braucht und das wahrscheinlich irgendwo an ihren Kleidern klebt. Ihre Haare sitzen wie ein dicker Donut auf ihrem Kopf.

»Dieses Parfüm mag ich lieber.« Ich klinge gedämpft, weil Moms Hand mir fast den Mund zuhält.

Rileys halbes Gesicht wird von Moms Schulter zerdrückt. Mit dem anderen Auge sieht sie mich an, und wir müssen beide kichern.

»Ich krieg keine Luft mehr, Oma.« Riley weicht zurück.

»Wie hübsch du aussiehst!« Ihre Großmutter nimmt sie bei der Hand und dreht sie im Kreis herum, wie beim Tanz im Ballsaal. »Deine Haare gefallen mir.«

»Danke.« Riley greift stolz danach. »Eine Freundin hat sie mir geschnitten.« Nach dieser Erwähnung Samanthas schweigt Riley. Ich weiß, dass sie »ehemalige Freundin« denkt, und ich denke an Dara.

Moms Blick geht von mir zu Riley, dann wieder zurück. Sie grinst. »Wer möchte Eiscreme?«

»Es ist zehn Uhr morgens, Mutter.« Ich hebe ihre Tasche auf. Sie reißt sie mir aus der Hand.

»Irgendwo auf der Welt ist bestimmt Eiscremezeit.« Sie nimmt die Tasche, hält sich am Geländer fest und schleppt sich langsam ins Haus.

Ich bestehe darauf, dass wir mit dem Eis bis nach dem Mittagessen warten. Riley bereitet sich eine denkbar kleine Mahlzeit: zwei tiefgekühlte Chicken Nuggets und eine Handvoll Babykarotten. »Das ist eine Kinderportion«, sage ich. Riley hat aufgegessen, bevor ich mit meinem Salat am Tisch sitze.

»Ich will nicht zu satt sein.« Sie strahlt.

»Gute Idee«, meint Mom und verwuschelt Rileys Haare. »Gal, hast du denn keine Cola für Riley?«

»Natürlich nicht.« Ich habe noch nie Cola gekauft. Teures Zuckerwasser. Mom hat das Zeug kistenweise. Ich fürchte, wenn Riley bei Mom lebt, wird sie hundert Kilo zunehmen und bald keine Zähne mehr haben. Ich werde Mom einfach noch mal daran erinnern müssen, dass sie ihre Enkelin nicht so verwöhnen darf, wenn sie bei ihr wohnt.

Mom bereitet sich einen schlichten grünen Eisbergsalat zu. »Hasenfutter«, sagt sie. »Die Ärzte meinen, abnehmen ist gut für meine Hüfte.«

»Du brauchst Nährstoffe.« Ich schaufle ihr Babykarotten auf den Teller. »Und Proteine.«

Sie rümpft die Nase. »Ich spare mir die Kalorien für das Eis auf.«

Ich seufze.

Wir fahren in den Ort zu diesem Eiscafé, das sein Eis noch selbst macht, ein Laden namens Bub's, gleich neben dem Kino in einer kleinen Einkaufsmeile. Der Fußboden ist aus dunklem Holz, die Wände sind gelb gestrichen. Gelbes Dekoglas und schmiedeeiserne Kronleuchter aus den Siebzigern vervollständigen das Bild.

»Was soll's sein?« Bub steht heute selbst hinterm Tresen, ein kleiner älterer Mann, der dafür bekannt ist, dass er die örtlichen Schulen unterstützt.

Riley läuft das Wasser im Mund zusammen, während sie die Speisekarte studiert, die sich über die gesamte Rückwand erstreckt und sowohl die einzelnen Eissorten als auch Bub's eigene Kreationen auflistet. »Bestell dir, was du möchtest«, sagt Mom.

Riley führt einen kleinen Freudentanz auf. »Ich nehme den ›Dream Boat Hot Fudge Sundae‹.« Zwei Kugeln Schokolade und Himbeer-Cheesecake, gefolgt von heißer Soße und Erdbeerscheibchen, selbstverständlich mit Sahne und einer Cocktailkirsche obendrauf.

Mom runzelt die Stirn. »Mal überlegen. Könnte ich bitte eine Kinderwaffel mit Vanille bekommen?«

»Da sparst du so viele Kalorien und nimmst nur eine Kugel Vanille?« Ich lache. Wenn ich mir was aussuchen könnte, würde ich dasselbe nehmen wie Riley.

»Ich mag den Geschmack von reiner Vanille. Er ist so komplex.«

»Wir verwenden echte Vanilleschoten. Sehr lecker«, stimmt Bub ihr zu. Er mustert mich unter seiner Baseballkappe, die grünen Augen leuchten in seinem sonnenverbrannten Gesicht. »Was kann ich für Sie tun, Ma'am?«

Dara fühlt sich alt, wenn jemand sie mit »Ma'am« anspricht. Für mich ist es ein Ausdruck von Respekt. Ich lächle. »Nichts, vielen Dank.«

»Ich könnte Ihnen etwas zum Probieren geben.« Er hält einen kleinen Löffel hoch. »Was Sie möchten.«

Bedauernd schüttle ich den Kopf. Früher war meine Lieblingssorte Butter Pecan. Bei Bub gibt es Macadamia Nut mit Karamell durchzogen, was dem vermutlich ziemlich nahkommt.

Mom drückt meine Schulter. »Wenn ich deine Willenskraft hätte, Gal, dann würde ich vierzig Kilo weniger wiegen.«

Ich nicke, einmal.

»Tut mir leid. Ich hätte mit Riley allein herkommen sollen.«

»Nein. Es macht mir nichts aus.« Sie bekommen ihr Eis, und wir setzen uns im Sonnenschein an einen schmiedeeisernen Tisch auf die Terrasse vor dem Laden. Es ist ungewöhnlich ruhig für einen Samstag.

Während ich da so sitze und ihnen beim Eisessen zusehe, stelle ich mir vor, wie es sein wird, wenn Riley mit meiner Mutter wegfährt. Wenn ich wieder allein bin. Wenigstens muss ich dann nicht mehr ins Eiscafé. Ich ringe mir ein Lächeln ab.

Mom ahnt, was ich denke. »Hast du mit ihr gesprochen?« Sie nickt zu Riley.

»Wenn nicht, wäre das jetzt ein ziemlich unangenehmer Moment.« Mom ist manchmal nicht gerade feinfühlig.

Sie ist bei ihrer Waffel angekommen und fängt an zu knabbern. »Riley. Du kommst nach dem Wochenende mit zu mir?«

»Tu ich das?« Riley wischt sich mit einer Serviette über das Gesicht.

»Tust du nicht?« Ich rutsche auf dem harten Stuhl herum.

Mom hebt beide Hände. »Sofort hört ihr beide auf, Fragen mit Gegenfragen zu beantworten. Riley, möchtest du morgen Abend mit mir kommen oder bis zum Ende des Schuljahrs hierbleiben?«

Riley verrührt ihre Eiscreme zu einer Suppe. »Ich kann mich nicht entscheiden. Ich mach das, was Tante Gal will.«

»Das ist keine Antwort. Triff eine Entscheidung.«

»Aber ich weiß es nicht!« Sie blickt auf. Ihre Wangen und die Nase sind rosig. »Ich dachte, du meinst zum Ende des Schuljahrs, aber wenn du willst, dass ich jetzt gehe, dann gehe ich eben.«

»Riley. Es ist nicht so, dass ich dich loswerden möchte.« Ich lege meine Hand auf ihre. »Ich habe nur das Gefühl, dass ich nicht gut genug für dich sorgen kann. Ich muss alle paar Tage zur Dialyse, und dann sind da noch die Rosen.« Ich hole tief Luft, und es sticht in meiner Brust. »Ich möchte doch nur, dass du dich wohlfühlst.«

Mom beobachtet uns, und ihr Blick wandert hin und her wie bei einem Tennismatch. »Ich finde, sie sollte hierbleiben und das Jahr zu Ende machen«, sagt Mom schließlich. »Es wäre nicht gerade sinnvoll, jetzt abzugehen. Sie hat nur noch einen Monat Schule.«

Riley strahlt. »Okay.« Sie gießt sich die geschmolzene Eiscreme aus der Silberschale in den Mund.

Mom nickt mir langsam zu. Ich nicke zurück. »Warum nicken wir?«

»Ich könnte bis zum Ende des Schuljahrs hier bei euch bleiben. Mich nützlich machen.« Mom lächelt. »Hättest du das gern?«

Ich stelle mir vor, wie Mom den nächsten Monat auf der Klappcouch schläft. Nicht nur eine mehr, sondern gleich zwei. Und Dad ganz allein im Süden. »Es wird schon gehen.«

Ein schwarzer Audi hält auf dem Parkplatz vor uns. Mein Herz schlägt schneller. Und tatsächlich steigt Dara aus, wartet nicht darauf, dass Mr Morton um den Wagen geht und ihr die Tür aufhält, wie er es versucht. Sie raschelt in Petticoat und Sweater heran und sieht aus wie eine Komparsin aus *Grease*, nur dass sie Riemchenschuhe mit hohen Absätzen trägt und keine Sattelschuhe.

»Mrs Garner!« Dara beugt sich hinab und umarmt Mom. Mr Morton schüttelt ihr die Hand.

»Dara. Wie schön, dich zu sehen.« Mom deutet auf den Nachbartisch. »Wollt ihr euch nicht zu uns setzen?«

»Geht leider nicht. Wir wollen ins Kino.« Sie steht neben Mr Morton. Ich sehe, dass sie tatsächlich erheblich größer ist als er, zumindest mit den hohen Absätzen. Aus unerfindlichem Grund erfüllt es mich mit einer gewissen Genugtuung.

Dara nickt mir zu. Ich nicke zurück.

Mr Morton schaut auf seine Uhr. Trägt ein Sakko im Kino, dazu Jeans. Sicher ist es nicht einfach, mit Dara auszugehen. In Shorts und T-Shirt dürfte man bei ihr nicht auftauchen. »Komm, Dara. Wir sind spät dran.«

»Tut nichts, was ich nicht auch tun würde«, ruft Mom ihnen nach.

Sie lachen. Dara winkt.

Riley nimmt ihren Teller. »Ich schätze, das bedeutet wohl, dass sich da so gut wie gar nichts tut.«

»Hey, ich habe auch meinen Spaß! Malen und Reisen. Du würdest staunen, wie viel Spaß man haben kann, wenn man seine Zeit nicht mit schlechten Filmen und so was verplempert.« Mom reicht Riley ihre Serviette, damit sie sie wegwirft. Sie grinst. »Und was würdet ihr jetzt von einem kleinen Ausflug zu Costco halten?«

25

Nach dem Ausflug zu Costco beteuere ich noch einmal, dass ich gut allein zurechtkomme und Mom wie geplant am Sonntagabend wieder abfahren kann. Sie hat mir genug Vorräte besorgt, dass ich die nächsten paar Monate auskomme. Ich habe Toilettenpapier sowohl unter meiner Spüle und in der Garage als auch im Badezimmer selbst verstaut.

»Bist du sicher, dass du Riley gewachsen bist?«, sagt Mom zu mir, als wir die Spülmaschine ausräumen.

Ich zucke mit den Schultern, dann nicke ich. »Ja.«

»Von Becky gehört?«

»Länger nicht. Riley telefoniert manchmal mit ihr, aber ich glaube, sie hat sie schon seit einer Woche nicht mehr gesprochen. Sie hat noch nicht gesagt, wann sie wiederkommt.«

»Ich werde sie darauf festnageln.« Mom schließt energisch den Glasschrank. »Stabilität ist für Riley wichtig.«

»Da gebe ich dir recht.«

»Becky sollte Riley entweder für den Rest der Highschool bei mir lassen oder nach Hause kommen und ihr eine richtige Mutter sein.« Mom wischt etwas Wasser aus einer Schüssel.

»Du meinst ohne Pillen und Alkohol?« Klappernd lege ich Besteck in die Schublade. »Ist das nicht zu viel verlangt?«

»Ich glaube, das macht sie nicht mehr.« Mom fängt an, die Pfanne in der Spüle zu schrubben. »Ich weiß, dass sie hin und wieder mal was trinkt, aber nicht mehr so viel wie früher.«

»Damit kann man nicht einfach so aufhören, Mom.«

»Zumindest funktioniert sie. Hat einen Job.« Mom summt

tonlos vor sich hin, und zwischen ihren Augenbrauen bildet sich eine Furche. Sie hört nicht gern etwas Schlechtes über ihre Kinder, ob es nun stimmt oder nicht.

»Noch.«

»Ich weiß, dass du deine Schwester aufgegeben hast, aber ich glaube, sie hat sich gebessert. Gib ihr eine Chance.« Mom trocknet ihre Hände ab, greift in ihre Handtasche. »Bevor ich es vergesse. Hier ist ein Scheck. Becky hat Geld auf mein Konto überwiesen. Ich soll es dir geben.« Sie reicht mir den Scheck. Es ist eine ordentliche Summe, wie ich zugeben muss. Mehr als genug für Rileys Kost und Logis und dergleichen. »Du könntest ihr auch gleich deine Kontonummer geben, damit sie es dir direkt überweisen kann.«

Ich stecke den Scheck ein. »Nie im Leben werde ich Becky meine Kontodaten geben.«

»Nächstes Mal wird Dad dir das Geld von unserem Konto auf deins überweisen.« Mom wäscht die Pfanne aus und stellt sie zum Trocknen auf das Gestell.

»Falls was kommt«, knurre ich düster.

»Das wird es. Das wird es.« Mom gibt mir einen Kuss auf die Wange. »Hab ein bisschen Vertrauen, Gal.«

Am Dienstagnachmittag möchte Dr. Blankenship mich sehen. Wir treffen uns in einem Büro mit Ledersesseln, Computer und Schreibtisch statt im Untersuchungsraum. Hier empfängt sie mich nur, wenn es Neuigkeiten gibt. Unruhig klammere ich mich an meine Tasche.

Dr. Blankenship sitzt hinter einem großen L-förmigen Kirschholzschreibtisch mit Blick auf den Parkplatz. Sie hat einen chinesischen Pfennigbaum, einen Glücksbambus und einen Miniatur-Zen-Garten mit einer winzigen Holzharke. In einer Ecke des Zimmers hängt eine rote Laterne und gegenüber der Eingangstür ein lackierter Spiegel. Hier stehen so viele solche Sachen, dass ich einen Moment lang überlege, ob sie vielleicht chinesische Vorfahren hat.

Sie sieht, dass ich ihre Sammlung betrachte. »Feng-Shui«, sagt sie. »Gesundheit und Wohlstand. Ist gut für den Energiefluss.«

Ich spitze die Lippen. Sie glaubt an einen Energiefluss, aber nicht an eine Allergie gegen das Kontrastmittel des IVP-Tests. Offenbar bemerkt sie meine Überraschung, denn sie zuckt mit den Schultern. »Ich besitze sogar eine Hasenpfote, die ich vor jeder Operation streichle. Hin und wieder bin ich abergläubisch. Kann nicht schaden, oder?«

»Wohl nicht.« Ich mustere sie argwöhnisch. Sie ist heute leicht geschminkt, trägt Rouge, damit ihre weiße Haut etwas gesünder wirkt, Abdeckstift über den dunklen Schatten unter ihren Augen, Mascara auf den hellen Wimpern.

»Mark Walters hat mir etwas Interessantes geschickt.« Sie wirft mir einen Ausdruck des Artikels aus der medizinischen Fachzeitschrift hin. Wie ein Fächer breiten sich die Blätter auf dem Tisch aus.

Ich schlucke, mache mich bereit. »Lassen Sie mich raten. Sie haben es gelesen. Sie sind anderer Ansicht.«

»Nein. Ich habe es gelesen und mich mit meinen Kollegen besprochen, und jetzt …«, sie holt tief Luft, »… jetzt glaube ich, dass der Blutfluss kein Problem mehr darstellt, wenn wir die verdammte Niere auf die rechte statt auf die linke Seite setzen.«

Ich schwöre, dass in diesem Moment meine sämtlichen Körperfunktionen aussetzen. Ich schwebe in der Luft. Ich hoffe nur, der Absturz tut nicht so weh.

Sie fährt fort, als würden wir eine völlig normale, alltägliche Unterhaltung führen. »Ich bin sehr wohl ein Mensch, der zugeben kann, dass man manches auch anders machen könnte, dass man sich auch irren kann. Das gehört eben dazu.«

Ich starre sie an, begreife nicht.

Sie schiebt die Artikelseiten wieder zusammen. »Sie stehen wieder auf der Warteliste, Gal.«

Endlich kommt Leben in mein Hirn. »Ist das Ihr Ernst?«

Sie nickt und lächelt mich zum allerersten Mal, seit wir uns kennen, aufrichtig an. »Das haben Sie Mr Walters zu verdanken, Gal. Und der Prüfungskommission.«

Natürlich. Wenn einem kein Grund mehr einfällt, etwas nicht zu tun, muss man es tun, weil einem sonst die Klagen nur so um die Ohren fliegen. Ich schlucke die Frage hinunter, warum sie nicht auf dem neuesten Stand der Forschung ist, warum verdammt noch mal ein anderer Patient ihr erst davon erzählen musste. Ich beherrsche mich nur, weil Dr. Blankenships chirurgische Fähigkeiten außer Frage stehen und sie eine hohe Überlebensrate vorzuweisen hat. »Danke. An welcher Stelle stehe ich?«

»Top Ten. Wir gehen die Liste durch und nehmen den, der am besten passt.«

Ich nicke. Das ist alles schon so lange her, dass ich vergessen habe, wie es läuft.

Dr. Blankenship steht auf. »Unsere Koordinatorin für Nierentransplantationen wird sich im Lauf des Tages bei Ihnen melden. Sie kann Ihnen etwaige Fragen beantworten und außerdem sicherstellen, dass auch wirklich das Passende für Sie dabei ist.« Sie klingt, als ginge es um eine Partnervermittlung, nicht um eine Nierenoperation. Ich lächle.

Ich reiche ihr die Hand. »Vielen Dank.«

Sie zögert, bevor sie einschlägt. »Gal, Sie sind eine Patientin, die es einem nicht leichtmacht.«

Ich lache trocken. Was soll man darauf sagen? »Danke.«

»Das kann schlecht sein, aber auch gut.« Sie holt einmal tief Luft. »Was ich damit sagen will, ist, dass ich auf jeden Fall mein Bestes für Sie tun werde. Okay?«

»Das weiß ich zu schätzen.« Ich grinse.

Sie winkt ab. »Ich wünsche Ihnen eine angenehme Sitzung. Und rufen Sie Ihre Mutter an.«

Mr Walters sitzt im Wartezimmer und schäkert mit den alten und jungen Damen um ihn herum. Heute trägt er weiße Shorts mit einem langärmligen Hemd und braunen Ledersandalen. Ich gehe direkt auf ihn zu.

»Danke.« Ich halte ihm die Hand hin.

Er nimmt sie. »Also hat sie eingewilligt.«

»Das hätten Sie nicht tun müssen.« Ich setze mich neben ihn. Die schreckliche Wahrheit ist, dass ich nicht sicher bin, ob ich dasselbe auch für ihn getan hätte. »Es wäre möglich, dass ich vor Ihnen eine Niere bekomme.«

Seine Fröhlichkeit bleibt ungebrochen. »Das liegt nicht in unserer Hand. Wer am besten passt, hat Glück. Sie und ich, wir brauchen nicht dieselbe Niere, Gal. Von jetzt an liegt es in der Hand des Schicksals.«

»Das Schicksal kann mich mal.« Ich verschränke die Arme.

»Das Schicksal ist eine Schlange.« Er grinst, dann tätschelt er meinen Arm. »Ich sag Ihnen was. Solange wir mit diesen Maschinen verkabelt sein müssen, könnten wir doch eigentlich eine Partie Scrabble spielen.«

Würde die Schwester einen von uns zur Schlafenszeit nach nebenan schieben? »Im Buchstabieren bin ich eine völlige Niete.«

»Dann macht es nur noch mehr Spaß.« Er grinst.

Ich klopfe auf meine Tasche. »Ich muss meinen Unterricht vorbereiten.« Das stimmt nur zum Teil. Ich habe meine Stunden schon auf Wochen im Voraus geplant, weil ich mich zu Beginn des Schuljahrs festlegen muss. Im Prinzip ist es der Plan vom letzten Jahr. »Vielleicht nächstes Mal.«

Er nickt. Sehe ich da einen Hauch von Enttäuschung? Gefalle ich ihm etwa? Unmöglich. Er ist so alt, dass er mein Vater sein könnte. Aber vielleicht glaubt er, ich bin in seinem Alter.

»Ich bin sechsunddreißig«, platze ich heraus. Alle im Raum, Jung und Alt, richten ihre Aufmerksamkeit auf mich.

Mark lächelt verschmitzt, »Glückwunsch. Ich bin neunundfünfzig.«

Ich setze mich auf meinem Stuhl aufrecht hin. »Ich dachte nur, Sie würden es vielleicht gern wissen.«

»Ich werde es mir merken. Siebenunddreißig Kerzen auf Ihrem nächsten Geburtstagskuchen. Wann ist das?« Seine Augen funkeln. Sie erinnern mich daran, wie ich mir das Lachen verkneifen muss, wenn ein Schüler etwas besonders Lustiges macht und sich dabei um allergrößte Ernsthaftigkeit bemüht.

»Einunddreißigster Januar.« Ich werde rot. Nickend beugt er sich vor. »Und was ist Ihr Lieblingskuchen?«

»Hängt davon ab, was ich essen darf.«

»Seien wir optimistisch. Bis zu Ihrem nächsten Geburtstag haben Sie eine neue Niere.« Walters schlägt die Beine übereinander. »Suchen Sie sich einen Kuchen aus. Was Sie mögen.«

Ich überlege, gehe alle Kuchen durch, die ich je in meiner Fantasie probiert habe. Ich komme zu einer Entscheidung. Komplizierte Kreation. »Omelette Surprise. Baiser auf einem Schokoladenkuchen mit Vanillesoße.«

Er hebt eine Augenbraue. »Beeindruckend. Und soll das Baiser brennen?«

Ich nicke. »Selbstverständlich.«

»Schon mal gegessen?« Er zückt tatsächlich sein BlackBerry und tippt etwas ein.

»Meine Mutter hat mir einen gebacken, nachdem ich mit zwölf meine erste Niere bekommen hatte.« Ich lächle. »Zwölf Eiweiß für das Baiser. Sie brachte es nicht übers Herz, das ganze Eigelb wegzuwerfen, also gab es am nächsten Tag Eiercreme. Allein davon hat sie zweieinhalb Kilo zugenommen.« Es war jedes Pfund wert, hatte Mom damals gesagt. Es wäre auch zehn Kilo wert gewesen.

Er lacht so schallend, dass er husten muss, trocken und würgend, bis sein Gesicht die Farbe Roter Bete annimmt und sich feine weiße Falten um die Augen bilden.

»Kriegen Sie Luft?«

Walters hebt eine Hand, ein pfeifendes Geräusch kommt aus seinem Mund. Schwester Sonya bringt ihm eilig einen Plastikbecher mit Wasser. Er trinkt es in einem Zug. Als er das Wasser schluckt, sehe ich, wie dürr sein Hals ist. Ich stelle mir vor, wie er wohl aussah, als er gesund war.

Er bedankt sich bei Sonya für das Wasser, dann redet er weiter mit mir, als wäre nichts gewesen. »Ich glaube, die Kerzen könnten im Baiser versinken.«

»Dann nehmen Sie eben größere Kerzen.«

Wieder lacht er. »Sie haben wohl für jedes Problem eine Lösung parat.«

Sonya ruft meinen Namen. Ich stehe auf. »Wir sehen uns morgen früh, vermutlich.«

»Bis dann.« Er hat schon wieder sein BlackBerry in der Hand. Ich zögere. Vielleicht könnten wir doch was spielen. Ich könnte Sequence oder Karten vorschlagen statt Scrabble. Aber jetzt ruft die Schwester nachdrücklich meinen Namen, und ich möchte niemandem Probleme bereiten, weil Zimmer umgeräumt und Betten herumgeschoben werden müssen. Ich verlasse Mr Walters, der sich über sein kleines, schwarzes Telefon beugt und mit langen, schmalen Fingern auf die Tasten eintippt.

26

Die Wissenschaftsolympiade findet in Paso Robles statt, weil wir zu unbedeutend sind, um einen solchen Rummel abzuhalten. Am nächsten Samstag, dem letzten Wochenende im Mai, stehen Riley und ich um fünf auf und fahren hin. Im Auto mache ich das Radio aus. »Es ist noch zu früh für den Krach.«

Sie gähnt ausgiebig. »Meinst du, irgendwer ist krank?«

»Du solltest niemandem wünschen, dass er krank wird.«

»Tu ich ja nicht. Ich hab nur überlegt, ob Mr Morton dich heute Morgen angerufen hat.«

»Nein.« Mit Mr Morton habe ich seit unserer Begegnung vor Bub's Eiscafé nicht mehr gesprochen.

Riley sieht mich schräg von der Seite an. »Ich weiß jetzt, wie man dieses Maßband benutzt.«

»Das ist gut.«

»Auch wenn ich nichts anderes zu tun bekomme, das kann ich jedenfalls jetzt.« Sie fummelt am Reißverschluss ihres Kapuzenpullis herum, zieht ihn rauf und runter, langsam und schnell, bis ich fürchte, dass sie sich gleich die Haut einklemmt.

»Wusstest du, dass ich erst mit sieben gelernt habe, wie man die Uhrzeit abliest?«

»Was soll das denn heißen?« Ich denke an die Digitalanzeigen an Herden und Computern und Mikrowellen.

»Eine normale Uhr, mit Zeigern. Ich wusste nicht, wie man sie abliest. In der Schule haben wir es nie durchgenommen. Vielleicht dachte jeder Lehrer, man hätte es uns schon erklärt.

Ich weiß nicht.« Sie lächelt ihre Füße an. »Ich war mit so was noch nie so gut.«

Über meinem Kopf braut sich eine kleine Wolke zusammen und regnet auf mich herab. Ich bin gleichzeitig glücklich und traurig. »Ich hätte dir beibringen sollen, wie man so ein Maßband abliest, auch wenn du nicht in meinem Team bist.«

Sie zuckt mit den Schultern. »Ich mag mit der Blide schießen.«

»Das macht bestimmt Spaß.« Ich biege auf den Parkplatz der Highschool ein, in der das Treffen stattfinden soll.

Mr Morton steht bei seinem Wagen, mit einem Klemmbrett in der Hand, und macht einen äußerst offiziellen Eindruck. Seine Haare sehen aus wie wilde Brombeerbüsche im Wind. »Sie sind spät dran.« Sein Ton ist forsch.

»Warum stehen Sie dann hier draußen?« Ich sehe auf meine Uhr, eine Swatch, auf der kleine Geckos abgebildet sind. Es ist erst acht. Stimmt schon, wir hatten zehn vor acht gesagt, aber acht ist völlig in Ordnung, wenn man bedenkt, dass die Veranstaltung erst um halb neun beginnt. »Wir haben noch reichlich Zeit.«

»Brad und Samantha sind krank.« Er notiert irgendwas auf einem Blatt Papier. »Riley, du springst bei der Blide ein.«

»Was?«, sagen Riley und ich gleichzeitig.

»Warum haben Sie mich nicht angerufen?«, frage ich.

»Das habe ich.«

Ich hole mein Telefon hervor. »Oh. Stimmt. Aber ich bin gefahren. Ich konnte nicht rangehen.«

Die Grippezeit ist vorbei. Beiden Kindern ging es gestern noch gut. Ich kann einfach nicht glauben, dass Brad sich diesen Tag entgehen lässt, oder auch Samantha, wo sie doch so auf gute Noten und außerschulische Aktivitäten aus sind. Na gut, Brad vielleicht. Er steht vor dem Abschluss, und von daher kann es ihm egal sein. Aber Samantha? Hat sie ihre rebellische Phase?

»Tante Gal?« Riley steht neben mir. Sie zwinkert hektisch. »Ich bin aufgeregt.«

Ich lege ihr beide Hände auf die Schultern. »Das schaffst du schon, Riley.«

Die Aula der Highschool ist eigentlich eher eine Turnhalle für Basketballturniere, mit Körben an beiden Enden und Holzböden und Tribünen. Es ist unerträglich laut, weil alle Stimmen nachhallen. Ich hole die kleinen, roten Schaumstoffstöpsel aus meiner Gürteltasche, nehme mein Tribünenkissen und hocke mich in die unterste Reihe.

Die Bliden stehen nebeneinander aufgereiht bereits am einen Ende der Halle. Einige sind aus Metall, aber die meisten aus Holz, wie unsere. Unser gesamtes Team trägt dunkelblaue T-Shirts mit dem Bild unseres Maskottchens und dem Namen unseres Teams – St. Mark's Lions. Auf dem Rücken ist ein Löwe abgebildet, der sich vor seinen Gegnern auf die Hinterbeine stellt.

Der Schiedsrichter verteilt die Gewichte und die Wurfgeschosse. Es sind kleine Säckchen, vermutlich mit Schrot gefüllt. Ich hoffe, von denen landet keines im Publikum. Sie hätten das Ganze draußen abhalten sollen. Die Schüler müssen vorausberechnen, wie weit die Säckchen fliegen, basierend auf ihren bisherigen Erfahrungen.

Riley steht mit einem Taschenrechner und einem Notizbuch voller Grafiken und Tabellen da und sucht die Tribüne ab. Wen sucht sie? Oh. Mich. Ich winke. Sie winkt zurück. Ich halte beide Daumen hoch. »Das schaffst du«, sage ich, obwohl sie mich auf die Entfernung sicher nicht hören kann. Sie nickt, als könnte sie Lippenlesen.

Es ist seltsam. Ich sehe die anderen Eltern um mich, die ihren Kindern winken. Klar habe ich in meiner Rolle als Lehrerin schon mal Kinder angefeuert, aber zum ersten Mal nehme ich dermaßen Anteil am Schicksal einer Schülerin.

Weil sie zu mir gehört.

Ich beuge mich vor, mit den Ellbogen auf den Knien. »Los geht's, Riley! Komm schon!«

Sie kratzt sich mit dem Bleistift am Kopf, dann geht sie in die Hocke und fängt hastig an zu schreiben. Sie richtet die Blide aus, platziert das Säckchen und nimmt das Band in die Hand. Wenn sie daran zieht, löst das Katapult aus und schießt sein Säckchen ab.

»Feuer eins!«, ruft der Schiedsrichter.

Das erste Team schießt. Das Säckchen fliegt fast bis zum anderen Basketballkorb.

»Feuer zwei!«

Das sind wir. Ihr Teamkollege Jim löst die Blide aus. Das Säckchen fliegt etwas weiter. Riley reißt triumphierend beide Arme in die Luft.

Als alle Teams geschossen haben, schickt jedes einen Mitstreiter mit Maßband los. Ein Schiedsrichter wird nachprüfen, ob sie auch richtig abgelesen haben. Wenn nicht, gibt es einen Punktabzug.

Ich bete darum, dass Riley das metrische System beherrscht.

»Riley. Riley. Riley.« Ich rufe laut, ohne es zu merken. Die anderen Eltern sehen zu mir herüber. Ich bin die Einzige, die ruft. O Gott. Ich habe mich in eine von diesen nervigen Müttern verwandelt, die bei der Abschlussfeier aufstehen und klatschen, obwohl wir alle gebeten haben, mit dem Applaus bis zum Ende zu warten. Diese Leute, die am Spielfeldrand die Footballtrainer anschreien. Wie schnell man sich doch verändert.

Sie misst und mustert das Maßband. Sie richtet sich auf, hält den Daumen hoch, schenkt mir das strahlendste Lächeln, das ich je bei ihr gesehen habe.

Ich kann nicht anders. Ich stehe auf und juble ihr zu.

Es ist ihr nicht peinlich. Sie macht einen kleinen Hüpfer und klatscht in die Hände. Zweiter Platz. Das macht nichts. Ich johle, so laut ich kann. Alle starren herüber und staunen, was für ein Lärm aus so einer kleinen Frau herauskommt.

Mr Morton, der von der anderen Seite herübersieht, schüttelt den Kopf und lächelt.

Am Nachmittag, wieder in der St. Mark's Highschool, kommen die Eltern, die nicht dabei waren, um ihre Kinder abzuholen. Ich lasse Riley plaudernd bei Jim zurück und gehe zu Mr Morton hinüber.

Er sitzt allein unter einem chinesischen Flammenbaum. Es ist ein junges Exemplar, der Stamm noch voller Dornen, fast ohne gelbe Blüten. Wenn er älter wird, glätten sich die Dornen zu grüner Borke.

Mr Mortons Haare, die auf dem Parkplatz noch so zerzaust waren, sind nun ordentlich gekämmt. Er sieht aus wie Barbies Ken. Selbst sein Bart ist ungewöhnlich gepflegt. Er wirkt streng und abgespannt, als säße er mit geballten Fäusten und knirschenden Zähnen da.

Ich setze mich neben ihn. »Das lief doch insgesamt ganz gut. In all den Jahren, die ich das jetzt mache, habe ich noch nie einen Ersatz gebraucht.« Auch bei den Bazillenjägern und den anderen Wettbewerben haben wir gut abgeschnitten.

Mr Morton blinzelt auf den Innenhof hinaus, ohne eine Sonnenbrille vor den Augen. »Von jetzt an sollten wir vermutlich immer Ersatzleute benennen.«

»Vermutlich.« Ich denke an Dara, und ich möchte ihn am

liebsten fragen, wie es im Kino war. Ich fürchte nur, er könnte es missverstehen, als Eifersucht oder Neugier. »Manchmal macht man eben Fehler. Schließlich sind wir alle nur Menschen, oder?«

Verdutzt sieht er mich von der Seite an.

Ich hole tief Luft und beschließe, doch danach zu fragen. »Warum haben Sie Ihre Firma verlassen? Und Frau und Kind?«

Mr Morton rückt ab, als zeigte ich Symptome von Ebola. »Nehmen Sie bloß kein Blatt vor den Mund.«

Ich tappe mit dem Fuß. »Nein. Im Ernst. Weiß Dara davon? Weiß sie das alles?«

»Vielleicht sollten Sie es ihr sagen, wenn Sie schon so viel wissen.« Er presst den Mund zusammen. »Verdammt, wahrscheinlich wissen Sie darüber mehr als ich.«

»Ich passe nur auf sie auf. Irgendwer muss es ja tun.« Ich denke an Dara, wie kühl wir in letzter Zeit miteinander umgehen, und ich merke, dass mir die Tränen kommen. Ich habe ihr noch nicht einmal erzählt, dass ich auf der Liste für eine neue Niere stehe.

»Wenn Sie es genau wissen wollen, habe ich Dara nicht mehr gesprochen, seit wir letzte Woche im Kino waren.« Er schüttelt den Kopf und steht auf. »Ich bin weder bereit, mein früheres noch mein aktuelles Liebesleben mit irgendjemand anderem als den unmittelbar Beteiligten zu erörtern.«

Ich spreize meine Hände. »Hey, ich versuche nur rauszufinden, ob Sie ein Miststück sind oder nicht.«

Er lacht. Schiebt seine Hände in die Hosentaschen und starrt seine braunen Slipper an. »Bin ich nicht.«

Ich stelle mir seine kleine Tochter vor, allein mit ihrer Mutter in einer anderen Stadt. Genau wie bei Riley und Becky und ihrem Vater. »Sehen Sie sie manchmal?«, frage ich. »Ist sie noch in San Luis Obispo? Das ist nicht weit.«

Er schluckt. »Ich sehe sie nicht so oft, wie ich es gern hätte.«

Ich möchte ihn fragen, wieso. Hat er seine Familie verlassen? Drogen genommen? Bevor mir eine taktvollere Formulierung dieser Frage einfällt, stellt er mir eine.

»Und Sie?«

»Ich?« Ich zerknülle meine Essenstüte.

»Ja, Sie. Sind Sie ein Miststück oder nicht?«

Ich blinzle ihn an. Noch nie hat mich jemand beschuldigt, ein Miststück zu sein. Zumindest nicht öffentlich.

Er nickt zur chinesischen Flamme. »Sie sind so stachlig wie dieser Baum. Sie haben richtig Spaß daran. Aber darunter …«, er schüttelt den Kopf. »Ich weiß noch nicht.«

Ich sehe mich nicht als stachlig. »Korrekt« wäre die bessere Formulierung. Behütend. »Vielleicht werden Sie es nie erfahren.« Ich erinnere mich an den Tag, als er zu uns kam, um die Blide zu bauen, und wie gut wir miteinander ausgekommen waren. Irgendwie wünschte ich, es könnte wieder so sein. Aber seit er mich mit Riley hintergangen hat, habe ich an ihm nur das Schlechte gesucht. Vielleicht übersehe ich etwas. Bei mir jedenfalls übersieht er was.

»Hören Sie, es tut mir leid, dass ich davon angefangen habe«, sage ich leise. »Es geht nur Dara und Sie und Ihre Exfrau etwas an.«

»Sie wollen ja nur auf sie aufpassen.« Er lächelt knapp. »Keine Sorge. Ich bin kein Miststück. Glaub ich jedenfalls.« Er fährt sich mit der Hand durch die Haare. »Ich bin ein eher zurückhaltender Mensch, Miss Garner. Ich spreche nicht gern über mein Privatleben.«

»Ich wette, es treibt Ihre Mutter in den Wahnsinn.« Mir fällt auf, dass er mich wieder Miss Garner nennt. Um Distanz zu schaffen.

Soll mir recht sein. Möglicherweise bleibt er sowieso nicht

hier. Ich gehe davon aus, dass er wieder in die Stadt ziehen will.

Riley kommt angerannt, mit leuchtenden Augen. »Fertig, Tante Gal? Alle anderen sind abgeholt worden.«

Mit einem Nicken steht Mr Morton auf. »Ich werde mich auch mal auf den Weg machen.«

Ich schlucke. »Wir sehen uns.«

»Jep.« Er winkt.

Wir gehen in entgegengesetzte Richtungen und steigen in unsere Autos.

Am selben Abend höre ich, wie Riley mit ihrer Mutter telefoniert. Ihr den Wettkampf beschreibt, ihren Triumph. Und verständlicherweise die Bazillenjäger übergeht.

»Deine Tochter war die Heldin des Tages«, rufe ich vom anderen Ende des Zimmers.

»Schscht, Tante Gal!« Riley lacht. Es ist schön, sie lachen zu hören.

Dann wendet sich das Gespräch anderen Themen zu. Ich versuche, nicht zuzuhören, aber wie könnte ich in einem so kleinen Haus nicht zuhören?

»Der letzte Schultag ist in der dritten Juniwoche, Mom.« Riley lauscht. »Sie möchte dich sprechen, Tante Gal.«

Mir fällt auf, dass Riley mich eher »Tante« nennt, wenn sie mit Becky spricht. »Becky. Was macht Asien?«

Das ignoriert sie. Die Verbindung ist so schlecht, dass es klingt, als telefonierten wir 1911, nicht 2011. »Gal, ich weiß, ich hab gesagt, dass ich diesen Sommer nach Hause komme.«

Ich mache mich bereit. »Und wann kommst du nun nach Hause?«

Riley spitzt neben mir auf der Couch die Ohren. Ich stehe auf und gehe ins Schlafzimmer. Ich möchte nicht, dass sie zuhört, was auch kommen mag. Ich ahne, dass es nichts Gutes sein wird.

»Die wollen, dass ich den Job noch über den Sommer mache. Ich soll von hier aus nach China und Japan.« Beckys Stimme klingt heiser. So schlimm klinge ich nur, wenn ich eine Grippe habe.

»Bist du drauf?«, fauche ich ins Telefon.

»Wie kommst du dazu, mich das zu fragen?«, sagt sie wütend.

»Ich glaube, du bist es. Du klingst schrecklich.«

»Ich bin nicht drauf. Ich bin erkältet. Ich rede viel.« Sie räuspert sich, und ihre Stimme klingt kurz besser. »Wenn du sie nicht willst, schick sie am besten gleich zu Mom.«

»Es geht nicht darum, ob ich sie hier haben will, Becky. Es geht darum, dass du nicht tust, was du tun solltest.«

»Ich *sollte* meinen Lebensunterhalt verdienen. Das ist das Einzige, was ich soll.«

»Du bist dieser Firma nicht verpflichtet. Du bist nicht beim Militär. Such dir einen Job in der Nähe.« Inzwischen flüstere ich, weil Riley bestimmt an der Tür lauscht.

Einen Moment sagt Becky nichts. »Das ist der Job, den ich für diese Firma machen soll. Es gibt keine Arbeit in der Nähe. Ich tue, was ich kann.« Sie klingt einigermaßen emotionslos. Ich überlege, ob ich mit meiner Schwester streiten will. Da fällt mir ein, dass Riley vermutlich schon lange nicht mehr so viel auf den Rippen hatte, dass ihre Haare nicht mehr so deprimierend pechschwarz sind, dass sie tatsächlich freiwillig an der Wissenschaftsolympiade teilgenommen hat.

Becky fährt fort. »Du willst, dass ich diesen Job kündige und dann zu Hause wieder vor dem Nichts stehe? Bei dieser Wirtschaftslage?« Sie schnieft. »Ich kann mich hier in Asien nicht um Riley kümmern. Ich bin zu viel auf Reisen. Sie wäre allein.«

Ich bremse sie. »Schon gut, schon gut. Ganz ruhig.«

»Sag mir nicht, dass ich mich beruhigen soll.«

Ich lache, weil unsere Gespräche ein solches Klischee sind. Immer rät die eine der anderen, sich zu beruhigen.

»Ich leg jetzt auf«, sagt Becky.

»Ich lache nicht über dich.«

»Auf Wiederhören.« Sie legt auf.

»Wiederhören«, sage ich in den summenden Hörer. »Auf Wiederhören, Becky.«

Einmal mehr ist es an mir, ihrer Tochter die schlechte Nachricht zu unterbreiten. Ich straffe die Schultern und reiße die Schlafzimmertür auf.

WINSLOW BLYTHE
Das Große Rosenbuch

Juni

Bald wird es Zeit für den zweiten Blütenschub und die Rosenschauen im Juni! Um dafür bereit zu sein, brauchen Ihre Rosen viele Nährstoffe. Haben Sie schon mal einen Teenager an einem kostenlosen Büfett gesehen? So sind Rosen. Sie nehmen so viel Nahrung auf, wie Sie ihnen geben, und gerne mehr.

- Geben Sie ihnen wöchentlich einen hübschen Schwung Dünger als Hauptgericht.
- Peppen Sie diesen mit organischem Kompost auf, wie zum Beispiel die Fischemulsion und vielleicht den speziellen Düngertee, den Sie vorbereitet haben.
- Reinigen Sie die Rosen täglich von Milben und dergleichen. Wenn es sein muss, sprühen Sie.
- Setzen Sie Ihre Kreuzungsexperimente fort, falls Sie daran Freude haben.

27

Am folgenden Dienstag kommt frühmorgens der Anruf, weckt mich noch vor Sonnenaufgang. Es ist der erste Tag im Juni, der Tag nach dem Memorial Day. Das Schuljahr neigt sich dem Ende zu, die Schüler sorgen sich um ihre Referate und Abschlussarbeiten, und ich sorge mich um meine nächste Rosenschau.

»Wir haben eine Niere. Essen Sie heute nichts.« Es ist Joanna, die Koordinatorin für Nierentransplantationen.

Ich bin Nummer zwei auf der Liste. Walters steht ganz oben. Die Ärzte führen einige Tests durch, um zu sehen, ob die Niere passt. Die Blutgruppe ist nur ein Faktor dafür. Sie versuchen, so viele Kriterien wie möglich zur Übereinstimmung zu bringen.

Mir wird flau im Magen. »Wann bekomme ich Bescheid?«

»Im Lauf des Vormittags.«

Ich klopfe an Rileys Tür. Sie dreht sich herum, ihr Gesicht faltig vom Kissen. Ich halte einen Daumen hoch. »Heute könnte es so weit sein.«

Eigentlich erwarte ich, dass sie wieder zurückrollt und weiterschläft, aber sie setzt sich auf. »Du solltest Oma anrufen. Sie würde es dir nie verzeihen, wenn sie es nicht als Dritte erfährt.«

In der Schule lasse ich mein Handy an, obwohl das nicht gern gesehen wird. Es gibt immer Ausnahmen. Das jetzt ist definitiv eine Ausnahme.

Den ganzen Morgen über bin ich ein reines Nervenbündel. Bei jedem Geräusch zucke ich zusammen. Ich oder Walters? Walters oder ich?

Während Rileys Biologiekurs taucht Dara auf. »Riley hat es mir erzählt.« Sie nimmt meine Hände. »Ich wusste ja nicht mal, dass du wieder auf der Liste stehst. Wie hast du das geschafft?«

Ich lasse ihre Hände los und lächle schief. »Lange Geschichte.«

Sie senkt ihre Stimme. »Ich weiß, dass du mir böse bist, weil ich Dr. O'Malleys Meinung bin, aber wirklich, Gal, ich will doch nur das Beste für dich.«

Ich fühle mich an das erinnert, was ich zu Riley gesagt habe. »Vielleicht weiß ich selbst, was das Beste für mich ist, Dara.«

Sie blinzelt, streicht nervös ihren Rock glatt. »Bist du aufgeregt?«

Kein bisschen. »Was glaubst du?«

Sie lacht. »Ich glaube, dass du höllisch aufgeregt bist.«

»Keine Flüche in meiner Klasse, bitte.«

»Ich kümmere mich um Riley, bis deine Mom da ist.«

Ich lächle sie kurz an. »Danke.«

Da summt mein Telefon. Wir alle erstarren. Ich gehe ran.

»Sie haben sie nicht bekommen. Tut mir leid.« Joanna klingt mitfühlend.

Mein Puls verlangsamt sich. »Walters?«

Sie zögert. »Das darf ich nicht sagen. Aber ich kann Ihnen sagen, dass er heute beschäftigt ist.«

Lächelnd lege ich auf. Ich stelle mir Walters im Krankenhaus vor, wie man ihm gratuliert und die Operation vorbereitet.

Riley steht neben mir. »War das ein *Ja*?«

»Nein.«

»Und wieso lächelst du dann?« Riley ist total gespannt, bereit für mich zu kämpfen oder zu weinen. Hinter ihr steht Dara, die genauso besorgt aussieht wie meine Nichte. Meine beiden Beschützerinnen.

Ich zucke mit den Schultern. »Tu ich eben.« Ich durchforste mein Inneres nach Neid oder Wut. Nichts. »Dann wird sie wohl an den Nächstbesten gegangen sein, was?« Ich schüttle meine Nervosität ab, schüttle buchstäblich beide Beine, bis die Kinder mich anstarren. Dann nehme ich meinen Stift für die Tafel. »Wollen wir dann mal wieder zur Sache kommen?«

Im Biologie-Leistungskurs wird bis zur Abschlussarbeit nächste Woche nur wiederholt. Als die Schüler hereinkommen, gebe ich jedem eine zwanzig Seiten lange Liste der Themen, die wiederholt werden sollen. »Ich hoffe, ihr setzt euch mit euren Lerngruppen zusammen«, sage ich.

Samantha und Brad kommen herein, halten einen Abstand von mehreren Schritten. Ich verstelle ihr den Weg, um beide aufzuhalten. »Ihr habt eure Grippe ja schnell überstanden.«

»Magenvirus. Vierundzwanzig Stunden.« Sie hält ihren Bauch, steht gebückt, sodass ihr die langen Haare ins Gesicht fallen.

»Wusstest du, dass es so etwas wie einen Vierundzwanzig-Stunden-Magenvirus gar nicht gibt?« Ich reiche ihr die Zusammenfassung. »Muss wohl eine Lebensmittelvergiftung gewesen sein. Wollen wir Bazillenjäger spielen, um herauszufinden, woran es lag? Was habt ihr zwei denn gegessen?« Mein Blick wandert von ihr zu Brad.

Brad schiebt sich an Samantha vorbei, die zu ihrem Platz geht. »Wir sind wieder gesund.« Er streicht die Haare aus seinem Gesicht; seine Wangen sind rot. Er ist sauer. Ich kann es spüren. Sauer, weil er durchschaut wurde. Ich finde, die angemessene Empfindung wäre Scham.

»Das freut mich.« Ich merke, dass Brad sich bemüht, Samantha nicht anzusehen, obwohl er neben ihr sitzt. Sie wendet sich von ihm ab. Ach, junge Liebe. Verbotene Liebe. Vermasselt die Wissenschaftsolympiade. Ich hoffe, es war die Sache wert. Für Brad ist es egal, aber für Samantha hätte ein Sieg großen Einfluss auf ihre Collegebewerbungen gehabt, besonders da sie es vielleicht zu den staatlichen Ausscheidungskämpfen hätte schaffen können. »Dann wollen wir mal loslegen.« Ich stelle den Overheadprojektor an.

Der Samstag, an dem die Rosenschau in Pasadena stattfindet, beginnt wie üblich vor dem Morgengrauen. Ich bin auf den Beinen und schaffe G42 in den Wagen, bevor der Zeitungsjunge (eigentlich ein Zeitungsmann in einem alten Toyota) vorbeikommt. Riley steht kurz nach mir auf, freut sich auf den Ausflug und darauf, in einer anderen Stadt zu übernachten.

»Können wir uns Disneyland ansehen?«, fragt sie.

»Sehe ich aus wie ein Goldesel?« Ich lade eine Tasche mit Reiseproviant für sie ein. Pudding, Äpfel, Müsliriegel. »Warst du noch nie da?«

Sie schüttelt den Kopf.

Ich stutze. »Dagegen muss was unternommen werden. Sogar ich war schon ein paarmal in Disneyland.«

»Cool.« Sie lächelt und holt ihren Rucksack von drinnen.

So versmogt hatte ich Pasadena gar nicht in Erinnerung. Der Dunst hängt über den Bergen im Hintergrund, davor das Konferenzzentrum, dessen weiße Farbe nach gebleichten Knochen aussieht.

Hier sind erheblich mehr Leute als bei der Show in San Luis Obispo, es gibt viel mehr Kategorien, auch ausgefallene Gestecke in speziell dafür angefertigten Blumenkästen. Das erkläre ich Riley, als wir hineingehen. »Allein schon dafür lohnt sich diese Show«, sage ich. »Nur um durch die Gänge zu schlendern.«

»Und die Konkurrenz auszuspionieren.« Riley lächelt. »Das macht bestimmt noch mehr Spaß als die Wissenschaftsolympiade.«

Wir melden uns an. Ich sehe Miss Lansing weit hinten an einem Tisch. Wir winken uns zu, aber sie kommt nicht herüber, Gott sei Dank. Ich finde meinen Tisch, Nummer 20, was ich als gutes Omen ansehe, und stelle meine Kühltasche ab.

Ich werde sie bis zur Beurteilung durch die Jury in der Tasche lassen. Erstens will ich nicht, dass alle Leute meine Rose angaffen, und außerdem soll sie eine Überraschung werden. Ich habe sie in der Kategorie »Neue Rosen« angemeldet.

Ich setze mich auf den Klappstuhl und wackle mit den Zehen. »Ich habe so eine Ahnung, dass es heute gut laufen wird«, sage ich und grinse.

Riley setzt sich auf den Tisch, sodass er kippelt. Sie hüpft herunter.

»Vorsicht, Riley.«

»Ich hatte auch schon solche Ahnungen.« Riley lässt sich auf dem Stuhl neben mir nieder. »Manchmal weiß ich, welcher Song im Radio läuft, bevor ich es anstelle.«

»Vielleicht liegt es in der Familie.« Ich lächle einen älteren Mann an, der seinen Rollator vorbeischiebt. Ich hoffe, ich werde auch mal so alt.

»Manchmal habe ich so ein Gefühl, dass mein Dad kommt und mich holt. Aber es passiert nie.« Riley zuckt mit den Schultern. »Man kann wohl nicht immer richtigliegen.«

Sie sackt auf ihrem Stuhl zusammen, bis ihr Kopf auf der klapprigen Lehne liegt. Ich lege ihr meine Hand auf die Schulter und drücke sie tröstend. »Er weiß nicht, was ihm entgeht.«

Sie lächelt.

Ich räuspere mich, greife nach meinem Portemonnaie, wühle darin herum und hole etwas Geld heraus. »Das ist für dich.«

»Wofür?« Sie starrt die beiden Zwanziger an wie einen Schatz.

»Für alles, was du willst. Essen, Souvenirs. Hey, du könntest dir sogar deine eigene Rose kaufen.« Ich drücke ihr das Geld in die Hand.

Sie klappt eine kleine Tasche mit goldener Kette auf, zieht eine winzige Geldbörse heraus, die mit einem kleinen Kätzchen bestickt ist.

»Verlier es nicht.«

»Ich pass schon auf.« Riley grinst. »Ich lauf ein bisschen rum, okay?«

»Denk dran. Tisch 20.« Ich winke, als sie davonstolziert. »Frag einfach jemanden, falls du dich verläufst, ja?«

»Ich bin doch kein kleines Kind mehr«, ruft sie zurück, noch immer stolzierend.

Ich schüttle den Kopf.

»Teenager. Ich beneide Sie nicht«, sagt die Frau am Nachbartisch. Sie ist ungefähr in meinem Alter, nehme ich an, und ihr Tisch quillt über vor Rosen. Sie hat vier Zwerge, zwei Sträuße mit Teehybriden und drei Arrangements mit Alten Rosen. Ich kann sie dahinter kaum erkennen. Sie steht auf und zupft an ihrem maßgeschneiderten Blazer.

»Haben Sie Kinder?«, frage ich, um Konversation zu treiben.

Sie grinst. »Dann hätte ich keine Zeit mehr für das alles hier.«

Ich nicke nur.

»Ich muss sagen, ich finde Teenager eigentlich ganz in Ordnung.« Ich rolle meine Kühltasche unter den Tisch, im Vertrauen darauf, dass ich sie bei einer Rosenschau wie dieser unbewacht lassen kann. Dann mache ich mich auf die Suche nach einem Imbiss.

Im Saal ist ordentlich was los. Überall um mich herum begrüßen sich die Leute, umarmen sich, klopfen einander auf die Schultern. Ich knüpfe nicht viele Kontakte bei solchen Veranstaltungen, aber ich beneide die Menschen um ihre Begeisterung.

Wieso rede ich nicht öfter mit Leuten? Ich könnte etwas lernen, wie von Winslow Blythe, der mir sein Düngerrezept verraten hat. Klar, ich sage Hallo zu Fremden, mache ihnen Komplimente für ihre Rosen, aber wann habe ich jemals versucht, einen Kontakt herzustellen?

Nur bei Byron. Und der hat mich angesprochen.

Ich finde die Snackbar, aber nichts, was ich essen möchte oder darf. Ich drehe eine Runde, schlendere jeden Gang einmal auf und ab. Der Saal ist so groß wie ein kleines Stadion, und das Stimmengewirr steigt zu den Rohren und den kristallenen Kronleuchtern an der Decke auf und verklingt.

Schließlich komme ich wieder in meinen Gang. Ich sehe ein paar Damen um einen Tisch versammelt und vermute Byron dahinter.

Ich grinse. Byron hält Hof, adrett im blauen Blazer mit weißem Hemd darunter. Die Damen umschwärmen ihn und nutzen jede Gelegenheit, ihn zu berühren. Ich verziehe das Gesicht. Sie sind fordernder als präpubertäre Mädchen beim Konzert eines Teenieschwarms.

Ich lächle gelassen, gehe hin, nehme seinen Arm mit schwungvoller Geste und küsse ihn auf beide Wangen. »Byron! Schätzchen! Wir haben uns ja eine Ewigkeit nicht gesehen.«

»Wann hast du dich in Zsa Zsa Gabor verwandelt?«, murmelt er und erwidert meine Küsse. Seine Wangen sind weich wie die eines Babys.

»Lass mich deine Rosen sehen!« Grinsend betrachte ich die Frauen im Alter zwischen einundzwanzig und fünfundsechzig. »Demografisch deckst du die volle Bandbreite ab.«

»Wohl wahr.« Er lächelt sie an und entlässt sie mit hochherrschaftlicher Geste.

»Die Show ist vorbei, Ladys. Hier gibt's nichts mehr zu sehen.« Ich winke ihnen.

Die Damen zerstreuen sich, können noch immer nicht fassen, wie es sein kann, dass ein Mauerblümchen wie ich sich Byrons Aufmerksamkeit erfreut. Bestimmt suchen sie meine Rose und halten mich für eine geniale Züchterin – was ich bin.

Er deutet auf eine seiner Rosen. »Der Sämling einer Zwerghulthemia, die ich ›Larissa‹ getauft habe, nach der Tochter meiner Schwester.« Sie hat hellrosa Blütenblätter, aber keinen Fleck. »Der Fleck kommt, wenn sie älter wird«, erklärt er, weil er meine Gedanken lesen kann. »Leider ohne Duft, aber mit ausgezeichneter Farbqualität und öfterblühend.«

Ich stutze und sehe ihn an. »Willst du nicht irgendwann professionell arbeiten, Byron? Nur noch deine eigenen Rosen produzieren und sie direkt verkaufen?«

Er nimmt die Hände hinter den Rücken und grinst wie ein Schuljunge. »Noch in diesem Jahr.«

Ich gratuliere ihm mit einem Knuff gegen den Arm, wie ich es bei einem Bruder machen würde. »Ich wusste, dass du der nächste David Austin wirst! Der David Austin der Hulthemias!«

Ich erwarte, dass er mich als Nächstes fragt, ob ich für ihn arbeiten möchte. Ich überlege, was wohl Häuser in Texas kosten mögen. Es wäre *die* Gelegenheit. Ich könnte meinen Lehrerjob an den Nagel hängen, der mir sowieso vielleicht demnächst gekündigt wird, und für Byron arbeiten. Wenn das möglich wäre – nach meiner Transplantation, sobald Riley wieder bei Becky ist, das wäre perfekt. Bestimmt würde er mich nehmen.

Byron deutet auf die nächste Rose auf dem Tisch. »Außerdem habe ich noch eine apricotfarbene Zwergrose, die dieses Jahr benannt und registriert wurde.«

Ich beuge mich vor und schnüffle daran. Sie riecht wundervoll. »Sie duftet sogar ein bisschen nach Aprikose, Byron.«

»Die wird ein Hit, da bin ich mir ganz sicher.« Ich bewundere die besonders glänzenden, dunkelgrünen Blätter.

»Weißt du, wie ich sie genannt habe?« Er druckst herum. »Gal.«

»Ja?« Ich warte darauf, dass er mir den Namen sagt.

»Sie heißt Gal. Die Rose heißt Gal.« Er lächelt, wartet auf meine Reaktion.

Ich stutze. »Nach mir? Galilee?«

»Nur Gal, denn so nenne ich dich schließlich. Ich hoffe, du hast nichts dagegen.« Er mustert mich eingehend.

Ich erstarre. »Gal« wollte ich meine G42 nennen. Gal, nach mir. Mein Name. Und jetzt wird es eine Zwergrose sein, mit der ich absolut rein gar nichts zu tun habe.

Er deutet auf das Schildchen. BYRON MADAFFER, GAL, APRICOTZWERGROSE. Da steht es schwarz auf weiß, schon registriert. Daran ist nichts mehr zu ändern. Da kann ich mich ebenso gut freuen. Ein paar Augenblicke vergehen, bis ich schließlich sage: »Es ist mir eine Ehre.«

Ist es. Wirklich. Ich wette, dass jede dieser Damen, wer sie auch sein mögen und wie viele Rosenpreise sie schon gewonnen haben, liebend gern mit mir tauschen würde. Ich lächle und reiche ihm die Hand. »Danke, Byron.«

»Es ist mir ein Vergnügen.« Er schüttelt meine Hand.

Ich hole tief Luft. »Also. Wie viele neue Mitarbeiter wirst du einstellen?«

Er tritt hinter seinen Tisch und macht sich an seinen Rosen zu schaffen. »Wahrscheinlich keinen.«

»Keinen?«

»Keinen.«

Sein Assistent, ein großer, junger Mann mit Hemd und Krawatte, reicht ihm ein Poliertuch. Byron fängt an, seine Rosen abzuwischen, obwohl sie eigentlich perfekt aussehen.

Ich bleibe an seinem Tisch stehen. Byron ist schwer zu durchschauen. Eben widmet er sich dir noch eingehend, schon ist er beim nächsten Thema. »Solltest du jemals auf den Markt gehen, ruf mich an. Du weißt, dass ich gern für dich arbeiten würde.«

Er nickt kurz. »Ich kann aber nichts garantieren.«

Ich verstehe den Wink. Ich trete zurück. »Natürlich nicht.« Die Erniedrigung schmeckt wie Spülmittel. Sein Assistent wirft mir ein mitfühlendes Lächeln zu. Ich deute hinter mich. »Ich werde mich mal lieber auf die Suche nach meiner Nichte machen. Es ist schon fast Zeit für die Jury.«

Endlich hört Byron auf zu polieren. »Hast du G42 dabei?«

»Natürlich.« Ich erwarte, dass er sagt, er kommt vorbei und sieht sie sich an. Er kennt sie nur von Bildern.

Stattdessen reicht er mir die Hand und schiebt dabei seltsam die Augenbrauen zusammen. »Viel Glück, Gal. Wir sehen uns später.«

»Okay.« Ich drehe mich um und gehe, wische mir die Hand ab, weil seine plötzlich so feucht war.

28

Riley sitzt hinter meinem Tisch und verspeist ein Chili Cheese Dog aus einer Pappschachtel. Sie hat das ganze Gesicht voller Chili und auch schon ihre Jeans bekleckert, aber ich bin trotzdem bester Laune. »Vielleicht solltest du das lieber mit Messer und Gabel essen«, sage ich.

»Oh.« Sie sieht die Sauerei. »Bäh.«

Ich krame Taschentücher hervor, da sie offensichtlich keine Serviette mitgebracht hat. »Hier.« Ich klaube die Bohnen von ihrem Schoß und wische ihr den Mund ab. Sie nimmt einen Schluck Cola aus der Flasche auf dem Tisch.

Die Dame nebenan schüttelt übertrieben den Kopf. Ich lächle.

Ich beschließe, meine Rose herauszuholen, um Byron und seine seltsamen Umgangsformen zu vergessen. Einer Rose meinen Namen zu geben, ohne mich zu fragen. Was ist, wenn ich selbst eine Rose nach mir benennen wollte? Man könnte es möglicherweise für ganz schön selbstverliebt halten. Ich beschließe, mich geschmeichelt zu fühlen. Mich zu ärgern, würde mir nicht viel nützen, oder?

Ich grinse Riley an. »Wusstest du, dass es eine Rose gibt, die meinen Namen trägt?«

»Gibt es?« Riley juhut. »Gibt's doch gar nicht. Du bist berühmt!«

Ich zucke mit den Schultern. Was wird schon auf der Beschreibung stehen? »Benannt nach Gal Garner, einer mittelprächtigen Rosenzüchterin, die es nicht selbst hingekriegt hat«? Ich rufe mir in Erinnerung, dass ich dankbar sein wollte.

»Die Leute werden deine Rose am Valentinstag kaufen.«

»Eher nicht. Am Valentinstag sind vor allem rote Rosen gefragt, und die kommen meist aus Südamerika.«

Riley hält inne. »Du musst dir nicht solche Mühe geben, mir den Wind aus den Segeln zu nehmen.«

»Ich wollte dir nicht den Wind aus den Segeln nehmen.« Ich klatsche in die Hände! »Ein dreifaches Hoch auf mich! Ich meinte doch nur, dass es keine große Sache ist. Wäre es allerdings eine Rose, die ich selbst gezüchtet hätte, würde ich hier mitten im Gang ein Rad schlagen.«

»Du könntest ein Rad schlagen?«

Wohl eher nicht. Als ich klein war, konnte ich es jedenfalls nie. Und auch keinen Aufschwung am Reck. Keine Kraft in den Armen. »Dann eben im übertragenen Sinn.«

»Okay. Was hältst du davon, wenn ich meine Haushaltspflichten auch im übertragenen Sinn erledige?« Riley wackelt mit den Augenbrauen.

»Aber das tust du doch, oder?« Ich grinse. Sie lacht.

Ich sehe Byron an seinem Tisch stehen und versuche, seinen Blick aufzufangen, aber er guckt nicht her. Stattdessen glotzt Miss Miesepeter von nebenan genervt herüber, als wären wir hier in einer Bibliothek und nicht in einem lärmenden Saal.

Ich winke ihr zu wie Miss America und schenke ihr das selbstgefälligste Lächeln, das ich je zustande gebracht habe. Sie wendet sich ab.

Die Beurteilung durch die Jury findet erst nach dem Mittagessen statt. Ich genehmige mir ein salzreiches Hotdog, was mir gelegentlich gestattet ist, gebe aber das meiste davon Riley, die sich darüber hermacht, als hätte sie nicht schon ein Chili Dog, eine weiche Käsebrezel, Pommes, drei Dosen Cola und zwei Äpfel verdrückt, auf die ich bestanden habe.

»Vielleicht machst du gerade einen Wachstumsschub durch«, sage ich. Ich sehe, dass Miss Lansing meinen Gang entlangkommt, an den anderen Tischen stehen bleibt und sich auf ihrem Klemmbrett Notizen macht.

»Meine Mutter sagt, ich werde es noch bereuen. Sie geht dauernd ins Fitnessstudio.« Reumütig betrachtet Riley die halb volle Dose in ihrer Hand. »Sie meint, an meinem sechzehnten Geburtstag wird man es meinen Hüften ansehen.«

Ich suche nach etwas ansatzweise Freundlichem, was ich über Becky sagen könnte. »Deine Mutter weiß auch nicht alles, Riley.«

Sie wirkt überrascht. »Weiß ich doch.« Sie dreht die Dose in ihrer Hand. »Ich hatte zu Hause viel Bewegung. Da, wo wir gewohnt haben. Überall bin ich zu Fuß hingelaufen.«

Ich versuche, mir vorzustellen, wie sie gewohnt haben. Ich kann es nicht, weil ich nie da war. Meine Schwester ist mir im Grunde fremd. So sollte es nicht sein.

»Ich bin gespannt, wo wir wohnen, wenn sie wieder da ist.« Riley trinkt ihre Dose aus.

Da bin ich auch gespannt. Ich reibe mein Nasenbein unter der Brille, weil sie mich plötzlich kneift. »Wirf das bitte in den Recyclingmüll.«

Schon wieder ist Riley bedrückt. Ich lege ihr einen Arm um die Schulter. »Hey. Deine Mutter tut, was sie kann. Da bin ich mir ganz sicher. Und das alles macht deine Collegebewerbung um einiges interessanter als bei den Kindern, die ihr ganzes Leben im selben Haus verbracht haben und nie irgendwas tun mussten.«

»Kann sein.« Sie steht auf, nimmt ihre Getränkedose und macht sich auf die Suche nach einer Recyclingtonne.

Drei weitere Juroren folgen Miss Lansing, zwei Männer und eine Frau, die alle schon im Rentenalter zu sein scheinen. Das sind – demografisch gesehen – die meisten, weil sie die Zeit, die Bereitschaft und die finanziellen Möglichkeiten haben, sich der Rosenzucht zu widmen.

Miss Lansing bleibt an Byrons Tisch stehen. Ihr schallendes Gelächter dringt durch das Stimmengewirr. Ich verziehe das Gesicht.

Riley setzt sich hin. »Diese Frau ist laut«, bemerkt sie, als sie meinem Blick folgt.

»Sie ist eine der Jurorinnen. Sei nett.«

»Ich bin immer nett.« Grinsend schlägt Riley die Beine übereinander.

»Dann eben besonders nett. So nett, als stündest du vor der Queen.« Ich bin total gespannt, strotze vor Energie.

»Oha. Sollte ich einen Hofknicks machen?«

Ich nehme an, sie scherzt, bin mir aber nicht ganz sicher. Ich lasse es darauf ankommen. »Wenn es sein muss.«

Miss Lansing nähert sich uns. Riley entscheidet sich für eine leichte Verbeugung, bei der sie die Handflächen aneinanderlegt, wie eine Japanerin. Miss Lansing mustert sie argwöhnisch.

»Meine Liebe! Wie geht es Ihnen?« Sie presst ihre kalte Wange an meine. Sie fühlt sich an wie meine alten Lederstiefel. Bestimmt habe ich jetzt Reste von Puder und Rouge im Gesicht.

»Sehr gut, Miss Lansing.«

Mitfühlend seufzt sie: »Den Umständen entsprechend, vermutlich. Was sind Sie doch für eine tapfere, kleine Frau!« Sie wendet sich den anderen Juroren zu. »Die Ärmste braucht eine neue Niere.«

Ich werde rot.

»Ich würde Ihnen eine abgeben, aber ich habe selbst nur eine«, flötet der flotte Herr im grauen Sakko.

»Wir anderen sind zu alt«, meint Miss Lansing.

Ich hasse dieses gönnerhafte Mitleid. Damit fühle ich mich tausendmal schlechter als an meinem allerschlechtesten Tag. Wenn ich sage, dass es mir gut geht, wünschte ich, die Leute würden antworten: »Mir auch. Das Leben geht weiter«, denn das ist genau das, was ich will. Einfach weiterleben.

Inzwischen sieht Miss Miesepeter gar nicht mehr so miesepetrig aus, eher als wollte sie mich in die Arme schließen. Ich könnte ihr eine reinhauen.

Miss Lansing dreht die G42 hin und her. »Dieselbe Rose wie in San Luis Obispo, wie ich sehe.« Majestätisch schweift ihr Blick über den Tisch. »Haben Sie denn zufällig noch eine andere Rose dabei, Gal?«

»Nein.« Das sieht sie doch. Riley richtet sich auf.

Miss Lansing klimpert mit ihren falschen Wimpern. »Leider fällt diese Rose nicht in die Kategorie der Neuen Sorten, Gal.«

In meinem Kopf, in dem sich ohnehin alles dreht, kreisen die Gedanken immer schneller, bis es sich anfühlt, als wäre ich gerade von einem Jahrmarktskarussell gestiegen. »Ich verstehe nicht.«

Miss Lansing beugt sich vor. Die anderen Juroren, die offenbar alle Bescheid wissen, schlurfen zum nächsten Tisch. Miss Lansings Augen sind direkt vor meinen, so nah, dass ich jedes rote Äderchen und die blaugrüne Iris sehen kann. »Gal, Byron hat diese Rose letzten Monat registrieren lassen. Wussten Sie das nicht?«

»Was?« Meine Stimme ist so leise, dass ich sie selbst kaum hören kann.

Sie richtet sich auf. »Er hat sie bei der American Rose Society angemeldet. Sie heißt Gigi.«

»Gigi?« Ich wiederhole es, als wäre ich schwer von Begriff.

Miss Lansing dreht die G42 um. »Ich dachte, Sie wären befreundet. Da sage ich es Ihnen lieber.« Sie lächelt bedauernd. »Es tut mir leid, dass Sie hier Ihre Zeit verschwenden, Gal.«

Sie geht weiter, verschwindet in einer Wolke von Lavendelduft.

»Tante Gal? Wovon hat sie geredet?« Riley steht neben mir.

Ich sehe zu Byron hinüber.

Er starrt mich an. Ich spüre, dass das Blau seiner Augen wie ein Blitz durch meinen Körper fährt. Wären wir in einem Film mit Spezialeffekten, würden jetzt blaue Funken zwischen uns sprühen, als wollten sich erbitterte Feinde gegenseitig verhexen.

Er wendet sich ab. Tritt hinter seinem Tisch hervor und entfernt sich.

Feigling.

Ich laufe ihm hinterher, folge seinem blonden Schopf eine Weile, bis er in der Menge verschwindet.

Keuchend stehe ich da. Ich streiche meine Haare zurück.

Diese Show hätte ich mir schenken können. Das ganze Wochenende hätte ich mir schenken können.

Auf dem College sprach einer der Professoren – ich weiß nicht mehr, welcher, aber er war kein Naturwissenschaftler – von der Gabe des Vergessens. Wie man vergessen kann, dass man ein Referat abgeben muss, um kein schlechtes Gewissen zu bekommen, weil man lieber feiern möchte. Oder – wie in meinem Fall – wie ich vergessen kann, dass meine Nieren kaputt sind, um tun zu können, was ich will, zumindest für eine Weile.

Daran denke ich, als mich ein älteres Pärchen anrempelt und ich einen Ellbogen in die Rippen bekomme. Schönen Dank auch. Momentan will ich von Rosen nichts mehr wissen. Bis auf Weiteres jedenfalls.

»Tante Gal?« Riley rüttelt mich an der Schulter. »Erde an Tante Gal. Was ist passiert?«

Ich sammle mich, mische meine Gedanken neu, bis wieder mehr oder weniger so etwas wie eine Ordnung zu erkennen ist. »Nimm deine Sachen. Ich hab genug von diesem Zirkus.«

Ich war nicht mehr in Disneyland, seit meine Eltern mit Becky und mir hingefahren sind. Sie ging damals in die achte Klasse und ich in die sechste. Becky hatte eine Freundin dabei, so einen frechen Wildfang, und die beiden verbrachten den ganzen Tag auf eigene Faust. Das war mir nur recht, denn so hatte ich meine Eltern für mich. Es war ein paar Monate vor meiner Transplantation, und meine Eltern hatten mir einen Rollstuhl gemietet, damit ich nicht laufen musste. Alles in allem war es ein schöner Ausflug. Bis Becky und ihre Freundin im Disney-Gefängnis landeten, weil sie sich einmal zu oft vorgedrängelt hatten. Die Heimfahrt war nicht so angenehm.

Diese Geschichte habe ich Riley erzählt, als wir uns einen Weg durch das riesige Los Angeles mit seinen Vororten bahnten. Man braucht ungefähr eine Stunde, je nach Verkehrslage. Ich hatte die Hotelkosten erstattet bekommen und plante nun, das Geld für eines der Disneyland-Hotels auszugeben, nachdem ich mich kurz versichert hatte, dass ich mir den Ausflug auch leisten konnte.

Riley wirkt beschämt. Beschämter, als es meine Absicht war. »Ich wusste nicht, dass meine Mom so was macht.«

Ich hatte es lustig gemeint. »Damals war es ziemlich schockierend. Aber jetzt ist es eher komisch, findest du nicht? Deine Mutter war eben ein typischer Teenager.« Mehr oder weniger.

»Das ist typisch?« Riley legt die Stirn in Falten. »Das findest du typisch? Du unterrichtest an einer katholischen Schule. Solltest du mir nicht sagen, dass man so was nicht tut?«

»Ich sage ja nicht, dass du es tun sollst. Ich habe dir nur was von deiner Mom erzählt.« Wir nehmen die Ausfahrt am Disney Drive. Hier hat sich einiges verändert, seit ich zuletzt da war. Man lenkt uns ein Stück durch Seitenstraßen, an Hotels vorbei, bis wir vor einem gigantischen Parkhaus stehen. »Du meine Güte. Früher konnte man einfach reinspazieren. Heute muss man diese Bahn nehmen.«

»Also, ich würde das nicht tun.« Riley verschränkt die Arme. »So was würde ich nie tun.«

»Ist doch egal. Es ist über zwanzig Jahre her.« Ich wünschte, ich hätte mit dem Thema gar nicht erst angefangen. »Amüsieren wir uns. Die haben bis Mitternacht geöffnet.«

Disneyland ist voll verliebter Pärchen. Natürlich. Es ist Samstagabend. Was könnte man Besseres unternehmen, wenn man in Anaheim wohnt? Wir stellen uns beim »Matterhorn« an, einer Schlittenachterbahn, die einen riesigen Schneeberg aus Pappmaché hinaufklettert, vorbei an einem Yetiroboter. Ich frage mich, wie viele sich gerade erst kennengelernt haben und schon ihre Hände gegenseitig in die Hosentaschen schieben, wie das Teeniepärchen vor uns. Ich merke, dass Riley dasselbe denkt. »Du hast recht. Becky war kein typischer Teenager.« Wir rücken vor. »Sie hatte viele Probleme.«

»Ich weiß. Du musst nicht so tun, als wäre es anders gewesen.« Riley schlingt die Arme um sich. »Oder als wäre es nicht heute noch genauso. Ich bin kein Baby mehr.«

Sie verteidigt ihre Mutter vor anderen, streicht Beckys Schwächen selbst heraus. Man selbst darf auf seinen nächsten Verwandten herumhacken, aber wehe, ein anderer tut es. Ich persönlich hatte nie was dagegen, wenn jemand Beckys Probleme laut aussprach, wenn unsere Highschool-Lehrer mich hinter vorgehaltener Hand fragten, was eigentlich mit Becky los sei, weil sie mal wieder regelmäßig nicht zum Unterricht erschien. Es war alles wahr. An der Wahrheit kann ich nichts ändern.

Über uns fliegt eine Peter-Pan-Figur, als wir die schier endlose Reise durch »It's a Small World« antreten. Angesichts der unterirdischen Umgebung fühle ich mich eher wie auf einer Reise zum Mittelpunkt der Erde. Die tanzenden Marionetten singen in Stereo. »Gruselig!«

»Süß!«, sagt Riley.

»Jetzt habe ich bestimmt ein Jahr lang Albträume. Die sind genauso schlimm wie Clowns.« Ich lehne mich zurück und schließe die Augen. Es war ein langer Tag. Morgen schlafen wir aus, spazieren ein Stück durch die Parks, dann fahren wir so los, dass ich pünktlich zur Dialyse wieder zu Hause bin. »Kannst du dir vorstellen, hier die Putzfrau zu sein, ganz allein? Was ist, wenn die alle zum Leben erwachen?«

»Tante Gal. Ich dachte, *ich* hab hier die blühende Fantasie.« Riley kichert.

Mein Handy summt. Ich bin mir einigermaßen sicher, dass wir nicht ins Wasser kippen, und nehme den Anruf an, ohne einen Blick auf die Nummer zu werfen.

»Gal.«

Diese Stimme würde ich immer erkennen, vor allem am Tonfall. »Was willst du, Byron?«

»Du warst plötzlich weg.«

»Allerdings. Ich hatte keinen Grund mehr zu bleiben.« Meine Stimme wird immer lauter, und ich danke den Göttern des Jahrmarkts, dass wir allein in diesem Boot sitzen. »Du bist vor mir weggelaufen.«

Darauf reagiert er nicht. »Du warst weg, bevor die Ergebnisse verkündet wurden.«

Darauf reagiere ich nicht. Es ist mir egal, wer was gewonnen hat. »Hast du mich gehört? Du bist vor mir weggelaufen.«

»Ich bin nicht *weggelaufen.*« Er räuspert sich. »Ich hatte was zu erledigen. Danach habe ich dich gesucht.«

Ich schnaube verächtlich. »Wenn ich dich über den Tisch ziehen wollte, würde ich dir dabei ins Gesicht sehen.«

Endlich wird er kleinlaut. »Es tut mir leid, Gal. Du hast recht. Ich wollte nicht, dass du mir eine Szene machst.«

Ich wünschte, er wäre hier, damit ich ihn aus dem Boot ins Wasser werfen könnte. Manchmal hasse ich dieses moderne Leben. »Hat sie denn wenigstens einen Duft? Hast du es hinbekommen?«

Er spricht lauter. »Bist du in Disneyland?«

»Ich staune, dass du den Song erkennst. Du, der du keine Seele hast.«

Er seufzt. »Du weißt, dass wir vor zwei Jahren darüber gesprochen haben, die Elternpflanzen zu kreuzen. Ich hatte das Endprodukt einfach zuerst.«

»Du hättest mich warnen können.« Ich schließe die Augen, denke an G42. Es war wohl zu erwarten, dass Byron mir zuvorkommen würde. Mit seinen endlosen Mitteln.

»Ich erzähle nie vorher, welche Rosen ich registrieren lasse. Das würdest du auch nicht tun. Wir sind keine Partner.«

Ich spüre, wie meine Haut ganz heiß wird. »Ich würde es dir sagen, wenn ich wüsste, dass du fast genau dieselbe Rose hättest.« Würde ich. Oder nicht?

Ich denke an all das, was ich absichtlich für mich behalten habe. Die Samen und Ableger, die ich ihm nicht geschickt habe.

»Ich glaube kaum, dass du das tun würdest. Dafür willst du viel zu gern gewinnen. Genau wie ich.«

Ich würde gern glauben, dass er recht hat. Wenn ich an seiner Stelle wäre, mit seinen Fähigkeiten und seinem Geld, wäre ich da nicht großzügiger? Ich weiß es nicht. Ich bin nicht mehr so sicher, ob er nicht doch recht hat.

»Es ist nichts Persönliches, Gal.«

Das klingt nach Dr. Blankenship. »Ist es nie, oder?« Ich lege auf.

Vielleicht ist es besser, dass wir das Gespräch am Telefon geführt haben. Es war distanziert, wie alles, was wir miteinander tun. Mir wird bewusst, dass er auch distanziert ist, wenn wir uns gegenüberstehen. Byron ist nie wirklich präsent. Kein Wunder, dass er allein lebt.

Riley beugt sich vor und spricht direkt in mein Ohr. »Und duftet Byrons Rose nun?«

»Wollte er nicht sagen.« Ich sehe sie an. Ich hätte nicht gedacht, dass es sie interessieren würde. Sie bewundert die Roboterpuppen. Ihre Haut leuchtet in den kunterbunten Farben des künstlichen Karnevals, durch den wir fahren.

Sie lehnt sich aus dem Boot, um ihre Hand durchs Wasser gleiten zu lassen. »Lass die Finger im Boot!« Jaulend reißt sie die Hand wieder auf ihren Schoß.

»Nicht dass du auch noch im Disneykittchen landest.« Meine Haut kühlt ab. Ich grinse. »Ich vergesse immer, dass du zum ersten Mal hier bist. Du brauchst noch eine Mütze mit Mäuseohren.«

»Mit meinem Namen drauf?«

»Mit deinem Namen drauf.« Ich lehne mich zurück und schaue mir hawaiische Puppen an, die Hula tanzen. »Wie lange dauert die Fahrt durch diesen Höllenpfuhl eigentlich?«

»Tante Gal, du warst doch auch mal ein Kind.« Riley beugt sich über die Bank vor ihr. »Entspann dich.«

Riley schläft in der Bahn zurück zum Parkhaus ein. Ihr großer Kopf ruht schwer auf meiner Schulter, ihr Atem riecht nach Ananas vom Tiki Room. In der Bahn selbst ist alles still, abgesehen vom leisen Brummen der Maschine. Die kleinen Kinder sitzen auf dem Schoß oder auf den Schultern von Vater oder Mutter, die Kinderwagen stehen zusammengeklappt da, die Eltern haben dunkle Schatten unter den Augen.

Auf der Bank gegenüber – so nah, dass sich unsere Knie berühren – hält ein Vater seine Tochter im Arm. Sie trägt genau so eine Mausmütze wie Riley. Neben ihm sitzt ein etwa zwölfjähriger Junge, der sich seinen Kapuzenpulli mit Totenschädel und gekreuzten Knochen über den Kopf gezogen hat, die Augen fest zusammengekniffen. Der Vater fängt meinen Blick auf und lächelt. »Sie wachsen schnell, nicht?«, sagt er leise und streicht über die wilden, roten Haare seiner Tochter.

Ich blinzle. Ich kann mich noch erinnern, wie Riley ein kleines Mädchen war, so klein, dass wir sie auf den Schultern tragen konnten. Die vielen Jahre, die zwischen meinen Besuchen lagen. Wie sie heranwuchs, ohne dass ich etwas davon mitbekam. Ohne dass ich sie erlebte.

Die Bahn fährt um eine Kurve. Ich spüre, dass Riley von mir wegrutscht. Ich lege meinen Arm um sie, damit sie nicht herunterfällt, und halte sie, so fest ich kann. »Das stimmt.« Ich lächle zurück, und er schließt die Augen, als könnte er jetzt ruhig schlafen, nachdem er meiner Bestätigung sicher ist.

29

In der folgenden Woche besuche ich Walters im Krankenhaus. Er sieht ziemlich gut aus für jemanden, dem man ein Organ aus einer Leiche eingepflanzt hat. Das sage ich ihm auch so.

»Sie wissen wirklich, wie man Komplimente macht, Gal.« Er lächelt kraftlos.

Ich schaue mich in seinem Krankenzimmer um. In einer gläsernen Vase stehen Blumen, einer von diesen Standardsträußen aus dem Supermarkt. Meinen halte ich hinterm Rücken versteckt. Rosen aus meinem Garten. »Haben Sie noch mehr Platz für Grünzeug?«

Seine struppigen Augenbrauen bewegen sich. »Heilige Scheiße, Gal. Die sind ja atemberaubend.«

»Ich wusste gar nicht, dass Scheiße heilig ist.« Ich nehme das Glas, das ich für alle Fälle dabeihabe, gebe Wasser und Blumenfutter hinein und arrangiere die Rosen. Ich habe ihm Hot Cocoa mitgebracht, die Teehybride, vierzehn Stück.

»Kommen Sie näher. Lassen Sie mich riechen.«

Ich tue ihm den Gefallen, achte darauf, dass ich kein Wasser verschütte.

Er holt tief Atem. »Verdammt, irgendwie riecht mit dieser neuen Niere alles besser.«

Ich ersticke meinen Neid. »Offenbar fluchen Sie mit der neuen Niere auch mehr.«

»Entschuldigung.« Er richtet seine Rückenlehne auf und verzieht das Gesicht. »Ich bin einfach glücklich. Und ein bisschen durchgeknallt.«

Ich nicke bedächtig, sehe überall hin, nur nicht in sein Gesicht.

»Sie sind auch bald an der Reihe, Gal. Ich weiß es.« Er will etwas greifen, vielleicht meine Hand, aber ich tue so, als würde ich es nicht merken, und wende mich ab.

»Wie sind Ihre Werte?« Ich suche nach seiner Krankenakte, aber die befindet sich beim Arzt oder im Computer. Sie hängt nicht mehr wie früher am Fußende vom Bett.

»Die Ärzte sind beeindruckt. Die Niere arbeitet gut. Pinkelt wie blöd.«

»Prima.« Ich freue mich für ihn. Ich muss mich für ihn freuen. Andernfalls wäre ich offiziell der schlechteste Mensch der Welt und käme abends in den Nachrichten. »Ich kann nicht glauben, dass ich aufs Pinkeln neidisch bin«, sage ich schließlich.

Walters prustet laut los.

»Apropos«, er nickt zu dem Plastikbehälter neben seinem Bett. »Ich bräuchte mal einen Moment etwas Privatsphäre.«

»Ich muss sowieso los.« Ich überlege kurz. »Wann kommen Sie nach Hause?«

»Nächste Woche, höchstwahrscheinlich.«

»Brauchen Sie Hilfe?« Seltsame Frage aus meinem Mund. Es ist ja nicht so, als könnte er bei mir einziehen und auf der Couch schlafen, damit ich ihn gesundpflegen kann. Ich kenne den Mann ja nicht mal richtig.

»Ich komme bei meinem Sohn unter.« Er deutet auf den anderen Blumenstrauß. Ich nehme an, den hat sein Sohn ihm mitgebracht. »Und gehe denen eine Weile auf die Nerven. Auch wenn es mir schwerfällt, meiner Schwiegertochter Arbeit zu machen.«

Walters gefällt mir immer besser. Ich ziehe mich zur Tür zurück. »Sagen Sie mir Bescheid, wenn Sie irgendwas brauchen.«

»Wie denn?« Er lächelt. Plötzlich sieht er blass aus, sein gealterter Körper wirkt ganz klein in diesem Bett. »Ich habe Ihre Nummer gar nicht.«

Ich schreibe sie auf ein Stück Papier, das ich in meinem Portemonnaie finde. Was wäre, wenn er mich um etwas Großes bitten würde, etwa ob er bei mir wohnen kann? Was würde ich tun? »Ich meine, wenn Sie kutschiert werden müssen oder so.«

»Eine Partie Scrabble vielleicht? Dieses Nachmittagsfernsehen weicht mir das Hirn auf.«

Ich grinse. »Ich spiele lieber Karten. Wie gesagt, ich kann nicht buchstabieren.«

»Dann also Karten.« Er winkt ab. »Teufel auch, mit Karten bin ich sowieso viel besser als beim Scrabble.«

»Immer diese Flucherei.« Ich schnalze mit der Zunge und gehe.

Meine Zehntklässler hören sich an, was in der entscheidenden Biologiearbeit drankommt. Wir sind beim Harnwegssystem, bei dem die meisten im Test schlecht abgeschnitten hatten. »In der Arbeit werdet ihr das System aus der Erinnerung zeichnen und benennen müssen«, sage ich. Leeren Blickes starren sie mich an. »Schreibt es euch auf.« Das tun sie.

Ich trete an die Tafel und skizziere das System. »Ich persönlich will die Nieren immer im Magen zeichnen, weil meine da sitzen.« Ich zeichne zwei Nieren, die einander wie Spiegelbilder gleichen.

»Ihre Nieren sitzen im Magen?« Das Mädchen namens Sarah wundert sich.

»O Mann«, sagt John. »Wo warst du eigentlich das ganze Jahr?«

Ich lächle. »Sie pflanzen einem die neue Niere in den Magen.«

Weitere Schüler melden sich. »Wann haben Sie sie verloren?« »Warum?« »Wie leben Sie damit?« »Was passiert dann?« Die Fragen kommen immer schneller.

Ich lege den Stift weg. Wer hätte gedacht, dass man Aufmerksamkeit bekommt, wenn man Wissenschaft mit persönlichem Schicksal verbrämt? »Immer mit der Ruhe. Ich werde es euch erzählen.« Das tue ich und fange ganz von vorn an, als ich noch klein war.

Rileys Mund steht so weit offen, dass ein Kätzchen darin Platz gehabt hätte. Mir fällt auf, dass ich ihr die Geschichte noch gar nicht erzählt habe, weil ich dachte, es sei längst Teil unserer Familiengeschichte und meine Mutter oder Becky hätten es ihr erzählt. Anscheinend nicht. Mit fortschreitender Geschichte schließt sich ihr Mund, doch sie sinkt in sich zusammen und sieht immer unglücklicher aus, bis mir scheint, dass sie am liebsten im Boden versinken würde.

»Sterben Sie denn ohne?«, fragt Sarah.

»Sarah! Halt den Mund.« Riley blickt auf. »Das ist die dümmste Frage, die ich je gehört habe.«

Ihre Klassenkameraden murmeln zustimmend. Keiner möchte darüber sprechen, dass ich sterben könnte.

Ich denke an Herzinfarkte. Infektionen. Weitere Organe, die den Dienst einstellen. Heute läuft meine Nase. Wer weiß, ob daraus wieder eine Nebenhöhlenentzündung wird, die in mein Blut übergeht, sodass ich im Krankenhaus lande. »Möglich.« Ich zittere leicht, als ich meinen Stift nehme und die Zeichnung zu Ende beschrifte. »Es gibt je einen Punkt für jeden korrekt dargestellten Teil und jede richtige Bezeichnung. Insgesamt zehn Punkte. Prägt euch die Skizze ein, falls ihr es noch nicht getan habt.«

Es klingelt, und ich entlasse die Kinder. Riley bleibt sitzen und sammelt ihre Sachen übertrieben langsam ein. Ich gehe zu ihr. »Riley, alles wird gut. Mach dir keine Sorgen.« Wie so oft, wenn ich das sage, glaube ich es selbst. Ich möchte es glauben, bis irgendetwas passiert, was mich daran zweifeln lässt. Zwar gebe ich mir Mühe, optimistisch zu bleiben, aber es will nicht immer gelingen.

Sie nickt, steht gebeugt mit ihrem Rucksack da. »Aber sicher sein kannst du dir nicht, oder?«

Ich blinzle, schinde Zeit. Riley wartet mit gefasster Miene, verbirgt ihre Verletzlichkeit. Sie kommt mir vor wie ein Innenminister, der erfährt, dass es Krieg gibt: die Stirn erwartungsvoll gerunzelt. Die nächste Klasse kommt herein, und ich begleite Riley zur Tür. »Kein Mensch kann sich sicher sein, Riley. Niemand. Ein Stahlträger könnte sich während des Unterrichts aus der Decke lösen und mich erschlagen.«

Tief und bebend holt sie Luft, und ich weiß, dass sie an Becky und mich denkt und daran, wie oft die Erwachsenen in ihrem Leben sie im Stich gelassen haben, im Großen wie im Kleinen. »Das dachte ich mir.« Dann geht sie zu ihrem nächsten Kurs, mit so großen Schritten, dass ich ihr nicht folgen könnte, selbst wenn ich es wollte.

30

An unserer Schule findet in der Woche vor der Abschlussfeier traditionell ein Bankett statt. Ungeachtet des Umstands, dass die Kinder so kurz vor der Entlassung bestimmt nicht mit ihren müden Lehrern herumsitzen und über die guten, alten Zeiten auf der Highschool plaudern wollen, während wir gemeinsam am vertrockneten Rostbraten herumkauen, den uns der Eltern-Lehrer-Verband zur Verfügung stellt.

Nichtsdestotrotz sind alle Lehrer – besonders Dr. O'Malley – voll bei der Sache. Sie kleiden sich dem Anlass entsprechend, sie schaffen kristallene Kelche aus verschiedenen Sammlungen heran, und sie mieten ein paar Tische für die Bibliothek. Frische, weiße Tischtücher und Blumenschalen vervollständigen das Bild.

Außerdem ist es der Tag, an dem wir besondere Auszeichnungen vergeben, ein letztes Lockmittel, damit die Schüler auch kommen.

Dara und ich bereiten in der Cafeteria das Essen vor. Eigentlich sollten noch andere Lehrer mithelfen, aber natürlich bleibt keine gute Tat ungestraft, und so sind wir die Einzigen, die Häppchen vorbereiten: Toast mit Mozzarella, einer Scheibe Kirschtomate und Basilikum, mit einem Spritzer Balsamico und Olivenöl. Danach gibt es einen Salat. Die Eltern bringen Rostbraten und den Nachtisch mit.

Meine Freundin hat mir gefehlt.

Ich bin guter Dinge. Die letzten Arbeiten sind geschrieben, und bevor ich herkam, habe ich die von Riley zensiert. Eine gute Leistung. Sie wird den Kurs bestehen. Ich konnte nicht umhin, es ihr zu sagen.

Mir klingeln noch immer die Ohren von ihrem Jubel.

Ich lächle bei der Erinnerung daran, während ich die Tomaten bearbeite. »Es war keine gute Idee, diese kleinen Dinger in Scheibchen zu schneiden«, erkläre ich. Der ganze Tresen ist voller Tomateninnereien, von meinen Händen und Unterarmen ganz zu schweigen.

»Wessen Idee es auch gewesen sein mag, er sollte wenigstens den Anstand besitzen, hier zu stehen und das Essen vorzubereiten.« Dara holt einen Schwung Toast aus dem Ofen. »Mist. Die sind verbrannt.«

»Du musst sie früher rausnehmen.«

»Offensichtlich.« Sie grinst. Sie trägt ein violettes Trägerkleid mit weißen Punkten darauf. Die Träger sind so breit, dass sie ihre Schultern fast bedecken. Ihr kleines, weißes Jäckchen hat sie über einen Stuhl gehängt und eine große, weiße Schürze angezogen. Ich trage meine dunkelblaue Hose und einen pinken Pulli. Ich spare mir die Mühe, eine Schürze anzulegen.

Dara tritt zurück und betrachtet das erste Tablett, das wir fertig haben. »Sieht gut aus.«

»Viel Arbeit für etwas, das in null Komma nichts weg sein wird.«

Sie lacht. »Nachdem ich mit der Abschlussausstellung durch bin, kann ich endlich wieder freier atmen.«

»Hast du dich deswegen versteckt?« Ich meine es eher im Scherz.

»Nein.« Sie setzt sich auf einen Hocker. »Nein, deshalb nicht. Und außerdem hast du dich auch vor mir versteckt.«

»Nicht absichtlich.« Das ist nicht die ganze Wahrheit. Ich schneide noch mehr Kirschtomaten, dann lasse ich das Messer sinken und wische meine Hände an einem Papiertuch ab. Warum noch weiter um den heißen Brei herumreden? »Dara, was ist eigentlich los?«

Der Ofen plingt. Sie holt den neuen Toast heraus, lässt das Backblech auf den Tresen fallen, dann sieht sie mich an. »Gal, weißt du, warum ich gezögert habe, dir zu sagen, dass ich nicht mit zur Rosenschau kommen konnte?«

Ich schneide den Mozzarella. »Offen gesagt nein.«

Sie lacht kurz auf. »Manchmal hörst du mir gar nicht zu. Du wirst so böse, wenn Leute nicht tun, was du willst.« Sie blickt zu Boden. »Ich hatte Angst davor, wie du reagieren würdest.«

Es war, als hätte sie *mich* im Ofen verbrannt. »Ich werde nicht böse.«

Sie hebt eine Augenbraue. »Nachdem ich dir gesagt hatte, dass ich nicht mitkommen konnte, hast du nie wieder angerufen.«

Ich lege das Käsemesser hin. »Ich habe darauf gewartet, dass du mich anrufst!«

»Ich dachte, du wärst mir immer noch böse.« Dara kommen die Tränen. »Vielleicht bist du dir gar nicht darüber im Klaren, aber du rufst nur an, wenn ich was für dich tun soll, Gal. Ich fahre dich zu deinen Behandlungen und helfe dir, wenn du krank bist. Und ich tu es gern, weil du fast so etwas wie eine Schwester für mich bist.« Sie wischt sich mit dem Handrücken über die Nase. »Aber ich hatte das Gefühl, ich gebe und gebe, und je mehr ich gegeben habe, desto mehr wolltest du haben. Ich möchte, dass du auch ein bisschen gibst.«

Ich trete einen Schritt zurück. Mir ist, als würde ich ersticken. »Ich muss mal an die Luft.«

»Lauf nicht weg vor der Auseinandersetzung. Immer läufst du weg.« Sie wird lauter.

»Tu ich nicht.« Ich setze mich auf einen anderen Hocker.

Inzwischen weint Dara, und Tränen tropfen auf den Toast. Ich möchte ihr sagen, dass alles okay ist, aber das ist es nicht.

Ich nehme immer nur. Und was habe ich zu geben? Meine schlauen Sprüche. Ich mache ihr das Leben schwer.

Wann habe ich Dara zuletzt einen Gefallen getan?

Ich kann mich nicht erinnern.

»Es tut mir leid, Dara.« Ich meine es ehrlich. Ich atme so tief ein, dass mir die Rippen wehtun. »Ich möchte dir eine bessere Freundin sein.«

Sie lächelt. »Ich weiß, Gal.« Sie wischt ihre Haare aus der Stirn. Dann pustet sie Luft aus. »Puh.«

Endlich weiß ich, was ich tun muss. Ich breite die Arme aus und drücke Dara unbeholfen an mich. Sie erwidert die Umarmung, und ihre Tränen wärmen meine Schulter.

Ich gebe es zu. Ich hatte Angst davor, ihr gegenüberzutreten. Ich wollte, dass Dara zu mir kam, nicht umgekehrt. Dabei war es gar nicht so schwer, diesen Schritt zu tun. Ich bin dankbar, dass Dara mit mir über das Problem gesprochen hat und mir Gelegenheit gibt, es aus der Welt zu schaffen, statt sich einfach von mir abzuwenden. Es zu ignorieren, wie ich es immer versuche.

Ich löse mich von ihr. »Du solltest dir lieber die Nase putzen und das Gesicht waschen, bevor wir weitermachen. Du bist die reinste Bazillenschleuder.«

Sie lacht, tritt an die Spüle und schüttet sich Wasser ins Gesicht. »Gut, dass ich wasserfestes Mascara genommen habe.«

Ich betrachte sie einen Augenblick und denke daran, was Mr Morton nach der Wissenschaftsolympiade sagte. »Triffst du dich nicht mehr mit George?«

Sie zuckt mit den Achseln. »Nein. Das hat nicht funktioniert.«

Ich verteile etwas zu viel Öl auf dem Toast. Ich sollte es ihr trotzdem sagen. »Es lag aber nicht an seiner Tochter, oder?«

Sie trocknet Hände und Gesicht mit braunen Papierhandtüchern. »Nein, das war es nicht.«

Öl tropft auf meine Hände. Ich stelle die Flasche ab. »Dass er eine Tochter hatte, war dir egal? Hat er dir erzählt, was passiert ist?«

»So ernst war das nicht mit uns, Gal. Er hat mir nicht erzählt, was passiert ist. Ich treffe mich immer noch mit Chad.« Sie wirft das Papiertuch weg.

»Müsste ich jetzt wissen, wer Chad ist?«

»Der Buchhalter.« Sie grinst und bekommt rote Wangen. »Wie sich herausstellt, liebt er die Kunst.«

»Klingt wie der perfekte Mann.« Ich schneide noch mehr Käse.

»George ist wirklich nett.« Sie hackt etwas Sellerie in kleine Stückchen. »Langweilig, aber nett.«

»Langweilig?« Ich hätte ihn nie für langweilig gehalten.

»Sterbenslangweilig.« Sie kichert. »Er wollte immer nur über Naturwissenschaft reden.«

Ich bin gekränkt. »Ich rede doch auch nur davon.«

Sie hebt beide Schultern. »Aber er mag Musik, Opern.«

»Wirklich?« Ich bin beeindruckt.

»Wieso interessiert dich das so?« Sie gibt den Sellerie und die Salatgurken in verschiedene Schüsseln.

»Tut es nicht. Ich bin nur …« Ich zucke mit den Achseln. Ich weiß keine Antwort. Vielleicht ist der Kerl doch kein Miststück.

Schnell und geschickt hackt sie zwei Möhren und wirft sie ebenfalls in eine eigene Schüssel.

»Gib einfach alles in die große Salatschüssel, dann rühren wir es um.«

»Nicht alle mögen dasselbe. So kann sich jeder nehmen, was er möchte.«

»Das hier ist eine Abendgesellschaft, keine Salatbar. Sie werden es überleben. Jetzt sind sie ja alle erwachsen.« Bevor sie Einwände erheben kann, schütte ich die Zutaten über den Kopfsalat.

Sie seufzt. »Manches ändert sich wohl nie.«

Die Bibliothek, in der das Bankett stattfindet, liegt im Kerzenschein; die warmen, gelben Flammen werfen ihr Licht auf die metallenen Bücherregale, die laminierten Poster von grinsenden Prominenten mit Büchern in Händen und auf die Schüler und Lehrer. Sie sitzen bereits an den langen Tischen, als Dara und ich die Vorspeisen hereinbringen. Neben dem Salat und den Tomaten-Mozzarella-Häppchen, die nach Daras Aussage *caprese* heißen, gibt es kleine, vorgefertigte Quiches und Crab Cakes. Kartoffelpüree, Käsenudeln und Rostbraten stehen auf Warmhalteplatten. Auf einem Nebentisch stapelt sich ein Dutzend unterschiedlicher Desserts, von den Eltern kunstvoll in Reihen arrangiert. Es ist nicht wie im Fünf-Sterne-Restaurant, aber hinterher werden die Kinder pappsatt sein.

Ich bin froh, dass unsere Schule klein ist. Nur fünfzehn Schüler machen dieses Jahr den Abschluss. »Genau das, was eine Bibliothek braucht. Feuer und fettige Finger«, knurre ich.

Dara zieht die Augenbrauen hoch.

Mr Morton sitzt weiter oben am Tisch, links von Dr. O'Malley. Er hält den Kopf gesenkt und lauscht Miss Schilling, der Mathelehrerin. Sie trägt ein skandalös tief ausgeschnittenes, grünes Kleid mit erheblich zu viel Dekolleté für eine Schulveranstaltung. Sie sieht eher aus, als wollte sie zur Grammy-Verleihung.

»Hey.« Ich piekse Dara. »Wie kommt es eigentlich, dass die Schilling nicht aus ihrem Kleid fällt?«

Dara, die gerade einen Schluck Wasser nimmt, verschluckt

sich. Ich klopfe ihr auf den Rücken. »Doppelseitiges Klebeband«, bringt sie keuchend hervor.

Einen Moment stelle ich mir vor, wie ich in so einem Kleid aussehen würde. Ich muss lachen. Grotesk.

Mr Morton blickt zu mir herüber. Um seine Augenwinkel bilden sich Lachfältchen. Er ist angemessener gekleidet, mit weißem Hemd, blauem Schlips und dunklem Blazer.

»Meinst du, er flirtet sich durchs ganze Kollegium?« Ich nehme einen Bissen *caprese*. Dieser Käse enthält meine heutige Phosphatration. Er schmeckt köstlich, cremig und etwas scharf vom Balsamico. Ich nicke Dara zu. »Schmeckt gut.«

»Hab ich ja gesagt.« Sie kostet selbst ein Stück. Ich nehme noch einen kleinen Bissen und kaue so langsam wie möglich, dann lege ich den Rest auf meinen Teller.

Dr. O'Malley steht auf und bringt sein Wasserglas mit der Gabel zum Klingen. Der Rostbraten steht vor ihm, mit einem großen Tranchiermesser und einer Serviergabel. Ich wünschte, wir könnten einen Catering Service engagieren, um jemand anderem das Zubereiten und Tranchieren zu überlassen.

»Sehr verehrte Damen und Herren. Ich danke Ihnen, dass Sie zur letzten Schüler-Lehrer-Begegnung ihrer glorreichen Zeit an der St. Mark's gekommen sind.«

»Hat er getrunken?«, wispere ich Dara zu. Sie bringt mich zum Schweigen.

Dr. O'Malley zwinkert. Er zwinkert mir tatsächlich zu. Die Schüler kichern. »Und nun unsere hochverehrte Miss Garner. Kommen Sie, geben Sie uns die Ehre!« Er winkt mich zu sich. Die Schüler klatschen unentschlossen.

Ich nehme das große Messer und die Gabel. Langsam schneide ich kleine, dünne Scheiben ab. Das Fleisch ist überraschend zart und rosa. Dampf steigt auf. »Reicht mal die Teller durch«, sage ich.

Dr. O'Malley legt seine Hand auf meine. »Miss Garner. Die Auszeichnungen, nicht das Fleisch. Erst die Auszeichnungen.«

»Oh, ich dachte, alle hätten Hunger.« Ich hebe die Hände und sehe zu den Schülern hinüber. Wenn ich schon quasi das Sagen habe, dann will ich aber auch ganz das Sagen haben. »Tun Sie ihnen was auf die Teller, und wir plaudern beim Essen. Wir wollen doch nicht, dass alles kalt und trocken wird.«

»Yeah!« Brad reckt die Faust. Die anderen Schüler jubeln.

Ich recke ebenfalls die Faust. »Hunger, Hunger, Hunger!«

Hilflos mustert mich Dr. O'Malley. Ich fange wieder an zu schneiden, größere Stücke diesmal, und klatsche sie auf die Teller. Ich grinse. »Ganz ruhig, Doc. Alles unter Kontrolle.«

Er reicht mir einen Teller. »Heute werde ich zwei Stücke brauchen.«

»Sie sollten auf nüchternen Magen lieber nicht trinken.« Ich lege ihm zwei dicke, fette Scheiben auf den Teller. »Hoffentlich haben Sie Ihre Cholesterintabletten genommen.«

Er fängt an zu lachen. Das ehrlichste Lachen, das ich je von ihm gehört habe. Mir gegenüber jedenfalls. »Diese Portion sollten Sie lieber einem der jüngeren Männer geben.«

Nachdem die Desserts geplündert sind und der Kaffee bis zum letzten Tropfen ausgetrunken ist, verabschieden sich die Schüler nach und nach. Nur wir Alten, die am Freitagabend nichts Besseres zu tun haben, bleiben da und plaudern.

Brad kommt zu mir herüber, als ich in einem der Polstersessel bei den Fenstern sitze. »Miss Garner.« Er reicht mir die Hand. Ich schüttle sie. »Vielen Dank für alles.«

»Du bist ein tüchtiger junger Mann, Brad, und wirst es weit bringen.« Ich höre mich an, als wäre ich hundert Jahre alt, aber das ist mir egal. »Komm mich doch noch mal besuchen, bevor du aufs College gehst.«

»Mach ich.« Er nickt, und seine blonden Haare fallen ihm in die Augen. »Ich muss los.«

»Okay.« Eine gewisse Sehnsucht nach alten Zeiten überkommt mich, als ich ihm hinterhersehe. Letztes Jahr hätte ich gewusst, was er im Sommer vorhat, was sein Hauptfach werden soll, wie er die Gefahr durch Rosenmilben einschätzt. Er war mir eher wie ein Neffe. Jetzt ist er mir fremd. Es ist, als hätten wir uns nie nahegestanden. Vielleicht stimmt das auch.

»Sie sehen so nachdenklich aus.« Mr Morton sitzt in dem anderen Sessel. Zwischen uns steht ein kleiner, runder Marmortisch, darauf eine große Lampe, hinter der im Grunde nur sein Kopf zu sehen ist.

In Gedanken bin ich noch bei Brad. Ich vergesse immer, dass ich Mr Morton nicht so mögen sollte. »Haben Sie schon mal gedacht, dass Sie jemanden gut kennen?« Ich wische etwas Klebriges von meinen Händen. Hoffentlich habe ich es mit dem Essen nicht übertrieben. »Ich meine, dass Sie mit jemandem befreundet sind und er Ihnen gegenüber immer offen war, und dann stellt sich raus, dass Sie ihn gar nicht richtig kennen? Dass er Sie gar nicht für einen so guten Freund hält, wie Sie dachten?« Ich meine Brad. Und Byron. Wahrscheinlich so ziemlich alle, die ich je gekannt habe.

Er runzelt die Stirn. »Absolut.« Er lächelt betreten und hält seinen unberingten Ringfinger hoch. »Zum Beweis habe ich das hier. Man sieht immer noch, wo er war.«

Ich nehme seine Hand, um sie genauer zu betrachten. Die schwachen Umrisse eines Rings sind zu erkennen. »Sieht aus, als hätten Sie ihn erst vor wenigen Minuten abgenommen. Die Frauen werden glauben, Sie wollen sie hinters Licht führen.«

Seine Hand fühlt sich ungewöhnlich rau an – für einen Lehrer. Ich lasse sie los.

»Ja.« Er nimmt einen Schluck aus dem weißen Kaffeebecher in seinen Händen. »Sie hat mich verlassen.«

Ich sehe ihn an. Er starrt in eine dunkle Ecke der Bibliothek. Alle anderen sind weit weg von uns, beim Büfett, am Ausgang oder am Tisch.

»Manchmal denkt man, man hat alles. Und plötzlich stellt sich raus, dass der andere das ganz anders sieht.« Er sinkt tiefer in seinen Sessel.

»Warum sind Sie Lehrer geworden? Und haben so einen guten Job sausen lassen?«

Er stellt den Becher ab und stützt seine Ellbogen auf die Knie. Ich rücke näher heran. Er holt tief Luft. »Ich wollte schon immer gern unterrichten, und meine Frau fand auch, dass unser Leben ruhig langsamer werden könnte. Wir wollten in eine kleinere Stadt ziehen, damit ich mehr Zeit hätte. Ich habe eine Lehrerlaubnis erlangt. Wir haben alle Vorbereitungen getroffen.« Er holt tief Luft. »Aber nachdem ich diesen Vertrag unterschrieben hatte und wir gerade dabei waren, das Haus auszuräumen, hat mich meine Frau verlassen und ist mit meinem Geschäftspartner durchgebrannt.«

»Was?« Unwillkürlich lege ich meine Hand auf seinen Arm.

Er hat winzig kleine, braune Sommersprossen auf der Nase und kleine Falten um den Mund. Er ist nicht mehr so jung, wie ich dachte. »Es ging wohl schon eine Weile. Ich schätze, sie hatte kein besonders schlechtes Gewissen, weil sie ja wusste, dass ich sowieso wegziehen wollte.« Er macht eine Pause. »Aber das reicht ihr noch nicht. Sie will unsere Tochter. Abbie. Dem Vormundschaftsgericht hat sie gesagt, ich hätte die beiden verlassen, um eine schlecht bezahlte Stelle in einer fremden Stadt anzutreten. Vorerst darf ich meine Tochter also nur jeden zweiten Samstagnachmittag sehen.« Er sinkt in sich zusammen, als wäre mit diesem Geständnis die Grenze seiner

Belastbarkeit erreicht. »Ich habe ihr die Zähne geputzt und jeden Abend Gutenachtgeschichten vorgelesen. Jeden zweiten Samstag …« Seine Stimme erstirbt, und er lächelt traurig. »Ich bin nur noch ein Fremder.«

Das muss ich erst mal verdauen. »Wann ist das alles passiert?«

»Anfang des Jahres. Bevor ich herkam.« Er richtet sich auf. »Meine Ex versucht, mich auszublenden. Als hätte ich nie existiert. Sie schreibt die Geschichte neu.« Er ballt die Fäuste, dann löst er sie.

»Aber Sie kämpfen immer noch um die Kleine? Sie geben nicht auf?« Ich wünschte, ich wüsste, warum es mir so wichtig ist. Ich brauche von irgendwem mal eine klare Ansage.

»Ich gebe nicht auf«, sagt er ganz leise.

Ich glaube ihm.

Nach dem letzten Klingeln am allerletzten Schultag fahre ich Riley bedrückt nach Hause. Morgen will meine Mutter kommen und Riley abholen, um sie den Sommer über großmütterlich zu verwöhnen. Und dann … dann will sie Riley bei sich behalten, bis deren Mutter sich dazu entschließt zurückzukommen.

»Ich finde, die öffentliche Schule ist zu groß für sie«, habe ich meiner Mom am Telefon erklärt.

»Die hast du auch besucht. Und deinen Abschluss mit Auszeichnung gemacht.«

»Aber gefallen hat es mir da nicht.«

In Wahrheit wird mir angst und bange, wenn ich an mein leeres Haus denke. Keine bizarren Cartoons im Fernsehen, keine laute Musik. Keine menschliche Nähe. Nur die Stille meines eigenen, einsamen Daseins.

Daran denke ich, während Riley neben mir im Auto sitzt

und mit dem Tragriemen an ihrem Rucksack spielt. »Er ist fast durchgescheuert«, sagt sie.

»Nächstes Jahr brauchst du einen neuen.«

Sie nickt und zerrt gedankenlos an dem ausgefransten Material herum. Ich greife nach ihrer Hand. »Du wirst ihn noch ganz abreißen.«

»Ist doch egal.«

»Dann kannst du ihn gar nicht mehr benutzen.«

Sie zerreißt ihn.

»Riley.« Schlitternd kommen wir in meiner Auffahrt zum Stehen.

»Ich will nicht weg.« Ihre Stimme klingt laut. Die alte Mrs Allen, die nebenan ihren Rasen sprengt, blickt auf, und ihr Wasserstrahl trifft die Pflanzen auf meiner Seite vom Zaun.

Ich ziehe den Schlüssel ab. »Riley, ich glaube, es ist besser, wenn du zu Oma gehst.«

»Ich will nicht auf eine neue Schule. Ich will hierbleiben. Bei dir.« Sie drückt ihr Kinn an die Brust.

»Riley.« Mein Herz pocht. »Mir wäre es doch selbst lieber, wenn du hierbleiben könntest. Aber ich muss auch an dich denken.«

Sie verschränkt die Arme. »Im August werde ich sechzehn. Ich bin alt genug, selbst zu entscheiden. Ich könnte mich für volljährig erklären lassen.«

»Aber das willst du nicht. Wir möchten doch nur, dass du Freunde findest, Riley. Du gehst gar nicht mehr unter Leute.«

»Ich habe hier Freunde.«

»Wo?«, erkundige ich mich herausfordernd. Seit Samantha hat sie sich mit niemandem mehr getroffen.

»Ich kenne genug.«

»Du rufst nie mal jemanden an.«

»Das kommt noch. Diesen Sommer. Versprochen.«

Ich betrachte sie schweigend. Dann sage ich: »Oma kommt morgen extra her.«

Riley hält einen Zeigefinger hoch. »Morgen habe ich ein Vorstellungsgespräch. In der Gärtnerei.«

Das ist ja ganz was Neues. Ich bewundere ihren Tatendrang. »Bist du überhaupt alt genug, um zu arbeiten?«

»Ja. Ich wäre nur Aushilfe. Fegen und so.« Sie beugt sich zu mir. »Zwanzig Prozent Rabatt, Tante Gal. Überleg doch mal. Die ganze Blumenerde, die du kaufen könntest.«

Ich denke nicht an den Rabatt.

Ich denke an Riley und ihre Großeltern. Bin ich Riley gewachsen? Wäre es nicht besser, wenn meine Eltern sie nehmen würden? Die sind bestimmt stärker und stabiler, als ich es je sein könnte.

»Bitte, Tante Gal.« Riley lächelt. »Bitte, bitte?«

Ich hole so tief Luft, dass ich es bis in die Zehenspitzen spüre. »Na gut.«

»Ja! Ich wusste, dass ich dich mit dem Rabatt kriegen würde.« Juchzend steigt sie aus dem Wagen, knallt die Tür zu und reckt ihre Faust in die Luft. Nebenan spritzt die alte Mrs Allen wahllos durch die Gegend.

»Bleiben Sie mit Ihrem Wasser auf Ihrer Seite!«, rufe ich ihr zu.

WINSLOW BLYTHE
Das Große Rosenbuch

Juli

Entfernen Sie alle alten und verwelkten Blüten. Bedenken Sie, dass nicht alle Blüten von selbst zu Hagebutten werden. Viele tun es nicht. Man kann nur abwarten und sie im Auge behalten.

Gießen Sie die Rosen täglich. Sie brauchen reichlich Flüssigkeit. Wenn Sie glauben, genug gegossen zu haben, legen Sie noch mal fünfzehn Prozent nach. Es sei denn, Sie sind ein alter Hase. In diesem Fall könnten Sie recht haben.

Geben Sie den Rosen qualitativ hochwertigen Kompost. Jetzt zahlt sich die Kompostierung aus, die Sie im Frühling begonnen haben. Sollten Sie versäumt haben, sich um Kompost zu kümmern, können Sie den auch in ihrer Gärtnerei erwerben oder einen vorausdenkenderen Freund darum bitten.

31

Die Schule ist aus und der vierte Juli gerade vorbei. Für mich stellt dieser Tag immer die Mitte des Sommers dar. Von jetzt an gehen die Ferien viel zu schnell vorüber, die Tage schmelzen dahin wie Wassereis zur Mittagszeit.

Diesen Sommer ist Riley hier.

Es ist noch nicht mal acht Uhr morgens, und ich habe jetzt schon mehr getan als die meisten Menschen den ganzen Tag. Ich bin früh aufgestanden, um mich im Rosengarten nützlich zu machen, bevor es zu heiß wird. Im Sommer können die Temperaturen vierzig Grad im Schatten übersteigen, und die Rosen, die draußen stehen, müssen täglich gegossen werden.

Die Rosen im Gewächshaus blühen und gedeihen, als wüssten sie nicht, dass es für ihre zarte Schönheit da drinnen eigentlich zu heiß ist. Ich habe beschlossen, G42 im nächsten Jahr zur Mutterpflanze zu machen. Dieses Jahr ist schon zu weit fortgeschritten, um Kreuzungen vorzunehmen. Ich wünschte, ich hätte sie im Frühling gekreuzt, als ich Gelegenheit dazu hatte. Das wäre besser gewesen, als meine Zeit auf Rosenschauen zu vergeuden.

Ich wische meine Hände an der Hose ab und nehme einen Schluck aus dem Schlauch, obwohl man das angeblich nicht tun soll. Riley arbeitet in der Gärtnerei. Ich fahre hin, um etwas Fischemulsion und Kompost zu kaufen.

Früher habe ich nach der Gartenarbeit ein Nickerchen gemacht, irgendwas gewerkelt oder nach Rosen recherchiert und bin dann wieder in den Garten gegangen, sobald es etwas kühler wurde. Manchmal war ich mit Dara im Kino, oder wir spielten Karten oder besuchten das klimatisierte Einkaufszentrum, wo ich dann auf einer Bank saß und wartete, während Dara die Läden unsicher machte.

In diesem Sommer gibt Dara einen Kunstkurs und trifft sich mit ihrem Buchhalter, mit dem sie inzwischen vermutlich offiziell zusammen ist. Nicht dass sie es zugeben würde.

Und ich bin Rileys Chauffeur. Drei Tage die Woche fährt Riley zur Gärtnerei, um dort zu arbeiten. Ich begleite sie, damit sie üben kann. Ich habe ihr versprochen, dass sie ihre Fahrprüfung an ihrem Geburtstag, dem 5. August, ablegen darf. Dienstags und donnerstags nimmt Riley an Daras Kunstkurs teil.

Die Gärtnerei, in der Riley jobbt, heißt Cranston Farms und macht einen verschlafenen Eindruck. Die Anlage erstreckt sich über mehrere Morgen Land. Ein großes, grünes Tuch spendet den empfindlicheren Pflanzen am Hauptgebäude Schatten. Kakteen und andere Sukkulenten stehen in endlosen Reihen, welche die Kunden in der sengenden Sonne abschreiten.

Ich betrete das klimatisierte Gebäude, in dem sie Hauspflanzen, Orchideen und Möbel anbieten. Ich frage mich, wer hier in dieser Gegend wohl Orchideen kaufen mag. Außerhalb der Tropen sind sie äußerst schwer zu ziehen. Ich würde es nie versuchen. Ich betrachte eine getigerte Blüte, während ein junges Mädchen Riley über den Lautsprecher ausruft.

»Sind Sie Rileys Tante?« Auf dem Namensschild des Mädchens steht ZOE. Sie hat zwei rote Pippi-Langstrumpf-Zöpfe und grinst breit, sodass eine Lücke zwischen den Vorderzähnen zum Vorschein kommt.

Ich neige den Kopf. »Du bist also die berühmte Zoe.« Zoe besucht die letzte Klasse der öffentlichen Highschool und besitzt ein eigenes Auto. Sie und Riley sind seit diesem Sommer unzertrennlich.

Riley kommt angelaufen, schweißgebadet. Sie nimmt ihren großen Strohhut ab und wischt sich über die Stirn. »Tante Gal! Kommst du, um den Dünger zu holen? Ich sag den Jungs, sie sollen ihn in deinen Wagen laden.«

»Danke.« Es tut gut, sie so lebendig zu sehen, so gesund.

Sie zieht ein kleines Moleskin-Notizbuch aus der Hosentasche. »Wir haben eine coole neue Blume. Ich habe sie gezeichnet.« Sie zeigt sie mir. Die Blüte sieht aus wie ein Seestern, fünf Blätter, mit freiliegendem Staubblatt und Knospen in der Mitte.

»Wow. Beeindruckend. Wie heißt sie?«

»Stapelia flavorpurpea.« Sie sieht Zoe an, die nickt. »So spricht man es wohl aus.«

»Fies ist an der *Stapelia* nur, dass die meisten nach verfaultem Fleisch riechen.« Zoe setzt sich auf den Tresen neben der Kasse. »Um Fliegen anzulocken.«

»Entzückend.«

»Nur diese nicht. Sie riecht nach Zucker.« Riley strahlt. »Und sie hat alle Schattierungen von Rosa.«

»Interessant.« Mein Herz rast, als würde ich eine Rose betrachten. So eine möchte ich haben. »Sind sie pflegeleicht?«

»Ich habe eine Idee.« Sie klappt ihr Notizbuch zu. »Ich möchte einen Garten anlegen. Einen Garten, der aussieht, als wäre er unter Wasser. Nur wasserspeichernde Sukkulenten. Was hältst du davon?«

Ich schrecke zurück. »Wo? Im Rosengarten ist kein Platz.« Will sie mir etwa welche von meinen Rosen wegnehmen?

»Nein, nein, nein. Vor dem Haus. Da ist nur halbtotes Gras.« Sie schlägt das Notizbuch wieder auf und zeigt mir eine Skizze. Blumen, die wie Seesterne aussehen, Pflanzen wie ein

Algenwald, Sand für den Meeresboden, alles hübsch vor der Veranda arrangiert. »Ich habe alles aufgeschrieben, was wir brauchen.«

Ich hebe eine Augenbraue. »Wie viel wird das kosten?«

»Ich bekomme Rabatt.« Riley geht die Luft aus.

»Sag mir, was alles zusammen kosten soll, und ich überleg's mir.«

»Ich kaufe die Pflanzen selbst. Ich arbeite doch.«

»Ich möchte, dass du dein Geld sparst, Riley.« Ihr Gesicht ist voll brauner Erde. Ich wische etwas davon ab.

»Ist schon okay, Tante Gal.« Sie weicht zurück. »Ich schaff das.«

Plötzlich platzt mir der Kragen. »Es ist nicht okay, Riley. Spar dir dein Geld.«

Eine Woge von Übelkeit rollt über mich hinweg. In meinem Kopf hämmert es. Ich muss mich setzen.

Sie hebt beide Hände. »Okay, okay, Tante Gal.« Sie tauscht einen Blick mit Zoe.

»Was guckst du so?« Ich bin wütend und unlogisch. Aus irgendeinem Grund habe ich keine Angst, obwohl ich vermutlich welche haben sollte. Hinter mir steht ein weißer Stuhl. Ich setze mich.

Riley greift nach mir. »Tante Gal, was tust du?«

Ich liege am Boden. »Wer hat den Stuhl da weggenommen?« Ich taste danach.

»Du bist total heiß.« Riley kniet neben mir, ihr schmutziges Gesicht voller Sorge.

»Dein Chef ist zu geizig, die Lüftung anzustellen.« In meinen Augenwinkeln wird es dunkel. Wie sonderbar.

Ich lausche auf den Herzschlag in meinen Ohren. Nichts. Kein Hämmern. Nur kühle Finsternis, die mich umschließt, wie ein Mikroskop, das nicht scharf gestellt ist.

»Es ist still«, schreie ich, aber ich höre nur Stille.

»Was sollen wir tun?« Zoes Stimme kommt aus weiter Ferne.

»Ruf einen Notarzt.« Rileys kühle Hände streichen über meine Stirn. Das Dunkel hat sich ausgebreitet. Ich taumle hinein.

Ich liege im Krankenhaus, in einem Zimmer, das wie alle anderen Krankenzimmer aussieht, in denen ich je gelegen habe. Mein Bett ist von einem pastellfarben gemusterten Vorhang umgeben. Nebenan stöhnt leise eine andere Patientin. Warme Decken stapeln sich auf mir. Ich hänge am Tropf und trage eine Blutdruckmanschette. Wenigstens liege ich am Fenster, auch wenn ich nur die kahle Wand des Nachbargebäudes sehen kann.

»Gal?« Ein dunkler Schatten schiebt sich vor meine uninspirierende Aussicht.

»Doc?« Ich blinzle. Licht umfängt sie wie ein Heiligenschein. Absurderweise.

»Wissen Sie, wo Sie sind?«

Ich sehe mich um, hebe meinen verkabelten Arm. »Hmm, weiß nicht. Ist das eine Fangfrage?«

Sie macht eine Notiz auf ihrem elektronischen Pad. »Weiß, wo sie ist.«

»Was ist passiert?«

»Dehydriert. Hitzschlag.«

Das klingt logisch. Zur Aufgabe der Dialyse gehört unter anderem, alle Flüssigkeit aus dem Körper herauszusaugen, an heißen Tagen ebenso wie an normalen. Ich erinnere mich nur noch, dass wir über Meerespflanzen gesprochen haben. Oder bilde ich mir das ein? Ist doch irgendwie seltsam, so ein Unterwassergarten. Ich sehe mir an, wie die kühle Kochsalzlösung durch den Schlauch in meinen Hals fließt, und spüre, wie es meinem pochenden Herzen entgegenpumpt. Ich werde wohl ein paar Beutel davon brauchen.

»Wenn Sie an heißen Tagen draußen unterwegs sind, haben Sie meine Erlaubnis, mehr Wasser zu trinken.« Dr. Blankenship macht sich an der Bettdecke bei meinen Füßen zu schaffen, stopft sie fest. Ich mag es nicht, wenn meine Füße eingesperrt sind.

»Daran habe ich überhaupt nicht gedacht«, gebe ich zu. »Ich fand nicht, dass ich mich körperlich groß anstrenge.«

»Sie haben im Garten gearbeitet, sind Auto gefahren und in der Hitze herumgelaufen. Für jemanden wie Sie ist das viel.« Gott sei Dank hört Dr. Blankenship auf zu stopfen und kommt auf meine andere Seite, wo ich sie besser sehen kann. Ihr gewellter Bob ist wirr und kraus. Im hellen Tageslicht sind die feinen Fältchen in ihrem Gesicht zu erkennen, und ich denke unwillkürlich, dass sie ein wenig Feuchtigkeitscreme brauchen könnte.

»Wie viel mehr Wasser?« Ich kann diese Ungenauigkeit nicht leiden. Soll ich etwa ihre Gedanken lesen?

»Eine Tasse extra. Bei diesem Wetter schwitzen Sie es aus.« Sie legt ihre Hand auf mein Bettgeländer. Ich betrachte die kurz gefeilten Nägel an ihren langen Fingern, ihre makellosen Nagelhäute.

»Schreiben Sie es mir auf.« Ich hoffe, mein Gedächtnis funktioniert inzwischen wieder, aber da kann ich mir nicht sicher sein. Dr. Blankenship schreibt es auf einen gelben Post-it und klebt ihn an mein Nachtschränkchen.

»Ich vermerke es auch in Ihren Entlassungspapieren. Keine Sorge.«

»Nicht vergessen.« Ich ziehe mir die Decke bis unter die Achseln.

»Tu ich nicht.« Sie tritt an den Vorhang. »Ruhen Sie sich aus.«

»Ich könnte mich besser ausruhen, wenn Ihr Leutchen mich nicht alle halbe Stunde wecken würdet, um nachzusehen, ob ich noch lebe.« Ich deute auf die Maschinen. »Oder ob ich mir die Manschette abgerissen habe.«

»Ein notwendiges Übel.« Dr. Blankenship lächelt mich an. Ich bringe kein Lächeln zustande.

Schritte nähern sich, dem Klang nach zu urteilen hohe Absätze und Sneakers. Im nächsten Moment schieben Riley und Dara die Köpfe durch den Vorhang. »Dürfen wir sie jetzt besuchen?«, fragt Dara.

Dr. Blankenship nickt und winkt zum Abschied. Als Antwort hebe ich die Finger.

Dara huscht herein, auf Sandalen mit Pfennigabsätzen, im dunkelblauen Kleid, und setzt sich auf den ungepolsterten Besucherstuhl. Riley folgt ihr, nimmt auf der kunstledernen Liege Platz. Sie hat immer noch etwas Erde im Gesicht, sodass ich zumindest weiß, dass ich noch nicht allzu lange hier liege. »Hättest du ihr nicht sagen können, dass sie sich das Gesicht waschen soll?«, sage ich zu Dara.

»Wir waren zu sehr in Sorge, um auf Äußerlichkeiten zu achten.« Ihre Betonung liegt auf »Äußerlichkeiten«.

Da deute ich auf ihr Kleid.

»Ich wollte gerade zu einem Date.« Zierlich kreuzt sie ihre Knöchel.

Riley lächelt ängstlich. Sie hat einen Sonnenbrand im Gesicht. Ich zeige mit dem Finger auf sie. »Du musst dich in der Sonne eincremen, Fräulein. Der Hut genügt nicht.«

»Hab ich gemacht.«

»Und hast du auch nach einer Stunde nachgecremt?«

Sie schüttelt den Kopf.

Ich spreize meine Hände. »Für mich ist der Fall klar. Du hast es weggeschwitzt.«

»Ich bleibe bei Riley, bis deine Mutter kommt.« Dara zieht die Decke von meinen Füßen. Dankbar wackle ich mit den Zehen.

»Meine Mutter kommt?« Ich weiß nicht, warum es mich so überrascht. Vielleicht weil ich das Gefühl habe, dass für alles gesorgt ist. Dara ist da, und bestimmt werde ich morgen entlassen.

»Hast du echt geglaubt, Oma würde nicht kommen?«, fragt Riley. Es ist eine rhetorische Frage.

»Ich konnte sie davon überzeugen, dass du stabil bist, also fährt sie mit dem Auto. Sie müsste heute Abend da sein, je nach Verkehr.« Dara tätschelt meinen Knöchel.

Ich nicke, lasse meinen Kopf wieder ganz aufs Kissen sinken und drücke den Knopf, um mein Kopfteil herunterzulassen. »Mädels, ich werde müde.«

»Machen wir uns auf die Socken, Riley.« Dara steht auf und geht hinaus.

Riley zögert. »Brauchst du irgendwas, Tante Gal?«

»Nein, Riley. Ich bin versorgt.« Ich drifte schon ab.

»Es tut mir leid«, flüstert sie.

»Was denn?«

»Ich muss keinen Meeresgarten bauen.«

Ich lache. »Dann war es also kein Traum.«

Sie nimmt meine Hand. »Ich lass es sein.«

Ich schüttle den Kopf. »Riley, hör auf, immer zu denken, alles sei deine Schuld.« Ich schaffe es gerade eben noch, die Augen aufzuschlagen, um diesen Satz zu sagen. »Dich trifft keine Schuld an dem, was mit mir ist, okay?« Sie starrt mich an, betrachtet den Schlauch in meinem Hals. Wahrscheinlich sehe ich schrecklich aus.

»Sag es.« Ich drücke ihre Hand.

»Mich trifft keine Schuld an dem, was mit dir ist.«

Ich lasse sie los. »Gut. Dann soll Dara jetzt dafür sorgen, dass du was zu essen kriegst.« Ich wende meinen Kopf ab und lausche. Es dauert eine Weile, bis ich Gummisohlen durch den Raum quietschen höre.

Als ich mitten in der Nacht aufwache, schläft meine Mutter neben mir, aufrecht auf dem Stuhl, unter einer dünnen Rheumadecke. Ihre Haare sind inzwischen so schrecklich grau, ihre Wangen hängen mehr als früher. Sie wird zu alt dafür. Ich bete um eine Nierentransplantation.

Als könnte sie spüren, dass ich wach bin, setzt Mom sich auf. »Gal? Was brauchst du?«

»Nichts«, flüstere ich, weil ich die Frau nebenan nicht stören will.

Mom steht auf, fühlt meine Hände, meine Stirn, sieht sich den Blutdruck mit der Fachkenntnis einer examinierten Krankenschwester an. »Du bist ganz kalt.« Sie gibt mir ihre Decke.

»Nein, Mom, das ist deine Decke.« Ich versuche, sie ihr zurückzugeben, aber sie wehrt sich.

»Ich hole mir bei den Schwestern eine andere.« Sie streicht meine Haare glatt und kriegt kleine Fältchen um die Augen. »Geht es dir besser, Liebes?«

»Was ist mit Riley?«

»Dara ist bei ihr.«

»Du solltest bei Riley sein, Mom. Ich bin versorgt.«

»Du brauchst mich mehr. Riley schläft schon.«

Ich schließe die Augen und warte darauf, dass ich höre, wie Mom zur Schwesternstation geht. Stattdessen knarrt der Stuhl. Sie wird die ganze Nacht dasitzen und frieren und mich nicht aus den Augen lassen.

Meine Mom vertreibt sich die Zeit, während sie auf mich wartet. Zwar malt sie und verreist mit meinem Vater, aber im Grunde wünscht sie sich doch nur, dass ich wieder nach Hause komme, damit sie ihr Leben noch mal neu beginnen kann. Ich bin ihre Hauptsorge.

Genau deshalb bin ich weggezogen, denke ich noch. Und schlafe ein.

Am folgenden Nachmittag lässt meine Mutter mich allein, um Riley vom Kunstkurs abzuholen. Dr. Blankenship möchte, dass ich ein paar Runden drehe, um zu beweisen, dass ich nicht wieder umkippe. Danach könnte ich vielleicht entlassen werden.

Ich rolle meinen Tropf an der Schwesternstation vorüber, den Flur entlang, vorbei an diversen Leuten, die entweder das Gleiche tun oder in Rollstühlen herumgeschoben werden, dann wieder zurück zur Station. »Gut gemacht, Gal«, sagt eine Schwester. Ich bedanke mich. Ich habe sie noch nie gesehen. Wenn ich wieder ins Krankenhaus gehe, werde ich sie alle kennenlernen.

Mein Blick fällt auf die Tafel hinter ihr. GARNER 314 steht da. WALTERS 320.

»Mark Walters?«, frage ich unwillkürlich.

Sie nickt.

Ich bezweifle, dass sie mir erzählen wird, weshalb er hier ist, und ich will nicht, dass sie mich davon abhält, also schiebe ich meine Gerätschaften so schnell ich kann zu Zimmer 320.

»Miss Garner!«, ruft mir die Schwester nach. »Sie können sich jetzt ausruhen.«

»Eine Runde noch.« Ich bleibe vor dem Zimmer 320 stehen. Die Tür ist offen, die Vorhänge um beide Betten sind zugezogen.

Vorsichtig schlurfe ich hinein. »Mark?«, sage ich.

Eine Pause, dann ein Grunzen. »Wer ist da?«

»Gal. Wo sind Sie?«

»Erste Tür.« Er hustet.

Ich teile den Vorhang.

Er sieht schrecklich aus. Er ist vor lauter Flüssigkeit so aufgequollen, dass ich ihn kaum wiedererkenne. Wie ein Luftballon, auf den jemand mit Filzstift ein Gesicht gemalt hat. Nur seine Haare und der Schnauzbart verraten ihn. »Scheiße, Mark, was ist passiert?« Ich ziehe den Vorhang gar nicht erst hinter mir zu.

»Und ich soll auf meine Ausdrucksweise achten …« Er bringt ein kraftloses Lächeln zustande. »Leberinfektion.«

»Oh.« Ich setze mich.

»In ein paar Tagen bin ich wieder okay.« Er klopft auf die Bettkante. »Haben Sie Karten mitgebracht?«

»Ich bin auch hier im Krankenhaus.« Ich deute auf meinen Tropf.

»Hab ich gar nicht mitgekriegt. Bin momentan nicht besonders helle.« Mit drogentrüben Augen sieht er mich an. »Immerhin können Sie rumlaufen.«

»Stimmt.« Ich nicke. Im Gegensatz zu Ihnen, möchte ich sagen.

»Bringen Sie nächstes Mal Karten mit. Ich brauche nur eine Hirnhälfte, um Sie zu besiegen.« Er lacht.

»Mach ich.« Meine Mutter hat ein Kartenspiel in ihrer Handtasche. Hat sie immer, wenn sie ins Krankenhaus kommt. »Dann spielen wir.«

Aber er ist schon eingeschlafen.

Die Schwester streckt ihren Kopf herein. »Da sind Sie ja. Ihre Mutter sucht Sie.«

Ich stehe auf. »Wird er wieder gesund?«

Sie weicht meinem Blick aus. »Bestimmt.« Eine Nichtantwort, die Privatsphäre sichern soll. Ich verstehe schon.

»Helfen Sie mir bitte mit dem Tropf.« Wir treten auf den Flur hinaus, wo meine Mutter und Riley warten.

32

Bevor ich das Krankenhaus am nächsten Morgen verlasse, sehe ich noch mal nach Walters. Er schläft. Ich nehme mir vor, ihn in den nächsten Tagen anzurufen.

Am Wochenende werde ich davon geweckt, dass ich draußen jemanden graben höre. Mr Morton, mein Vater, Riley und Zoe haben Dads Pick-up rückwärts an meinen Vorgarten herangefahren. Er ist voller Erde. Eifrig sind sie damit beschäftigt, den vertrockneten Rasen abzutragen.

»Was soll das werden?« Ich winke Mr Morton zu.

»Wie geht's?« Er schützt seine Augen mit einer Hand und sieht zu mir auf. Er trägt ein Muscle Shirt, aus dem seine Brustbehaarung hervorlugt. Ich laufe rot an. Mein Körper verrät mich auf so vielfältige Weise.

»Der Meeresgarten natürlich.« Riley hört nicht auf zu graben. »Mann, Tante Gal, der Boden hier draußen ist echt nicht so toll!«

»Ich weiß. Den Garten hinterm Haus musste ich ganz neu anlegen. Weißt du noch, Dad?«

Dad – mit seinem großen Strohhut – hört auch nicht auf zu graben. »Ich weiß. Wir hatten diesen kleinen Bagger gemietet. Den könnten wir jetzt auch brauchen.«

»Wir schaffen das schon. So groß wird das Beet ja nicht. Zwei mal sechs Meter.« Mr Morton breitet die Arme aus. »Es sieht bestimmt toll aus. Die Leute werden vor Ihrem Haus anhalten, um Fotos zu machen.«

»Ich kann es kaum erwarten.« Ich ziehe meinen Bademantel fester um mich.

Mom streckt ihren Kopf zur Tür heraus. »Gal, wieso bist du aufgestanden?«

»Es geht mir gut, Mom. Deshalb durfte ich doch nach Hause.«

»Kommt rein zum Frühstück.« Sie wendet sich an die kleine Mannschaft. »Ich habe auch Kaffee gekocht. Macht mal Pause und esst was.«

Dad, Riley und Zoe winken ab. Aber Mr Morton lässt seine Schaufel stehen und kommt herein.

Ich bin mir meiner verwuschelten Haare peinlich bewusst. »Womit hat man Sie geködert?«

Langsam folgen wir meiner Mutter in die Küche. Mr Morton legt die Stirn in Falten. »Ich habe gestern Pflanzen gekauft, und Riley hat mir vom Meeresgarten erzählt. Und da bin ich schon. Ihre kostenlose Gartenhilfe.«

»Sie müssen ja nicht.«

»Sie vergessen, dass ich den ganzen Sommer über frei habe. Mir ist schrecklich langweilig. Ich brauche Ablenkung.« Er lächelt verkniffen, und ich weiß, dass er seinen Sorgerechtsstreit meint. George setzt sich an den Tisch und streckt die Beine von sich. Seine Stiefel sind schmutzig. Er bemerkt meinen Blick. »O Verzeihung. Ich ziehe sie aus.«

Ich schüttle den Kopf. »Macht nichts. Jetzt ist sowieso schon alles dreckig.« Mom stellt einen Becher mit schwarzem Kaffee auf den Tisch, einen Tee für mich und einen kleinen, kuhförmigen Sahnekrug. Er rührt etwa einen Teelöffel voll hinein. »Sie meinen, Sie genießen Ihre Sommerferien nicht? Deshalb bin ich überhaupt Lehrerin geworden.« Mom stellt mir einen Teller mit Rührei hin. Mr Morton lehnt ihr Angebot dankend ab.

Er grinst. »Ich schlafe nicht gern lang. Ich habe mir einen Garten angelegt. Vielleicht züchte ich nächstes Jahr Rosen.«

»Suchen Sie sich Ihre eigene Blume.« Ich lache.

Er faltet die Hände. »Ich baue einen Hühnerstall mit Platz für zwanzig Hühner.«

Ich strahle. »Hühner? Ich hab mich schon immer für Hühner interessiert.«

»Ich bringe Ihnen ein paar Eier mit.«

»Vergessen Sie die Eier. Ich brauche den Kot. Das ist unglaublich guter Dünger.« Ich nehme einen Schluck Tee. Mom hat ihn schon so gesüßt, wie ich es mag. Dankbar lächle ich sie an. Sie steht an der Spüle und schrubbt die Rühreipfanne.

»Vielleicht kann Dad dir ja nächstes Mal einen Hühnerstall bauen«, sagt Mom.

Ich schüttle den Kopf. »Kein Platz mehr.«

»Die fressen auch das Ungeziefer.« Nachdenklich blickt Mr Morton aus dem Fenster und stellt sich dabei zweifelsohne vor, wo man einen solchen Stall sinnvollerweise hinstellen könnte. Ich kenne diesen Blick. Verträumt. Er wendet sich mir wieder zu. »Jedenfalls habe ich Rhose Island Reds und Araukaner. Die legen blaue Eier. Genial für Ostern.«

»Ihre Tochter wird begeistert sein«, sage ich, ohne nachzudenken, weil ich mir die Begeisterung eines kleinen Mädchens vorstelle, wenn es ein blaues Ei entdeckt.

Mom unterbricht ihren Abwasch und hört zu. Mr Morton trinkt einen sehr großen Schluck Kaffee, stellt seinen Becher ab und steht auf. »Dann mache ich mich mal wieder ans Werk.« Er lächelt, aber seine Augen lächeln nicht mehr mit. Er geht hinaus.

»Was war das denn? Er hat eine Tochter?« Mom trocknet ihre seifigen Hände am Geschirrhandtuch ab.

»Ja, hat er. Es ist kompliziert.« Ich seufze. »Ich hätte sie nicht erwähnen sollen.«

»Er kann sie nicht *nicht* erwähnen«, sagt Mom sachlich.

»Das wäre genauso, also würde man deine Nierenerkrankung ausklammern. Glaub mir, es ist schlimmer, sie zu ignorieren.«

Ich nehme meinen Teebecher, gehe ins vordere Zimmer und setze mich ans Fenster. Ich verfolge, wie sie draußen arbeiten, und frage mich, wieso ich meinen Mund nicht halten kann.

»Tut mir leid«, sage ich durch die Fensterscheibe.

Er lacht über etwas, das mein Vater erzählt. Nur ich kann aus meinem Blickwinkel sehen, wie traurig er die Schultern hängen lässt.

Am Nachmittag haben sie fertig gegraben und sind bereit zum Pflanzen.

Meine Eltern laden Riley auf eine Pizza ein. Ich muss zu Hause bleiben und mich noch etwas ausruhen.

Mein Computer meldet mir eine Nachricht von der Schule. Die Prüfungsergebnisse vom Leistungskurs. Nur drei Schüler sind durchgefallen. »Ja!«, platzt es aus mir heraus. Das sollte Dr. O'Malley zeigen, dass meine Lehrmethoden funktionieren. Ein weiterer Jahrgang, ein weiterer Beweis.

Samantha hat mit Bestnote bestanden. Kluges Kind. Brad dagegen nur mit Ach und Krach.

Ich traue meinen Augen nicht. Brad hat nur knapp bestanden?

Ich runzle die Stirn. Seinen Zensuren nach – ganz zu schweigen vom Wissenschaftsprojekt – hätte er viel besser abschneiden müssen. Vielleicht hat er die Schule schleifen lassen, weil es sein letztes Jahr war.

Ich fahre meinen Computer herunter.

Draußen sehe ich mir das umgegrabene Beet im Vorgarten an. Sie haben es mit schwarzer Muttererde angereichert, dem

Geruch nach auch mit Fischdünger. Bestimmt kommen bald die Nachbarshunde. Der Gestank stört andere Leute mehr als mich. (Ich hoffe inständig, dass der Wind ihn nicht zu der alten Mrs Allen weht.) Es riecht fruchtbar und vielversprechend.

Etwas Blaues liegt auf dem weißen Zaun beim Bürgersteig. Es ist Mr Mortons Sweatshirt. Ich nehme es in die Hand. Es ist alt und weich vom vielen Waschen. Der geschwungene, gelbe Schriftzug »Cal« ist fast ausgeblichen. Ohne weiter nachzudenken, drücke ich es an mein Gesicht. Ein undefinierbarer Duft – grün und zitronig – steigt auf. Und schwerer, süßlicher Schweiß. Männerschweiß. Ganz, ganz anders als der von meinem Vater. Unwillkürlich atme ich ein.

Peinlich berührt lasse ich das Sweatshirt sinken. Ich schau mich um, ob mich jemand beobachtet. Die Straße ist leer, bis auf ein paar Nachbarn weiter hinten, die ihre großen Mülltonnen an die Straße stellen.

Ich nehme das Shirt mit zu meinem Wagen. Und schon fahre ich rückwärts auf die Straße. Ich kann mich nicht mal erinnern, meine Autoschlüssel eingesteckt zu haben.

33

Im Wohnzimmer von Mr Mortons Bungalow brennt Licht. Er ist im Craftsman-Stil gebaut, mit steinernen Säulen und abstrakten Sprossenfenstern aus Buntglas, ein Haus, von dem ich nur träumen kann.

Offensichtlich bin ich die geborene Stalkerin. Im Licht der untergehenden Sonne erkenne ich, dass er in seinem Garten hart geschuftet hat. An beiden Enden der Veranda wachsen lila Büsche auf einem Beet aus Bodendeckern, die noch keine Knospen treiben. Ich kann nicht sagen, was für Blüten sie haben werden.

Er erhebt sich. Keine Vorhänge. Ein flacher Fernseher läuft, irgendein Film. Er sieht mich draußen auf dem gepflasterten Weg stehen und öffnet die große Eichentür. »Gal!«

»Was für ein Bewässerungssystem verwenden Sie?« Ich deute mit seinem Sweatshirt auf die Pflanzen.

»Unterirdisch.«

Ich nicke. »Ich persönlich bevorzuge Tropfbewässerung.« Ich halte das Shirt hoch, als hätte ich es vergessen. Als würde es mir nicht wie verhext in den Händen brennen. »Das hier haben Sie liegen lassen.«

Er hält mir die Tür auf. »Kommen Sie doch rein.«

Ich trete ein, putze mir demonstrativ die Schuhe auf der Fußmatte ab.

Er deutet auf eine kleine Keramikplakette mit einem Bild von Flip-Flops. ALOHA, BITTE DIE SCHUHE AUSZIEHEN steht da. Ich streife meine Crocs ab. »Und wieso konnten Sie bei mir nicht daran denken, wenn Sie es bei sich zu Hause tun?«, frage ich.

Er zuckt mit den Schultern. »Vielleicht hatte ich nur noch den Kaffee im Sinn.«

»Sind Sie aus Hawaii?«

»Nein, aus Kalifornien. Aber ich bin gern auf den Inseln. Warmes Wasser.« Er schaut mich an. »Waren Sie schon mal da?«

Ich schüttle den Kopf.

»Sollten Sie sich ansehen.«

»Es gibt so vieles, was ich tun sollte.« Ich muss ihm nicht erklären, wie schwierig es ist. Er nickt kurz.

Ich folge ihm ins Wohnzimmer und sinke in einen schokoladenfarbenen Ledersessel. Er sitzt auf einer rostfarbenen Couch und schaltet den Fernseher aus. Seine Hände sind bandagiert.

»Was ist los?« Ich zeige auf die Bandagen, die mehrfach um seine Handflächen gewickelt sind, wie bei einer Mumie.

Er hält sie hoch. »Blutblasen. Vom Schaufeln.«

Ich verziehe das Gesicht. »Haben Sie sie gekühlt?«

Er schüttelt den Kopf.

Ich schüttle meinen. »Jetzt sagen Sie nicht, Sie sind auch so ein typisch sturer Mann.«

»Typisch zu sein hat mir noch niemand vorgeworfen.« Er legt die Hände in den Schoß.

Ich setze mich neben ihn auf die Couch. »Lassen Sie mal sehen.« Ich nehme eine Hand. Sie ist stark geschwollen. Ich schnalze mit der Zunge und wickle den Verband ab. Und tatsächlich hat er zwei blutige Blasen pro Handfläche, direkt unter den Fingern. »Sie hätten Handschuhe tragen sollen.«

»Die hatte ich zu Hause vergessen.«

»Ich hole Ihnen Eis.« Ich gehe in seine Küche. Er folgt mir.

»Sie wissen doch gar nicht, wo hier was ist.«

»Hm. Wäre es wohl möglich, dass ich das Eis im Kühlschrank finde?« Ich mache ihn auf. Er hat so einen mit Doppeltüren, ohne Eiswürfelspender. Ich hole eine Eiswürfelschale heraus. »Elementar, mein lieber Watson.«

»In der Tat.« Er setzt sich auf einen Hocker am Tresen.

Seine Küche ist groß für einen Junggesellen, mit fünfflammigem Herd und doppeltem Backofen. Der Craftsman-Stil wurde auch hier weiterverfolgt, mit rötlich gelblichen Holzschränken und polierten Goldbeschlägen. Ich sehe mich um. »Haben Sie keine Mikrowelle?«

Er steht auf und drückt gegen eine vertäfelte Wand. Sie schiebt sich auf und gibt den Blick auf eine Mikrowelle und die Speisekammer frei.

»Oooooh. Haben Sie gleich die ganze Küchenausstellung gekauft?« Ich klaube etwas Eis aus der Schale. Er reicht mir eine kleine Plastiktüte.

»Es war alles inklusive.«

Ich mustere den Backofen. »Können Sie denn wenigstens kochen? Es wäre doch reine Verschwendung, hier alles in die Mikrowelle zu stellen.«

»Fragen über Fragen.« Er verschränkt die Arme, setzt sich wieder hin. »Ganz okay, würde ich sagen. Not macht erfinderisch.«

»Konnte Ihre Frau kochen?«

Seine Miene verfinstert sich. Uups. »Nein.«

Ich sitze ihm gegenüber. Die Augenbrauen werfen Schatten auf sein Gesicht, nicht zuletzt, weil er den Küchentresen anstarrt. »Hey. Tut mir leid, dass ich dauernd davon anfange. Aber Sie sollten nicht so tun, als würden die beiden nicht existieren. Da könnte ich ja auch so tun, als hätte ich …«, ich deute auf mich, von oben bis unten, »… nicht diese Krankheit. Dabei ist sie nicht zu übersehen.«

»Für mich sind Sie kein Mensch mit einer Krankheit.« Er faltet die Hände. »Für mich sind Sie Gal.«

»Und Sie sind für mich kein Miststück, das seine Familie im Stich gelassen hat.« Ich lege den Kopf in meine Hand, mit dem Ellbogen auf dem Tresen. »Nicht mehr.«

»Ich versuche immer noch, mich daran zu gewöhnen – es Leuten zu erzählen.«

»Offenheit ist das Beste.«

Er wirft mir einen schiefen Blick zu. Dann fängt er an zu lachen.

»Was?«

»Sie sind nicht gerade der offenste Mensch, den ich kenne, Gal.«

»Was reden Sie da? Ich bin ein offenes Buch.« Ich lache auch. »Es gibt verschiedene Stufen von Offenheit und Verschlossenheit. Für meine Verhältnisse liege ich irgendwo im Mittelfeld.«

»Ich auch.« Er grinst.

Einen Moment sitzen wir einfach nur da.

»Was machen Ihre Hände?«

Er nimmt den Eisbeutel. »Besser.«

»Kriegen Chemielehrer denn gar nichts beigebracht?« Ich stehe auf. »So was weiß man doch. Also wirklich.«

»Chemielehrer sind eben anders«, sagt er mit ungerührter Miene.

Ich gehe zur Tür.

»Danke. Das ist mein Lieblingsshirt.«

»Hab ich mir gedacht.« Ich habe es gerochen, denke ich, und werde schon wieder rot.

»Alles in Ordnung?« Schon ist er bei mir.

»Alles gut.« Ich greife nach der Klinke, öffne die Tür. »Bis bald mal.«

»Bis bald.« Er sieht mir nach, wie ich ins Auto steige, und beobachtet, wie ich den Motor anlasse. Wartet, bis ich losfahre.

Ich lege den ersten Gang ein. Er hebt die Hand. Ich hebe meine. »Gute Nacht, George«, sage ich. Der Name kommt mir leicht über die Lippen.

Am Dienstag sitze ich auf einem Gartenstuhl und bewundere den neuen Meeresgarten. Er sieht – wie Riley sagen würde – hammermäßig aus.

Riley und Dad haben sich voll auf das Projekt gestürzt. Da gibt es Kakteen, die wie wogender Seetang arrangiert sind, dazu diese Seesternblumen, orangefarbene Sukkulenten, die Anemonen so täuschend ähnlich sehen, dass ich sie anfassen muss, und Steine, die auch Korallen am Meeresgrund sein könnten. Der Boden besteht aus Lavastein und Sand.

»Er ist noch nicht fertig«, meint Riley. »Im Lauf des Sommers kommt noch mehr dazu.«

»Er ist fantastisch.« Ich bewundere ihn.

Dad kommt aus dem Haus und reibt seine Hände. »Bist du bereit, Riley?«

»Wozu?« Sie nimmt einen Schluck von ihrer schwitzenden Cola light. Natürlich kauft ihr Mom das Zeug, wenn sie hier ist.

Ich tippe sie an. »Die Rosen, weißt du nicht mehr?«

Riley und Dad sollen die Töpfe mit den Sämlingen durchgehen und die Reste entfernen. Ich habe die Pflanzen, die ich behalten will. Die aufgeblühten können sie abschneiden und daraus Sträuße binden.

»Genau.« Mein Vater nimmt sie bei der Hand, und die beiden gehen zum Gewächshaus.

Mom erscheint mit einem Glas Eistee auf der Veranda, in einem weiten, rot-weiß geblümten Kleid. »Gehst du nicht mit?«

Ich schüttle den Kopf. »Es ist deprimierend, die Sämlinge rauszureißen. Als müsste man den Weihnachtsschmuck wegräumen.«

Mom nickt, und das Eis in ihrem Tee klirrt. Sie sieht zum Haus der alten Mrs Allen hinüber. »Ich wette, ich könnte ihre Sympathie gewinnen.« Mom trinkt von ihrem Tee.

»Tu dir keinen Zwang an.« Wenn irgendwer es könnte, dann meine Mom. »Ich fürchte, ich finde bei ihr nicht den richtigen Ton.«

»Tante Gal?« Riley kommt um die Hausecke gerannt. »Das musst du dir ansehen. Im Gewächshaus.«

Ich springe auf, in Panik. »Was ist?«

»Komm mit!« Riley macht kehrt. Ich haste ihr hinterher, woraufhin meine Mom schreit: »Langsam! Nicht dass du fällst.« Ich komme mir vor wie ein kleines Kind, das seiner Mutter vorausläuft.

Riley führt mich zu den eingetopften Sämlingen. Sie zeigt auf einen ganz links.

»Was ist damit?« Ich sehe nur die Rückseite einer violetten Blume. »Die ist ganz normal violett. Von denen habe ich ein halbes Dutzend.«

Sie dreht die Blüte, damit ich sie betrachten kann. Diese ist nicht nur violett, sondern hellviolett mit weißen Punkten, dazu der rote Fleck. Ich gebe einen Laut von mir. Einen entzückten Laut.

»Riech mal dran«, sagt sie.

Ich schnüffle.

Eine Süße steigt auf, kriecht bis in mein Gehirn, hinter meine Augen. Ich atme tief und gierig. Diesmal entdecke ich eine leichte Schärfe, wie von Paprika. Sie duftet wunderbar.

Ich muss mich setzen.

Ein Bild entsteht in meinem Kopf. Meine Schwester Becky

und ich, wie wir uns im Garten unserer Großmutter bei den Händen halten. Wie wir Pfirsiche essen und unsere Kleider bekleckern, mit klebrigen Gesichtern. Meine Mutter wischt uns mit mildem Tadel sauber. Mein Großvater schenkt jedem von uns ein kleines Holzauto, das er selbst geschnitzt hat.

Mir kommen die Tränen.

Plötzlich vermisse ich meine Schwester.

Das habe ich, glaube ich, noch nie.

Unablässig beklage ich mich, dass sie mir keine gute Schwester ist, aber was habe ich für sie getan? Was für eine Schwester war ich ihr? Darauf weiß ich keine Antwort.

»Tante Gal? Gefällt sie dir nicht?« Riley beugt sich über mich.

»Ich finde eigentlich auch, dass sie ganz gut riecht«, sagt Dad, der kaum jemals irgendeinen Geruch kommentiert, ob gut oder schlecht. Er wischt seine Hände an der Jeans ab.

Schließlich taucht auch meine Mutter im Gewächshaus auf. Alle drei stehen da, halten die Luft an und warten, was ich sage.

Ich schnappe nach der kühlen Abendluft und bewundere die makellosen, leuchtend grünen Blätter und die veilchenblauen Blüten. »Sie ist perfekt«, bringe ich hervor. Ich streiche mir durch die Haare. »Sie ist perfekt.«

Sie jubeln und klopfen mir auf die Schulter. Meine Familie, alle versammelt. Eine fehlt.

Wahrscheinlich würde sie sich sowieso nicht für mich freuen, sage ich mir, und den ganzen Aufstand nicht verstehen.

Oder vielleicht doch.

34

Ich muss die Hulthemia im Auge behalten. Sie sollte noch mal neue Blüten treiben. Wenn ich Glück habe.

Ich glaube daran.

Ich treffe eine Entscheidung. Die American Rose Society hält ihr jährliches Treffen in diesem Herbst in Los Angeles ab. Ich werde sie anmelden, damit sie für den Internationalen Testgarten in Betracht gezogen wird, eine zweijährige Prüfung, bei der die Rosen unterschiedlichen klimatischen Bedingungen ausgesetzt werden.

Noch habe ich mich nicht für einen Namen entschieden. Ihre Kreuzungsnummer ist G213, aber sie hat einen richtigen Namen verdient.

»Kannst du sie so registrieren lassen wie Byron seine?«, fragt Riley. Sie sitzt am Schreibtisch und blättert in meinem Kreuzungsbuch herum.

»Zu teuer für mich. Meine beste Möglichkeit ist die Bewerbung bei der American Rose Society. Um zu sehen, wie sie sich in kälterem Klima verhält.«

»Was glaubst du denn, wie sie sich in anderen Gegenden macht?«

»Keine Ahnung. Wir müssen noch ein paar mehr davon ziehen und es rausfinden.«

»Was ist, wenn die Bewerbung nicht angenommen wird?«

»Dann mach ich es selbst.« Eisige Temperaturen könnte ich zum Beispiel erzeugen, indem ich sie im Kühlschrank deponiere.

Sie hört auf zu blättern. »Meinst du, Byron würde die Kosten für die Registrierung übernehmen?«

Fast bleibt mir das Herz stehen. Diese Möglichkeit habe ich noch nicht bedacht. Byron könnte mich sicher mit seiner neuen Firma unterstützen, wenn er wollte. Ob ich das allerdings will, ist eine andere Frage. »Ich weiß nicht, Riley.«

Es klopft. Brad kommt herein. »Ihre Mutter hat mir gesagt, dass Sie hier hinten sind. Hi.«

»Brad! Lange nicht gesehen.« Bei der Abschlussfeier sind wir uns nur einmal kurz begegnet, als ich ihm und seinem Vater die Hand geschüttelt habe. »Ich hatte gehofft, du würdest die Abschiedsrede halten.« Die Schule hat mehrere Schüler, die mit Bestnote abgeschlossen haben, vor allem weil den Leistungskursen große Bedeutung beigemessen wird. Die Rede hat schließlich ein Mädchen namens Alicia gehalten, die von ihren Mitschülern dafür ausgewählt worden war.

Er stopft die Hände in die Taschen seiner Khakishorts. »Ach. Alicia hat schon das ganze Jahr darum gebettelt.«

»Das ist kein Grund, es ihr zu überlassen.«

»Es war mir nicht wichtig.« Brad sieht mir mit ausdrucksloser Miene in die Augen.

»Was können wir für dich tun, Brad?« Riley hat mein Notizbuch zugeklappt und wieder in die Schreibtischschublade gelegt. Sie hört sich an, als würde sie eine geschäftliche Transaktion vornehmen. Sie klingt wie ich.

Riley verschränkt Arme und Beine und mustert ihn. Er würdigt sie kaum eines Blickes und reicht mir einen cremefarbenen Zettel. »Ich gebe eine Abschiedsparty. Mein Dad meinte, Sie würden vielleicht gern kommen.«

Er also nicht. Ich schlucke meinen Stolz hinunter und sehe mir den Zettel an. »Im Country Club?« Verwundert sehe ich ihn an.

Er kratzt sich an der Nase. »Mein Dad kennt da jemanden.«

»Verstehe.« Ich lächle ihn an, diesen Jungen, den ich in den letzten vier Jahren unterrichtet habe. Als er in der neunten Klasse zu uns kam, war er klein und schmächtig gewesen, eher wie ein Sechstklässler. Und da steht er nun, eins achtzig groß und auf dem Weg zum College.

Er deutet mit dem Daumen zur Tür. »Ich muss los. Bis dann.«

»Bis dann.« Ich hänge die Einladung an meine Pinwand.

Riley seufzt.

Ich stutze. »Was hast du eigentlich für ein Problem mit Brad? Du mochtest ihn vom ersten Augenblick an nicht; dann schien es, als würdest du ihn mögen. Dann mochtest du ihn plötzlich nicht mehr. Was ist passiert?« Es ist das erste Mal, dass ich sie so direkt danach frage.

Sie starrt aus dem Fenster. »Weiß nicht.«

Ich drehe sie um, damit sie mich anschaut. »Du weißt es wohl.«

Sie zieht die Mundwinkel herunter. »Tante Gal, ich hab versprochen, dass ich nichts erzähle.«

Mein gesamter Körper spannt sich an. »Ist jemand zu Schaden gekommen?«

Sie sieht mir in die Augen, ohne zu blinzeln. »Nicht körperlich.« Sie steht auf und geht hinaus.

Ich überlege, ob ich ihr folgen und versuchen soll, ihren Widerstand zu brechen. Ihr vielleicht mit einer Hamburger-Sperre drohen.

Ich erinnere mich an eine Begebenheit, als Becky und ich Teenager waren. Sie war sechzehn, ich vierzehn. Eines Abends kam sie ins Haus geschlichen, sturzbetrunken. Ich konnte den Whiskey schon in ihrem Atem riechen, als sie durch mein Schlafzimmerfenster hereingepoltert kam.

»Schschscht.« Sie hielt den Finger an ihre Lippen. Draußen in der mondlosen Nacht hörte ich ein Auto davonrasen. Sie sah sich in meinem rosaroten Zimmer um, im Licht des kleinen Nachtlämpchens, das ich für den Notfall hatte. Ihr Zimmer war dunkellila. »Scheiße, das ist ja gar nicht mein Zimmer.«

»Mom wird dich umbringen«, sagte ich nicht eben unglücklich.

»Das würde dir bestimmt gefallen.« Sie torkelte zur Tür. »Bitte, verrate ihr nichts.«

Ich blickte in ihr flehendes Gesicht. Normalerweise ignorierte mich meine Schwester vollständig. Endlich hatte ich etwas, das ihr wichtig war. Ich nickte.

»Was willst du? Ich hab zwanzig Dollar.« Sie versuchte, mir einen zerknüllten Schein zuzustecken.

»Das wird nicht nötig sein.« Großherzig winkte ich ab. »Liebste Schwester.«

»Im Ernst?« Becky lehnte sich an den Türrahmen, als sie begriff, dass sie auf ewig in meiner Schuld stehen würde. »Da lasse ich mich ja fast lieber bestrafen.«

Und jetzt, als ich mit Riley spreche, denke ich, dass ich damals vielleicht doch etwas hätte sagen sollen. Vielleicht hätte Becky wieder auf den rechten Weg zurückgefunden.

»Riley!«, rufe ich die Tochter meiner Schwester. »Komm zurück!«

Doch sie ist schon im Haus und hört mich nicht.

Als Riley an diesem Abend im Bett liegt, bespreche ich mit meiner Mutter die Lage. »Ich fürchte, es ist alles wieder genauso wie bei Becky.« Ich erzähle ihr von meiner Erinnerung.

Mom verzieht das Gesicht, rutscht auf der Couch herum. Dad döst im Sessel. »Becky ist Becky.«

»Was heißt das denn?«

»Ich meine, Becky hat gemacht, was sie wollte. Ich war zu sehr mit dir beschäftigt, um mir Sorgen um sie zu machen. Sie wusste, was sie tat. Sie wusste, was richtig und was falsch war. Sie war gesund.« Mom blickt zur Wand, nicht zum Fernseher, wo ihre Lieblingsserie *Mystery!* läuft. Die schwarz-weißen Zeichentrickfiguren im Vorspann führen ihre Turnübungen auf.

Ich bohre nach. »Wusstest du, was Becky auf der Highschool so getrieben hat?«

Langsam bewegt sie ihren Kopf hin und her. »Mehr oder weniger.«

»Du meinst, du wusstest so viel, wie du wissen wolltest.«

Sie schweigt und sagt dann: »Vielleicht. Vielleicht hätte ich mehr tun können. Ich weiß es nicht.« Sie seufzt, nimmt eine Handvoll Erdnüsse aus der Dose, die auf dem Tisch steht. »Wir haben es so gut gemacht, wie wir konnten.«

»Als Mutter hattest du doch die Verantwortung für sie.« Ich klinge scharf. Erschrocken sieht mich meine Mutter an. Ich versuche, mich zusammenzureißen. »Du hättest etwas unternehmen sollen.«

»Ich habe es so gut gemacht, wie ich konnte, Gal.« Mit zitternder Hand schiebt sie eine Erdnuss in den Mund. »Viele Kinder trinken auf der Highschool Alkohol und sind später auch nicht wie sie. Ganz und gar nicht.« Sie nimmt die Fernbedienung und stellt lauter. Ich sitze daneben, während meine Mutter ihre Sendung sieht und Erdnüsse knabbert, bis ihre Hand nicht mehr zittert.

Am folgenden Tag versuche ich noch mal, mit Riley zu sprechen, ernte aber nur eisige Blicke und Schweigen.

»Gib mir Bescheid, wenn du darüber reden willst«, sage ich, als sie mit meiner Mutter zu Daras Kunstkurs fährt.

»Da gibt es nichts zu reden.« Riley dreht sich nicht um.

Im Moment kann ich nichts tun.

Ich übertrage meinem Vater ein paar kleine Aufgaben. Eine Schranktür fällt aus den Angeln, und ich erkläre ihm, welche der kleinen Beete ich umgegraben haben möchte. Dann fahre ich zum Krankenhaus, um mit Mr Walters Karten zu spielen.

Dabei ist er schon zu Hause, auf seiner großen Ranch in einer hübschen Gegend unseres Ortes, viel hübscher als da, wo ich wohne. Die Haustür steht offen. Ich klopfe an den Türrahmen.

»Hereinspaziert«, ruft er von der Couch aus.

»Haben Sie denn niemanden, der sich um Sie kümmert?« Drinnen ist es dunkler als draußen, und meine Augen wollen sich nicht darauf einstellen. Ich trete ein, halte eine Schale mit Schokoladenkeksen in der Hand, die mir meine Mutter mitgegeben hat.

»Eine Schwester sieht nach mir. Ich wollte meiner Schwiegertochter nicht mehr im Weg sein.« Er winkt mich herein.

Endlich kann ich sehen. Alles ist ordentlich, traditionell in warmen Tönen von Wein und Moos möbliert. Mir scheint, es ist alles noch so, wie seine Frau es hinterlassen hat. Die Wände sind bedeckt mit Familienfotos, in allen Farben und aus allen Zeiten.

Walters trägt Morgenmantel und Pyjama in den gleichen Farben wie die Möbel. Die Füße in den Slippern liegen auf dem Kaffeetisch. Er ist nicht mehr ganz so aufgedunsen, aber immer noch geschwollen. »Setzen Sie sich.« Ich stelle die Kekse auf den Tisch, und er beugt sich vor, um zwei zu nehmen. »Haben Sie die gemacht?«

»Meine Mutter.«

»Gute Frau.« Er schlingt einen, dann noch einen hastig hinunter, als hätte er Hunger. »Sie können sich gar nicht vorstellen, wie gut mir das gerade tut.«

»Doch, kann ich.« Ich erinnere mich noch gut an die Zeit, bevor ich mit der Dialyse anfing, als meine Niere noch funktionierte und ich essen konnte, was ich wollte.

Er macht ein bekümmertes Gesicht. »Entschuldigen Sie, Gal. Ich sollte so was nicht vor Ihren Augen essen.«

Ich winke ab. »Glauben Sie mir, ich habe mich daran gewöhnt. Es macht mir nichts.« Ich sage die Wahrheit. Ich werde mich freuen, wenn ich es auch wieder tun kann, aber ich hätte dabei kein schlechtes Gewissen wie er.

Ich zücke die Karten. »Was möchten Sie spielen?«

»Cribbage?«

»Klar.« Mein Vater hat es mir beigebracht, als ich klein war.

Wir stellen das Brett mit den Löchern auf und legen die Stifte bereit, mit denen der Punktestand angezeigt wird.

»Wie ist denn bei Ihnen so der Stand der Dinge, Miss Garner?« Er gibt jedem von uns sechs Karten.

»Was meinen Sie?«

»Sind Sie Ihrer Niere schon näher gekommen?«

Ich lache. »Darauf habe ich keinen Einfluss.«

Er tippt an seine Schläfe. »Denken Sie positiv. Denken Sie: ›Bis Weihnachten werde ich eine neue Niere haben.‹ So habe ich es auch gemacht. Nur dass ich ›vierter Juli‹ gesagt habe. Und wie Sie sehen, hat es geklappt.«

»Wenn solches Denken funktioniert, wie kommt es dann, dass nicht mehr Leute im Lotto gewinnen?« Ich sehe mir meine Karten an, werfe zwei ab.

»Weil sie es nicht dringend genug wollen. Nicht mit ganzer Seele.« Er legt nur eine Karte weg.

»Mr Walters, ich hätte Sie gar nicht für einen New-Age-Guru gehalten.«

»Hey, ich bin älter als Sie, Gal. Ich gebe nur meine Erfahrung weiter.«

»Manchmal bete ich«, gestehe ich.

»Dachte ich mir. Schließlich unterrichten Sie an einer katholischen Schule.« Er dreht die oberste Karte vom Stapel um. »Zwei«, sagt er.

»Man muss nicht unbedingt katholisch sein. Meine Freundin Dara ist es nicht.« Ich lege eine Vier. »Sechs.«

»Ich persönlich bin ein stolzer Heide. Ungetauft, ungezähmt. Das hat auch Mrs Walters nicht geschafft.« Er legt eine Fünf. »Elf.«

»Ich freue mich, dass Sie stolz sind. Aber deshalb muss man ja nicht gleich an Zauberei glauben, oder?« Ich füge eine Königin hinzu. »Einundzwanzig.«

»Ha! Perfetto.« Er knallt einen König darauf. »Einunddreißig.« Er setzt den Zählstift wieder auf Null, und wir beginnen von vorn. »Wissen Sie, wohin ich fahre, sobald das hier verheilt ist?«

Ich schüttle den Kopf. »Irgendwo an einen schönen, warmen Strand?«

Er winkt ab. »Ach, ich habe in meinem Leben mehr als genug warme Strände gesehen. Mich reizt die Kälte.« Er schüttelt sich, als würde er frieren.

»Wohin? Alaska?«

»Antarktis.« Er grinst triumphierend, denn er hat gewonnen, ist alle Karten losgeworden. Er hebt beide Hände. »Hab ich's nicht gesagt? Ich wusste, dass ich gewinne.«

Ich rolle mit den Augen. »Sie sind echt unmöglich, wissen Sie das? Noch 'ne Runde. Wie kommen Sie denn in die Antarktis?«

»Mit einem von diesen Schiffen, die sich durch das Eis schneiden, natürlich.« Er wackelt mit den Augenbrauen. »Vielleicht lerne ich auf der Fahrt ja eine nette Reisebegleitung kennen.«

Antarktis. Auf so eine Reise kann nur Mark kommen. »Den Kontinent würde ich mir auch gern ansehen.« Ich lege eine Karte hin.

»Na, dann los.« Er steckt sich den letzten Keks in den Mund.

»Es kommt mit auf die Liste. Aber erst die Niere.« Wir schweigen, und unsere Blicke treffen sich. Wir lächeln beide. »Mark! Haben Sie etwa alle Kekse auf einmal verputzt?«

»Bestellen Sie Ihrer Mutter, dass sie einfach zu gut backen kann.«

Ich gewinne diese Runde. Wir spielen, bis die Sonne ganz untergegangen ist.

35

Meine Eltern reisen am Morgen ab und lassen Moms Auto und einen dicken Kuss für Riley da.

»Vergiss nicht: Du kannst es dir mit Riley auch anders überlegen«, flüstert mir meine Mutter zum Abschied ins Ohr.

Ich habe nur wortlos genickt. Hätte ich aufgepasst, hätte ich gewusst, dass mein Entschluss schon eine ganze Weile feststand.

Ich bringe Riley zur Arbeit, fahre zügig durch den Ort, werfe einen kurzen Blick zum blauen Himmel auf. »Wird heiß heute.«

»Trink lieber etwas mehr Wasser.«

Ich behalte die Straße im Blick. »Wir sollten zu Brads Abschiedsparty gehen«, erkläre ich. »Der kommt bestimmt nie wieder hierher.«

»Warum sagst du das?« Sie starrt mich an. Ich sehe es im Augenwinkel.

»Was soll er denn hier? In so einer Kleinstadt.«

Sie schluckt. »Okay, wenn ich es dir verrate, versprichst du mir, dass du nicht ausflippst?«

»Wann bin ich denn schon mal ausgeflippt?«

Das ignoriert sie. »Brad und Samantha waren zusammen.«

Ich halte an einem Stoppschild und schlage meine Faust in die offene Hand. »Ich wusste es!« Mein Instinkt hat mich nicht getäuscht. »Und ihre Mutter hatte was dagegen?«

Riley nickt.

Ich möchte Riley lieber nicht danach fragen, was an diesem Abend los war, als Samantha ihr die Haare gefärbt hat. Ich meine: Teenager und Hormone und keine Erwachsenen in der Nähe. Der Fall dürfte klar sein. Nur hoffe ich, dass Riley nicht darin verwickelt war. »Was noch?«, sage ich stattdessen.

Riley nimmt einen Schluck Wasser aus ihrer Trinkflasche.

»Die beiden waren auch schon während der Wissenschaftsolympiade zusammen, stimmt's?«

Sie ist überrascht.

Ich lächle. »Ich weiß. Mir entgeht nur selten was.«

Riley seufzt. »Samantha hilft ihm oft. Er ist nicht blöd, aber faul.« Sie spielt an ihrem Gurt herum. »Sie glaubt, dass sie ihn liebt und ihm deshalb helfen muss.«

Mir wird ganz übel. »Sind die beiden denn immer noch ein Paar?«

»Ich glaube nicht.« Sie starrt ihre Knie an.

»Aber du weißt es nicht genau?«, frage ich leise.

Sie schüttelt den Kopf. »Nur was sie mir erzählt hat.«

Wir sind bei der Gärtnerei. Ich parke auf dem unbefestigten Platz, was reichlich Staub aufwirbelt. Zoe winkt im Vorübergehen, und wir winken beide zurück.

Ich hole tief Luft. Ich wünschte, Riley hätte gleich etwas gesagt. Aber woher sollte sie das wissen? Nach all den Jahren, in denen sie die Geheimnisse ihrer Mutter bewahren musste? Wieso sollte sie Samantha verraten, oder gar Brad? Riley starrt aus dem Fenster. Ich lege meine Hand auf ihre Schulter. »Danke, dass du es mir gesagt hast, Riley.«

Sie sieht mich an. »Wird Samantha mich dafür hassen?«

Ich sage ihr die Wahrheit. »Anfangs ja.« Ich drücke sie an mich. »Am Ende nicht, Liebes.«

Ich rufe Dara an, bevor ich vom Parkplatz fahre. Keiner da.

Dr. O'Malley besucht seine Tochter in Oregon. Der kann mir auch nicht helfen.

Ich fahre zu George nach Hause. Ich muss mit einem Erwachsenen sprechen. Einem Lehrer. »Sei da, sei da«, bete ich leise.

Ist er. Ich finde ihn draußen, hinter dem Haus, wo er an seinem Hühnerstall arbeitet. Es ist ein mehrstöckiger Bau, der Rahmen schon mit Maschendraht bespannt. Er sitzt obendrauf und nagelt Dachpappe fest.

»George!« Ich winke zu ihm hinauf.

Er klettert herunter, derart verschwitzt, dass ich fürchte, er könnte abrutschen. Heute trägt er kein Hemd, aber einen Hut und Shorts. Mir fällt auf, dass er sich für einen naturwissenschaftlich interessierten Menschen ausgesprochen häufig körperlich betätigt.

»Wir haben ein Problem.«

Er hört aufmerksam zu, eine Hand an der Hüfte. Ich meide jeden Blick unterhalb seines Kinns.

»Also steht es Riley gegen Samantha und Brad?«

Ich nicke bedrückt.

»Aber sie hat es nicht selbst gesehen.«

»Sie war auch nicht im selben Biologiekurs.«

Er atmet tief ein und setzt sich an einen weißen Plastiktisch. »So zieht man sich Wirtschaftskriminelle heran.«

»Was können wir tun? Seinen Abschluss für ungültig erklären lassen? Sein College anrufen?« Jetzt verstehe ich auch, wieso Brad den Kontakt zu mir so abrupt abgebrochen hat. George nimmt ein Tuch vom Tisch und wischt sich damit die Stirn. »Nein. Wir können nichts machen.«

Ich blinzle.

»Es gibt keinen Beweis«, sagt er sanft. »Wir haben nur

Rileys Aussage darüber, was Samantha gesagt hat. Und ich glaube ihr. Dieser Junge hat für einen einzelnen Menschen zu viel geleistet. Arbeit, Sport, das volle Kursprogramm.«

»Aber es bedeutet, dass er dieses Stipendium nicht verdient hat.« Ich stapfe im Garten herum. »Es wurde einem anderen Kind unfairerweise vorenthalten.«

»Ich weiß.«

»Das ist nicht gerecht.« Meine Stimme wird lauter.

»Nein, das stimmt.« Er steht auf und nimmt mich bei den Schultern, sodass ich stehen bleibe. Ich bin mit seiner Brust auf Augenhöhe und blicke zu ihm auf.

»Gal. Sie sind eine gute Lehrerin. Es geht nicht darum, dass Sie es nicht gemerkt haben.«

»Das weiß ich.« Ärgerlich weiche ich zurück. »Glauben Sie, ich hätte es merken können? Ich lasse diese Kinder bei den Tests nicht aus den Augen. Ich wüsste nicht, was ich noch hätte tun können.«

»Manchmal kann man eben nichts tun.«

»Was hätten Sie denn gemacht?« Ich fordere ihn heraus.

Er spreizt die Hände. »Mir hat ein Schüler gemeldet, dass ein anderer schummeln wollte. Vielleicht vertrauen mir meine Schüler mehr.«

Ich verziehe den Mund. »Wollen Sie damit sagen, es ist meine Schuld?«

»Nein. Ganz und gar nicht. Nur dass« – er windet sich – »sich vielleicht keiner getraut hat, zu Ihnen zu kommen.«

Meine Menschenkenntnis steht kopf. Was hatte ich sonst noch nicht mitbekommen? Vielleicht war die alte Mrs Allen gar keine alte Hexe, sondern ein Erzengel. »Du lieber Himmel. Das ist ja eine schöne Bescherung.«

»Allerdings.« Er nimmt seinen Hammer. »Möchten Sie mal richtig zuschlagen?«

Ich werfe einen Blick auf seinen Hühnerstall. »Ich will ihn nicht kaputtmachen.«

»Nicht den.« Er zeigt auf einen baufälligen Schuppen weiter hinten. »Ich will ihn abreißen. Möchten Sie mitmachen?«

Ich greife nach dem Hammer. »Ich werde eine Schutzbrille brauchen.«

Winslow Blythe
Das Große Rosenbuch

August

Letzte Chance für den sommerlichen Rückschnitt! Wenn Sie im Herbst ein paar hübsche, pralle Blüten sehen wollen, werden Sie den leicht schmerzhaften (für Gärtner, die ungern schneiden, nicht für die Sträucher) Schnitt vornehmen müssen. Im Moment versucht Ihre Rose, der Sonne entgegenzuwachsen. Stutzen Sie Ihren Strauch nur um ein Drittel. Schneiden Sie nicht die Blätter ab! Nur in der Höhe.

36

In der folgenden Woche ist Rileys Geburtstag, der fünfte August. Ich stehe früh auf, um ihr Geschenk zusammenzubasteln: ein silbernes Bettelarmband. Für den Anfang habe ich ihr eine silberne Malpalette ausgesucht, mit kleinen Kristallen als Farben, dazu eine Minnie Mouse mit beweglichen Beinen und ein Mikroskop aus Silber. Die Idee dahinter ist, dass sie bei Bedarf Anhänger hinzufügt, wenn sie neue Interessen entdeckt oder zur Erinnerung an Reisen.

Ich brauche die Lupe im Gewächshaus und die spitze Zange, um die Anhänger zu befestigen. Es hat in unserer Familie Tradition, den Mädchen zum sechzehnten Geburtstag ein solches Armband zu schenken. An Beckys hingen eine emaillierte Peperonipizza und eine Filmklappe, weil sie früher immer meinte, sie wolle Schauspielerin werden.

»Pizza?«, sagte Becky fassungslos, als wir allein waren. Ich befand mich in ihrem Zimmer und sah zu, wie sie die Geschenke von ihrer Party auspackte.

Ich nahm ihr Armband und betrachtete das Stück Pizza. Es sah echt aus, mit feinem, braunem Glanz auf dem Käse. Unwillkürlich fing mein Magen an zu knurren. »Das ist eine täuschend echte Nachbildung einer Pizza.«

Sie warf mir einen abfälligen Blick zu.

»Was hast du denn gedacht, was sie dir schenken?«, fragte ich.

»Irgendwas, was mit meinen Hobbys zu tun hat.«

Ich runzelte die Stirn. »Zum Beispiel? Sie haben dir einen

Filmanhänger geschenkt, und dabei traust du dich nicht mal, für die Schulaufführung vorzusprechen. Wie willst du denn da Schauspielerin werden?«

Sie riss mir das Armband aus der Hand, wobei sie mir ihre langen Haare ins Gesicht schleuderte und mein Handgelenk zerkratzte. »Das verstehst du nicht, Gal.«

Ich hielt mein Handgelenk hoch. Rote Kratzer bildeten sich auf meiner Haut, die von der Dialyse ganz empfindlich war. »Pass auf mit deinen Krallen.«

Sie schlug ihre Hand vor den Mund. »O mein Gott! Das tut mir leid.«

»Es wird schon wieder heilen.«

Sie nahm den Pizzaanhänger ab. »Hier. Nimm.«

»Ich will ihn nicht.« Ich schob ihre Hand weg.

»Bitte, nimm ihn.« Sie drängte ihn mir auf.

»Mom und Dad würden bestimmt merken, dass ich deinen Anhänger habe.«

Sie wollte nicht nachgeben, fixierte mich verzweifelt mit ihren grünen Augen.

»Becky, das heilt schon wieder. Ich will deinen Glücksbringer nicht.«

»Bitte«, flüsterte sie mit seltsamer Stimme. »Ich möchte, dass du ihn kriegst.«

Zwei Jahre habe ich ihn aufbewahrt, bis ich mein eigenes Armband bekam. Seitdem habe ich Dutzende Glücksbringer hinzugefügt, zur Erinnerung an Examen, Jobs, Reisen oder einfach Dinge, die ich mochte. (Ständig finde ich die zauberhaftesten Rosenanhänger.) Das Armband ist so schwer, dass mein Vater einen neuen, schwereren Verschluss anbringen musste.

Becky hat immer noch nur den einen Glücksbringer.

Ich befestige Rileys Anhänger und lege das Armband in seine Samtschachtel. Diese stecke ich in eine pinkfarbene Geschenktüte, aus der pinkfarbenes Seidenpapier quillt.

Ich reibe mir die Augen. Ich schlafe in letzter Zeit nicht gut. Der Gedanke daran, dass Brad mich direkt vor meiner Nase betrogen hat, reißt mich aus dem Tiefschlaf. Ich weiß immer noch nicht, was ich machen soll. Mir scheint, ich kann nichts tun.

Vielleicht sollte ich Dr. O'Malleys Angebot auf eine Teilzeitstelle doch annehmen. Bestimmt würde er darauf eingehen. Dann wäre ich auch keinen Bazillen mehr ausgesetzt, weder mikroskopischen noch pubertierenden.

Am liebsten würde ich mich an Brads Universität wenden, einen Brief an den Dekan schicken, den Studienberater und die Mathelehrer dazu bringen, ihre Empfehlungsschreiben zu revidieren. Aber ich weiß, dass George recht hat. Wir haben nur ein Gerücht und ein sehr deutliches Gefühl.

Ich habe Samanthas und Brads Arbeiten noch einmal verglichen. Besonders gute Arbeiten bewahre ich manchmal auf, und diese beiden waren die logische Wahl. Brad schrieb über die Langzeitwirkung von Konservierungsstoffen im menschlichen Körper, Samantha über die Vorteile biologisch-dynamischer Lebensmittel. Ähnlich, aber nicht zu ähnlich. Die Quellen waren unterschiedlich. Das eine wirkte wie eine Umformulierung des anderen.

Ich bin vielleicht ein Trottel.

Aber heute ist Rileys Geburtstag. Wir fahren zum Verkehrsamt, Termin vereinbart, Moms Auto gecheckt, auf meinen Namen zugelassen und für die schriftliche Prüfung gelernt.

Der Prüfer händigt ihr die Prüfungsunterlagen aus, die noch mit Bleistift ausgefüllt werden müssen, und Riley geht zu einem der abgeteilten Arbeitstische. Ich warte darauf, dass sie sich umdreht, damit ich meinen Daumen für sie hochhalten kann. Sie tut es aber nicht.

Riley hat das Heft bereits aufgeschlagen und angefangen, die Fragebögen auszufüllen. Sie hat die Verkehrsregeln allein gelernt, und ich habe ihr ein paar Fahrstunden bezahlt. Sie müsste gut vorbereitet sein.

Ich stehe immer noch da, weiß gar nicht, wieso. Ich erwarte nicht, dass sie sich umschaut und um Hilfe bittet. Jemand stößt mich an, und ich merke, dass ich im Weg stehe.

Ich setze mich auf einen dieser Stühle, die alle zusammengeschraubt sind, sodass einem der Nebenmann viel zu nah kommt. Jetzt sitze ich Knie an Knie mit einem älteren Mann mit schlimmem Husten. Ich hätte eine Maske mitbringen sollen. Also beschließe ich, draußen zu warten. Lieber passiv rauchen, als mir einen Virus einfangen.

Ein paar Minuten später stößt Riley die Rauchglastür auf und winkt mit einem Zettel. »Die haben mir gesagt, ich soll hier draußen auf die praktische Prüfung warten.« Sie streckt mir die Hand entgegen. »Schlüssel?«

Klimpernd landen sie in ihrer Hand.

Eine Frau mit Klemmbrett erscheint. »Riley?«

Ich trete einen Schritt zurück. Sie wendet sich um und geht entschlossen davon.

»Viel Glück!«, rufe ich ihr etwas verloren nach.

Riley hebt ihre Hand, ruft nichts zurück.

Ich sollte mich freuen. Sie nicht ständig irgendwohin fahren zu müssen wird eine Erleichterung sein. Oder nicht?

Ich sitze auf der Bank und warte, dass Riley wiederkommt.

Dara lädt uns zu Hamburgern ein. Weil Dara entscheidet und nicht ich, gehen wir in einen überteuerten Laden, in dem man sich seinen Burger selbst zusammenstellen kann. »Das könnte ich euch zu Hause billiger machen«, erkläre ich.

»Ja, aber du würdest niemals Gorgonzolakäse kaufen oder

Kartoffelstroh machen«, kontert Dara. Ich habe extra mein Armband angelegt, und die Glücksbringer baumeln beruhigend an meinem linken Handgelenk. Dara trägt Jeans mit umgeschlagenen Hosenbeinen und ein schlichtes weißes T-Shirt, aber sie kann nicht widerstehen, dazu hohe, schwarz-weiße Pumps anzuziehen. Riley und ich haben beide Shorts an. Riley ist schön braun von ihrem Gärtnerjob. Ich muss sie unbedingt noch mal an die schädlichen Auswirkungen der Sonneneinstrahlung erinnern.

Wir suchen uns eine Sitzecke mit Stahltischen und quietschenden, roten Plastikpolstern. Über uns liegen Rohre frei, die Wände sind nacktes Mauerwerk. Modern Industrial im Fiftieslook. Dara ist natürlich begeistert.

»Mir gefällt's hier.« Riley spielt mit den Autoschlüsseln. »Die Fahrt hierher war total super.« Sie spricht absichtlich laut und sieht sich um, damit auch alle zuhören. »Mit meinem neuen *Führerschein*!«

»Hast du es schon deiner Mom erzählt?«, fragt Dara. Ich schüttle den Kopf.

»Noch nicht.« Riley steckt ihre Schlüssel in die Tasche. Riley hat bei ihr angerufen, aber Becky hat sich noch nicht gemeldet. Dass Rileys Stimmung so sehr davon abhängig ist, ob ihre Mutter einen Anruf verpasst oder nicht, stimmt mich nachdenklich. Ihr Strahlen verblasst.

Dara wirft mir einen Blick zu. »Mach dein Geschenk auf.« Sie schiebt ein lila Päckchen über den Tisch.

Riley wickelt es aus, indem sie vorsichtig das Klebeband ablöst. »Das Papier möchte ich aufbewahren«, sagt sie. »Für den Kunstkurs.« Es ist ein Satz spezieller Filzstifte zum Comiczeichnen. »Danke, Dara.« Riley rutscht zu Dara und umarmt sie.

Unsere Burger kommen. Auf meinem stapelt es sich viel zu hoch. Ich nehme die Hälfte herunter.

Riley kaut schweigend. Dara und ich sehen uns an.

Ich schlage mit der flachen Hand auf den Tisch. »Riley, wir haben Zoe ganz vergessen.«

Sie nickt an ihrem Burger vorbei. »Schon okay.«

»Du solltest sie mal zu uns einladen, auf einen Filmabend.« Ich klinge übertrieben munter. Genau wie meine Mutter, wenn sie mir sagt, dass ich mir Freunde suchen soll. Riley nickt wieder.

Ich möchte sie aufmuntern. »Riley, erzähl Dara von deiner Fahrprüfung.«

Riley grinst, richtet sich auf. »Das hättest du sehen sollen. Da war ein Riesenunfall auf der Straße. Mit Sirenen und so.«

»O nein! Ich bin bei meiner ersten Fahrprüfung wegen eines Krankenwagens durchgefallen.« Dara macht große Augen.

»Aber Riley nicht.« Ich strahle. »Sie hat dem Druck standgehalten.«

Unsere Kellnerin erscheint mit einer Wunderkerze auf einem dicken Cupcake. Sie hat sechs Angestellte und ein Mikrofon dabei. »Heute hat jemand *Geburtstag*!«, singt sie und stellt das Gebäckstück ab. Sie fängt an zu klatschen. Der ganze Laden klatscht mit. »Happy Birthday to you!«

Es ist schrecklich laut. Überraschenderweise singen die Leute begeistert mit. Klatschend gröle ich aus voller Kehle, fürchte fast, ich könnte die großen Scheiben zum Bersten bringen.

Ich werfe einen kurzen Blick auf Riley. Ihre Wangen sind rosig. Sie rümpft die Nase und runzelt die Stirn, doch ihre Augen leuchten. Sie kann nicht verhindern, dass sich ein Lächeln auf ihrem Gesicht ausbreitet. Das Licht der Wunderkerze flackert auf ihren Wangen.

»Wünsch dir was«, sage ich.

Sie holt tief Luft und pustet. Wir applaudieren.

Als wir zu Hause ankommen, finden wir einen weißen FedEx-Umschlag vor der Tür. »Das Geschenk von meiner Mom!«

»Ich hab auch was für dich.« Klimpernd fummle ich den Schlüssel ins Schloss. »Sobald ich die Tür aufkriege.«

»Super!« Sie schüttelt das Geschenk ihrer Mutter. »Deins mache ich zuerst auf.«

»Das ist doch egal.« Ich spüre, dass es mir etwas ausmacht. Natürlich ist es egal, welches sie zuerst öffnet, und doch möchte ich, dass es meins ist.

Ich hole die Geschenktüte aus meinem Schlafzimmer. Riley hat die kleine Lampe auf dem Tischchen angemacht. Ich knipse das große Licht an. Ich möchte, dass sie die Glücksbringer sieht. Ich überreiche ihr mein Geschenk.

Sie wühlt im Seidenpapier, kramt die samtene Schachtel hervor. »Schmuck?« Riley grinst und öffnet sie. »Wie schön!«, ruft sie. »Danke, Tante Gal.« Sie springt auf und drückt mir fast die Luft ab.

»Gern geschehen«, japse ich. »Junge, du bist aber kräftig geworden in der Gärtnerei.« Ich zeige ihr mein Armband, erkläre ihr, wie es gedacht ist. »Und wenn du deinen Abschluss machst, kriegst du von mir einen kleinen, silbernen Hut.«

Sie legt es um ihr Handgelenk und hält es ins Licht.

Da habe ich eine Idee. »Ich weiß was. Ich möchte dir diese Rose schenken.« Ich löse mein Armband, suche eine meiner Silberrosen und versuche, den Ring mit den Fingernägeln zu lösen. »Ich brauch die Zange.«

»Lass mich mal.« Riley schafft es problemlos. Sie betrachtet die Rose. Meine Mutter hat sie extra für mich anfertigen lassen, eine Hulthemia mit rotem Herz. »Bist du sicher, dass ich die haben soll?«

»Du hast diese Rose gefunden, Riley. Ich möchte, dass du immer daran erinnert wirst.«

Sie befestigt sie an ihrem Handgelenk. »Danke.«

Ich nicke, sitze aufrecht auf der Couch. Ich werde meiner Mutter sagen müssen, dass ich es getan habe, damit sie nicht der Schlag trifft, falls sie Riley damit sieht. Wenn ich es ihr beichte, sagt sie bestimmt nichts.

Riley reißt das Päckchen von ihrer Mutter auf und schüttelt es. Es klappert metallisch. Ein Schmuckstück fällt heraus. Sie reißt die Verpackung auf.

Auch ein Glücksbringerarmband.

»Das ist von Juicy Couture«, sagt Riley. Sie klingt, als wollte sie ihre Aufregung verbergen. Das Armband ist goldfarben, überdimensioniert und übervoll mit großen, bunten Anhängern: ein Papagei, ein Scotchterrier, ein Eiskaffee mit einem Berg von Sahne und Kristallen obendrauf und andere, die ich nicht sehen kann.

Einer sticht heraus. Ein glitzernder Pizzakarton. Ich öffne die kleine Klappe. Darin liegt eine emaillierte Pizza mit buntem Belag aus Oliven, Paprika und Peperoni. Ich schlucke.

»Sieh dir das an«, sage ich. »Beeindruckend.«

»Diese Dinger kosten um die fünfzig Dollar das Stück«, erklärt Riley nüchtern. Sie legt das Armband in die offene Hand.

Heiliger Strohsack. Da hängen bestimmt fünfzehn Glücksbringer dran. Mit Mühe gebe ich einen nichtssagenden Laut von mir. »Vielleicht hat sie in Hongkong Beziehungen.«

Sie verzieht den Mund. »Ich hätte lieber ein Flugticket gehabt, um sie zu besuchen.« Sie lässt das Juicy-Armband auf dem Tisch liegen und geht in ihr Zimmer. Ich mache mich auf einen Knall gefasst, aber der kommt nicht.

37

Dara und George gehen mit mir zu Brads Party. »Mach keine Szene«, warnt mich Dara. »Nicht da.«

»Warum nicht?«

Sie rümpft die Nase. »Du willst es wie in einem John-Hughes-Film haben. Große Rede vor großem Publikum.«

Ich lächle ein wenig. »Ich mag John-Hughes-Filme.«

Es ist eine Lunchparty, Mitte August, kurz bevor Brad sich auf die Reise macht. Vom Golfklub hat man einen Blick aufs Meer, grüne Hügel bis zur Brandung.

Riley weigert sich mitzukommen. »Ich muss arbeiten«, sagt sie. Ich dränge sie nicht.

Ich trage ein langes, grasgrünes Kleid aus kühler Baumwolle mit Flügelärmeln.

George lächelt, als ich aus meinem Auto steige. »Zum ersten Mal sehe ich Sie in einem Kleid.«

»Möglicherweise wird es auch das einzige Mal bleiben.« Ich ziehe das Kleid hoch, um nicht zu stolpern.

Er trägt eine blau-weiße Baumwollhose und ein weißes Polohemd. Er bietet mir seinen Arm an, um mir über den holprigen Parkplatz zu helfen. »Das erinnert mich an die gestreifte Cordhose, die mir meine Mutter in den Siebzigern zu Partys angezogen hat. Die war allerdings grün und pink.« Er lacht. »Da kann man jedes Kinderfoto von mir nehmen. Wenn ich diese Hose anhabe, bin ich garantiert auf einer Party.«

Ich kichere. »Dafür hatte ich einen Matrosenanzug.«

»Oh. Das tut mir leid. Das ist schlimmer.«

Wir gehen langsam zu dem Gebäude.

Dara erwartet uns an der Tür. »Hey, Leute.« Sie sieht atemberaubend aus in ihrem weißen Sommerkleid mit Kamelien und einer Katze darauf, die Haare offen und irgendwie unbehelligt von der Meeresbrise.

»Hey, Dara.« Mir fällt auf, dass George nichts zu ihrem Aufzug sagt. Sie lächeln sich freundlich an.

Mir fällt auf, dass ich mich an Georges Arm klammere, und weiche errötend zurück. Daras Augenbrauen zucken hoch, aber sie sagt nichts.

»Miss Garner!« Brads Vater schüttelt mir die Hand. Seine Haare sind gegelt, und sein Gesicht – vom Rasieren zerschnitten – wirkt ernst. »Danke, dass Sie gekommen sind.«

Ich nicke hilflos. »Vielen Dank für die Einladung. Was für ein schöner Ort für eine Feier.«

Er nickt, beugt sich vor und flüstert: »Ich putze hier nachts. Man hat für mich eine Ausnahme gemacht.«

Ich lächle unwillkürlich. »Man scheint Sie zu mögen.«

»Bitte. Nehmen Sie sich zu essen und zu trinken. Viel Spaß.«

Ich schaue mich um. Die meisten Leute habe ich in der Schule schon gesehen: Eltern, Schüler, Lehrer. Samantha ist anscheinend nicht da. Alle wuseln herum, mit Tellern in der Hand. Am liebsten würde ich ihnen die kleinen Teller aus den Händen schlagen und schreien, dass alles Betrug ist, eine große Ungerechtigkeit.

»Alles in Ordnung?« Dara nippt an ihrem Eistee.

»Klar.« Ich schwitze. Ich sollte lieber mehr Flüssigkeit zu mir nehmen. Ich schenke Wasser in einen Plastikbecher.

Da entdecke ich ihn, den Mann der Stunde, Brad. Am Fenster, mit einem Glas Cola in der Hand, blickt hinaus, brütend wie der Held einer Liebesromanze für junge Leute. Was er natürlich nicht ist. Zielstrebig gehe ich auf ihn zu.

»Brad.«

Auf seinem Gesicht breitet sich ein offenes Lächeln aus. »Wie geht es den Rosen?«

»Ganz gut.« Mir ist nicht danach zumute, ihm von Rileys Rose zu erzählen. Ich nehme einen Schluck Wasser und mustere ihn so eingehend, dass er blass wird. »Könnte ich dich mal draußen sprechen?«

Wir treten durch die Schiebeglastüren auf eine leere Terrasse mit Tischen und Schirmen hinaus. Ich schmecke das Salz in der Luft. Der Wind pfeift, und ich erhebe meine Stimme. »Ich weiß, was du getan hast.«

»Was ich getan habe?« Er grinst, nimmt einen Schluck Cola.

»Du weißt genau, wovon ich rede.«

Das Wasser spiegelt sich in der Iris seiner Augen. »Ich habe nichts getan.«

Ich trinke aus. Seine Miene ist gleichmütig. Ich merke, wie sich eine Woge von selbstgerechter Empörung in mir aufbaut. Ist es ihm denn egal, dass er einem anderen Schüler eine Chance weggenommen hat? »Deine Mutter wäre nicht erfreut.«

Da wendet er sich mir zu, mit plötzlich wütender Miene. »Sie haben keine Ahnung, worüber sich meine Mutter freuen würde.«

Ich weiche zurück. Da hat er recht. Was weiß ich schon über ihn oder über sonst wen?

Er holt tief Luft. »Ich weiß, dass Sie sauer sind, weil ich Sie hintergangen habe, Miss Garner. Aber es ist nichts Persönliches.« Er dreht den Kopf wieder in Richtung Meer. »Ich musste es einfach tun.«

Ich zerdrücke meinen Plastikbecher und überlege mir meine Worte. Ich muss daran denken, wie hart er in meinem Rosengarten gearbeitet hat. Wie er sich die ganzen Pflanzennamen eingeprägt hat. Wie gut er im Sport war. Daran sollte ich mich erinnern, an all das Gute, zu dem er in der Lage ist. Ich kann nur hoffen, dass er so weitermacht. Er hat es nicht getan, um mich zu kränken. Er hat sich nur selbst geschadet. Ich atme ein. »Du bist schlau, Brad. So was hast du nicht nötig.« Ich mache mich auf den Weg zurück zur Party, bleibe aber noch mal stehen und sehe mich um. Die heiße Nachmittagssonne treibt ihm den Schweiß auf die Stirn, aber er wischt ihn nicht weg. Starr blickt er aufs Wasser hinaus. Ich kann nicht sagen, wie ihm zumute ist.

Mein Zorn ist verraucht. An seine Stelle tritt Trauer. »Ich wünsch dir alles Gute. Von ganzem Herzen.«

Er rührt sich nicht.

Ich schiebe die Terrassentür auf, und Partylärm schallt mir entgegen.

Brads Vater stößt beinah mit mir zusammen. »Wollen Sie schon gehen, Gal?«

Er hat immer noch dicke Tränensäcke unter den Augen, und sein Gesicht wirkt eingefallen. Im Grunde ist sein ganzer Körper eingefallen.

»Der Erste aus unserer Familie, der aufs College geht.« Er steckt die Hände in die Hosentaschen und blickt zu seinem Sohn. »Den Hausmeisterjob in der Schule anzunehmen hat sich ausgezahlt.« Er grinst schief.

Spontan umarme ich ihn.

Eine Sekunde bleibt er starr, dann klopft er mir unbeholfen auf den Rücken. »Danke, Miss Garner. Für alles, was Sie getan haben.«

Brad hat sich von seinem Posten am Meer nicht wegbewegt. Ich hoffe, er behält mich als jemanden in Erinnerung, der sich für ihn ins Zeug gelegt hat. Ich hoffe, er schickt mir eines Tages eine Karte vom College.

»Das war doch selbstverständlich«, sage ich.

Ich hebe meine Hand, um George und Dara zum Abschied zu winken, die mich vom anderen Ende des Raums her beobachten.

Winslow Blythe
Das Große Rosenbuch

September

Gerade wenn man denkt, dass die Schädlingsgefahr gebannt ist, kehrt sie zurück. Da die warmen Sommernächte nun nachlassen, könnten die Blattläuse wieder auf dem Vormarsch sein. Halten Sie die Augen offen, auch nach der Blattschneiderbiene, die große, runde Löcher in Ihren Rosenblättern hinterlässt. Und Raupen fressen Rosenknospen.

In diesem Monat müssen Sie unbedingt wachsam sein, um Ihre Herbstblüte nicht zu gefährden.

38

Ohne Mr Walters ist es in der Dialyseklinik immer noch seltsam. Ständig kommen neue Leute, was mir leid für sie tut, aber Mr Walters war eine Konstante. Der große Mann in Weiß. Da ich nun mit ihm befreundet bin, verstehe ich, warum die Schwestern ihn mochten.

»Haben Sie in letzter Zeit mal was von Mark gehört?«, frage ich Schwester Sonya, die versteckt hinter ihrer Trennwand sitzt.

Sie schüttelt den Kopf.

Ich habe ein schlechtes Gewissen. Seit unserem Kartenspiel vor fast zwei Monaten war ich nicht mehr bei ihm. Die Schule hat angefangen, und es ist wieder viel zu tun. Ich nehme mir vor, ihn anzurufen.

Dr. Blankenship geht an der Schwesternstation vorbei. Sie bleibt stehen, als sie mich sieht. Sie ist auf dem Weg nach Hause, hat ihren Arztkittel schon abgelegt.

»Hey, Doc.« Ich beuge mich durchs Fenster.

»Gal.« Sie macht ein langes Gesicht. »Ich wollte Sie gerade anrufen.«

Mir fällt auf, wie blass sie ist. »Es ist wohl keine gute Nachricht, oder?«

Wir gehen in ihr Büro. Sie schließt die Tür und setzt sich nicht hinter ihren Schreibtisch, sondern auf den Stuhl neben mir.

»Gal«, sagt sie. »Ich habe eine schlechte Nachricht.«

Mein ganzer Körper spannt sich an. Irgendwas anderes ist

passiert. Die Organrichtlinien wurden geändert. Ich werde nie eine neue Niere bekommen.

Die Haare fallen ihr ins Gesicht, als sie den Kopf zur Seite neigt. »Gal. Mark Walters ist gestern verstorben.«

Ich begreife nicht und starre sie ungläubig an.

»Er hat letzte Woche eine weitere Infektion bekommen und sich davon nicht mehr erholt. Es tut mir leid.« Sie blinzelt hektisch. »Die Beerdigung ist am Samstag.«

»Aber ich war doch gerade erst bei ihm«, bricht es aus mir hervor, obwohl es in Wahrheit schon Wochen her ist. »Wir haben Karten gespielt.«

»Es tut mir leid, Gal.« Sie nimmt Papier und Stift und schreibt den Namen einer Kirche auf. Ihre Hand zittert, weshalb ihre Schrift noch schlechter zu lesen ist als sonst. »Wir haben getan, was wir konnten.« Ihre Nase läuft.

Ich zupfe ein Taschentuch aus der Schachtel auf ihrem Schreibtisch.

Sie schnäuzt sich. »Ich sollte wirklich bessere kaufen. Die Dinger sind rau.«

Unwillkürlich müssen wir beide lachen.

Sie holt tief Luft. »Es tut mir leid, Gal. Ich versuche, es nicht an mich heranzulassen, aber manchmal ist das unmöglich.«

»Ich weiß.« Kälte kriecht in meine Finger. Der Puls rast in meinen Ohren. Ich halte mich an den Armlehnen fest, um nicht vom Stuhl zu fallen.

Walters kann doch nicht tot sein.

Ich nehme den Zettel mit der Adresse der Kirche und stecke ihn in mein Portemonnaie.

»Keine Sorge, Gal. Ich werde nicht zulassen, dass es Ihnen auch so ergeht.« Entschlossen blickt sie mich an und klingt, als würde sie die Wahrheit sagen. Dabei spricht sie sich nur selbst Mut zu. Das ist nicht dasselbe.

Ich schiebe meinen Stuhl zurück. Mir ist speiübel. »Ich muss zur Dialyse.«

»Ich komme mit Ihnen raus.« Sie steht auf, macht das Licht aus und schließt die Tür ab, prüft zweimal, ob sie auch wirklich zu ist. Ich warte, merke, dass meine Hände zittern.

Langsam folge ich ihr. An der Schwesternstation bleibt sie stehen, und ich weiß, dass sie ihnen die Nachricht überbringen wird. Ich gehe zum Wartezimmer, in die Toilette, sperre die Tür hinter mir ab, um nicht dabei sein zu müssen.

39

Es regnet am Tag der Beerdigung, diesem Samstag. Ungewöhnlich für die Jahreszeit. Regen bei einer Beerdigung hat etwas zu bedeuten, aber ich weiß nicht mehr, was. Der Regen ist eher ein Nieseln, sodass ich keinen Regenschirm mitgenommen habe. Die Beerdigung findet im Kreise der Familie statt.

Hinterher stehe ich im Haus von Walters' Sohn, ganz allein. Ich habe einen Teller Enchiladas mitgebracht und auf den Tisch mit der weißen Spitzendecke gestellt, der sich unter den vielen Speisen biegt. Im Haus drängt sich die Trauergesellschaft, meist ältere Leute, aber auch ein paar jüngere. Walters hatte viele Freunde. Ich frage mich, wie viele wohl zu meiner Beerdigung kommen würden.

Walters' Sohn Kevin unterhält sich mit Dr. Blankenship. Er ist ungefähr dreißig und sieht seinem Vater sehr ähnlich, nur mit blondem Schopf statt weißem. »Er war so lange krank«, sagt er. »In gewisser Weise bin ich froh, dass er nicht mehr leiden muss.«

Die Worte treffen mich wie ein Blitz. Ich weiß, dass man so etwas sagt, wenn Leute lange krank waren. Aber ich bin ganz sicher, dass Walters noch nicht so weit war. Wenn er gelitten hat, dann wie ein Kämpfer.

Ich spreche Kevin mein Beileid aus. »Er hat viel von Ihnen gesprochen«, sage ich.

Kevin beugt sich vor, bis wir auf Augenhöhe sind. »Sie müssen Gal sein.«

Ich nicke.

»Ich weiß auch einiges über Sie.« Er stellt sein Weinglas auf das schwarze Klavier. »Bin gleich wieder da.«

Ich warte. Dr. Blankenship steht schweigend neben mir.

»Ich glaube nicht, dass er sterben wollte«, sage ich. »Ob er gelitten hat oder nicht.«

»Ich weiß.« Ihre kühlen Finger drücken kurz meinen Arm. Bekümmert geht sie fort.

Kevin kommt zurück, mit einem kleinen Stofftier in der Hand. Einem Pinguin. »Er hat mich gebeten, einen Pinguin zu kaufen und ihn Ihnen zu geben. Er sagte irgendwas von Kuchen am Südpol.«

Unwillkürlich muss ich lächeln und nehme das Stofftier in die Hand. Es ist ein grauer Babypinguin mit großen Plastikaugen, aus einem unglaublich weichen Material. Ich stelle mir vor, wie Walters auf dem Sterbebett lag und nicht nur überlegt hat, wie er Abschied nehmen wollte, sondern Anweisungen krächzte, dass sein Sohn einer Frau, die er kaum kannte, ein Stofftier kaufen solle. Das sieht ihm ähnlich.

Dann stelle ich mir vor, wie Walters im weißen Schneeanzug zwischen Pinguinen herumwatschelt, mit Eiszapfen am Bart. »Ihr Vater wollte in die Antarktis. Ich sehe ihn förmlich vor mir, mit seinen weißen Haaren im weißen Schnee. Er wäre auf dem Eis gut getarnt gewesen.«

Kevin lacht, dann wischt er sich über die Augen, und sein Lächeln verschwindet. »Das klingt ganz nach meinem Vater. Ich habe mich schon gewundert, was der Pinguin zu bedeuten hat.«

»Ich schätze, ich soll wohl an seiner Stelle hinfahren.« Ich drücke das Stofftier an meine Brust.

Draußen regnet es stärker. Ich halte den Pinguin fest und beobachte, wie die Tropfen an die Scheiben klatschen. Drinnen brennt Licht, und wir spiegeln uns alle im Glas; geisterhafte Bilder werden auf die Bäume und den Rasen hinter dem Haus projiziert. Und da fällt es mir ein. Ich habe gehört, dass es nur an Tagen regnet, an denen gläubige Menschen beerdigt werden. Dabei bezeichnete sich Walters als Heide. Ich lächle.

Nach der Beerdigung fängt es in meinem Kopf an zu wummern. Ich fahre nach Hause und gehe ins Bett, bibbernd. Ich mache kein Licht.

Riley klopft an den Türrahmen. »Hast du einen schlechten Tag, Tante Gal?«

Ich schlucke. Als ich spreche, ist meine Stimme so leise, dass sie sich vorbeugen muss, um mich zu hören. »Das kann man wohl sagen. Geht wieder vorbei.«

Riley verschwindet.

Die Sonne geht unter. Wach liege ich da und verfolge, wie sich die Schatten verändern.

Mark Walters' Tod hat mich stärker erschüttert, als ich mir eingestehen will. Wieso sollte ich mit der Dialyse weitermachen, wenn man nach einer Transplantation sterben kann, die einen eigentlich retten soll? Ich möchte wohl leben, aber mir kommt alles so sinnlos vor. Wozu das alles auf sich nehmen?

Schritte werden laut. Licht geht an. Dara und Riley erscheinen, strecken die Köpfe herein.

»Gal? Meinst du, es wird gehen?«, flüstert Dara. »Brauchst du irgendwas?«

Ich schüttle den Kopf.

»Es ist, weil dieser Mann gestorben ist«, sagt Riley.

Schließlich kommen mir doch die Tränen. In Strömen laufen sie über mein Gesicht.

Dara betritt den Raum, nimmt ein Papiertuch aus der Schachtel und wischt meine Tränen weg. »Du bist nicht er, Gal.«

Sie sieht so besorgt aus, ihre Stirn ist so gerunzelt, dass ich mich aufsetzen und aufhören möchte zu weinen. Aber ich kann nicht.

Ich drehe mich um, wende meiner Nichte und meiner Freundin den Rücken zu. »Es wird schon wieder. Lasst mich einfach.«

Als ich am Montag zur Schule komme, stehen Dara und Riley im Flur und hängen Flyer auf. Am anderen Ende vom Flur tut George dasselbe. Und Dr. O'Malley.

Es ist früh. Noch sind keine Schüler da, das Eingangstor ist noch verriegelt.

Morgensonne dringt durch die staubigen Fenster herein. »Was macht ihr?« Ich trete hinter Riley. Ich hatte mich schon gewundert, wo sie geblieben war.

Sie zuckt zusammen. »Tante Gal, hast du mich erschreckt!«

Dara schlägt mit dem Handballen kräftig auf den Tacker ein. »Wir haben hier gerade was zu tun, Gal.« Sie zwinkert mir zu.

»Was für dich.« Riley reicht mir einen Flyer.

CUPCAKES

FÜR EINE NIERE

WANN: Freitagmittag und nach der Schule

WAS: Sammelaktion für
Miss Garners neue Niere

Ich bin sprachlos.

Dr. O'Malley und George kommen näher. »Sie werden eine Auszeit brauchen«, sagt Dr. O'Malley. »Das soll helfen.«

»Dr. O'Malley und ich haben die falsche Blutgruppe für dich«, sagt Dara.

»Aber ich nicht.« George lächelt. »Blutgruppe o. Der Universalspender.«

»Und?« Ich verstehe nicht.

»Ich lasse mich als potenziellen Spender testen.«

Ich werde immer sprachloser.

Riley klatscht in die Hände. »Wir haben es geschafft. Endlich. Ihr fehlen die Worte!«

»Und weißt du was? Vielleicht können wir einen Organtausch organisieren. Ich gebe meine Niere jemandem, der sie brauchen kann, und jemand anderer gibt dir dafür eine, die für dich passt.« Dara tackert noch ein Flugblatt an die Wand. »Wir kriegen das hin, Gal.«

Es ist überwältigend. Dass mir jemand … mehrere so helfen. Ich möchte lachen und weinen. Auf und ab hüpfen. Stattdessen stehe ich still und mit offenem Mund da, kann mich nicht rühren. Voll Sorge starren mich meine Freunde an.

George grinst und meldet sich – zu meiner Erleichterung – als Erster zu Wort. »Tja, wir haben es tatsächlich geschafft. Es hat ihr die Sprache verschlagen. Cupcakes sind das Geheimnis.«

Ich lächle in seine fröhlichen braunen Augen. Er bleibt geduldig. Nach einer Weile finde ich meine Stimme wieder. »Ich freue mich, dass Ihre schicke Küche endlich mal vernünftig genutzt wird.«

»Wer hat irgendwas von meiner Küche gesagt?« Übertrieben empört schüttelt er den Kopf.

»Georges Küche. Gute Idee, Gal.« Dara zählt an ihren Fingerspitzen Cupcakesorten auf. »Wir brauchen Schokolade, Vanille, vielleicht Erdbeere.«

»Einen könnten wir in Schokolade tunken«, fügt Riley hinzu.

»Wie wäre es mit etwas Kreativerem wie Avocado und Speck?«, fragt Dara.

»Bloß nichts Hochtrabendes«, sage ich, aber sie lacht nur.

Langsam schlendern sie den Flur entlang, ins Gespräch über die Dekoration der Cupcakes vertieft.

Nur George bleibt zurück. Er deutet mit dem Daumen auf die anderen, als wollte er trampen. »Kommen Sie, Miss Garner?«

Ich blinzle. Zu meiner Überraschung setzen sich meine Füße von ganz allein in Bewegung. In seine Richtung. »Gern, Mr Morton.«

Er reicht mir einen Tacker.

WINSLOW BLYTHE
Das Große Rosenbuch

Oktober

Das Leben im Süden Kaliforniens hat allerlei zu bieten. Es gibt milde Winter, aber auch Buschbrände, ganz zu schweigen von Erdbeben und Luftverschmutzung. Der Monat Oktober ist noch heiß und macht tägliches Wässern nötig.

In diesem Monat werden Sie Ihre Rosen zum *letzten Mal* düngen. Sie wollen doch, dass sich Ihre Pflanzen langsam auf den Winter und ihre nächste Blüte vorbereiten.

Im Oktober finden im ganzen Land zahlreiche Rosenschauen statt. Versuchen Sie es mit einer Bewerbung, oder gehen Sie einfach hin, und sehen Sie sich an, was es Neues und Aufregendes gibt. Sie wären überrascht, wie viele neue Rosensorten jedes Jahr präsentiert werden, und vielleicht möchten Sie ja eine davon für Ihren Garten erwerben.

Jetzt ist es an der Zeit, etwas zu tun, was viele Rosengärtner fürchten: sich der kümmerlicheren Pflanzen zu entledigen. Trotz aller Bemühungen kommt es vor, dass eine Rose in Ihrem Garten nichts werden will. Das ist nicht schlimm. Pflanzen Sie sie woandershin, oder verschenken Sie sie einfach. Man staunt, wie oft ein einfacher Ortswechsel einen Kümmerling zum Erblühen bringt.

40

Die American Rose Society hält ihre Herbstveranstaltung dieses Jahr in Los Angeles ab. Es ist die wichtigste Rosenschau, an der ich je teilgenommen habe. Ich bewerbe mich in zwei Kategorien. Einmal um die Trophäe der Rose Hybridizers Association und dann noch um die Begutachtung für den Internationalen Rosengarten.

Ich schreibe den Namen des Sämlings auf das Formular. Die »Riley«.

Riley und ich sind gestern Abend hergefahren, mit meiner Rose in der Hand. Ich habe einen Kloß im Magen, und immer wenn ich mich hinters Steuer setze, verwandelt sich mein Fuß in Blei. Ich lasse Riley den größten Teil des Weges fahren und zwinge mich dazu, mich zu entspannen. Diesmal bin ich es, die die Musik zu laut aufdreht.

Die Show findet im Hilton bei den Universal Studios statt, in Studio City. »Können wir uns vielleicht auch die Universal Studios ansehen?«, fragt Riley, sobald wir in die Lobby kommen. Sie rollt die Kühltasche mit der Rose hinter sich her. Ich habe nicht versucht, den großen »Riley«-Aufkleber, den ich extra angefertigt habe, vor ihr zu verbergen.

»Mal sehen. Wenn ich gewinne, ganz sicher.«

»Ich glaube, ich habe mehr Glück, wenn du verlierst«, sagt Riley.

»Stimmt wahrscheinlich«, pflichte ich ihr bei. »Wenn ich diesmal verliere, bin ich aller Voraussicht nach so deprimiert, dass ich mit dir nach Las Vegas fahre.«

»Aber ich bin noch zu jung zum Zocken.«

Ich zucke mit den Schultern. »Dann hast du wohl Pech.«

»Ach, Tante Gal …«

Ich fühle mich sofort zu Hause. Die Lobby hat hohe, nach innen gewölbte Fenster und ähnelt einem Gewächshaus. Ein großer Kronleuchter erhellt den Raum und das gewaltige Rosengesteck darunter.

Riley schickt den Pagen weg, der ihr die Kühltasche abnehmen will, und rollt das Ding selbst durch die Lobby. Sie drückt den Fahrstuhlknopf. »Können wir uns denn wenigstens mal im CityWalk umsehen?«

Das Hotel grenzt an eine gigantische Mall mit kostspieligen Möglichkeiten, sich zu vergnügen. »Na gut. Aber abgesehen vom Essen wirst du alles mit deinem Taschengeld zahlen müssen.«

Die Rosenschau findet am nächsten Morgen in einem großen Ballsaal statt. Licht spenden zwei gigantische Kristalllüster an der Decke. Vom gepunkteten Teppich, der mich an schwarze Oliven erinnert, wird mir ganz schwindlig, wenn ich zu lange hinsehe.

Riley trägt zu Ehren der Hulthemia ein violettes Polohemd, eine Khakihose und farblich passend ein lila Stirnband mit weißen Streifen. »Langsam siehst du richtig adrett aus«, frotzle ich. Ich habe eine pastellfarbene Strickjacke an, weil die Klimaanlage bestimmt wieder zu kalt eingestellt ist, und dazu ebenfalls eine Khakihose. Zum ersten Mal sehen wir aus, als könnten wir miteinander verwandt sein.

Die Tische wurden in Reihen aufgestellt, jeder mit einem weißen Tuch und einer Nummer. Ich bekomme die Nummer 110 und suche meinen Tisch, mit Riley und der Kühltasche im Schlepptau. Unzählige Menschen rennen umher, bauen eifrig ihre Blumenarrangements auf, und in der Luft liegt Rosenduft. Süß und schwer. Pfirsich, Birne, Erdbeere. Honig und Sahne. Tee. Roter Wein. Pfeffer. Meine Nase hat mehr zu tun als die von einem Bluthund.

Jede Rose ist perfekt geformt, ein makelloses Beispiel ihrer Art. Die Arrangements sind vollkommen, jede Blüte sieht aus, als hätte man sie gerade eben von einem taufeuchten Strauch gepflückt. Der Saal gleicht einem Hochzeitswunderland.

Das ist die größte Show, die ich je besucht habe. In meiner Kategorie der Hybridrosen gibt es, im ganzen Saal verteilt, drei Dutzend Bewerber.

Weiter hinten sehe ich Byrons Kopf. Er nickt. Ich nicke zurück.

Möge die beste Rose gewinnen.

Riley und ich kommen am Tisch mit der Nummer 110 an. Ich klappe die Kühltasche auf und nehme die Rose heraus. Ich seufze vor Erleichterung, als ich sehe, dass der Topf noch aufrecht in seiner Styroporhalterung steht. Ich nehme ihn heraus und setze ihn in einen größeren Keramiktopf, den Dara für mich getöpfert hat. Er ist hübsch, in metallisch leuchtendem Gold, Silber und Grün. Da springen einen die Farben der Hulthemia förmlich an.

»Raku?«, fragt Riley und dreht den Topf.

»Genau.« Ich weiß nicht genau, was Raku bedeutet, nur dass es die Methode ist, mit der Dara ihn gebrannt hat. Sie hat ihn aus dem heißen Ofen genommen und in ein altes Ölfass voller Sägemehl gelegt.

Riley streicht mit der Hand darüber. Ich richte das Schild aus, das ich an der Pflanze befestigt habe. Jetzt fehlt nur noch, dass ich mit dem Finger darauf zeigen muss.

Endlich fällt es ihr auf. »Steht da etwa ›Riley‹?«

»Mir scheint, du hast Tomaten auf den Augen.« Ich trete hinter den Tisch.

Sie schweigt, betrachtet den Topf und die Hulthemia. Die Rose ist heute in Bestform. Ihre vollen Blüten haben viele Blätter, bei der letzten Zählung sechsundzwanzig. Das Weiß durchzieht das helle Lila wie unregelmäßige Streifen auf einer Zuckerstange, und statt rot ist das Herz von atemberaubendem, dunklem Violett. Ich sehe, dass noch mehr Knospen sprießen, und sie ist noch nicht zu buschig, wie die ursprüngliche, wilde Hulthemia es inzwischen wäre. Ihre Blätter sind von einem satten Dunkelgrün, und die Staubbeutel stechen kanariengelb hervor.

Ich rieche an einer Blüte. Auch der Duft ist gereift. Grüner Apfel, Vanille, mit einem Hauch von Cayennepfeffer. Als stünde man vor dem Gewürzregal im Supermarkt, mit einem Apfel in der Hand. Süß, aber nicht zu süß.

Genau wie Riley.

Nicht dass ich es ihr sagen würde. Es wäre ihr sicher peinlich.

Ich finde, das ist die beste Hulthemia, die ich je gesehen habe.

Vielleicht sogar die beste Rose.

Sanft berühre ich die Blütenblätter.

»Sie ist wunderschön, Tante Gal«, sagt Riley.

Ich nicke. »Danke, dass du sie gerettet hast, Riley.«

»Aber du hast sie erschaffen.« Sie schenkt mir ein sanftes Lächeln und kommt um den Tisch herum. Gemeinsam sitzen wir auf den wackligen Klappstühlen und beobachten, wie die Leute vorbeiflanieren und stehen bleiben, um die Blume zu bewundern. Meine Blume. Wie Bienen werden sie angelockt.

Falls man mich beurteilt haben sollte, ist es mir nicht aufgefallen. Unzählige Leute kamen an unseren Tisch, manche mit Klemmbrettern, viele mit Kameras, haben Fragen gestellt und Notizen gemacht, sodass ich schon hundertmal bewertet worden sein könnte, ohne es zu merken.

Miss Lansing marschiert auf uns zu, unübersehbar eine Jurorin. Heute trägt sie ein pfirsichfarbenes Kostüm mit cremefarbener Rüschenbluse, die Absätze für ein menschliches Wesen zehn Zentimeter zu hoch, ihre Strumpfhose viel zu braun. Sie strahlt, mit Lippenstift auf den Zähnen. »Gal. Du meine Güte. Wie ich mich freue, dass Sie auf den Beinen sind!«

»Noch bin ich nicht tot«, sage ich nur halb im Scherz.

Sie wird blass. Die Leute wissen nicht, wie schrecklich deprimierend es ist, wenn man übers Sterben keine Witze machen darf. Manche wirft es förmlich aus der Bahn.

»Zum Glück«, sagt sie zaghaft. Sie setzt die Brille auf, die an einer Kette um ihren Hals hängt, und betrachtet die Rose. Sie gibt einen tiefen, kehligen Laut von sich wie eine seltsame Henne, der sie auch ähnelt, mit ihren großen Brüsten und den kleinen Füßen. Riley grinst mich an.

Miss Lansings Mund wird zu einem hässlichen Strich. Eilig schreibt sie etwas auf ihrem Klemmbrett. Sie blättert den Beurteilungsbogen um und schreibt noch weiter. Langsam werde ich nervös. Das ist bestimmt kein gutes Zeichen, das viele Schreiben.

Drei weitere Juroren treten heran. Unverkennbar. Sie tragen Namensschildchen mit langen, grünen Schleifen daran. Ich lächle und begrüße sie. Miss Lansing tritt nicht zur Seite. Die Juroren betrachten meine Blume und werden ganz ernst. Einer von ihnen, ein älterer Herr mit großem, grauem Schnauzbart, fragt: »Wie haben Sie die Streifen hinbekommen?«

Mein Handy klingelt. Ich sehe Georges Nummer. Mein Herz rast. »Entschuldigen Sie mich«, sage ich zu dem Juror. Es kann nur einen Grund geben, warum er mich jetzt anruft. Um mir die Ergebnisse des Verträglichkeitstests mitzuteilen.

»Behalt den Tisch im Auge, Riley.« Ich achte nicht mehr

auf die Juroren, suche nur so schnell wie möglich eine ruhige Ecke. »Hallo?«, sage ich und verlasse eilig den Ballsaal.

»Gal.« Es ist George. »Ich habe die Ergebnisse.«

Ich atme ein paarmal durch, lehne mich an die Wand. »Worauf warten Sie? Sagen Sie es mir.«

Ich kann sein tiefes Bedauern spüren, bevor er ein Wort gesagt hat. »Tut mir leid, Gal.«

Ich blinzle zur Decke, sinke zu Boden. Verdammt. Mir war nicht bewusst, wie dringend ich diese Niere haben wollte. Wie sehr ich davon ausgegangen bin, dass es passt. Wie perfekt es gewesen wäre, eine Lösung direkt vor meiner Nase.

»Die anderen Lehrer mit der Blutgruppe 0 haben auch alle zugesagt, sich testen zu lassen«, sagt er. Ich schlucke. Meine Stimme versagt.

»Wir wollen es in der Schule bekannt geben, in der Kirche, auf Twitter. Wir richten ein Spendenschneeballsystem ein. Machen Sie sich keine Sorgen, Gal.« Seine Stimme, warm und kummervoll, tröstet mich ein wenig. Kaum zu glauben, dass George das für mich tut.

»Ich bin sehr dankbar«, bringe ich hervor. »Vielen Dank.«

Ich lege auf, sitze einen Moment lang da, ziehe die Knie an und lege meine Stirn darauf.

Heute Abend will ich zu einem Dialysezentrum hier in Los Angeles. Unser Hotelzimmer bleibt leer. Ich möchte Riley nicht über Nacht allein lassen, ohne mich, fern der Heimat. Das muss ich schon übermorgen und dann immer wieder, alle zwei Tage, bis in alle Ewigkeit, ob Ferien oder Schulzeit, und ich werde mir dabei Infektionen einfangen wie schwarze Pullis Flusen.

Ich weiß nicht, wie lange ich so weitermachen kann, weitermachen *werde*. Die Belastungsfähigkeit des menschlichen Körpers ist begrenzt.

Ich merke, dass ich mich nicht aufraffen kann. Von den Leuten, die an mir vorübergehen, fragt keiner, ob ich Hilfe brauche. Ich kann es ihnen nicht verübeln. Alle sind mit ihren Rosen beschäftigt, ihrer eigenen Bewertung.

»Hey.« Riley schüttelt mein Knie. »Tante Gal.«

Ich hebe den Kopf und sehe sie an. Das arme Mädchen verzieht das Gesicht vor Sorge. Ich werde schuld sein, wenn sie vorzeitig altert. »Entschuldige, Riley.« Ich hebe meine Hand. Sie zieht mich hoch. »Ich musste mich nur kurz setzen.«

Sie überlegt, ob sie mir glauben soll oder nicht. Ich mache mich auf den Weg zum Tisch. »Ist irgendwas passiert, während ich weg war?«

»Die Juroren haben deine Rose mitgenommen«, antwortet Riley, überholt mich und läuft rückwärts durch die dichte Menge.

Ich verstehe nicht. »Wie meinst du das?«

»Sie haben sie mitgenommen. Der Mann mit dem Bart.« Sie reicht mir einen Beleg. »Du musst sie dir später abholen.«

Ich knülle den Beleg zusammen und stecke ihn in meine Tasche.

»Was hat das zu bedeuten?«, fragt Riley.

»Ich weiß nicht. Das ist mir noch nie passiert.« Unser Tisch ist tatsächlich leer, abgesehen von der Nummer 110. Groß und leer und traurig sieht er aus. Ich stehe da und glotze.

Riley nimmt meine Hand. Früher war sie kleiner als meine, jetzt ist sie größer. Sie zieht mich langsam mit. »Komm, wir machen eine kleine Pause, Tante Gal.«

Sie sollte mich nicht führen müssen, dieses Kind in einem erwachsenen Körper. Das möchte ich ihr sagen.

Aber ich bin zu müde.

Ich folge ihr aus dem Saal hinaus.

Ich gebe mir Mühe, mich aus meinem dunklen Loch zu befreien, aber ich muss immer wieder an Georges Nachricht denken. Ich rufe meine Mutter an.

»Bin schon unterwegs«, sagt sie sofort.

»Nein, Mutter.«

»Gal, lass mich wenigstens das für dich tun. Ich bleibe heute Abend bei Riley, damit du dir keine Sorgen machen musst.« Ich höre eine Tür klappen. »Ich sitz schon im Auto. Es sind nur zwei Stunden bis zu euch. Da kannst du gar nichts machen.«

»Dann solltest du lieber auflegen.«

41

Die Siegerehrung findet in einem anderen Ballsaal statt. Danach soll es ein Bankett geben, das ich verpassen werde. Ich hoffe, meine Mutter kommt rechtzeitig, damit ich ihr meine Eintrittskarte geben kann. Schließlich ist das alles im Preis mit inbegriffen.

Als Riley und ich dort eintreffen, sind die meisten Plätze schon besetzt. Im Grunde finde ich das Ganze sinnlos und könnte ebenso gut schon früher zur Dialyse fahren. Nur Riley hält mich hier. Sie grinst von einem Ohr zum anderen. »Ich glaub, heut ist der Tag der Riley!«, singt sie.

Ich ringe mir ein Lächeln ab. »Schön wär's.«

Miss Lansing steht auf und tritt ans Mikrofon. Wieso moderiert sie eigentlich immer diese Veranstaltungen? Kein Wunder, dass ich nie gewinne. Von hier hinten kann ich nur ihre Frisur sehen.

»Willkommen zu unserer Preisverleihung«, sagt sie warmherzig, was lauten Applaus hervorruft. Das Licht wird gedimmt, und auf einer Leinwand hinter ihr erscheint ein Rosenarrangement, eine Palette. »Bitte sparen Sie sich Ihren Applaus bis zum Ende auf, wenn alle Gewinner hier oben stehen. Dritter Preis bei den Paletten, Mrs Cynthia Aguirre!« Sie fährt fort bis zum Ersten in dieser Kategorie, und als alle drei Gewinner oben stehen, klatschen wir.

Jemand klopft mir vorsichtig auf den Rücken. Es ist Winslow Blythe, der Meister unter den Düngerexperten. »Habe Ihre Rose gesehen. Eine wahre Schönheit!«

»Ich habe mich an Ihr Düngerrezept gehalten«, sage ich. »Vielen Dank.«

»Nicht der Rede wert.« Er verscheucht meinen Dank wie eine verirrte Biene.

»Sind Sie einer der Juroren?«

Er schüttelt den Kopf. »Das macht doch den ganzen Spaß kaputt. Ich nehme am Wettbewerb teil. Habe ich schon immer getan und werde ich auch immer tun. Die können mich im Rollstuhl hier reinschieben – Hauptsache, ich habe was vorzuzeigen.«

Ich atme tief ein. »Ich wünschte, ich könnte mich auch damit zufriedengeben, nur etwas vorzuzeigen.«

Verschwörerisch beugt er sich zu mir vor, so nah, dass ich seinen Pfefferminzkaugummi riechen kann. »Warten Sie, bis Sie zum ersten Mal gewonnen haben. Man wird süchtig danach.«

Überraschenderweise geht Riley nicht weg, um sich etwas zu essen zu holen. Sie sitzt neben mir, kaut an ihren Fingern herum und sieht genauso nervös aus, wie ich mich fühle. »Beste Teehybride!«, verkündet die Stimme aus dem Lautsprecher. »Beste Floribunda! Beste Staude!«

Ich klatsche, bis mir die Hände wehtun. Endlich kommen sie zu meiner Kategorie. Beste Rosenhybride. Der dritte Platz geht an jemanden, den ich nicht kenne.

Riley hält meinen Arm. »Mach schon!« Sie zappelt mit den Füßen.

Ich lege ihr meine Hand auf die Schulter. Plötzlich bin ich ganz ruhig, als hätte sie alle Nervosität von mir genommen und würde sie an meiner Stelle ausleben. »Nur die Ruhe, Riley.« Selbst wenn meine Rose keinen Preis gewinnen sollte, ändert das doch nichts an der Tatsache, dass sie ein Erfolg wird. Ich werde diese Rose vermehren und in den nächsten

Jahren überall mit ihr antreten. Heute ist nicht ihre einzige Gelegenheit zu glänzen.

Ich blicke wieder zur Bühne hinauf und lausche.

»Zweiter. Byron Madaffer für seine orangefarbene Hulthemia, Tequila Sunrise!« Eine halbe Sekunde später steht Byron auf der Bühne und macht ein überraschtes Gesicht.

Riley nimmt meine Hand.

»Meine Damen und Herren, der erste Preis ist heute von einiger Bedeutung.« Im Licht der Scheinwerfer macht Miss Lansing eine dramatische Pause. »Der Sieger erhält außerdem einen Platz bei den Tests der American Rose Society, die in diesem Jahr im American Rose Center in Shreveport, Louisiana, beginnen.«

Alles klatscht und jubelt. Außer mir. Wie angewurzelt stehe ich auf dem Teppich.

»Der erste Preis geht an Galilee Garner für ihre spektakuläre violette Hulthemia namens ›Riley‹!« Das Foto der Riley-Rose blitzt zwei Stockwerke hoch hinter Miss Lansing auf. Ein kollektives Stöhnen geht durch die Menge, dann Applaus. Noch mehr Applaus, als ich den Gang entlangschreite. Ich komme mir vor wie eine Braut bei ihrer Hochzeit. Ich nicke Leuten zu. Klatsche ab, hin und wieder Blitzlichter. Nur dass mein Bräutigam diese schimmernde Medaille ist, die Miss Lansing vor sich baumeln lässt. »Riley wird zwei Jahre im American Rose Center getestet! Herzlichen Glückwunsch«, sagt Miss Lansing aufrichtig, offenbar überwältigt von der Publikumsreaktion. Sie streift mir die Medaille über den Kopf.

Steif stelle ich mich neben Byron. Am liebsten würde ich ihm die Zunge rausstrecken und auf meine Medaille zeigen. Du wirst mich nicht aufhalten, Byron Madaffer, denke ich. Beide starren wir unverwandt ins Publikum.

Der Fotograf sagt, wir sollen lächeln, und der Blitz blendet mich.

»Lächeln, Tante Gal!«, ruft Riley hinter dem Fotografen, und sie schlägt sich vor Lachen auf die Knie. Im Blitzlicht scheint sie sich wie in Zeitlupe zu bewegen, mit fliegenden Haaren und freudestrahlendem Gesicht.

Und ich lache.

Alle Last fällt von mir ab. Ich vergesse meine Niere und die Dialyse und besonders Byron. Ich grinse mit sorgloser Begeisterung, wie man sie seit Kindheitsfotos nicht mehr von mir gesehen hat, damals, als es mir egal war, wie ich aussah, bevor ich krank wurde.

Das Blitzgewitter hört auf. Byron drückt mir kurz und fest die Hand. Ich sehe keine Spur von Feindseligkeit in seiner Miene. Allerdings auch keine Freude. »Fehlt nur noch die Queen of Show«, sagt er knapp. »Glückwunsch.«

»Danke.« Die Auszeichnung als Queen of Show erfreut sich einiger Aufmerksamkeit. Es wäre das Sahnehäubchen. »Aber ich habe, was ich wollte. Einen Platz im Testgarten.«

»Wenn Sie mögen …«, fängt Byron langsam an, »könnten Sie mir einen Ableger geben.«

Ich starre ihn an, begreife nicht.

»Sie könnten mir einen Ableger geben, damit ich eigene Tests durchführe, auf meiner Farm.« Byron betrachtet mich wachsam, seine Miene ist undurchdringlich, und er erwartet zweifellos einen Gefühlsausbruch. Vielleicht erhofft er sich sogar einen angesichts seiner dreisten Bitte. Ich verstehe diesen Mann nicht – und werde ihn wohl nie verstehen.

»Wohl kaum«, sage ich schließlich.

Ich hebe eine Hand zum Gruß. Byron ist schon vergessen. Stattdessen überlege ich, wann wohl meine Mutter eintrifft. »Bis dann.«

Er nickt.

Ich wende mich meiner Nichte und den Leuten zu, die mich

umgeben und in ihre Mitte nehmen wie in eine Umarmung, um mir zu gratulieren.

Mom kommt erst nach dem Festessen im Hotel an, das für mich nur aus einem Burrito bestand. Wir treffen sie in der Lobby, als ich schon auf dem Weg zur Dialyse bin.

Sie nimmt mich bei den Schultern. »Geht es dir auch gut, Gal? Brauchst du irgendwas? Soll ich dich fahren?«

»Ja, nein und nein.« Ich lache über ihre Sorge. Nichts und niemand wird mir meine gute Laune vermiesen. Ich habe zu hart dafür gearbeitet.

Meine Mom nimmt die Medaille in die Hand, die vor meiner Brust hängt. »Hast du die Queen of Show gewonnen?«

»Nein.« Ich erzähle ihr von den Rosentests. Meine Rose bleibt hier. Sie wird auf einen neuen Wurzelstock gepfropft und dann an Gärten überall in den Vereinigten Staaten geschickt, um unter verschiedenen klimatischen Bedingungen getestet zu werden.

»Wir machen uns große Hoffnungen, was die Riley angeht«, erklärte mir der schnauzbärtige Juror, nachdem ich meine Medaille entgegengenommen hatte. »Diese Hulthemia könnte Ihr Durchbruch sein.«

Ich schüttle seine Hand energischer, als ich jemals eine Hand geschüttelt habe. »Das ist genau das, was ich mir erhofft hatte, Sir.«

Jetzt stößt meine grauhaarige Mutter einen spitzen Schrei aus wie ein kleines Mädchen, das viel zu viel Geburtstagskuchen hatte. Alle in der Lobby starren sie an, als sie einen Freudentanz um mich herum aufführt. Riley nimmt Abstand, setzt sich auf einen Stuhl und tut, als hätte sie die beiden verrückten Weiber noch nie gesehen.

»Ist gut jetzt.« Ich strecke meine Hand aus, um sie zu bremsen.

Mom bleibt stehen, außer Atem, die Wangen aufgeblasen wie ein Backenhörnchen. »Meine Güte. Darf sich eine Mutter denn nicht freuen, ohne dass gleich alle Welt die Nase rümpft?«

»Nicht so.« Ich lächle sie an.

Ein merkwürdiges Geräusch lässt mich aufblicken. Winslow Blythe kommt langsam durch die Lobby geschlurft. Er geht an einem Stock, an dem unten ein Tennisball steckt, was ein seltsames Ploppen verursacht. Ich wusste gar nicht, dass er einen Stock benutzt. Begleitet wird er von einem Mann, der etwa dreißig Jahre jünger ist als er und Koffer hinter sich herzieht. Winslow läuft gebeugt, mit knochigen Schultern, und die wenigen Haare stehen ihm wirr vom Kopf ab. Zum ersten Mal verhält sich Winslow seinem Alter entsprechend. Ich habe eine Idee. »Winslow!« Ich laufe zu ihm hinüber, lasse meine Mutter und Riley allein.

Er bleibt stehen und grinst mich an, was seinen müden Blick vertreibt. »Noch mal herzlichen Glückwunsch, Miss! Ich habe es ja gesagt. Was für eine Rose! Ich hätte sie zur Queen gemacht. Vielleicht muss ich eines Tages doch noch Juror werden.« Er neigt den Kopf zur Seite. »Obwohl, wissen Sie, die Queen of Show zu gewinnen ist nicht alles. Ich würde sagen, es ist wichtiger, einen Platz im Testgarten zu ergattern.«

Irgendetwas an Winslow macht mich froh und lässt mich aufblühen – so ziemlich das Gegenteil von dem, wie mir bei Byron zumute war. Ich lächle. »Sie haben recht. Ich bin mehr als glücklich mit meinem Preis.« Queen of Show wäre schön gewesen, aber jetzt bekommt die Riley eine gute Gelegenheit, sich zu beweisen.

Ich räuspere mich, bevor ich weiterspreche. »Ich möchte Sie was fragen.« Ich zögere, bekomme es plötzlich mit der Angst zu tun. Fürchte, er könnte ablehnen. »Hätten Sie gern einen

Ableger von der Riley? Um sie in Ihrem Garten auszuprobieren?«

Er verbeugt sich so tief, dass ich fürchte, sein Stock könnte unter ihm wegrutschen. »Es wäre mir eine Ehre, Miss Garner.«

Ich gehe zu meiner Mutter zurück, die bei Riley sitzt und einen Arm um sie gelegt hat. Riley wirkt um einiges fröhlicher als gerade eben noch, kann sich das breite Grinsen kaum verkneifen.

Mom klopft auf den Sessel neben sich. »Ich muss dir was erzählen, Liebes. Ich wollte nicht, dass du darüber nachgrübelst und dir damit den Tag verdirbst.«

Ich setze mich und warte. Mom wird rot im Gesicht. Sie sieht sich um, sucht irgendwas. »Beckys Job führt sie wieder zurück nach Kalifornien.«

»Ich verstehe nicht.« Mein Gehirn weigert sich, die Worte zu verarbeiten, die sie sagt, als spräche meine Mutter in einer fremden Sprache.

»Deine Schwester kehrt zurück.« Meine Mutter lehnt sich an Riley. »Du musst zur Dialyse. Sonst kommst du noch zu spät.«

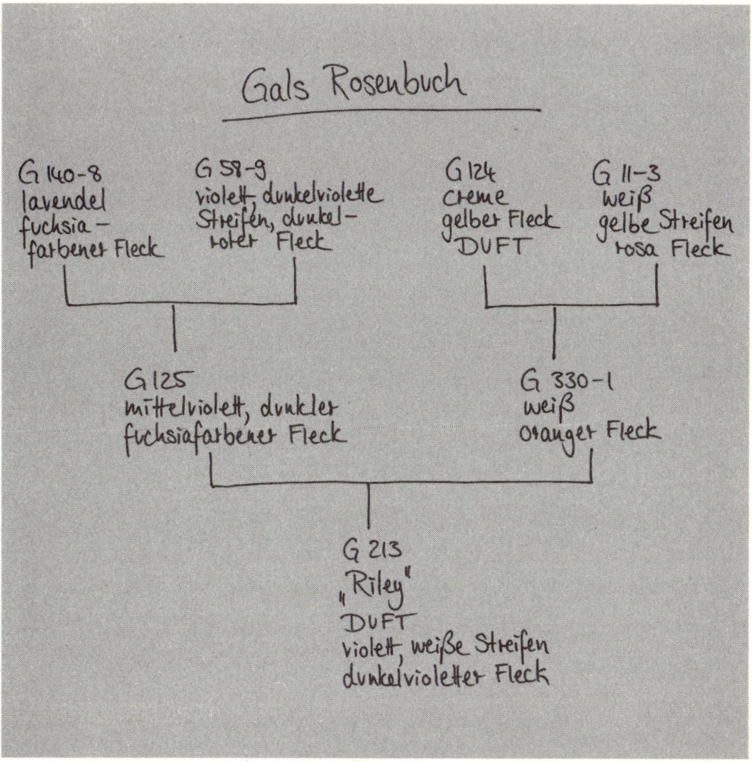
Gals Rosenbuch
G 140-8
lavendel
fuchsia-
farbener Fleck
G 58-9
violett, dunkelviolette
Streifen, dunkel-
roter Fleck
G 124
creme
gelber Fleck
DUFT
G 11-3
weiß
gelbe Streifen
rosa Fleck
G 125
mittelviolett, dunkler
fuchsiafarbener Fleck
G 330-1
weiß
oranger Fleck
G 213
„Riley"
DUFT
violett, weiße Streifen
dunkelvioletter Fleck

42

Drei Tage später trifft Becky ein – einen ganzen Tag später als angekündigt. Immer lässt sie alle warten. Ich hake es auf der Liste der Dinge ab, die mich an meiner Schwester stören.

Irgendwann gegen sieben hält ein Taxi vor meinem Haus. Riley sitzt seit vierundzwanzig Stunden an der Tür und rennt laut rufend hinaus. Sie trägt das Armband, das ihre Mutter ihr geschickt hat, an dem einen und das von mir an dem anderen Handgelenk. »Mom!«

Ich gebe ihnen einen Moment allein. Was nicht bedeutet, dass ich sie nicht heimlich durchs Wohnzimmerfenster beobachte, wobei ich etwas zurückweiche, um nicht entdeckt zu werden.

Becky schwingt ihre Beine aus dem Taxi, trägt einen überraschend schlichten Sportanzug, die Haare zum Pferdeschwanz gebunden. Ihr Gesicht ist ungeschminkt. Nicht mehr so hohlwangig wie beim letzten Mal. Sie drückt Riley an sich, sieht sie an, hält ihr Gesicht mit beiden Händen. Ein körperlicher Ausdruck der Zuneigung, der mir so schwerfällt. Riley sagt etwas, Becky wirft den Kopf in den Nacken und zeigt laut lachend ihre großen, weißen Zähne.

Ich taumle rückwärts. Ich muss hier weg.

In meinem Schlafzimmer setze ich mich aufs Bett, habe die Tür hinter mir geschlossen. Ich höre ein Rauschen wie Wasser, als wäre die Spülmaschine an, und ich lausche. Es ist das Blut, das in meinen Ohren rauscht.

Ich greife nach dem Telefon. Ich könnte Dara anrufen, um

mich aufheitern zu lassen. Oder meine Mutter. Oder sogar George. Er hat Erfahrung mit psychisch instabilen Menschen, die einem etwas wegnehmen wollen. Das Bild von Becky und Riley, wie sie sich draußen umarmen, brennt in meinem Kopf. Es könnte sein, dass ich Becky etwas wegnehmen will, nicht umgekehrt.

Es klopft. »Tante Gal? Meine Mutter ist hier«, sagt Riley von draußen mit derselben beschwichtigenden Stimme wie meine Mutter. Ich höre, dass sie Becky etwas zuraunt, erzählt ihr wahrscheinlich, dass Tante Gal manchmal Anfälle bekommt, um die man sich aber keine Sorgen machen muss.

Ich öffne die Tür.

Meine Schwester steht kaum einen halben Meter vor mir. Das Weiß in ihren Augen leuchtet im trüben Licht. Ihre Grübchen vertiefen sich zu einem Lächeln. »Gal!« Sie tritt vor und drückt mich an sich.

Ich drücke kaum zurück. Sie fühlt sich muskulös und leicht an. »Trainierst du?«

»In dem Gebäude, in dem ich gewohnt habe, gab es einen Swimmingpool.« Sie tritt zurück und sieht mich mit funkelnden Augen an. Leuchtend geradezu.

»Du bist bestimmt erschöpft«, sage ich. »Möchtest du dich hinlegen?«

»Nein, danke. Ich habe im Flugzeug geschlafen.« Becky sieht sich im Wohnzimmer um, betrachtet die Rosenfotos an der Wand, die neuen Bilder von Riley. Riley mit ihrer Blide. Riley bei ihrem Ferienjob.

Ich erstarre. »Oh.«

»Ich habe keine Tablette genommen«, sagt Becky. »Ich schlafe im Flugzeug immer ein. Liegt an der Höhe.«

»Gut, dass du kein Pilot bist.« Riley hat aufgehört, ihrer Mutter ständig hinterherzulaufen, lässt sie jedoch nicht aus den Augen. Das hat sie schon gemacht, als sie noch ganz klein war, ob in ihrer Wiege liegend, in ihrem Kindersitz oder in den Armen eines anderen. Sie war fixiert auf ihre Mutter, mit einer Intensität, die jeden verblüffte, die Äuglein auf Becky gerichtet, als könnte sie deren Aufmerksamkeit allein durch Willenskraft auf sich ziehen.

Riley möchte mit ihrer Mutter essen gehen. »Willst du auch mitkommen, Tante Gal?«, fügt Riley etwas hastig hinzu. Sie hat mich vergessen.

»Geht ihr nur.« Ich winke ihnen. Ich will nicht fünftes Rad am Wagen sein.

Als sie weg sind, hole ich meine Fotoalben hervor. Angefangen bei meiner Kindheit. Becky und ich, altersmäßig so nah beisammen, und doch so verschieden. Auf jedem Bild mein Mondgesicht zu sehen tut mir weh, vor allem wegen der dazugehörigen Erinnerungen. Becky grinst sich durch ihre Kindheit. Streckt mir die Zunge raus. Wird nach ihrem elften Geburtstag mürrisch und distanziert.

Riley und Becky kommen erst spät zurück, so gegen acht Uhr. Ich schaue vom Fernseher auf, die Wiederholung eines Hercule-Poirot-Films. »Du solltest dich waschen und bettfertig machen, Riley«, sage ich ruhig, obwohl es in mir hüpft und schreit. »Morgen hast du Schule.«

Becky nickt ihrer Tochter zu, die zögernd in der Tür steht. »Geh, hör auf Tante Gal.«

»Wenn du uns brauchst …«, sage ich zu Riley. »Wir sind draußen im Gewächshaus.« Ich muss Becky allein sprechen, wo Riley uns nicht hören kann. Ich werde dieses um den heißen Brei Schleichen keine Minute länger ertragen. Dieser absurde Versuch, den Schein zu wahren. Ich bin kurz vorm Explodieren. Zwei senkrechte Falten bilden sich zwischen Rileys Augenbrauen, als ihr Blick von mir zu ihrer Mutter und wieder zurück wandert. Beide lächeln wir sie an, spielen die glücklichen Schwestern, bis Riley endlich nickt und sich ins Bad verzieht.

Becky folgt mir hinaus. Ende Oktober sind die Abende schon kalt, und ich zittere etwas in meinem dünnen Pullover, hatte es zu eilig, um mir eine Jacke anzuziehen.

Der Mond wirft sein fahles Licht auf den Garten, als wir über den Kiesweg gehen. »Hut ab. Hier hat sich viel getan«, bemerkt Becky. »Die ganzen Rosen. Ich war nicht mehr hier, seit du das Haus gekauft hast.«

»So lange?«

»Man hat mich nicht eingeladen.«

Unsere Eltern waren Weihnachten immer bei mir, weil sie sich dachten, dass Becky ja wenigstens Riley hatte, ich aber niemanden. Als Riley noch klein war, habe ich Becky gesagt, sie solle vorbeikommen. »Die Weihnachtseinladung stand immer.«

»Hier ist nicht genug Platz.«

»Ich hätte dir mein Bett gegeben.«

Becky gibt einen quiekenden Laut von sich. »Das hätte Mom nie zugelassen.«

Ich mache Licht im Gewächshaus.

Blinzelnd steht Becky im grellen Licht, schreitet den Gang voller Rosen ab. »Das ist echt beeindruckend, Gal. Du hast hier ja ganz schön was auf die Beine gestellt.«

»Könnte man so sagen.« Plötzlich bin ich stolz, freue mich über das Kompliment meiner Schwester. Ich sitze auf dem Rollhocker, während sie ihre Runde dreht, ohne sich von mir herumführen zu lassen. Sieht sich nur um.

Sie wirkt clean, das muss ich zugeben. Sie ist wacher, als sie es je war, seit sie mit Riley schwanger wurde. Nicht dass ich sie sonderlich oft gesehen hätte, wie ich mir eingestehen muss.

Sie kommt zu mir zurück und nimmt auf einem anderen Hocker Platz. Wir sitzen uns gegenüber, der kleine Hocker bequem für meine Größe, Becky dagegen etwas eingeknickt wie auf einem Kinderstuhl. »Also«, beginnt sie.

»Also«, wiederhole ich.

Ich weiß, was sie als Nächstes sagen wird, bevor es aus ihrem Mund kommt. »Ich werde Riley mitnehmen.«

»Wohin?«

»San Francisco. Ich bin wieder zu Hause.«

Ich wende mich ab, starre die leeren Behälter für die Sämlinge an. Nächsten Monat fülle ich wieder Erde hinein und pflanze neuen Samen. Der Kreislauf beginnt von vorn. »Das kann nicht dein Ernst sein.«

»Doch.« Becky rückt näher an mich heran. »Gal, ich brauche keine Tabletten mehr. Und ich trinke keinen Tropfen Alkohol. Und rauche auch kein Gras.«

Ich rücke ab.

»Gal, ich bin clean. Ich bin schon lange clean. Es geht mir gut.« Sie betrachtet ihre Hände. »Sie fehlt mir. Mehr als ich gedacht hätte.«

»So wie damals, als sie bei ihrem Vater war?« Ich kann sie nicht ansehen, sonst breche ich in Tränen aus. »Jahrelang warst du nicht für sie da.«

Becky sagt nichts, schweigt so lange, dass ich mich umdrehe, um zu sehen, ob sie eingeschlafen ist. Sie schaut mich ganz ruhig mit großen Augen an. »Das stimmt«, gibt sie zu.

Ich stehe auf. »Weißt du, was ich nicht verstehe? Wie du, die alles hat, Gesundheit, Intelligenz und Schönheit für drei …, wie kannst du das alles wegwerfen?« Meine Stimme ist laut, aber gefasst.

»Gal.« Meine Schwester schluckt. »Ich weiß, dass du es schwer hattest, aber ich hatte es auch nicht leicht.«

»Was war denn für dich so schwer? Dass bei dir alles stimmte?« Ich kann mir den Sarkasmus nicht verkneifen. Becky, das Opfer. Es reicht. Das hör ich mir nicht an.

»Deine Krankheit.« Becky steht auf, macht einen Schritt zurück. »Du hast immer alles bekommen, was du wolltest, egal, was. Mom und Dad haben dir immer recht gegeben. Selbst wenn ich Extrataschengeld wollte, musste ich nur dich bitten, sie zu fragen. Zu mir hätten sie Nein gesagt, aber zu dir niemals.«

»Und du hast mir was davon abgegeben.« Ich lächle und schäme mich ein bisschen. Meine Eltern waren so leicht zu manipulieren, dass ich gar nicht gemerkt habe, wenn ich es tat. Ich kannte es gar nicht anders.

Becky lacht bitter. »Ja. Ich musste damit allein klarkommen. Ich war ja nicht krank, also war es egal, dass keiner zu meinen Schulkonzerten ging oder mich zum Fußballtraining brachte. Immer hieß es: nächstes Jahr.« Ich sehe ihr an, dass es sie quält. »Weißt du, wie oft ich allein vor dem Fernseher gehockt habe, wenn du im Krankenhaus warst?«

Ich weiß noch, dass ich neidisch auf meine Schwester war, weil sie zu Hause bleiben konnte und nicht jeden zweiten Tag zum Arzt musste. »Wenigstens brauchtest du nicht ins Krankenhaus, um dir was rausschneiden oder dich stechen zu lassen«, sage ich. »Wenigstens bist du zu normaler Größe herangewachsen. Hast ein Kind.«

Becky starrt mich an. »Weißt du, was ich alles anstellen musste, um überhaupt Aufmerksamkeit zu bekommen. Als ich vom Baum fiel, sagte Mom nur: ›Hör auf zu heulen. *Du* wirst wenigstens wieder gesund.‹«

»Das hat sie nicht gesagt.« Ich weigere mich, der Wahrheit

ins Gesicht zu sehen. Es ist keine Entschuldigung für das, was Becky getan hat.

Sie seufzt. »Sinngemäß.«

»Würde dein Therapeut es so nennen?«

Sie blinzelt. »Gal. Sei nicht so verletzend.«

Ich gebe nicht nach. »Das ist nicht verletzend. Du kannst nicht wegreden, dass du Riley die Kindheit geraubt hast, Becky. Du bist schuld. Niemand sonst. Schau, was aus ihr geworden ist. Das darfst du nicht schon wieder wegwerfen. Nicht jetzt.«

»Meinst du, das wüsste ich nicht?« Ihre Stimme wird lauter. »Aber soll ich dir was sagen? Ich kann die Uhr nicht zurückdrehen, um das zu reparieren.« Ihre Stimme bricht. »Ich kann nur reparieren, was ich jetzt habe. In der Gegenwart.«

Ich schaue meiner Schwester ins Gesicht, erwarte Tränen zu sehen. Aber da sind keine. Sie hält den Kopf hoch, beißt die Zähne zusammen. Ist für einen langen Kampf gewappnet.

»Ich bin ihr gesetzlicher Vormund«, sage ich.

»Ich bin ihre Mutter«, entgegnet Becky. »Sie ist alt genug, selbst zu entscheiden.«

Ich sehe mich im Gewächshaus um. Die Rosen kriegen ihre Hagebutten, machen sich bereit, mir ihre Samen zu geben. Ich denke an die vielen Stunden, die Riley hier mit mir verbracht hat. Ich schlucke. »Nur damit du es weißt: Ich wäre auch gern mal böse gewesen, als ich klein war.«

Sie lächelt traurig. »Ich weiß.«

Ich bin unentschlossen. Zum ersten Mal seit vielen Jahren möchte ich meine Schwester umarmen. Es fühlt sich an, als würde ich etwas zugeben, mein Unrecht, meine Schuld. Ich habe nichts Unrechtes getan. Ich wollte das alles nicht. Aber Becky steht da, zitternd, verletzlich. Wenn ich es nicht tue, könnte sie womöglich zerbrechen.

Ich schließe sie in die Arme.

43

Am nächsten Tag ist mein Hirn verstopfter als der Abfluss in einer Mädchenschule, aber ich gehe trotzdem zur Arbeit.

Auf dem Heimweg halte ich beim Arzt an, um mir Antibiotika zu besorgen. Dr. Blankenship schüttelt den Kopf, als sie mein Blut abnimmt, was sie sonst den Schwestern überlässt. »Sie sollten es ruhiger angehen lassen, Gal.«

»Wenn ich es noch ruhiger angehen lasse, müsste ich das Leben aufgeben, Doc«, sage ich.

Zu Hause sitzt Riley am Esstisch und macht Hausaufgaben. Becky hockt neben ihr und liest einen Roman von Phillippa Gregory mit einer Königin auf dem Umschlag. »Ich wusste gar nicht, dass du gern liest, Becky.« Ich stelle meine Taschen neben der Tür ab.

»In meinem Job gibt es viel Leerlauf.« Becky blickt nicht auf. »Ich lese mindestens zwei Bücher pro Woche. Als ich in Hongkong war, noch mehr.« Sie klappt ihr Buch zu, lächelt ihre Tochter an. »Ich war einsam.«

Ich verkneife mir eine Bemerkung. Wenn Becky sich als einsam darstellt, dann ist das, als würde die Erde behaupten, sie sei einsam, obwohl sie von Sternen umgeben ist. Aber vielleicht ist der Vergleich ganz passend. Vielleicht treibt sie tatsächlich durchs Leben, ohne direkten Kontakt zu irgendwem, alle in der Nähe, ohne sie je zu berühren.

Ich nehme die erste Dosis meines Antibiotikums mit einem Glas Milch und einem Stück Brot und beobachte Riley und Becky von der Küche aus.

Wenn Riley geht, bin ich wieder allein. Der Gedanke gefällt mir nicht. Ich ziehe mich ins Schlafzimmer zurück, um mich hinzulegen.

Etwas später klopft Riley an die Tür. Sie kommt herein und setzt sich neben mich aufs Bett, sodass ich zu ihr hinrutsche. »Keine Sorge«, verkündet sie. »Ich habe ihr schon gesagt, dass ich nicht mitkomme.«

Ich blinzle. Die zu erwartende Erleichterung, die ich angesichts ihrer Erklärung empfinden sollte, will sich nicht einstellen. Ich kann nur daran denken, wie meine Schwester und meine Nichte die Köpfe aneinanderlehnen. »Bist du dir ganz sicher?«

»Du brauchst mich mehr als sie.« Riley lächelt mich an. »Du hast so viel für mich getan.«

Ich versuche, mich aufzurichten. »Moment mal. Wir haben doch keine Wie-du-mir-so-ich-dir-Beziehung zueinander, Riley. Du bist mir in keiner Weise etwas schuldig.«

»Ich möchte hierbleiben und dir helfen, Tante Gal.«

Ich schüttle den Kopf. »Nein.«

Was ich schon eine ganze Weile unterschwellig weiß, wird nun deutlich. Das sollte nicht die Rolle einer Sechzehnjährigen sein. Jemanden zu pflegen. Sie sollte sich keine Sorgen um mich und meine Nebenhöhlenentzündungen machen, oder wie es mir bei der nächtlichen Dialyse ergeht. Für mich verantwortlich zu sein, wenn ich krank werde. Zu denken, es sei ihre Schuld, wenn ich deprimiert bin. Riley ist nicht meine Mutter. Sie muss noch etwas länger Kind sein, bevor sie wirklich erwachsen ist.

Außerdem muss ich mir eingestehen, dass ich es vielleicht nicht mehr viel länger mache.

Ich denke an Becky, die da draußen allein sitzt, die einsame Mutter, heimgekehrt. In gewisser Weise war meine Schwester immer allein, mehr als ich es in meinem ganzen Leben gewesen bin.

Riley ist Beckys Tochter, nicht meine. Ich liebe sie wie eine Tochter, aber ich darf sie meiner Schwester nicht wegnehmen. Ich kann Becky nicht ewig bestrafen, nicht wenn sie endlich getan hat, was ich von ihr wollte. Sie zeigt Verantwortung. Selbst wenn mir der Gedanke Angst einflößt, dass Beckys Verantwortungsbewusstsein vielleicht nur vorübergehender Natur ist. Man kann nie wissen, ob es so bleibt, man kann es nur probieren.

Ich brauche einen Moment, bis ich die richtigen Worte finde. Ich hole tief Luft. »Riley, ich habe dich von Herzen lieb. Aber ich finde es nicht so gut, wenn du hierbleibst, um für mich zu sorgen wie eine Erwachsene. Das wäre nicht in Ordnung.«

Ich sehe ihr ins Gesicht. Sie hört aufmerksam zu.

»Wenn du bleiben möchtest, weil es dir hier gefällt, weil du die Schule und die Leute magst, dann fände ich es schön, wenn du bei mir bleibst.« Ich lächle sie an, drücke ihren Unterarm. »Aber ich möchte nicht, dass du hierbleibst, weil du meinst, du müsstest es meinetwegen tun. Ich komme schon zurecht. Es wäre nicht so, als würdest du mich im Stich lassen. Okay?«

Sie nickt.

»Denk noch mal drüber nach, Riley.«

Sie nickt abermals. »Ich gehe wieder raus zu meiner Mutter.«

Ich sinke in die Kissen zurück.

Die ganze Woche über verfolge ich, wie Rileys Antwort reift. Wie sich die Bindung zu ihrer Mutter festigt. Obwohl sie fast schon eine junge Dame ist, die Auto fahren und ausgehen darf, weicht sie ihrer Mutter zu Hause nicht von der Seite.

Ich frage mich, ob sich Pflegeeltern so fühlen, wenn sie das Kind den leiblichen Eltern zurückgeben müssen und nur hoffen können, dass diese sich der Aufgabe so annehmen, wie sie es von Anfang an hätten tun sollen.

»Wie kannst du zulassen, dass diese Frau einfach so reinspaziert und sie dir wegnimmt? Nachdem sie sie dir praktisch in den Schoß geworfen hat?«, will Dara am Dienstag beim Mittagessen wissen. Dara, George und ich sitzen draußen, weit weg von den anderen, ein ungleiches Trio auf einer Bank unter einem Baum an einem warmen Oktobernachmittag.

Dara ist so sauer, dass sie ihren Kakao nicht richtig aufbekommt und die Tüte fast kaputtreißt. »Wie kann es sein, dass Riley zu ihr zurück möchte?«

»Weil Becky ihre Mutter ist«, antworte ich.

»Ist sie wenigstens clean?«

Ich nicke. »Ich habe keinen Bluttest bei ihr gemacht, Dara, aber sie sagt es. Und sie macht auch den Eindruck auf mich. Sie sieht gesund aus. Verändert.« Während ich spreche, kommen mir schon wieder Zweifel. Was tue ich Riley an? »Riley ist alt genug, sich zu entscheiden, was sie tun will. Ich kann ihr nicht verbieten, bei ihrer Mutter zu leben.«

Dara trinkt ihren Kakao aus und wirft den leeren Karton weg. »Gefällt mir trotzdem nicht.«

»Ich habe keine Wahl, Dara.« Ich fürchte, dass gleich meine Stimme bricht, aber das tut sie nicht. »Mir gefällt es auch nicht. Aber es ist nicht meine Entscheidung.«

Dara schüttelt den Kopf. »Ich muss mich auf das Töpfern vorbereiten. Wir sehen uns später.« Sie schiebt sich durch die Menge.

»Man könnte meinen, *sie* hätte das Problem«, bemerke ich.

»Sie macht sich Sorgen.« George kaut nachdenklich auf seinem Sandwich herum. Ich weiß, dass er an seine Tochter denkt und daran, dass seine Frau hätte tun sollen, was das Beste gewesen wäre, nicht das, wonach ihr zumute war.

»Tue ich das Richtige, George?«, frage ich plötzlich. »Sollte ich Riley sagen, dass sie in ihrem eigenen Interesse am besten hierbleibt?«

George stützt sich auf seine Ellbogen und betrachtet mich ernst. Im Schatten nimmt er seine Sonnenbrille ab. »Wenn Sie sich gegen Ihre Schwester stellen und Riley weg möchte, wird es die Lage nur verschlimmern. Lassen Sie sie gehen. Sie kann ja wiederkommen. Sie sind ihr sicherer Hafen.«

Ich seufze. »Ich wünschte, ich hätte eine Garantie.«

Er lacht leise, nimmt mich in den Arm. Es soll wohl eine freundliche Geste sein. Warm wie eine Decke fühlt sich sein Arm um meine Schultern an. »Es gibt für nichts eine Garantie, Gal. Ich dachte, wenn das jemand wüsste, dann Sie.«

Ich seufze erneut, nehme einen Schluck Wasser. George lässt seinen Arm, wo er ist.

Das ist mein einziger Trost. Ganz gleich, wie viele Organe in meinem Körper auch versagen mögen oder was mit meinen Rosen oder meinen Freunden und meiner Familie passieren mag – Riley gehen zu lassen wird schwerer sein als alles, was ich jemals tun musste.

Es klingelt zur Stunde. George nimmt seinen Arm weg. Mit der anderen Hand kneift er mir sanft in die Nase. »Alles okay?«

Ich nicke. Was für eine brüderliche Geste, dieses Nasekneifen. Ich bin enttäuscht, aber mehr habe ich von ihm auch nicht zu erwarten. Eine brüderliche Geste.

Doch dann sieht er mir länger in die Augen, als er müsste. »Gal.«

»Ja?« Ich bereite mich darauf vor, dass er mich fragt, ob ich ihm Bunsenbrenner bestelle oder irgendwas wegen der Wissenschaftsolympiade.

Er räuspert sich. »Da läuft ein Theaterstück über Marie Curie. Hätten Sie Lust, es sich mit mir anzusehen?«

»Gern.« Ich neige den Kopf, damit meine Haare die roten Wangen verbergen. »Was kosten die Karten?«

Er wird mich mit diesem Blick noch durchbohren. »Nein. Nichts. Die bezahle ich.«

»Sie bezahlen?« Ich verstehe nicht recht. »Das geht doch nicht.«

Jetzt lacht er, nimmt meine Hand in seine großen Hände. »Das geht sehr wohl, wenn es ein Rendezvous ist.«

»Oh.« Ich brauche einen Moment. »Oh!«

Fast alle Schüler sind reingegangen. Wir stehen auf. »Rufen Sie mich an, wenn Sie irgendwas brauchen«, sagt er. »Oder besser noch: Ich rufe Sie an, um zu fragen, ob Sie was brauchen.« Er streicht mir die Haare aus dem Gesicht.

Wieder werde ich rot. Ich lächle. »Danke, George.«

Ich eile zu meiner Klasse, als es zum letzten Mal klingelt, spät dran wie eine Schulschwänzerin.

Am Freitagabend bin ich im Gewächshaus und telefoniere mit meiner Mutter. »Das gefällt mir nicht«, sagt sie. »Dad, was meinst du dazu?« Morgen muss Becky wieder in die Stadt zurück. Ein Makler hat eine hübsche Wohnung mit zwei Schlafzimmern für sie. Das Umzugsunternehmen holt ihre Sachen aus dem Möbellager.

Dad schweigt an seinem Ende der Leitung. »Gal hat recht. Die Entscheidung liegt bei Riley.«

»Tante Gal.« Riley kommt herein.

»Ich muss Schluss machen«, erkläre ich meinen Eltern und lege auf. Sie erzählen mir nichts, was ich nicht schon wüsste.

Ich habe das helle Licht angemacht, die Hagebutte auf dem Tisch und entferne die Samen, die ich im nächsten Frühling einpflanzen will. Auf meiner Stirn sitzt ein Vergrößerungsglas. »Riley.«

Ich habe sie schon erwartet. Sie wurde in der letzten Woche immer stiller, und obwohl ich es nicht sicher weiß, habe ich Dr. O'Malley schon vorgewarnt, dass uns vermutlich eine Schülerin verlassen wird.

»Tante Gal?« Ich blicke auf, lege meine Pinzette weg. »Sind die Samen schon so weit?«

»Ja, Riley.« Ich winke sie heran. »Möchtest du mal sehen?«

Sie nickt. Ich zeige ihr die harte, rot-orange Hagebutte, die die Rose gebildet hat, und wie ich sie aufgebrochen habe, um an die Samen zu kommen. »Diese Rose hier habe ich ungefähr zu der Zeit bestäubt, als du hergekommen bist«, erkläre ich. »Ich bin gespannt, wie sie wohl aussehen wird.«

Riley lächelt. »Ich auch.« Sie steht nah bei mir, riecht nach Äpfeln und Shampoo, derselbe Babyduft, den sie hatte, als sie noch so klein war, dass sie auf meinem Schoß sitzen mochte. Mir kommen die Tränen. Riley wird nicht dabei sein, wenn sie erblüht.

Ich nehme meine Brille ab und wische sie sauber. »Das geht ganz schön auf die Augen.« Lächelnd betrachte ich Riley wie durch einen Schleier. Morgen wird sie mit Becky wegfahren. Ich werde dem Auto nachblicken und winken, bis ich sie nicht mehr erkennen kann, bis sie so weit weg sind, dass sie ebenso im All sein könnten.

»Tante Gal?« Riley setzt sich auf den Hocker neben mir. Ich gebe die Samen mit der Pinzette in einen kleinen, beschrifteten Plastikbehälter, dann setze ich den Deckel drauf.

»Ja, Riley.« Mein Herz schlägt wie verrückt.

»Ich habe mich entschieden.« Riley stützt den Kopf mit der Hand ab. Ich spüre ihr Bedauern fast körperlich.

»Es ist schon in Ordnung, Riley. Ich verstehe das.«

»Darf ich auch mal was sagen?« Kurz blitzt ihr früherer Zorn auf.

»Entschuldige.« Kleinlaut lege ich mein Werkzeug beiseite. Es tut mir weh, ihr in die Augen zu sehen.

»Ich möchte hierbleiben.« Jetzt ist Riley an der Reihe, meinem Blick auszuweichen. »Wenn das okay ist.«

»Hierbleiben? Bei mir? Bist du sicher?« Ich beuge mich vor.

Sie nickt.

»Was ist mit deiner Mutter?«

»Ich verbringe den nächsten Sommer bei ihr.« Riley nimmt den Plastikbehälter mit den Samen in die Hand und schüttelt ihn. »Es wäre irgendwie nicht richtig, jetzt wegzugehen, Tante Gal. Ich weiß, du machst dir Gedanken darum, dass ich vielleicht für dich sorgen muss, aber ich schaff das schon. Oma meint sogar, es wird mir guttun.« Riley grinst vielsagend.

»Das kann ich mir vorstellen«, sage ich. Ich nehme ihre Hand, damit meine nicht mehr so zittert. »Bist du sicher, dass du das willst?«

Wieder nickt Riley. Sie blinzelt ihre Tränen zurück. »Tante Gal. Ich habe viel darüber nachgedacht. Ich habe hier so viel gelernt. Haufenweise über Rosen und Gartenbau. Kunst. Inzwischen mag ich sogar Naturwissenschaften.« Sie spreizt die Hände und holt tief Luft. »Aber vor allem habe ich rausgefunden, wie man ein Mensch wird. Ich meine, ein richtiger Mensch. Ein Mensch, der Sachen vermasselt und sie wieder in Ordnung bringt. Ein Mensch, der weitermacht.« Sie lächelt ein wenig. »Wie du.«

Wie ich? Da kommen mir auch die Tränen. Überwältigt strahle ich sie an und überlege, was ich sagen soll. All das, was ich ihr sagen will. In mir wirbelt alles durcheinander, und nichts davon kriege ich raus.

Riley wartet darauf, dass ich etwas sage, schaut zu Boden.

Bebend atme ich ein. Endlich halte ich ihr Gesicht, wie damals, als sie noch ganz klein war. »Riley, ich bin stolz auf dich. Ich bin so glücklich, dass ich dich kennengelernt habe. Es bedeutet mir mehr als alles andere.« Ich schlucke den Kloß in meinem Hals hinunter. »Es freut mich, etwas bewirkt zu haben.«

Riley nickt kurz. »Meine Mutter sagt, wenn ich es mir anders überlege, kann ich jederzeit zu ihr kommen.« Sie läuft rot an. »Ich will nur sehen, ob sie das mit dem mütterlichen Verantwortungsgefühl auch durchhält, weißt du?«

»Ich weiß.« Ich lasse ihr Gesicht los und streiche ihr über den Kopf.

Tränen rollen über ihre Wangen. »Das ist doch nicht gemein, oder?«

»Natürlich nicht. Es ist sehr klug, Riley.« Ich stehe auf. Ich werde nicht aufgeben, denke ich. Ich werde weitermachen, für Riley. »Komm her.« Endlich drücke ich sie an mich, ihre Knochen nicht mehr zart und zerbrechlich, sondern kräftig, wie sie sein sollten. Ich gebe ihr einen Kuss auf die Stirn und wünschte, ich könnte sie damit beschützen, wie Glinda, die gute Hexe aus dem Norden, Dorothy beschützt hat. »Du wirst es schon richtig machen, kleines Fräulein.« Wir stehen auf und gehen ins Haus, wo Becky allein ist.

Winslow Blythe
Das Große Rosenbuch

November

Die letzten Blüten des Jahres sind da. Schneiden Sie sie ab, verschenken Sie sie, binden Sie einen großen Strauß – freuen Sie sich daran, solange es geht. Wenn Sie die Rosen am Strauch lassen, die Blütenblätter entfernen, ohne die Pflanze zu beschneiden, wird sie Hagebutten bilden, die viele Vitamine enthalten und aus denen man einen wunderbaren Tee zubereiten kann. (Natürlich sind die Früchte nur genießbar, wenn Sie kein Gift gesprüht haben.)

Überprüfen Sie in diesem Monat Ihre Topfrosen. Wenn sie Wurzeln schlagen, müssen sie in größere Töpfe umgepflanzt werden, da sie sonst eingehen. Sollten die Rosen noch keine Wurzeln gebildet haben, können Sie mit dem Umtopfen auch bis zum nächsten Jahr warten.

44

An Thanksgiving wache ich frühmorgens auf und rieche Kürbis- und Apfelkuchen und Kaffee. Meine Eltern sind da, ihr Wohnmobil parkt draußen vor dem Haus, und Dad muss alle achtundvierzig Stunden einmal um den Block fahren, damit die alte Mrs Allen ihn nicht wegen Dauerparkens anzeigt.

Ich gähne. Es gibt immer noch keine Niere für mich, aber ich hoffe, dass ich schon bald mehr Glück habe. Bis zum Frühling, sage ich mir, werde ich eine neue Niere haben. Dr. Blankenship meint, dass es schwierig ist, für mich eine passende zu finden, weil mein Körper von früheren Infektionen und diversen Nieren dermaßen angegriffen ist. Dara arbeitet mit der Ärztin noch immer an ihrer Tauschidee. Mr Walters' Pinguin zwinkert mir von meiner Kommode aus zu und erinnert mich daran. Alles ist möglich. Oder man träumt, bis man nicht mehr träumen kann. Ich habe mich noch nicht entschieden, was von beidem ich tun will. Vielleicht beides.

Ich strecke mich und lausche. Ich habe vergessen, meine Jalousien zu schließen, sodass mein Zimmer heute heller ist, als ich es gewohnt bin. Aus der Küche dringen die Stimmen von Mom und Dad und das Klirren von Teetassen. Aus dem Wohnzimmer höre ich Rileys und Beckys höhere Stimmen schnattern.

Ich ziehe meinen Morgenmantel an, schiebe meine Füße in meine Puschelpuschen und gehe ins Wohnzimmer.

Becky mustert mich mit hochgezogenen Augenbrauen. »Geh und zieh dir was an!«, flüstert sie. »George ist da.«

»George ist da?« Ich sehe mich um. Seine Stimme habe ich nicht gehört. Becky deutet nach draußen. Da ist er, kommt von draußen herein, hat offenbar den Meeresgarten bewundert und ein paar Steine umarrangiert.

Er bleibt an der Haustür stehen. »Ich dachte, du bist bestimmt schon wach und siehst dir die Macy's Parade an.«

»Ähem.« Ich deute auf seine schmutzigen Stiefel. Er bückt sich und bindet sie eilig auf, stellt sie draußen ab. »Möchtest du vielleicht auf einen Kaffee reinkommen?«

Er kann nicht aufhören zu grinsen. »Ich krieg sie. Ich krieg sie zu Weihnachten. Und danach jedes Wochenende.«

Er muss mir nicht erzählen, von wem er spricht. Ich stoße einen Freudenschrei aus und halte meine Hand hoch, damit er abklatscht. Er spielt nicht mit. »Lass mich hier bloß nicht hängen, Morton!«

Stattdessen hebt er mich hoch und schwingt mich herum, als würde ich überhaupt nichts wiegen, bis mir schwindlig wird wie auf einem Karussell.

Am frühen Nachmittag haben sich alle vorn auf der Veranda versammelt, verteilen sich über den zusätzlichen Wohnraum. Dara ist inzwischen auch eingetroffen, in einem schimmernd braunen Kleid mit weißen Punkten und Sattelschuhen, im Schlepptau ihren jovialen Buchhalterfreund Chad. Ich muss ihn mal kennenlernen. Er scheint uns wohl erhalten zu bleiben. Mom und Dad sitzen auf dem Verandageländer, trinken Wein und streiten darüber, wie lange man den Truthahn ruhen lassen soll. »Zwanzig Minuten!«, sagt Mom. »Eine Stunde!«, entgegnet Dad. Becky erhebt ihren sprudelnden Cider in meine Richtung. Und George Morton prostet mir vom weißen Gartenstuhl her zu, schon wieder mit einem Kaffeebecher in der Hand. Immer noch auf Strümpfen.

»Zu viel Koffein ist gar nicht gut für dich«, sage ich.

Er nimmt einen Schluck. »Aber er schmeckt doch so gut zum Kuchen.«

»Du hast ihm schon was vom Kuchen gegeben?«, frage ich Mom. »Wir haben früher vor dem Essen nie was vom Kuchen gekriegt.«

Sie zuckt mit den Schultern. »Er hat so nett darum gebeten.«

George grinst mich an. Ich grinse zurück. Sind wir ein Paar? Ich traue mich nicht, es so zu nennen. Aber irgendwas ist da. Irgendwas geht vor sich.

»Willst du die Rosen für die Tischdekoration schneiden?« Dara erhebt sich von ihrem Stuhl. »Ich könnte es sonst auch machen.«

»Ich geh schon. Du weißt ja nicht, welche du nehmen sollst.« Ich steige die Verandastufen hinab.

»Die, die noch da sind?«, ruft sie mir nach.

»Ruh dich aus«, rufe ich zurück.

Zuerst kümmere ich mich um ein paar Rosen im Gewächshaus. Ich kontrolliere die Rosentöpfe und prüfe, bei welchen die Wurzeln schon unten herauskommen. Diese Pflanzen müssen in größere Töpfe. Es sind aber nur drei, allesamt aufstrebende Zwergrosen. Ich frage mich, wie es wohl Byrons Gal ergeht. Ob jemand die Rose gekauft hat und überlegt, was es mit dieser Gal auf sich haben mag.

Ich streife meine Rosenhandschuhe über, lockere die erste Zwergrose, eine rosafarbene, und nehme sie aus dem Topf. Die Wurzeln kräuseln sich wie ineinander verschlungene Spaghetti. Entgegen der landläufigen Meinung bedeutet es nicht, dass man etwas falsch gemacht hat, sondern dass die Pflege den Pflanzen so guttut, dass sie bestens gedeihen und größer werden. Aber man sollte sie nur umtopfen, wenn es unbedingt nötig ist. Für die Pflanze bedeutet es Stress, und sie braucht Zeit, sich davon zu erholen. Deshalb ist November eine gute Zeit zum Umtopfen. Sie können sich den ganzen Winter über ausruhen und müssen nichts Neues mehr beginnen.

Riley kommt barfuß vom Haus herübergelaufen. »Dara möchte wissen, ob du die Rosen schon geschnitten hast. Oma meint, der Truthahn müsste in zehn Minuten fertig sein.«

»Das mache ich gleich.« Ich drücke die Erde im größeren Topf fest. »Hilf mir doch mit den beiden hier, dann bin ich schneller fertig.«

Sie zieht ihre eigenen Handschuhe an, und wir nehmen uns die anderen beiden Zwergrosen vor. Sie arbeitet schweigend und effizient, genau wie ich, zieht die Pflanze heraus und löst vorsichtig die Wurzeln; dann schneidet sie die wildesten Auswüchse ab. »Richtig so?« Riley zeigt mir ihr Werk. Ich nicke.

Ich weiß nicht, wie lange Riley bei mir bleiben wird, ob sie die Highschool an der St. Mark's abschließt oder ob sie nächstes Jahr zu Becky zieht. Mir bleibt nur, es zu genießen, solange sie da ist. Weihnachten wird sie bei Becky verbringen. Die Beziehung der beiden ist auf einem guten Weg, wächst zögerlich, aber stetig. Wie so vieles andere.

Als ich mit dem Umtopfen fertig bin, mache ich mich daran, Rosen zu schneiden. Riley reicht mir meine Schere vom Haken an der Wand. Ich nehme meinen Korb. Draußen schneide ich Orange, Gelb und Rot, ein paar Teehybride, die Hulthemia und Englische Rosen in Herbstfarben. Dara und Riley wollen sie zu einem prächtigen Gesteck für unseren Thanksgiving-Tisch arrangieren.

Das sind die letzten Blüten des Jahres, die allerletzten Seufzer, bevor von den Rosen nur hässliche Dornenstöcke bleiben. Hässlich für Leute wie die alte Mrs Allen. Die kahlen Zweige erinnern mich den ganzen Winter daran, dass ich mich auf etwas freuen kann, woran ich meine Tagträume hänge wie Schmuck an einen Weihnachtsbaum. Im Frühling werden sie wieder erblühen.

Riley und ich schneiden je einen Korb voller Rosen. »Genug?«, frage ich und hebe meinen an.

Nachdenklich verzieht Riley den Mund. »Eine noch«, sagt sie und stakst durch die fast kahlen Pflanzenreihen zu einer Kletterrosenlaube, einer pinkfarbenen, altmodischen Rose, der Abraham Darby, rosa-apricot mit goldenem Schimmer. Sie ist ausnehmend schön und halb verblüht, mit mehr als hundert Blättern in ihrer prallen Blüte.

»Die passt gar nicht zu den anderen«, sage ich.

Ohne Zögern legt sie die Blume in ihren Korb. »Es ist die letzte an der Ranke. Ich kann sie doch nicht allein lassen. Das wäre unfair.«

»Es ist deine Tischdekoration.« Ich lächle.

Wir kehren zum Haus zurück, wo alle schon ungeduldig auf uns warten.

Dank

Ich hätte dieses Buch nicht schreiben können ohne meine Schwägerin Deborah Dilloway, die dreimal eine neue Niere bekommen hat. Falls Sie nicht glauben, dass Dialysepatienten so viel unternehmen können, wie Gal es in diesem Buch tut, dann hätten Sie Deborah kennenlernen sollen. Sie hatte einen Vollzeitjob, half als Platzanweiserin beim Royals Baseball Team und schrieb ihre Magisterarbeit, während sie zur Dialyse ging. Immer wieder erzählte mir Deborah von ihren Erfahrungen mit der Dialyse, ihrer Allergie gegen den Farbstoff im Kontrastmittel und die Transplantationen. Leider verlor Deborah ihren Kampf kurz vor dem Weihnachtsfest 2011. Bitte erwägen Sie, Organspender zu werden, um Menschen wie ihr zu helfen.

Mein Dank gilt außerdem Jim Sproul von Sproul Roses by Design, weil er mir die Hulthemia-Rosen vorgestellt und unzählige Fragen zur Rosenzucht beantwortet hat. Etwaige Fehler sind ganz allein mir zuzuschreiben. Falls Sie sich für die Kreuzung von Rosen interessieren, bietet Sprouls Webseite einen guten Einstieg. Er hat einige Aufsätze zum Thema verfasst.

Zu Dank verpflichtet bin ich der San Diego Rose Society und ihrem Präsidenten Bob Martin, weil ich zuhören und den Mitgliedern dumme Fragen stellen durfte. Linda Clark beispielsweise erfand die Blumenerde »Queen of Show«, die von Hanson A-1 Soils hergestellt wird.

Mein Dank gilt auch Fara Shimbo, die mir von ihren gepunkteten und gestreiften Rosen erzählt hat. Darüber hinaus bedanke ich mich bei der Rose Hybridizers Association, deren Online-Forum es mir ermöglichte, Kontakt zu Jim Sproul und Shimbo aufzunehmen. Das »Rosentee«-Rezept ist leicht abgewandelt von einer Vorlage des berühmten Rosenkenners Howard Walters.

Meine Lektorin Marysue Rucci machte mich mit ihren spannenden Vorschlägen zu einer besseren Autorin. Diana Lulek, ihre unbezahlbare Assistentin, hat mir so manches erleichtert. Vielen Dank auch an Dan Lazar, weil er auf mich aufgepasst hat. Darüber hinaus danke ich Elaine Markson und Gary Johnson.

Schließlich möchte ich mich bei meinen Kindern bedanken, dass sie auf der Welt sind, und bei Keith für seine endlose Geduld und die aufbauenden Worte. Eine bessere Familie könnte man sich nicht wünschen.

Spannend, tragisch und unglaublich emotional – die Bücher von Lucinda Riley.

544 Seiten
ISBN 978-3-442-47554-4
auch als E-Book erhältlich

Ein verwunschenes Herrenhaus, eine tragische Liebe und ein lang gehütetes Familiengeheimnis.

448 Seiten
ISBN 978-3-442-47789-0
auch als E-Book erhältlich

Ein Haus an den Klippen. Eine schicksalhafte Liebe. Ein Mädchen auf der Suche nach seiner Mutter.

528 Seiten
ISBN 978-3-442-47797-5
auch als E-Book erhältlich

Ein Herrenhaus in der Provence, eine adelige Familie und eine schicksalhafte Liebe in dunklen Zeiten.

www.goldmann-verlag.de
www.facebook.com/goldmannverlag

GOLDMANN
Lesen erleben